君心向晚 4

目次

壹之章　舅家忝顏欲換親　09
貳之章　太后生疑探實情　49
參之章　幼帝祈雨遮耳目　95
肆之章　眾女鬥妍爭郎心　135
伍之章　府宴蒙冤驚有孕　177
陸之章　真兇浮現氣難平　217
柒之章　暗處觀戲解恚怒　259
捌之章　朝堂深水說分明　301

壹之章　舅家忝顏欲換親

俞筱晚今日鬧這一齣，就是想請仁郡王妃作個見證，好讓婆婆以後收斂一點，不要動不動找她麻煩，但是鬧到老祖宗那裡去……不知道婆婆會不會受罰？若是受了罰，只怕君逸之心裡會有想法，再怎麼說，楚王妃都是他的生身母親。

只是她誤判了仁郡王妃與楚王妃之間的恩怨。仁郡王妃自嫁進門以來，楚王妃就沒看得起她過，明明都是國公府的小姐，憑什麼楚王妃就自認為高貴？因此仁郡王妃萬分討厭楚王妃，今日逮著了機會，哪裡肯放手？當即強拉硬拽地將俞筱晚拖到了楚太妃的面前。

楚太妃一見到俞筱晚小臉上已經開始有些泛青色的紅印，當即大怒道：「這是怎麼回事？」紅印正在眼窩下方，一眼就能瞧出不是摔傷的。她嚴厲地看向楚王妃，「到底是怎麼回事？」

楚王妃抿緊了唇不答話，只看著俞筱晚，俞筱晚忙道：「回老祖宗的話，是晚兒不小心摔的，起身的時候沒站好，便磕在几角上了。」

楚太妃輕哼了一聲，「晚兒也開始說謊了嗎？」又看向仁郡王妃，「妳也不知道嗎？」

仁郡王妃神情閒適地喝了口茶，才輕嘆道：「我去得晚，只知道晚兒在問大嫂宴會那天要不要多請幾個府上的千金，好讓大嫂為大哥挑側妃，然後晚兒就摔在地上。我進去的時候，晚兒臉上已經紅腫了。」

她完全沒說謊，只是聽起來想像空間十分的大。楚太妃似笑非笑地問晚兒：「哦？晚兒怎麼這麼關心妳公爹？」

這個名聲背著可不好聽，俞筱晚忸怩地看了看仁郡王妃，然後垂下頭。二叔一家到底是分了府的，這邊的事不能說給她們聽。

楚太妃也想到了這一點，便輕輕一嘆，說起了幾日後的宴會。具體的日子要到廟裡去請大師來訂個吉日，但是席面的規格和宴請哪些賓客可以先定下來。

因為只是家族間的慶祝，所以請的都是幾個府中的親戚和姻親，楚太妃還特意提到要請曹府的人過來聚一聚，俞筱晚忙謝了恩。商議完之後，楚太妃便將仁郡王妃趕回了郡王府，然後衝著俞筱晚道：「說吧，妳臉上到底是怎麼回事？我要聽實話。」

俞筱晚怯怯地瞟了楚王妃一眼，原原本本地將婆婆和自己的對話學了一遍，然後替楚王妃解釋道：「母妃真的沒有打晚兒，只是……不小心碰到了錘子而已。」

俞筱晚在話語裡，儘量將事情暗暗往郭嬤嬤身上引，若是婆婆以後能記住教訓，不再來找她的麻煩，那她願意放過婆婆一馬——看在君逸之的情面上。若是婆婆日後還是堅持要來找麻煩，她也不會再忍。思及此，她摸了摸眼眶上的紅腫。不知拿這個去給君逸之看，能不能讓他站在自己這邊？

「是啊是啊，母妃，您應當是知道媳婦我的，我就是個直性子，若是真要打晚兒，哪裡會替自己分辯半句？」又說了幾句話圓回自己的臉面後，楚王妃便左顧右盼，「王爺恐怕要下朝了，媳婦得去迎一迎了。」

楚太妃重重地哼了一聲，「且慢，妳急什麼？」然後對俞筱晚道：「晚兒，妳先回去歇息吧。」

俞筱晚知道這是太婆婆要教訓婆婆了，她這個晚輩不適合在一旁聽，忙恭敬地福了福，退出暖閣。

楚太妃揮手將丫頭婆子們都屏退出去，盯著坐立不安的楚王妃片刻，才緩緩地道：「妳明知逸之在太后面前承諾過什麼，雖然沒有白紙黑字，但是晚兒才進門幾天，妳就這般急著給逸之娶側妃，到底打的是什麼主意？別以為我不知道，妳不就是覺得這府裡沒人幫妳說話嗎？也不想想妳都幹了些什麼事？」

楚王妃聞言頓時覺得滿腹委屈，「媳婦正想請教母妃，媳婦到底幹了什麼人神共憤的事，讓母妃您這麼看不順眼？不但內宅不交給媳婦管著，就連媳婦要幫兒子挑個側妃，您也要橫加干涉？」

楚太妃看著這個長媳，頓時無語，「妳不知道自己幹了什麼事？二媳婦一進門，妳就對她橫挑眉毛豎挑眼，還冷嘲熱諷，哪裡有半點當長嫂的風範？只要有一點蠅頭小利，妳都要給妳娘家爭取，不惜打擊弟弟和弟妹、侄兒和侄媳，妳哪裡將自己當成君家的媳婦？妳當的是忠勇公府的出嫁女兒！我若將這家業交給妳管，只怕採買的都是妳忠勇公府鋪子裡的物件，而且不論好壞，都按好的來算價錢。妳摸著自己的良心問一問，看我說得有沒有錯？」

楚王妃緊抿著唇不答話。

楚太妃輕嘆一聲，緩了緩語氣道：「妳娘家府裡有些不便，咱們當親戚的，能幫自然是會幫，但是像妳那樣的做法，那叫拿。妳須得記住，咱們楚王府可沒欠忠勇公府。既然說到了娶側妃，我覺得晚兒說得也有道理。妳這麼賢慧，要給兒媳婦當榜樣，那就再給王爺好好物色一個側妃，若是沒有合適的人選，先物色兩個庶妃也成。」

「母妃！」楚王妃無法保持平靜了，哆嗦著嘴唇，極力保持著鎮定，「王爺已經一把年紀了，還娶側妃、庶妃的，不是徒惹笑柄嗎？」

楚太妃好笑地看著媳婦問道：「王爺一把年紀不能娶側妃了？那麼請問妳這個賢慧的妻子，當年王爺年輕的時候，妳為何不給王爺物色側妃？周氏進了門後，妳也沒少給她臉色看吧？妳就是這樣賢慧的嗎？」

楚王妃臉色一白，也聽出來婆婆這是在給俞氏出氣，也許並沒有一定要王爺娶側妃的意思，心中暗暗鬆了口氣，依然倔強地抿緊唇，就是不說自己錯了。

楚太妃也不看她，只徐徐地道：「正所謂己所不欲，勿施於人。逸之是個有主意的人，等到他想娶側妃的時候，晚兒擋也擋不住，用得著妳這般給他們小夫妻倆添堵嗎？妳就這麼看不得他們小倆口感情和睦？看著逸之什麼都順著晚兒，妳心裡頭不舒服是不是？也想王爺什麼事都順著妳，可是妳想的那些事，王爺能順著嗎？他若是順著妳，這王府早被妳家那些兄弟們給掏空了！」

「母妃！」楚王妃眼眶含淚，嘴唇哆嗦個不停，這樣的話對她來說，實在跟直接搧了她幾巴掌沒有什麼區別。她娘家的人哪裡就這麼不堪了？竟讓婆婆嫌棄成這樣，那她在婆婆的心裡又成了什麼？

楚太妃看著她眼眶微紅，委屈不已的樣子，無言地嘆了口氣。這個媳婦她真沒看出有什麼好的來，可是兒子卻覺得不錯。當年她看中了曹清蓮，雖然先帝說門第不配，可是若兒子願意的話，她一定會為他們爭取，她相信先帝總不至於這樣為難有情之人，可惜兒子除了第一眼見到曹清蓮露出幾分驚豔之外，就再沒什麼特別的感覺。倒是這個媳婦，她幾次要出手教訓，兒子還萬般維護，真真是孽緣。

楚太妃不想看她，乾脆閉上眼睛，淡淡地道：「妳也不必覺得委屈，看在妳給王爺生了兩個這麼出色的兒子的分上，我也不會隨意為難妳。只是，以後逸之他們夫妻倆的事妳少管，若是想給逸之選側妃，就先將王爺的後院添足了再說。」隨即話鋒一轉，「郭嬤嬤呢？」

郭嬤嬤忙從主子身後繞出來，跪在地上，顫聲道：「奴婢在。」

「妳家王妃行事雖然是魯莽了一點，不過她腦子有限，沒事一般不會琢磨這些沒用的東西，多半是身邊有人在攛掇。妳服侍王妃最貼心，倒是說給我聽聽，都有些什麼人在王妃身邊嚼舌根？」

郭嬤嬤心中一凜，求助般地看向楚王妃，楚王妃忙道：「母妃，這不關郭嬤嬤的事。」

楚太妃連眼都不睜，閉著眼道：「我何時說過與她有關了？只問她是誰在攛掇？」

郭嬤嬤顫著聲音回道：「回老祖宗的話，奴婢……不知。」

「不知？」楚太妃這才睜開眼睛，冷冷地瞟了郭嬤嬤一眼。這一眼，讓郭嬤嬤不由自主地一縮，楚王妃也慌得垂下了頭。楚太妃坐直了身子，沉吟了一下道：「妳身為王妃最貼心的奴婢，卻對王妃身邊的事這般不上心，這是不盡職；二少夫人在王妃房裡受了傷，當時妳也在身邊，卻沒伸手擋住錘頭，亦是妳的失職。兩罪併罰，處二十杖，罰一年俸祿，降為三等管事嬤嬤，就這樣吧。媳婦且回去，郭嬤嬤自行去執事房領罰。」

「奴婢……謝老祖宗恩典。」郭嬤嬤心中悲痛，她已經四十餘歲了，這二十杖下去，得養多久才能下地？可是她不敢求饒，楚王妃也不敢，只好同情地看了看這個最忠心的奴婢，向楚太妃施禮告退。

君逸之這會兒還在品墨齋的暗室裡，看著探子們收集起來的資訊，韓世昭在一旁問道：「你說的這個蔣大娘很有本事，她也的確是江湖中出名的女子，你到底在懷疑她什麼？」

君逸之道：「只是覺得她出現得太巧了，我擔心她也是衝著晚兒來的。」

兩人正說著話，門外傳來小皇帝的聲音：「巧有巧的緣故，逸之這樣謹慎是對的。不過這回官員變動，你父王卻不怎麼謹慎。」

君逸之心中一凜，忙起身恭聽。皇帝道：「你那兩位堂兄都推舉了極好的職位，朝中不少大臣上書彈劾你父王呢！」隨即又笑道：「你可知是誰告訴朕的？是攝政王。」

君逸之眸光閃了閃，「皇叔想讓您對父王生隙嗎？」

小皇帝微微一笑，「自然是，眼瞧著朕一天天大了，他們有想法的人自然要開始行動了。太后今日還在說，要辦選秀了呢！」

小皇帝見君逸之和韓世昭都垂手肅立著，便笑道：「先坐下吧。」

兩人謝了座，坐在小皇帝的對面。小皇帝正要說話，長孫羽興高采烈地跑了進來，先給陛下請了安，才將手中的那兩張薄紙拿出來，樂顛顛地甩給君逸之，笑道：「總算被我給分析出來了，你要怎麼謝我？」

之前君逸之將大哥那裡的茶葉各包了一小撮，交給長孫羽驗。長孫羽對胭脂香粉這些東西十分精通，俞筱晚鋪子裡的調香師傅還沒得出結果來，他果然就先分辨出來了。

君逸之展開紙張一看，上面清楚地寫著每種茶葉上熏的是什麼香料、有何作用。原來每種茶葉上的香料都不同，單獨一種並沒有什麼作用，只是增加些香味而已，但是幾種混合在一起，就容易使人產生疲倦感，會昏昏欲睡，同時又能使體內暖熱起來。

君逸之不敢相信似的反覆問道：「真是有暖熱的作用？」

他記得俞筱晚和智能大師都說過，大哥中的毒屬寒性，使得脈象看起來像是自幼不足，而導致身體虛弱，可是這些香料能產生暖熱，豈不等於是一種解藥了？茶葉是宮中賞下來的，莫非是太后在悄悄地給解藥？太后是如何知曉的，又為何不直言呢？

君逸之眯了眯鳳目，陛下就在此處，不好再往深處想。

長孫羽聽了他的反問後，一跳三丈高，「你這是不相信我嗎？」迎上君逸之深幽的目光，又呵呵一笑，「我一開始也不相信，加重了分量試過的，熱得我幾乎要跳到冰水裡去，我現在還是一身的汗呢！」

長孫羽提著金線繡玉蘭花邊的領口，風騷地搧了搧，一股濃郁的香味帶著汗味撲鼻而來，君逸之嫌惡地避開幾步，「滾遠點，你身上那香味若是熏到我身上了，晚兒非跟我急不可。」

韓世昭和長孫羽都詫異地看著他，「你家晚兒這麼悍？」

小皇帝原本有話要問的，這會兒也好奇地看向他。

君逸之得意地一笑，「是啊，我喜歡！她生氣我就覺得高興，若是她不跟我吃醋，我才會心裡發苦呢！」

韓世昭和長孫羽都不由自主地打了個寒噤，猛搓胳膊，「真肉麻！」

君逸之洋洋自得，滿臉幸福陶醉狀，餘光瞄到小皇帝眼帶笑意地看著自己，不由得促狹地道：「你們兩隻兔子恐怕難以體會了，不過皇上馬上就會知道了。」

饒是小皇帝再胸有溝壑，鎮定自若，也到底年少，不由得暈紅了臉，輕咳了一聲，看著君逸之道：「可是我現在還不想知道，所以這件事就交給你來辦了。」

君逸之一怔，「什麼事？」

小皇帝理所當然地道：「選秀的事啊，你想辦法讓它黃了。」見君逸之一臉抗拒，立即補充道：「算是替你父王贖過。」

提到楚王爺，君逸之就不好拒絕了，只心裡發抖。太后要選秀，我要怎麼攪黃啊？他想了想道：「皇上，臣懇請皇上，不論臣是否能辦成此事，都請寬恕父王一次。」

小皇帝不在意地笑笑，「人非聖賢，誰能沒點私心呢？況且你那兩位堂兄的能力，當那職位也當得了，朕自不會追究。」

小皇帝說得十分隨意，君逸之卻是心中一凜，這位陛下年歲雖小，可心機謀略都有先帝遺風，什麼話都不會輕易說出口，只要說出來就一定有深意。這莫非是指……父王平日裡總是中庸保守，做什麼事都以朝廷為先，嚴格按著內閣的決議去辦事，萬事為公，但落在上位者的眼裡，沒有私心的人卻是不可信任的。難怪這回老祖宗會主張舉賢不避親呢，原來早就料到了太后和皇帝、攝政王會這般想。

君逸之心裡驚疑，面上卻是不顯，只開心地笑了笑。

小皇帝又繼續道：「對了，逸之，那些圖案我都看過了，的確是蓮紋的最有可能，你媳婦願意將她的玉佩都交出來嗎？」

君逸之忙道：「自然是願意的，晚兒總說匹夫無罪，懷璧其罪呢！」

小皇帝點了點頭道：「如此，那你就先收著吧，也好過旁人明爭暗搶。」

小皇帝卻不說要交給他自己收著，想必是怕到了他的手裡，太后會趁機索要，他不給怕太后惱怒，給了又怕太后拿著胡亂使用，況且也沒能證明俞筱晚手中的玉佩就是信物。

接下來，幾人便坐在一起聊這些官員變動，有些年紀老邁或是立場搖擺不定的官員，要慢慢地用新血替換，而這些人，必須是將來可以為皇帝所用之人，但是在皇帝親政之前，這些人不能被攝政王發覺，也不能被他們拉攏過去。幾人商議良久，從今科的兩榜進士之中挑選了七人，又從各地方低等官員中挑選了十人，將名單分送至幾位忠心的大臣手中，通過各種方式，將這些人調動到最能鍛煉個人能力的職務上去。

君逸之忙完正事，便回到府中夢海閣。他的腳步聲極輕，內間的人沒注意到，守在外間的嬌蕊和嬌蘭卻早早地發覺了，忙迎上前來，一面為其搧風，一面嬌聲道：「二少爺回來了。二少夫人在小憩，您先到東廂房坐坐嗎？」

君逸之隨意地道：「不必了。」

他說著邊挑起薄錦的門簾，就見初雪和初雲一人各搬了張小杌，坐在內室的小門邊，邊做針線邊閒聊，她們見到君逸之，忙忙地起身相迎，「二少爺安。」

君逸之問道：「少夫人在小憩？」

一面想往內去，可是兩個丫頭卻站著沒讓開。

君逸之挑眉看著她們，清亮的鳳目裡壓迫感十足，「這是怎麼了？」

初雲看了看初雪，初雪只好硬著頭皮答道：「回二少爺話，少夫人在歇息，您可以先去東廂房歇歇嗎？奴婢們已經在東廂房裡放了冰，很涼爽的。」

君逸之勾起一邊唇角，笑道：「不。」

身形一閃，便衝了進去。初雲和初雪對望一眼，表情都十分為難。嬌蕊和嬌蘭不聲不響地退了出去，不敢再靠近正房的邊。

君逸之走入內間，就見俞筱晚臉上蓋著團扇，斜臥在湘妃竹的美人榻上。君逸之輕手輕腳走過去，斜坐在榻邊，側頭仔細瞧了瞧小嬌妻，沒有什麼不對勁啊，為何初雪和初雲要攔著自己進來？他瞧了眼牆上的自鳴鐘，快到給老祖宗請安的時辰了，得叫晚兒起來了。他伸出一隻手去揭團扇，另一隻手則調皮地掐她腰間的軟肉。

俞筱晚冷不防地被吵醒，來不及收起眼睛上貼著的黃瓜片，君逸之驚訝地問道：「這是幹什麼？」隨即覺得不對，飛快地揭開來一瞧，忍不住抽了口涼氣，「誰幹的？」

問完就後悔了，這府裡還有誰敢打二少夫人呢？除了……他輕嘆一聲，摟住晚兒道：「到底是怎麼回事，不是說好了先忍忍，一切等我回來再說嗎？」

俞筱晚本就是故意裝給他看的，當下便半含委屈半是愧疚地將事情原原本本學了一遍，「我也想等你回來再說，可是若是讓你來拒絕母妃，母妃一樣會生氣，還會覺得你是為了我才與她頂嘴，對我的怒意會更大，還不如我自己直接拒絕了。」說罷，又徵詢般的看著他，「我沒問過你的意思就直接拒絕了，你不會生氣吧？」

君逸之趕緊表明心意：「怎麼會？我答應過妳的事，不會變的！」

俞筱晚這才開心了些，隨即又垮下小臉，「可是，剛才老祖宗杖責了郭嬤嬤，這就等於是在打母妃的臉了，母妃必定……」

君逸之心裡哀嘆，還得摟住嬌妻安慰：「沒事沒事，明日我去哄哄母妃就成了，這幾日妳多跟老祖宗在一塊兒，別去惹母妃吧。待大哥的身子好了，母妃就會忙著給他張羅婚事，咱們就能清靜一陣子。」

俞筱晚悄悄地觀察著他的表情，沒發覺有什麼勉強的意思，心底裡慢慢湧上一絲甜蜜，輕輕偎在他懷裡，柔順地道：「都聽你的。」

君逸之摟著她親了親，將長孫羽給自己的那幾張紙拿出來給俞筱晚瞧，並將結果告知。俞筱晚也十分詫異，想了想道：「你說，會不會是……作賊的喊捉賊？」

君逸之道：「我也不是沒想過，可是，什麼理由？」

茶葉多數是太后賞的，中毒那時他不到九歲，大哥沒入仕，先帝還健在，太后有什麼理由要害自己？這些怎麼都說不過去，若是茶葉本來沒問題，是經過嬌莊和嬌荇二人的手之後才熏了香的話，兩個丫頭又是誰的人，怎麼會知道大哥中的什麼毒？

兩人想了半晌想不出個理由來，只得先壓下，暗中觀察一下嬌莊和嬌荇的言行，看看她們都跟些什麼人接觸再說。

君逸之目光瞟見小几上的幾張燙金請柬，隨口問道：「都是宴請些什麼人？」

俞筱晚一一回答了，又道：「原本老祖宗也邀了我舅舅一家來參加府中的宴會，但是曹管家送了請柬過來，想請我們後日回去玩一玩，我等你回來決定呢。」

以她的意思，是不想跟舅舅家過於親近的。

君逸之卻想到，陛下定的名單裡有曹中敏的名字，而且是準備降職外放的，一來到外地任職能鍛煉個人能力，二來可以觀察他是否能寵辱不驚，動心忍性。只是好端端的要降職，總得給個藉口，少不得後日得去曹府走上一遭。

君逸之便道：「既然舅父相邀，咱們就去玩一趟好了。那天從宮裡回來，妳不是還跟我抱怨，沒能跟外祖母說上一句半句的嗎？回府省個親，可以好好地說上一天話。」

俞筱晚笑道：「好啊，那我讓人回信去。」

「不急，我還有事要跟妳說。」君逸之點了點她的小嘴，躊躇了一下，問道：「上回妳說妳舅父拿走了幾塊蓮紋的玉佩，妳手中還餘下幾塊？」

「三塊。」俞筱晚細看著他的眉眼，小聲問：「你現在要嗎？」

君逸之道：「放在我這總歸保險一點，只是不知真正想要的那一塊是不是已經被妳舅父給拿走了。」

君逸之現在已經能確定信物是蓮紋的玉佩了，因為世人佩戴玉佩和金鎖片，除了裝飾之外，還用以護命避邪，所以花色總共就那麼多種，而蓮紋一般不會用於金鎖片上，他現在就擔心曹清儒換走的那幾塊玉佩裡有真正的信物。

俞筱晚想了想道：「應該沒有吧。我將玉質上乘的玉佩都挑了出來，紫衣衛的信物應當不是凡品吧？」

上乘的玉質不易被模仿，就不易仿製，紫衣衛應當有識別真偽的方法，因此當初她帶不了那麼多的嫁妝，就將所有玉佩中玉質最佳的打包帶來了，舅父費心調換的不過是些次品罷了。

君逸之點著她的鼻頭笑道：「真是個小狐狸！」

俞筱晚起身到梳妝台邊，從一個紫檀木的小匣子裡拿出一個小荷包，裡面包著三塊蓮花紋的玉佩。君逸之放在掌中看了看，也沒瞧出有什麼特別之處，便道：「我收到前院書房裡，那裡去的人少。多寶格放了梅花盆景的那一格下面有個暗格，妳若是要用，我又不在，可以自己去拿。」

俞筱晚無可無不可地點了點頭，既然給了他，就沒打算再要了。她只要求逸之幫她查清楚父親的死因，除此之外，前世的恩怨，她打算自己來了結。

君逸之小心地收好了玉佩，與俞筱晚一同去看望了君琰之，想想覺得有些話還是要同母親說明才好，便獨自去了春景院。

可是他才到了院門口，就讓侍衛統領齊正山給攔了下來，小聲地道：「二少爺，王爺在裡面呢，您還是明日再來吧。」

君逸之抬頭看了院子裡的燈火一眼，平日父王回府可不會帶侍衛進內宅來，恐怕是老祖宗跟父王說了什麼，父王正跟母妃「談心」呢。他挑眉笑了笑，拍了拍齊正山的肩膀道：「好，改日我們一起喝酒。」

齊統領笑得見牙不見眼，忙道：「又勞您破費……屬下這幾日都有空。」完全不拒絕。每回跟二少爺出去玩，總能玩得十分盡興，還不用花他一個子兒，他怎麼會不高興。

君逸之跟著痞痞地一笑，便沿原路晃了回去。

君逸之在府中待了一日，母妃都沒來找他倆的麻煩，估計母妃是被父王好好地訓了一頓，他就暫時不去跟母妃談了，免得母妃將怨氣都轉嫁到俞筱晚的頭上，豈不是好心辦壞事？

到了曹府宴請的當日，小夫妻倆仍是睡到日上三竿才起身。到曹府的時候，曹清儒和曹清淮等得脖子都長了，忙引著君逸之到前院，俞筱晚則被迎入後宅。

暑氣來了，曹老夫人的精神總有些懨懨的，強打著精神，拉著俞筱晚的手，上下仔細端詳了一會兒，這才笑道：「不錯不錯，氣色真好，看來寶郡王爺對妳不錯！」

俞筱晚頗有幾分不好意思，小聲地道：「郡王爺對我的確很好，老祖宗和公爹、婆婆對我都不錯。」

曹老夫人這才滿意地笑道：「不錯就好，若是妳婆婆對妳要求得嚴一點，也是為妳好。新媳婦哪有不受一點氣的？妳能嫁入皇家就是妳的福氣，要好好珍惜。」

俞筱晚連連應了，又問起外祖母的身子如何？她配了幾張藥膳方子，正是夏天用的，親手給了杜鵑，讓她交給廚房，每隔一日就為外祖母煲上一盅。

三舅母忙在一旁湊趣兒，「晚兒真是孝順。」

曹老夫人含淚笑道：「妳這丫頭，有好東西就記得我這個老太婆，跟親孫女似的，我心領了，可妳也得記著妳的婆婆和太婆婆。」

俞筱晚忙道：「您不知道，王府裡每旬都有太醫來給老祖宗請脈，這些都不用我們操心，太醫開的方子自然也比我們的好。」

曹老夫人默了默，隨即淡淡地笑。

曹中慈忙拉著曹老夫人撒嬌道：「好啦，祖母總是霸占著晚兒妹妹，她好不容易回來一次，讓我們姊妹也說說話嘛！」

「好了好了，知道了，妳們姊妹自己說話去！」曹老夫人裝作不滿地揮手，到後來自己憋不住笑了。眾人便笑著起身，紛紛向曹老夫人施禮告辭。

俞筱晚同曹家姊妹出了延年堂，一同到了她之前住的墨玉居。墨玉居裡還是她走之前的樣子，桌面一塵不染，看起來時常有人打掃。曹中慈笑道：「祖母說這裡要保持得像妳還在府中一樣，不讓人動一絲一毫呢！」

俞筱晚笑了笑，這是曹家在向她示好，不知所求又是什麼？看來恐怕不是小事，單看外祖母不好意思開口，要藉曹中慈一個晚輩來說就知道了。若是外祖母提的要求很合理，她自然會應下，但這個要求極有可能被她拒絕，那曹家就沒有一點臉面了。若是由曹中慈來提，效果就不同了，她不應下，就當沒提過，應下了，自然就更好。

姊妹閒聊了一會兒，俞筱晚難得見到曹中雅極有耐心地坐在這裡，雖然沒怎麼說話，但臉上也沒有一絲不耐煩的神色，反倒是不斷地瞟著自己。她就不由得好奇地猜想，難道是因為上回給了曹中雅幾張地契，就讓眼高於頂的表妹有這樣的轉變？

俞筱晚想也不可能，她給了地契，只怕曹中雅還覺得少了呢。

俞筱晚不動聲色地陪著姊妹閒扯，就是不問今日讓她回府省親，可有什麼喜事這類的話。聊著聊著曹中慈的神情間就有了幾分焦急，連連看向曹中雅，可是曹中雅卻直著眼睛看俞筱晚身上精緻的衣裳和閃閃發光的頭面，心裡忽然就妒嫉了起來，冷不丁地插話道：「表姊，妳身上這塊玉佩真漂亮，應該是一對的吧？我有一條茜色的絹紗裙，配這樣的玉佩是極合適的！」

這塊玉佩玉色溫潤如脂不說，還是石榴蝙蝠紋的雕件，喻意也吉祥，曹中雅大概是想要另一塊，俞筱晚淡淡地笑道：「是兩塊不同的，不是一對。這是公爹賞的玉佩，我本想高高供奉著，可郡王爺一定要我戴上，我又怕有閃失，所以才只佩了一塊，另一塊藏著，不敢動用。」

曹中雅聽了就直撇嘴，「賞給妳了就是妳的，妳幹麼不戴？」心裡直哼哼，王府果然富貴，一送就是這種成色的玉佩。

曹中慈聽曹中雅將話題拉到天邊去了，不由得暗暗著急，忙笑道：「今兒難得陰了天，去池邊小亭裡坐一坐吧。」

肯定是有什麼大事了，俞筱晚瞟了幾眼曹中貞和曹中燕，兩人都是一臉茫然的表情，看來知情的只有曹中慈和曹中雅而已，可她偏不想順著她們走，於是便笑道：「有什麼話在這裡說吧，大熱天的，誰知道什麼時候日頭就出來了，又是一身汗。」

曹中慈不好勉強，只得訕訕地笑笑，轉頭看向曹中貞道：「貞表姊不是說妳的嫁衣還有些沒繡好嗎？快些回去繡吧，下個月妳就要出嫁了。若忙不過來，還可以先請燕表妹幫幫妳呢！」然後看著俞筱晚笑了笑，「一家子姊妹，一會兒吃完飯還能聚聚的，是吧？」

曹中貞是個慣會看人眼色的，忙拉著曹中燕起身，朝俞筱晚施了一禮，「那我和二妹妹先回去，一會兒宴時再來陪郡王妃。」

俞筱晚輕笑道：「還是叫我表妹好了，上回就說過的。」

兩人改口叫了表妹，又福了一禮，才告退出去。

不知情的人都走了，曹中慈才一臉為難地笑了笑，清了幾下喉嚨，卻是有話吐不出口的樣子。俞筱晚反正不急，裝作沒瞧見，捏著茶杯蓋子，輕輕刮著泡沫。曹中雅忽地有些臉紅，不自然地道：「我去看看母親，告訴她表姊來了。」說罷便轉身走了。

曹中慈有些惱火地瞪著她的背影，待轉過頭來，正看見俞筱晚似笑非笑地看著自己，臉上不由得一紅，咳了咳道：「表妹知道的，我……咳咳……我就是個直性子，有話呢……我……咳咳……」

俞筱晚不由得蹙起了眉，到底是什麼事，讓她這麼開不了口？看著曹中慈為難的樣子，她也不由得好奇了起來，正想直接問到底有什麼事，卻聽見江楓在外面稟道：「小姐，江蘭有事求見。」

江蘭是俞筱晚留在曹府看守財產的丫頭，曹中慈知道這是有私房話要說了，只得起身告退，說好了等一會兒再來請晚兒去延年堂用宴。俞筱晚含笑目送她離去，才揚聲道：「讓江蘭進來。」

原本安排江楓和江蘭一同守著那十幾口箱子，可是重要的東西已經被換走了，俞筱晚回門那天便換走了江楓，只留了一個曹府贈的粗使婆子和江蘭在曹府裡守著。在這裡沒有管事，江蘭就更加無所忌憚了，只是她卻不知，俞筱晚早就收買了曹府不少的下人，讓人盯著她。

江蘭進得門來，小心翼翼地跪下磕頭，「奴婢見過郡王妃，郡王妃安好。」

俞筱晚打量了江蘭幾眼，當初俞文飆選人時是用了心的，這小姑娘模樣兒生得很俊，身段也極好，難怪東西到手之後，曹中睿還在跟她來往，「有什麼事就說吧。」

江蘭有些怯怯的，「是、是這樣的……奴婢的一位遠房親戚上曹府來認親了，想贖了奴婢回家去，奴婢、奴婢特來求郡王妃的恩典，求郡王妃放了奴婢。」

俞筱晚的嘴角噙起一抹略含譏諷的笑，「哦？當初不是說妳是孤兒嗎？怎麼又出來了一個遠房親戚？不會是騙子吧？」

「不是不是。」江蘭忙用力搖手，「的確是本家的遠房親戚。」

俞筱晚垂頭看向自己手中的茶杯，「可是妳一直在曹府裡守著我的箱籠，什麼時候見到他們的？」

江蘭也忙回答了，什麼到府中側門處去買點零嘴，就這麼湊巧遇上了……想必是之前早就想好的。

俞筱晚也沒為難她，叫了芍藥進來：「記得回府之後提醒我，讓我將江蘭的賣身契找出來。」又對江蘭道：「妳後日直接到楚王府來找芍藥，將二十兩的贖身銀子交給她便是。」

江蘭忙感激地磕了頭，小心翼翼地起了身，退了出去。

芍藥看著她的樣子，不由得蹙眉道：「這個江蘭，似乎是……有了身子呢。」

俞筱晚回想了一下江蘭方才的動作都是小心翼翼的，這才一個月呢。也許是吧，這時贖身出府去，只怕是曹中睿的主意。曹中睿一直沒死心，想娶憐香縣主，自然是不能先有庶出子女的，只怕江蘭此番出去，並不是她所想像的金屋藏嬌，而是……

「妳讓文伯派人跟著江蘭，看看她怎樣了吧。」俞筱晚只吩咐了芍藥一句，她沒那麼善良的心，什麼人都去救。江蘭背叛自己在先，她連提醒都不想說，況且江蘭自己也有武功，若是瞧見情形不對，應當會反抗。她只是要一個結果而已。若是能因此握住什麼證據，那是最好不過的。

剛打發走了江蘭，就聽江楓又在門外稟道：「稟二少夫人，燕表小姐身邊的果兒求見。」

俞筱晚看向芍藥，「果兒見我做什麼？」

芍藥也挺奇怪的，「果兒為何避了表小姐過來？二少夫人還是暫且聽一聽吧。」

俞筱晚使眼色讓芍藥帶人進來，果兒撲通一聲便跪到了地上，連連磕頭，問她什麼事卻又不說，直拿眼睛看著芍藥，俞筱晚就更加覺得奇怪了，想起之前曹中慈的表現，難道說與曹中燕有關？

她忙揮手讓芍藥退出去，「這下總能說了吧？」

果兒忙又磕了幾個頭，才淚眼汪汪地道：「還求郡王妃替我們小姐作主啊！」

俞筱晚不由得坐直了身子，輕聲問：「到底是怎麼回事？妳且仔細地說。」

果兒哽咽地道：「我們二小姐的未婚夫不知怎的成了忠勇公府的世子。一開始，我們幾個當奴婢的，還在心裡替二小姐高興，哪知道這些日子竟聽到了傳言，說三小姐看中了未來姑爺的身分，想同我們小姐換親呢。」

俞筱晚眼睛頓時瞪得老大，敢情方才曹中慈怎麼也說不出口的話竟是這個嗎？換親？上次回門的時候，她就隱約覺得曹中雅嫉妒曹中燕的好親事，只是沒想到這樣的主意她也敢出，而且曹家的人竟然也默認了？

想想也是，平南侯府的權勢雖然很大，可是靜晟世子還沒娶正妻就先娶側室，擺明了就不看重曹中雅，以後對曹家的幫助也有限得緊，但是忠勇公府的世子就不同了，忠勇公也在朝中任職。再者，忠勇公的嫡親妹子是楚王妃，楚王爺可是四大輔政大臣之一，這連帶的關係，比平南侯府還要好得多了。

曹中燕是個木訥的性子，只怕是籠絡不了夫君的，曹家肯定認為活潑愛嬌的曹中雅更能抓住世子的心，所以才起了換親的主意，想抓緊忠勇公府這門親事，可是他們就不怕得罪了靜晟世子那個小心眼的人嗎？那個男人高傲成什麼樣子，還由得了曹家來挑揀他嗎？

俞筱晚有些好笑，隨即正色道：「這曹府裡的家事，論理我不姓曹，就是姓曹，也是嫁出去的姑奶奶，哪裡能管得了娘家的事？」

聽了俞筱晚的話後，果兒一臉慘白，只覺得人生再沒了希望似的，不由得痛哭道：「可憐我們二小姐，她這是造的什麼孽啊！若真是換了親，平南侯的世子如何會願意娶一位庶出的姑娘？若是退了婚，二小姐還哪有臉面活在世上！」

俞筱晚聽她哭得淒涼，這才徐徐問道：「我問妳，妳這麼替妳家小姐著想，為何不與她說？」看之前曹中燕的表情，就知道她還完全蒙在鼓裡。

果兒忙回道：「二小姐本就是柔弱的性子，若是得知了此事，只怕會自己懸梁了事，奴婢們哪裡敢跟二小姐說？得知今日郡王妃回府，奴婢這才大膽求到郡王妃跟前，以往郡王妃對二小姐亦是極為照拂的，求您好歹再照拂她一回。若是忠勇公世子嫌棄二小姐的出身，要退親也可以，但真的不能這樣悄悄地換親。」

果兒倒真不是為了讓二小姐嫁入國公府，在她看來，國公府必定會想辦法毀親，可是若讓曹家這樣悄悄換了親，平南侯府怎會甘休？必定會鬧得人盡皆知，以後二小姐都難再說親了。跟了二小姐，不管二小姐是嫡是庶，是伶牙俐齒還是默默無言，做下人的都必須盡心盡力伺候小姐，盼著小姐好，這是做下人的本分，守本分就是她為人的原則，因此她才壯著膽子求到俞筱晚的跟前，甚至還想著要不要以死相逼一下？

俞筱晚暗嘆一聲，曹家應當知道悄悄換親的後果，今天強求了自己來，恐怕就是想讓她當個保山，出面圓場子。真虧他們想得出！雖然結親的時候還要考量親家的家世，但不是所有人家的兒子都必須靠岳家上位，忠勇公世子不一定就瞧不起曹中燕的出身，就算瞧不起她，難道就瞧得起曹中雅的出身了嗎？說白了也只是個伯爵千金，比國公府矮了好幾級呢。且不說忠勇公世子答應不答應，就是靜晟世子的臉面，也等於是被曹家踩在泥地裡，外祖母和舅父到底是不是中邪了？

她緩了緩心緒，淡淡地道：「好了，妳去服侍二小姐吧，我既然知道了，就不會坐視不理。」果兒得了這句保證，忙歡天喜地地磕頭退出去了。

不多時，宴會要開始了，曹中慈果然依約來邀請俞筱晚。這回她總算是鼓足了勇氣，話才說到一半，就被俞筱晚打斷了：「這樣啊，我得跟外祖母商量商量才成。」

因為都是自家人，席面就都擺在延年堂的花廳裡，連屏風都沒有擋。君逸之淺笑盈盈，看得一眾丫頭婆子都直了眼，曹家姊妹也不敢隨意抬頭，唯有曹中慈跟他說得熱鬧，隔著桌子不斷聊天，只是時不時地將話題轉到君之勉身上去，一會子問逸之是不是從小跟幾家王府的堂兄弟一塊兒長大的，一會子又問他這一代最出息的是誰……

俞筱晚真是汗顏，君家的子弟真到朝中任高等官職的並不多，這一代的子弟中就更少了，好似只有君之勉擔任了一個南城指揮使的職務。曹中慈恐怕是看上了君之勉了，一心只想到他，可是當著君逸之這個出名的紈褲子弟的面，問最出息的是誰，真有幾分指著和尚罵禿子的意味。

平時曹中慈是個伶俐人兒，怎麼一旦跌入愛河就成了傻子？

俞筱晚憋著笑看向夫君，君逸之難得無奈一笑，回答曹中慈道：「最出息的是誰我不知道，不過最不出息就是我了！」

曹中慈這才意識到自己說錯了話，忙訕訕地改了口：「呃……那個，我不是這個意思……啊對了，郡王爺去過汝陽沒有？」

君逸之瞟了妻子一眼，痞笑道：「還沒去過。」

曹中慈便道：「還是去去吧，挺好玩的，爹爹說的。」

曹清淮一怔，隨即喝斥道：「食不言寢不語，不懂嗎？」

俞筱晚的眸光一閃，壓低了聲音問嘟囔個不停的曹中慈：「三舅父去過汝陽嗎？」

曹中慈正被父親罵得不爽，聞言也沒多想，便小聲地道：「爹爹沒去過，是勝伯陪大伯父去過，然後勝伯回來跟我說的。」

勝伯是曹管家的弟弟，也是曹家的忠僕之一。曹管家在京城主事，勝伯則跟著三舅父去了蘇州外任，這些俞筱晚是知道的，可是她卻不知道勝伯陪著舅父到過汝陽。

「什麼時候的事兒？我怎麼不記得了？」

曹中慈有些奇怪地看了她一眼，眼中流露出來的是憐憫的目光，「就是姑父過身的那一年。」

明明沒有！父親過世之後，曹家只派了敏表哥到汝陽來。

俞筱晚正要再問詳細一點，耳邊就聽到舅父的聲音道：「慈兒、雅兒，妳們也當敬郡王妃一杯，別總坐著。」

曹中慈和曹中雅忙端起跟前的酒杯，向俞筱晚敬酒。俞筱晚含笑飲下，心中卻極不是滋味，舅父明顯是怕曹中慈說出什麼來。那麼，有沒有可能其實舅父不是在父親身亡之後才到汝陽，而是……在父親身亡之前？舅父這般祕密地進入汝陽，會不會與父親的死有關？

俞筱晚一想到這個可能性，俏臉便立時變得慘白，胸口也一陣絞痛。

曹老夫人發現之後，忙焦急地道：「晚兒、晚兒，妳怎麼了？快、快抬表姑奶奶進去躺著，請太醫。」

曹老夫人話音方落，君逸之就衝了過來，一把抱起俞筱晚，幾步衝入暖閣，將她輕輕放在美人榻上，一面輕輕地呼喚：「晚兒、晚兒，妳怎麼樣？」

君逸之連喚了好幾聲，俞筱晚才緩過氣來，慢慢睜開眼睛，隨即虛弱地笑了笑，「我……沒事了，你們繼續吃酒吧。可能是天氣突然涼爽了，我反而有些氣悶。」

這算什麼理由？君逸之不滿地瞪了她一眼，沒好氣地道：「我哪還有心思吃酒？要不，我們回府吧？」

「不，我想躺一躺。」還有許多事沒弄清楚，怎麼能走？俞筱晚急忙撒嬌道：「你先去吃酒吧，我這兒有初雲和初雪陪著便成了。」說著還掐了掐他腰間的軟肉，要他聽話。

曹老夫人也忙道：「是啊，郡王爺不如先去吃酒，老婦在此陪著晚兒便是。」

君逸之拗不過俞筱晚，只得讓曹老夫人陪著她，臨走前囑咐道：「若是有什麼事，只管叫我。」

反正花廳離得不遠，他能聽見。

俞筱晚笑道：「知道了。」

打發走了君逸之，曹老夫人才側身坐在榻邊上，輕責道：「平日裡教我如何養生，倒是教得頭頭是道，自己的身子怎麼不知保養？妳才多大點年紀，就這般忽而心絞痛的，可千萬莫跟妳那短命的娘一般呀……」說著渾濁的老眼中湧出淚來。

俞筱晚怔怔地看了外祖母半晌，確定外祖母在聽了曹中慈的話後沒有半點反應，顯然是不知情的，心裡頭便覺得委屈了，伏在外祖母的膝上嚶嚶地哭。

曹老夫人嚇了一跳，忙扶著她的肩問：「晚兒乖，先莫哭了，告訴外祖母，是不是在婆家受了欺負？」

俞筱晚哭了一歇，才抹乾了淚水，搖頭道：「不是，晚兒是覺得……家中怎麼這麼不太平了呢？」她不想說出真正的心事，拉著曹老夫人的手問道：「外祖母，難道您也答應讓三妹妹換親嗎？」

曹老夫人聞言覺得萬分尷尬，若換成以前她自然是一點也不會贊成的，可是現在曹府大不同從前了。她想了想，才將實話告知：「妳三舅父的官職一直沒著落，按說他這六年在蘇州，考績亦是不錯的，有三次優三次良，就算不能升職，也應當能平級順利留在京城，可是回京都快半年了，天天跑吏部，人家卻都是敷衍他。妳敏表哥亦是，雖然高中兩榜進士，可是現今仍舊待在原職上，這可能與妳舅父有關。妳舅父不知怎麼得罪了攝政王爺，可能是哪樁差事沒辦好，攝政王爺最近時常在朝會上責備妳舅父，坊間又不知怎麼流傳出了……一些謠言，對妳舅父十分不利。」

對舅父不利的謠言？俞筱晚眸光微閃，聽曹老夫人繼續道：「因此曹家需要忠勇公府的這門親事，可是妳二表姊那個性子，哪裡能籠絡得住人？再者，靜晟世子回京也有一個月餘了，卻半點沒有上門請期的打算。我們是想著，先跟平南侯府退了親，再去說忠勇公府換親的事。雖然忠勇公世子的婚事是錢大人定的，交換的庚貼上，生辰八字和姓名估計也是錯的，可是世子與曹中燕定了親，這是許多人都知道的事，忠勇公家想隨意賴了這門親事，也會被人說閒話。反正要重新換庚貼，我們將庶女換為嫡女，他們應當不會不贊同。」

曹老夫人重重地一嘆，雖然犧牲了燕兒的幸福，可是換來了曹家的平安，也是值得的。至於燕兒……他們會再為她尋一個好婆家的。

俞筱晚想了想道：「我不知忠勇公府會怎麼想，就算他們同意了，難道以雅兒妹妹那樣的性子，嫁過去就一定能幫著曹家了嗎？忠勇公夫人我是見過的，是位十分精明的女人，恐怕燕表姊那種老實的性子，會更得她的眼緣。」

一般聰明能幹的婆婆，就希望自己的媳婦能蠢一點，不要總想著跟自己爭內宅的管理權，這個道理曹老夫人自然也懂，心中就不由得猶豫了起來。

俞筱晚又接著勸道：「官職任免的事，我聽說今科的進士們都沒有分配，恰逢三年一度的官員變動，多等等也沒壞處。」

曹老夫人聽得眼睛一亮，不由得握緊了俞筱晚的手問道：「怎麼？連官員變動的事，妳婆婆都跟妳說了？」

這是不是表示，晚兒很受楚王爺和楚王妃的喜愛呢？

俞筱晚垂頭答道：「這麼大的事，自然是聽說了，太婆婆、公爹和婆婆都不在府中議論政事的。」言下之意是，我不會幫舅父們爭取什麼。

曹老夫人聽得有些失望，隨即便又笑道：「那妳好好休息，我去去就來。」

這廂，曹老夫人才剛站起身，就聽得花廳那邊傳來了一疊聲的驚叫和桌椅倒地、杯盤摔碎的聲音。

曹老夫人皺眉問道：「杜鵑，快去看看到底怎麼回事？」

杜鵑忙答應了過去，不多時又小跑了回來，焦急地道：「不知哪句話沒說好，郡王爺發怒了，現在指著爵爺和大少爺在罵呢！」

俞筱晚聽得怔住，心底有些什麼隱約地劃過，猶記得這兩天逸之總是問自己：曹中敏的為人如何、辦事能力如何等等，問得十分詳細。她總覺得逸之是在替小皇帝打聽，怎麼會突然朝敏表哥發怒了？

武氏跟著杜鵑跟了進來，一進門就給俞筱晚跪下了，「求郡王妃勸勸郡王爺吧，敏兒真的只是一片好意，並沒有汙辱郡王爺和楚王府的意思啊！」

俞筱晚忙讓武氏先起來，再問她到底是怎麼回事。原來是席面上男人們喝酒之時，曹中敏懇求君逸之好好待俞筱晚，原也是一片關心之意，不知君逸之怎麼的就認為曹中敏看不起他，並且汙衊楚王府薄待了她，因此大鬧了起來。

君逸之並不是這麼不講理的人啊？俞筱晚心思一轉，面上調整出幾分憂心忡忡來，忙起身整理衣裳和髮髻，扶著初雲的手進了花廳，好說歹說地將君逸之給拉著往外走，一面向舅父、小舅母和外祖母告辭。

君逸之一臉通紅，渾身散發著酒氣，還不依不饒地衝一臉苦笑的曹中敏道：「別以為爺不知道你心裡打什麼主意，再讓爺看見你，爺見你一次打一次！」

待俞筱晚扶著他上了馬車，馬車一啟動，君逸之就將臉埋在她頸間，嗤嗤地笑道：「嚇壞晚兒了吧？」

俞筱晚沒好氣地將他的頭推開，「我沒那麼容易受驚嚇！」

君逸之想到之前不告訴她自己的事，她使的那個小性子，忙坦白從寬：「其實我是故意的。」附耳將皇帝的打算說了：「只能這樣貶出去，才不讓人懷疑。」

俞筱晚怒道：「那你為什麼說那樣的話？」

剛才他那話裡的意思就是曹中敏喜歡她，真是讓她生氣。

君逸之哼了一聲，陰陽怪氣地道：「妳那個大表哥，看妳的眼神可不單純，我不喜歡！」

俞筱晚一怔，不由得苦笑，「你胡說什麼啊！」

君逸之卻來勁了，將頭往另一邊一甩，「我是男人，我分得清楚。他若是對妳沒有……為何那麼幫著妳？他自己在翰林院沒事幹嗎？成天往妳的鋪子裡跑，找分店也是親力親為，別說妳什麼都不知道，哼！」

俞筱晚驚訝道：「我真不知道啊！」她就是覺得敏表哥對她不錯，對她的鋪子也十分上心，可那是因為他也有分紅不是嗎？真是的……她不由得嗔道：「你真是想多了，敏表哥都跟韓五小姐訂婚了，你這樣說，讓我以後怎麼跟韓五小姐來往啊！」

君逸之卻是堅持道：「別跟他們一家子來往就成了。」

俞筱晚只好不跟他討論這個問題，又說起了曹中慈無意間透露出的話：「難道我父親的死跟舅父有關嗎？」

君逸之心頭一凜，他們以往查尋之時，只顧著查俞家那邊的人，京城這邊主要查的是幾家有可疑的府上。曹清儒是俞夫人的親哥哥，自然不會被列入到懷疑對象之中。不過當時他們還查過所有的路條記錄，不論是俞筱晚的父親生前還是死後，都沒有曹清儒進入汝陽的記錄。當然，想不留路條記錄也是有辦法的，比如直接拿了攝政王或者太后的手諭，就沒有人敢攔路要路條。

他想了想道：「這事我會去查清楚，只要他的確去過汝陽，總會有蛛絲馬跡。」

俞筱晚點了點頭，又問起坊間關於舅父的謠言是什麼，君逸之神祕地一笑，「妳也知道的事，能讓他身敗名裂的，妳且猜猜。」

俞筱晚略想了想，隨即睜大眼睛，「不會是歐陽辰的事吧？」

君逸之得意地笑道：「的確是。還不止，好像那傢伙還有兩個同夥，妳舅父派了人四處找他們，讓我先找到了。」

君逸之留下這兩個人質，若是需要曹清儒死，或是要逼他說實話之時，有大用處。歐陽辰雖是奸商，但也是良民，就算犯了法，曹清儒也沒資格私下殺了他。現在只是放了些風聲出去，曹清儒就坐不住了。逼迫曹清儒，一來是為給俞筱晚出氣，二來是逼他幕後的人，希望他們能有所行動，好讓他們抓住點把柄。

他帶著些討好地看向俞筱晚道：「晚兒，我幫妳出氣，妳高興不高興？」

俞筱晚咬了咬紅潤的下唇，喃喃地問：「難道你不好奇，我為什麼不喜歡舅父嗎？」

「妳會告訴我嗎？」君逸之滿含期待地看著俞筱晚問道。

俞筱晚怎麼敢說自己重生的事，只得支吾道：「其實……我、我早就懷疑舅父害了我父親。」

曹清儒去過汝陽，君逸之也是今日才知道的，可是俞筱晚似乎在幾年前就十分討厭曹清儒了。君逸之根本不相信俞筱晚的說詞，卻仍是摟緊她道：「原來是這樣啊！」

俞筱晚在他懷裡抬起頭來，看著他問：「你不相信對不對？其實是……我曾經做過一個夢，夢到舅父要來殺我，我覺得這是預示。」

君逸之只是將摟著她的手臂緊了緊，並沒說話。俞筱晚輕嘆一聲，實在不知該怎麼跟他解釋了，索性就這麼過去吧。

兩人回到楚王府，已經在榮養的趙嬤嬤焦急地守在二門處，迎接兩位主子。俞筱晚忙上前拉起要行禮的趙嬤嬤，笑道：「嬤嬤幹麼到這兒來等，今日雖然沒有日頭，也怪熱的。」

趙嬤嬤一臉著急，悄悄看了君逸之一眼，君逸之笑了笑，先行了一步，趙嬤嬤才壓低了聲音道：「楚王妃將那位原宛婷小姐給接進府中來小住，今日原宛婷小姐還來了夢海閣呢！」這話聽在俞筱晚的耳朵裡，不過換來她微微一笑。老祖宗杖責了郭嬤嬤，父王敲打了母妃，一切的一切都說明了，不論是太婆婆還是公爹，都不希望楚王府再有一位忠勇公府出身的小姐為妃，母妃這般不甘心，小動作再多也沒用。這位原宛婷小姐，想來住就住好了，哪個權貴府中沒幾個投靠的親戚？

可趙嬤嬤不是這樣想啊，她看向俞筱晚的目光簡直就是「恨鐵不成鋼」，「二少夫人！」可能覺得音量大了一點，忙慌張地回頭望了一眼二少爺漸行漸遠的背影，再扭過頭來壓低聲音，幾乎是揪著俞筱晚的耳朵道：「嬤嬤知道二少爺疼妳，但是這府裡的人可都是看著楚王妃的臉色來的！今日蔡嬤嬤便將那位原四小姐給請到正廳裡，坐了大半個時辰呢！」

俞筱晚無奈地道：「原四小姐是這王府裡的表小姐，她上了門，難道蔡嬤嬤還能將人給擋在門外嗎？這不是讓旁人說二少爺和我不識禮數嗎？再者說，她坐她的，難道坐上幾個時辰就是側妃了嗎？」

「就是啊，嬤嬤，妳擔心得太多了。」原本已經走出老遠的君逸之不知怎的折了回來，嬉皮笑臉地看著趙嬤嬤。

趙嬤嬤老臉一紅，有些忸怩地退到一旁，忙道：「是老奴想多了，老奴該死！」她自然是擔心自家小姐的，恨不得親自上陣，將所有覬覦二少爺的女子都抓花了臉，可是也怕二少爺覺得小姐善妒。女人善妒可是個大缺點，會讓男人嫌棄的。

君逸之笑得鳳眼彎彎，「沒關係，晚兒不是讓嬤嬤幫忙管著她的事嗎？嬤嬤以後有什麼話只管說便是了，看見不長眼的客人只管掃地出門，捅了天大的窟窿，還有妳家郡王妃給補上呢！」

趙嬤嬤聽著心中一動，難道二少爺是在說，以後她可以幫忙將那些蒼蠅一樣的女人給趕出去？忙抬頭去看二少爺，可是君逸之已經扭過頭去跟俞筱晚道：「不如晚上請宛婷表妹到夢海閣用膳吧，妳還沒好好跟宛婷表妹結識過吧？」

俞筱晚嗔道：「你又在打什麼鬼主意！」

她說的可是肯定句，君逸之笑得不懷好意，「大哥如今康復了，得幫他找點兒事情做，不然又會閒出病來的。」

俞筱晚真是無語了，大哥人很好，和氣又溫柔，怎麼有這麼個見不得他清閒的弟弟呢？

君逸之似乎知道俞筱晚在心裡腹誹自己，虛摸了一把沒長的鬍子，搖頭嘆息，「沒辦法啊，我自小就不得母妃的眼，可是母妃卻是真心疼大哥的，什麼事兒只要是大哥說的，她必定會應允，所以只好麻煩一下大哥了。」

其實楚王妃真是被他們誤解了，這回原宛婷會來楚王府還真不是她安排的。前日才被王爺敲打，這位自幼按著三從四德理念教導出來的王妃，哪裡敢跟自己的夫君叫板？可是架不住大嫂一大早的直接將人和行李往她的春景院一放就甩手走人，她只好安排著原宛婷住下來。

楚王府西邊有兩處單獨的院落，裡面還分隔成了數個小庭院，是專門用來招待客人的。豪門權貴府中，的確是有許多來打秋風的親戚，原家又一直希望能繼續與楚王府保持姻親關係，所以在生出了嫡女之後，就時不時地將原宛婷送到楚王府來小住，累加起來，十六歲的原宛婷恐怕在楚王府就待了至少六年，西院中的鳴蘭閣就是她常備的住處。

本來今日沒撞見風流倜儻的二表哥，原宛婷心裡十分失落，可是歇了午起來之後，貼身丫頭喜鵲就興奮地朝她道：「小姐，蔡嬤嬤使了人過來相請，寶郡王爺要請您用晚膳呢！」

原宛婷用力摸了摸自己的小臉，還有感覺，應當不是做夢。她立時歡快了起來，連忙道：「快！快將我新做的那條繚綾裙子拿出來！啊，不，我先沐浴，妳快讓人去備水，不能讓二表哥久等！」

喜鵲如何不知主子的喜好，忙笑道：「奴婢早就準備好了。」然後一揚手，王府的婆子們擔了幾桶熱水進來。

喜鵲服侍著小姐沐浴更衣，梳了一個時下未婚少女最流行的飛燕髻，換上在不同光線下看就會變幻不同色彩的名貴繚綾紗製的月華裙，將原本就十分出色的小姐裝飾成了半個仙女。為什麼是半個呢？因為真正的仙女，臉上是不會出現那種花癡一般的笑容。

原宛婷迫不及待地來到夢海閣，蔡嬤嬤熱情地迎上去，含著笑道：「四表小姐來了，快快請坐，二少爺和二少夫人在議事，老奴讓人去通稟一聲。」

原宛婷的性子比較活潑，其實小的時候君逸之還挺喜歡跟她玩的，這夢海閣的內院，原宛婷也沒少來，加上君逸之一直住在外院的書房裡，內院裡沒人，以前原宛婷到了這裡，都是直接往裡衝的，如今被人攔在大廳裡，心裡就覺得有些不能適應，可她也只能坐在廳內，支著耳朵，希望能聽到一些裡面的動靜……還真是聽到了。

這會兒，俞筱晚和君逸之正在內室裡妖精打架，只不過沒真打到床上去，不是君逸之不想，而是俞筱晚死活不從。

開什麼玩笑，每晚不被君逸之折騰到半夜根本沒法睡，下午還要再來的話，她真怕自己會「勞累過度」。

俞筱晚再一次從君逸之的魔掌之下逃出生天之後，嬌喘地斥道：「再過來，今晚不讓你上榻睡了！」

君逸之滿臉慾求不滿之色，委屈地道：「是妳自己撩我的。」

俞筱晚用力翻了一個白眼，「我哪裡撩你了？我明明只是問你餓不餓？你在曹府沒吃什麼，光喝酒了，我才這麼問的！」

君逸之立即眼冒色光，「我真的很『餓』啊！」

兩隻漂亮的鳳目不老實地往某高峰上掃去，俞筱晚被他扯得衣領大開，洩露了大片好春光，君逸之忍不住用力嚥了口口水，痞痞地笑道：「好晚兒，要不，陪我睡一會兒？哎呀，我中午喝了酒，這會兒酒勁有些上頭了！」

誰會相信你！俞筱晚乾脆從桌上抄起一只玉如意，拿在手中當武器，只要他再敢撲過來，就用玉如意狠狠打他屁屁。

兩人正古怪地對峙著，初雲在外敲了敲房門，通稟道：「二少爺、二少夫人，原四表小姐來了。」

君逸之蹙了蹙眉，扭頭看了一眼牆上的自鳴鐘，「不是請她用晚膳的嗎？這也太早了吧？」

俞筱晚帶著看熱鬧的好心情，咯咯嬌笑道：「快出去招呼你的表妹，如果你表現得不好，小心我這個月都不讓你上榻睡。」

五月才開始呢，這處罰也太過了！君逸之用眼神控訴她的殘暴，可惜俞筱晚根本不理，上訴無效。俞筱晚直接一腳將他踢了出去，又喚了初雲和初雪過來幫自己換身衣裳，身上這套都被君逸之這個野蠻的傢伙給扯壞了。

君逸之無奈地晃到正廳，原宛婷正面紅耳赤著。正房就在正廳邊上，只隔了一條茶水間似的隔間，兩人「打架」的聲音又比較大，原宛婷可是在這裡聽了個清清楚楚，心裡頭又是酸澀又是期待。等自己嫁給二表哥之後，二表哥也會這般寵愛自己的吧？

她倒是有些自知之明，知道自己的相貌遠比不上俞筱晚，可是母親說過，男人都是貪新鮮的，再美的美人兒，玩一段時間也就不稀罕了，所以她極有耐心，她才不過十六歲，女人的好年華可是能延續到二十五歲的，總有那麼幾年，二表哥會寵愛她的，她只要能一舉得男就成了，自有姑母幫她鞏固地位。

因此見到君逸之出來，她忙有禮地站起身，斂衽行禮，並沒像別的花癡千金一樣，兩眼冒綠光地盯著君逸之看。

君逸之心中暗嘆。原本他喜歡這個表妹就是因為她懂得分寸，不會死黏著他，可是現在看來，她其實是不懂的，她只是比較懂得欲擒故縱而已，不過他的俊臉上還是擺出了親切的笑容，「宛婷妹妹來了，快坐，快坐！」

原宛婷嬌羞地斜著身子坐下，含笑道：「二表哥，我來得早了嗎？」

君逸之挑眉邪笑，「宛婷妹妹怎麼會來得早呢？恰到好處！一會兒妳表嫂出來了，我給妳們介紹一下！」

原宛婷聽他第二句話就提到了俞筱晚，心裡有些微的酸意，卻不敢露出分毫，只巧笑倩兮地道：「若是能識得表嫂，是宛婷的福氣。」

兩人說話間俞筱晚已經換好了衣裳，扶著初雲的手走出來，在君逸之旁邊的黃花梨木大椅上坐下。原宛婷忙又禮數周全地行了禮，俞筱晚親切地笑了笑，伸手虛抬了一下，「表妹快請坐。」

俞筱晚穿了一身遍地撒紫荊花的茜影紗及胸長裙，高提的腰帶將她豐腴的胸線勾勒得十分完美，纖細的腰肢又在半透明的茜影紗下若隱若現，一靜一動都帶著誘人的風情，別說是男人了，就連她這個女人看了也覺得心神蕩漾，只想看了再看。

原宛婷不知怎的就想到了剛剛聽到的動靜，小臉便是一紅，心中又嫉又妒，又不想當著二表哥的面表現出來，忙裝作欣賞似的看著俞筱晚，「表嫂這身打扮，可真是人比花嬌啊！」

話倒是沒什麼，只是語氣卻彷彿是高高在上的主子隨意地誇獎小丫頭似的。俞筱晚只垂了眼，微微一笑，並不搭話。

君逸之含笑向原宛婷解釋：「她平日裡性子怯，宛婷妹妹要多多包涵。」說著伸手握住俞筱晚擱在中間小几上的玉手，拿過來包在自己的掌心裡，寵溺地揉了幾下。

俞筱晚冷不丁被他拉過手去，露出一小截雪白的手臂，不由得嬌嗔地瞪了他一眼。君逸之卻略為得意地笑，曖昧地朝嬌妻直拋媚眼。

原宛婷看得眼紅不止，忙端起小几上的茶杯喝了一口，隨即蹙了蹙眉，喜鵲忙小聲問道：「小姐，可是茶水涼了？」

「什麼？茶水涼了？」正在跟嬌妻打情罵俏的君逸之左右張望了一下，不滿地問蔡嬤嬤道：「嬌蕊和嬌蘭呢？怎麼貴客來了，也不見她倆在這服侍？」

君逸之從沒讓二嬌近過身，俞筱晚來了之後，這兩人幾乎連正房都進不去了。芍藥、初雲和初雪包辦了正房裡的一切事務，二嬌平日裡幹的活跟二等丫頭差不多，只在正廳裡服侍。

今日蔡嬤嬤特意沒讓她二人到表小姐跟前來，就是怕她們在會太亂，可是二少爺居然要讓這兩個丫頭來服侍表小姐？蔡嬤嬤只愣了一下，便立即請罪道：「是老奴派了她們去給江柳幫忙，老奴這就去讓她倆進來服侍。」

君逸之威嚴地應了一聲，補充道：「叫良辰也進來服侍。」

俞筱晚這個極喜歡朝他拋媚眼的丫頭，他花了一個多月才記住了名字，剛好派上用場。

良辰就站在正廳外的青石臺階下，一雙漂亮的桃花眼一直悄悄注視著正廳裡的情形，耳尖地聽到二少爺的吩咐，忙提了裙角，款步進來，盈盈福禮，「給二少爺請安，給二少夫人請安，給表小姐請安。」

原宛婷聽著二表哥斥責蔡嬤嬤沒服侍好自己，拋下了嬌妻不管，心頭正竊喜不已，一雙妙目難以自持地直往君逸之的身上飄，忽然聽到嬌滴滴的嗓音請安，不由得轉眸一瞧，當即心頭大震，這是二表嫂的陪嫁丫頭嗎？怎麼……怎麼……這麼漂亮？

君逸之瞇眼一笑，語氣慵懶地道：「良辰，先給表小姐換杯茶，然後過來給我捶捶背。」

良辰大喜過望，顫著聲音應了一聲，忙樂顛顛地跑到隔間沏新茶。她一面沏茶一面思索，很快認定二少爺這是在考驗自己能不能與二少夫人一條心，於是回到正廳，給原宛婷沏好茶後，便嬌滴滴地站到君逸之身後，舉止輕柔地捶背，還嬌聲嬌氣地問：「二少爺，這樣舒服嗎？」

君逸之半瞇著鳳目，享受似的「嗯」了一聲。

原宛婷心下大怒，原來表嫂是這樣籠絡表哥的！這有什麼，我回府之後，自然會多買幾個漂亮丫頭，好生培訓出來，分庭抗禮。

原宛婷念頭才剛轉完，嬌蕊和嬌蘭便進來了，她又受了一次打擊。她的相貌已經屬於中等偏上，但跟這幾位上品美人比起來卻還是不如。原宛婷之前堅定的認為自己總有幾年寵能分的信念，越來越薄弱了。

用膳的時候，幾個美人丫頭圍在表哥表嫂身邊，他們的眼神掃在哪裡，幾個美人丫頭的筷子便伸到哪裡，合作的默契、神態的親暱……一頓飯下來，原宛婷已經被打擊得體無完膚了。

用過晚膳，君逸之還不放原宛婷離開，親親熱熱地摟著嬌妻坐在暖閣的美人榻上。俞筱晚極配合地任由他上下其手，倒是初雲和初雪兩個丫頭看得羞赧，將服侍的事都丟給了二嬌和良辰，自個兒跑了出去。

原宛婷垂頭喪氣地坐在對面的藤編小圈椅上，三人閒聊著家常，君逸之忽然話鋒一轉，笑咪咪地問：「宛婷妹妹去看過大哥了嗎？」

原宛婷強打起精神應付，「上回來時看過了。」

君逸之笑得有如誘騙小姑娘的人口販子，「今日還沒去過嗎？不如跟我們一塊兒去吧，我們正要去看看大哥。」

原宛婷不好拒絕，勉強跟著他二人到了滄海樓。君琰之正在西廂房改成的書房裡看書，聽說弟弟、弟妹和表妹過來了，忙到暖閣裡來待客。

他一身玉色圓領束身長衫，外披一件淡天青色對襟直裰，瀟灑自若地走入暖閣之中。原宛婷忽然發覺，那個瘦得跟竹竿一樣的大表哥變了，變成玉樹臨風的少年，她忙悄悄打量幾眼，越瞧越確認大表哥是真的康復了。

因為君琰之病了許多年，外人一直以為他是先天的不足之症，這樣的人多半是不長壽的。許多不足症的患者，都是僅二十餘歲便撒手人寰。所謂的好轉，也就是比之前好一些，可還是很難長壽的。

因此不論是她還是她母親，都從來沒有將君琰之當成婚配對象——若是君琰之早亡了，這世子之位就得讓給君逸之，嫁給他之後，什麼好處都撈不著，只能在未來世子妃的手下討生活，她哪個會願意？更何況，當年的君琰之臉色蒼白之中總帶些青色，怎麼看就怎麼嚇人，可是，現在的君琰之完全變了。

原宛婷正思索著，君逸之便熱情地上前與大哥寒暄，「熱情」得君琰之有些心底發毛。剛要開口問他到底有何事，就聽得外面通稟道：「智能大師來了。」

君琰之的毒解完之後，智能大師留下一張滋補的方子便回了潭柘寺，不知今日怎的又來了？君逸之忙道：「是我請大師來的，再診診脈，免得病情反覆。」

君琰之立即意識到其中有詐，每天有弟妹給他扶脈，一直挺好的，哪用得著再請智能大師過來？可是沒等他想出陷阱在什麼地方，智能大師便進了屋。在聽了君逸之的話後，真的坐到小圓桌邊，給君琰之扶脈完，含笑道：「施主只管放心，你已經與常人無異，只要再好生休養兩個月便成了。」

君逸之嬉笑著問道：「是不是兩個月後，娶親也沒問題？」

智能大師瀟灑地一笑，「這是自然。」

原宛婷的眼睛立即明亮了起來，「活菩薩」的名頭，她可是聽過的，忙笑著向君琰之恭喜道：「大表哥萬喜！」

君琰之的臉卻黑了，總算知道弟弟是什麼意思了。

君逸之難得請智能大師來一趟，忙讓智能大師給嬌妻也扶一下脈，智能大師也不推辭，扶了脈後，君逸之便追問：嬌妻的身子健康不健康？

「自然是健康的，十分健康！」智能大師答道。只是覺得奇怪，俞女施主的醫術並不差，為何非要他來扶脈？

俞筱晚也沒弄清相公唱的算是哪一齣戲，不過還是嬌羞地陪著演戲。

坐了沒多久，君逸之就帶著嬌妻告辭了，智能大師被安排在客院裡，原宛婷極想多留一會兒，但顧慮著少女的矜持，也只得磨磨蹭蹭地告辭了。君琰之不但沒有挽留的意思，連順口邀請她常來坐坐都沒有，不過這已經不能阻擋她的意願了。

她回客房立即寫了一封信，遞給喜鵲道：「安排個人，趁還未宵禁，立即送回府中。」

俞筱晚正在努力掙扎，可是感覺君逸之長了六隻手似的，不過幾個彈指的功夫，她身上的衣料已經完全沒有了，她只好發了脾氣，嗔道：「等我問完再說！」

君逸之見晚兒真有些火氣了，只好停下不老實的大手，趴到她身上邊啃邊問：「有什麼事非要現在問？」

俞筱晚撇了撇嘴，「我看剛才宛婷表妹似乎已經打算放棄了，你幹麼還要將她引到大哥那裡啊？」

君逸之咬著她的耳垂，含糊地道：「她是放棄了，可是舅母不會啊，讓她們纏大哥不好嗎？大哥可不比我手軟呢！」雖然不手軟，不過大哥是最孝順的，恐怕面對母妃也會為難，但這不關他的事，死道友不死貧道嘛！

俞筱晚「哦」了一聲，又問道：「你幹麼要智能給我扶脈？」

雖然擺了個任君採擷的姿勢，但是俞筱晚問這句話的時候，語氣十分嚴厲。

君逸之一怔，抬眸看進她的眼裡，發現裡面有些受傷和委屈，莫非是……晚兒以為他也懷疑她會不會生兒子？這可不得了，必須解釋清楚！他原是怕她年紀小，身子禁不得生育，因此每晚都在沐浴的熱水中加入了一種宮中祕製的藥粉，可以讓男子避孕的，現在既然智能大師說她的身子很健康，那他就不必顧忌了，早些生個孩子出來，也免得母妃總是拿這個作文章。

君逸之解釋了一番，見俞筱晚的神色漸漸柔和了，忙撒嬌道：「晚兒，我們生個孩子好不好？」

俞筱晚有些羞澀，這個問題，她還真不好回答，便轉了話題問道：「這事兒，你明明可以問我的，不問，是不是怕我……嗯？」

「不是不是！」其實的確是啊，怕她真是身子弱，他問了，反倒不美，可這卻是絕對不能承認的。君逸之乾脆用行動代替了回答，讓她「忙」一點，總不能再想這些有的沒的了吧。

次日一早，小夫妻倆剛到春景院給母妃請過安，就見忠勇公夫人帶著原宛婷進來了，君逸之肚子裡笑得直抽，面上卻是像以往那般隨意地給舅母請了安。

楚王妃想著大嫂來，肯定是有事找自己，便跟兒子、媳婦道：「你們去給老祖宗請安吧，我陪你舅母晚些過去。」

出了春景院，正瞧見君琰之遠遠地走過來，君逸之忙拉著小嬌妻調頭往另一邊走，嘴裡催促道：「快快快，別跟大哥照面！」

昨晚是有客人在，大哥不便發作他，今日可不同了。

俞筱晚竊笑，「你也知道自己辦事不道地嗎？」

君逸之回頭笑道：「這算什麼不道地，母妃只有大哥能對付，我這也是沒辦法！對了，晚兒，妳替我想一想，要怎麼才能阻了太后選秀呢？」

這事昨日君逸之略提了提，俞筱晚也清楚小皇帝的擔憂。他才多大年紀？十二歲而已，自然沒有權利參與選秀，這回選出來的，必定都是太后的人。這皇宮裡，就是怕某些人結成了聯盟，暗地裡對付皇帝……說對付可能過了點，但是為了家族而搞點小動作，肯定是難免的。

只是，太后既然有了這個想法，他們怎麼能阻止？俞筱晚想了想，小聲地問：「若是讓欽天監的人說皇上不宜早婚，不知道行不行？」

君逸之搖了搖頭道：「這是最好的辦法，但是太后既然有了決定，肯定已經跟欽天監商討過，咱們臨時收買肯定不行，換成別的寺廟中的大師也沒用，有御用的相士，太后根本不會去廟裡求助神明。」

俞筱晚想到了一件事，遲疑地道：「可是，若是天有異相呢？反正選秀這事，要各地送選秀女入京，至少得半年的時間，只要這段時間裡弄出個異相來，就能讓幾座大廟中的得道高僧出面勸說皇上不宜早婚，這樣不就成了？」

君逸之仔細琢磨了她所說的方法，好是真的好，可是就怕太后會派人去查，太后手中有皇宮中的暗衛，能力也是極強的，萬一被太后給查到了，到那時，只怕就會是滅頂之災了。

相較於君逸之的擔憂，俞筱晚卻是不急的，她知道再過一個月，京畿一帶就會大旱，而且是從這幾天開始就不會再下雨，其實這就能給太后暗示了。待到大旱之時，再引起全城百姓的議論，想必太后也不敢犯民怨。只是要怎麼跟逸之說呢？難道說她能掐會算？

君逸之見晚兒秀麗的眉頭擰成了山峰，忙笑道：「不急，妳也說選秀至少還要半年了，咱們總能尋到辦法。」

兩人攜手在後花園裡繞了一大圈，才從另一個方向到達春暉院，進了暖閣，發覺楚王妃和忠勇公夫人、君琰之、原宛婷都在暖閣裡，陪著楚太妃說笑。

兩人忙上前請安見禮，君琰之「友愛」地看了弟弟一眼，君逸之乾笑兩聲，「大哥今日怎麼來了，身子好多了嗎？」

君琰之淡笑如風，「昨晚你不是才請了智能大師來看過？」

「呵呵。」君逸之只能乾笑了。

之後也不知君琰之單獨跟楚王妃談了些什麼，楚王妃一變早上的態度，跟大嫂道：「世子妃我還是想挑一個身體健康，又懂些醫術的女孩子。」這意思就是原宛婷是不行的。

忠勇公夫人當即便怒了，「哪家的大家閨秀會懂醫術？醫者就算不是賤籍，也高貴不到哪裡去！妳若是想要琰之的身體好，府中多養幾個大夫就成了！難道妳想讓妳們堂堂的楚王府世子妃是個醫女？」

楚王妃一時被堵了話頭，不知如何應對，可是一想到兒子堅決的態度，她只得硬著頭皮道：「可是，琰之他……只當宛婷是妹子。」畢竟她日後是要跟著長子過日子的，自然會在意長子的意願一些。

「原來是這個。」忠勇公夫人輕笑道：「我還當多大的事呢，既然能將宛婷當成妹子，就是真心疼她的，日後多相處相處不就成了？宛婷到底是妳的外甥女，妳還怕她日後不向著妳嗎？若是妳不親自挑選世子妃，日後讓太妃挑出來的，又是跟她一條心，跟妳不對盤的！」

最後這句話深深地打動了楚王妃，她便由著原宛婷一日幾趟地往滄海樓跑，捧著各種各樣的瓷盅，說是特意為大表哥煲的補湯，又時常強拉著大表哥到花園裡溜達，美其名曰讓他多鍛煉鍛煉身體，但其實君琰之的武功是很高的，只是壓抑毒性耗去了內力而已，哪用得著這麼烏龜速度的散步來鍛煉身體？

君琰之後來不得不四處躲著原宛婷，楚王妃覺得這樣下去不行，乾脆親自將兒子約到春景院裡，讓原宛婷在自己的眼皮子底下跟兒子多多接觸。

君逸之和俞筱晚一邊愧疚，一邊歡喜地看著這齣鬧劇，每天差了丫頭們出去打聽原宛婷又給大少爺熬了什麼補湯？又在滄海樓裡待到了什麼時辰？

貳之章　太后生疑探實情

時間一晃便進入了流火的七月，由於近兩個月沒下雨，天天都是大日頭，京畿一帶大旱，涼水成了稀罕物。不能時時淨身，俞筱晚又最是怕熱愛出汗，幾乎屋內就沒斷過冰，扇子從不離手。原本一直不受重用的嬌蕊和嬌蘭、良辰都被她用上了，幾個大丫頭排了班，每日輪流給她打扇，一天十二個時辰不斷人。

君逸之卻沒有她清閒，必須每日往外跑，一來是有了大旱做藉口，選秀的事兒可以叫停了；二來是大旱之後，城內外的百姓們生活艱難，必須安置。雖然這不是一個紈褲子弟應當做的事情，可是他卻藉大哥之手，被強拖入賑災的隊伍，表面上不情不願，但是暗地裡卻十分投入。

俞筱晚瞧了眼自鳴鐘，估摸著君逸之快要回府了，便讓丫頭們準備好冰鎮的酸梅湯，再將井水打一盆上來，放在屋內，讓他擦擦身。剛安排好，芍藥便掀了簾子進來，手中拿著一張拜帖，「武舅夫人求見。」

俞筱晚忙讓芍藥親自去二門處接了武氏進來。武氏是為了兒子的事來道謝的。

自從上次在曹府，君逸之同曹中敏鬧了起來之後，只要在路上遇到曹中敏，便會盡力為難，弄得京城裡人人都知道，曹中敏不知怎麼的得罪了這位霸王。後來不知太后怎麼耳聞了此事，還親自宣了君逸之入宮問話，君逸之自然是一頓胡攪蠻纏，太后出於某種考慮，自然是要保皇家的人，認為曹中敏身為朝廷命官，操婦人業，實是對朝廷的汙辱。原本，以太后的意思，是要將曹中敏革去功名，免去官職的。

武氏嚇得忙跑來求俞筱晚，俞筱晚便假意應承下來，果真求得了君逸之的諒解，後又因韓丞相等人施壓，才將曹中敏貶為祁陽縣令。

恩旨一下，武氏就忙忙地來向俞筱晚道謝了。

她特意帶上了幾件名貴的禮品，俞筱晚哪裡好意思收，笑著推辭道：「小舅母這就是將晚兒當成外人了，萬不可如此！敏表哥馬上要成親了，最是需要錢財的時候，您還是留著給敏表哥用吧！」只拿了武氏家鄉帶來的特產。

因為曹中敏要去祁陽，原本打算晚一年再嫁女的韓家，立即派了人過來商議婚期，免得三年之後女兒成了剩女。

武氏連遞了幾回，見晚兒真心不收，便也不再強求，又說了些道謝的話，這才千恩萬謝地告辭走了。

酉時初刻，君逸之帶著一身汗水回來了，俞筱晚忙親自服侍他更衣擦身。君逸之膩煩得緊，抱怨道：「這鬼天老爺，不知何時才會下雨！」說著看向俞筱晚，「妳且說說看，有沒有夢到何時會下雨？」

因為早在一個多月前，俞筱晚就自稱做了夢，會大旱，結果真的大旱了。君逸之一開始還笑話她，現在倒有些想她再夢一次了。

俞筱晚佯裝想了想道：「最多再過十日，應當就會下了。」她記得，似乎是七月中旬開始下雨的。

「但願真是這樣才好。」君逸之長嘆了一聲，「這時節百姓們倒還有食糧，可是水少了，田裡的糧食枯了大半。入了秋，沒收成，年底就可能會有民亂。」

俞筱晚道：「可以進深山裡挑水，若是百姓們沒有這個能力，就派軍隊去，一段一段地送，總要保了收成，才能壓住民亂。我記得，好似有些作物是耐旱的，不知現在還能不能種？若是少了糧食，多些雜糧，倒也是可以的。」

君逸之鳳目一亮，「進深山挑水這主意倒是不錯。」

一到旱時，人們總是往深了打井，入山這種事，太費時間和體力，走得幾十里的山路，一擔水不知還能剩多少，但是用軍隊就不同了，皇宮裡的飲水都是從山上打的，本來就有取水的途徑，若讓軍隊每隔一段設個點，真的就能將深山裡的水給引出來。

他一時也坐不住，立即又跑了出去，這回直到深夜才回來，一把抱住俞筱晚，興奮地道：「陛下說妳這主意不錯，已經採用了，具體的方案都讓工部和兵部擬好了。晚兒，這回妳可立了大功了。」說著就湊上來狠狠吻了個夠。

俞筱晚笑著推了他一把，「快去梳洗一下，我給你熬了枸杞山藥粥，下火的。」

君逸之飛快地進了淨房，三下五除二，用大盆的水擦洗了一下身子，換了身乾爽的衣服，盤腿坐到美人榻上，享受嬌妻的服侍。他喝口粥，瞇眼品了一會兒，笑道：「晚兒熬的粥就是不一樣。」

俞筱晚笑嗔道：「哪裡不一樣了，粥還不就是粥！」

君逸之一把摟過她，含笑道：「味道不一樣，很幸福很窩心，我的晚兒真是好本事，什麼都會。」

俞筱晚不好意思地笑了笑，她一個十指不沾陽春水的千金，會熬粥，還是前世為了表示體貼熬夜苦讀的曹中睿刻意學的，不知道告訴這個醋罈子，他會不會掀桌？

俞筱晚頓時覺得尷尬，忙轉了話題，指著粥裡的枸杞道：「這是小舅母今日特意送來的，謝我替敏表哥解圍。我真是慚愧，明明是咱們設計敏表哥的。」

君逸之一面喝粥一面搖頭晃腦，「非也非也，妳可知太后為何要貶曹中敏？因為她看中了韓甜雅，想選她進宮。」

俞筱晚一怔，「可是，甜雅比皇上大幾歲啊。」

君逸之微微一哂，「長得漂亮，父親又是當朝丞相，大上幾歲怕什麼？反正待皇上年滿十五，韓甜雅也就十八歲而已，風華正茂。再說了，日後皇上還是會選秀，又不是要她與陛下白頭偕老，所以啦，我這樣胡鬧，倒是給了皇叔他們藉口保他的官職，若是由太后出手，只怕就難以挽回了，妳小舅母謝妳是應當的。」

俞筱晚呵呵一笑，掐著他的俊臉道：「你還得意了！」她忽而一頓，「對了，今日聽蔡嬤嬤說，淑雲小姐要過來住上一段時間，這位淑雲小姐是何方神聖啊？」

君逸之鳳目一亮，嘿嘿地笑道：「她是老祖宗的娘家人，自小就到寺廟裡帶髮修行，今年出關。老祖宗要將她接過來嗎？這麼說，是要跟宛婷妹妹唱對台了？」

原來蘭淑雲小姐不是為了逸之而來的，俞筱晚立即輕鬆了，並且打從心底裡感到高興，因為這表示著他們已經從主角淪為配角，那些未婚女人們的目標，從君逸之轉為了君琰之。這其實也很容易理解，君琰之的相貌雖不如君逸之，卻也是十分難得的美男子，最重要的是，他是世子，未來的楚親王，光是這一點，就算他長得其貌不揚，也會有大批的美人前赴後繼。

對蘭淑雲的到來最感到緊張的，並非原宛婷，而是楚王妃。對於世子妃人選的這個問題，楚王妃一直是心存戒心的。她自很早之前就知道婆婆肯定要插手長媳的人選，這段時間原宛婷住在楚王府裡，楚太妃算不上刁難她，但多少也暗示原宛婷不適合當世子妃。

可是，憑什麼？憑什麼原家的女兒不行，她們蘭家的就可以？不都是國公府嗎？雖說定國公府是太后的娘家，可是誰又知道未來皇后的娘家人不會出在忠勇公府呢？原宛婷的嫡妹今年十歲，與皇上年紀相仿，忠勇公府的人難免會有些奢望。

楚王妃如同一隻困獸，在屋子裡團團轉，喜鵲登枝，團花似錦圖案的雲錦地毯都被她踏出了一條印痕。

楚王妃嘴裡念念叨叨，驀地停住，目光灼灼地看向郭嬤嬤，「妳說，有什麼辦法把蘭淑雲氣走？或者讓她出醜，被宛婷給比下去？」

郭嬤嬤嘴唇哆嗦了片刻，撲通一聲跪到地下，「求王妃饒了奴婢，上回奴婢幫王妃出主意，已經被太妃教訓過了，奴婢、奴婢真的不敢了！」

楚王妃長長的指甲指著郭嬤嬤，氣得跟什麼似的，「妳——妳忘了誰是妳的主子了？」

郭嬤嬤仰起頭來，神情悲壯堅決，語調哀婉懇切，「奴婢知道王妃才是奴婢的主子，奴婢應當唯王妃之令是從。奴婢並非怕事才不願幫王妃出主意，只是蘭表小姐若是受了委屈，太妃一定又會拿奴婢做筏子來打王妃您的臉啊！奴婢就算被打死了也沒什麼，可是，您的臉面怎麼辦？這府裡，還會有誰敬您為主子？」

是啊，打郭嬤嬤就等於在打她的臉啊，婆婆這樣幹已經不是一次兩次了，這王府裡的人哪個真將她的話當成命令？楚王妃頹然坐倒在圈椅上，激憤地道：「就因我不是她選中的媳婦，所以就要這般折辱於我嗎？連內宅都要給俞氏管！這裡是楚王府，我才是楚王妃！」

一想到幾天前，婆婆主動要求俞氏代掌中饋，楚王妃就氣不打一處來。雖說俞氏有自知之明，婉轉推辭掉了，可是婆婆越過她這個媳婦，直接將內宅交給孫兒媳婦，這不就是當眾打她的臉嗎？退一萬步說，就算要直接交給孫兒媳婦，也應當是世子妃才對，而不是那個女人生的二兒媳婦！

「不行，世子妃一定得是忠勇公府的人！」楚王妃恨恨地道。

郭嬤嬤趁機進言道：「對啊，只有您的侄女才能真正地幫著您，這也關係著忠勇公府的利益，舅夫人也應當上心才是。」

楚王妃聞言，心中忽然敞亮了，對啊，大嫂若是聽到了這個消息，也應當萬分焦急才是，不如讓大嫂想辦法，她在一旁幫襯便是了。楚王妃拿定了主意，便吩咐郭嬤嬤道：「妳去請忠勇公夫人過府一敘。」

郭嬤嬤領命，拿著楚王妃的名帖出了王府，卻在半道上拐入了一條小巷，來到一個小後門前，有節奏地輕敲了幾下，便有人打開了小門。郭嬤嬤閃身進去，一盞茶後才走出來，去往忠勇公府。

這個時候，俞筱晚正在聽君逸之說楚王府幾家姻親的近況，老祖宗的娘家自是不必提了，權貴中的權貴，就是娘舅家有些難以啟口。

「先忠勇公娶了七房妻妾，嫡子、庶子眾多，可是真正有能力的卻沒一個。公爵的爵位遠不比王爵牢固，皇族之人，只要沒有謀逆的心思就能永世富貴，就是皇上也不能隨意褫奪我們的爵位和封號，可是公爵之後的爵位就不同了，皇上看不順眼了，隨意挑點小毛病，就能削為平民，而且子女多，又要蓄養奴僕，就難免有些拮据，因此，大舅舅繼承了公爵之位後，才會急著與王府聯姻，可是……」

談到娘舅家的情況，君逸之都感覺有些難堪，大舅舅跟母妃一個脾氣，死要面子。不但自己的子女們錦衣玉食、奴僕如雲，自家的幾位嫡弟庶弟也都沒分家，由他一人撐著，就為了一個仁厚孝悌的賢名。

父王新婚之初與母妃情濃之時，十分幫襯忠勇公府，但幫襯的結果就是，大舅舅一家人覺得這是他們應得的，若是哪天發現他們兄弟倆有的，楚王府沒有為忠勇公府的公子們準備一份，就覺得父王偏心了，母妃也覺得父王不再愛她了……最終，老祖宗一怒之下收回了中饋權，父王心裡也有數，楚王府再怎麼富裕，到底不可能幫著養一個偌大的國公府。

這些事，君逸之並沒有細述，但是俞筱晚也聽出了一個大概，不由嘆道：「幸虧我拒絕了老祖宗，不然母妃非怪罪我不可。」

君逸之蹙著眉，遲疑地道：「其實，老祖宗年紀也大了，精力不濟，妳幫著主持幾年中饋也是應當的。」

俞筱晚用力搖頭，「不行！且不說日後咱們是要分府單過，就算不分府，這裡也是楚王府，就算母妃不得老祖宗信任，也應當是由世子妃來掌管中饋才是！大哥的年紀這般大了，身子又好了，老祖宗肯定會在半年之內敲定他的婚事，老祖宗再辛苦半年也沒什麼！」說著往客院的方向指了指，「人都要住進來了。」

她沒說的是那位蘭淑雲小姐，還不知是個什麼脾氣？若是老祖宗讓她管到分府獨居，那位還不知會怎麼想呢。

過了兩天，接蘭淑雲的馬車便到了楚王府。俞筱晚和君逸之一同換了衣裳，去春暉院迎接這位嬌客。俞筱晚早聽說蘭淑雲出生後，術士批命說她必須在廟裡住到十八歲，否則就會早夭。俞筱晚覺得一位在廟裡養了十幾年的姑娘，必定是貞靜嫻雅的，但是見了真人後，俞筱晚還是覺得自己的想像力不夠。

怎麼說呢，蘭淑雲絕對是位大美人，只是氣質上，不知是不是因為在寺廟裡久居的緣故，性情淡泊，心如古井，舉止也好、言語也好，都是淡淡的，這使得她看起來像是得道的高僧，而不是世俗的女子。若是名寡婦，倒能稱得上端莊守禮，可她是未出閣的少女，這副樣子實在是不大討人喜歡。

俞筱晚悄悄看了對面的大哥一眼，果然只瞧見大哥臉上那禮貌性的微笑，完全沒有半點心動的痕跡。這也讓原宛婷心中竊喜不已，早知道是這麼個老古董，她還擔心什麼？

可是到了晚間，楚王府內的一干人等全都大吃了一驚，按禮數，楚王府擺了接風宴，楚王府中的主子都在座。宴會之後，原宛婷為了展現自己的所長，對比對方的所短，強烈要求蘭淑雲為楚太妃彈奏一曲。

蘭淑雲淡淡地一笑，「原四小姐必定是此中高手，淑雲怎敢魯班門前弄大斧？還是由原四小姐彈琴，淑雲為太妃舞上一曲吧。」

原宛婷心道：妳若想出醜，我就讓妳出個夠。當下滿臉謙虛的笑容，推辭了一番，然後才應下。她坐在琴台邊，手指一抖，彈出了一串熱烈的音節。

俞筱晚暗翻了一個白眼，這樣快節奏的曲子，似乎是邊境上異族的曲風，蘭小姐這般貞靜，哪裡能跳這樣強烈的舞蹈，這不是成心要蘭小姐出醜嗎？

可是她還沒想完，所有人都以為外表素淡，性子也必定淡得寡味的蘭淑雲，忽地一扭身，快速地旋轉起來，長而寬大的衣袖隨著手臂的飛揚而翻滾，成片的衣袂之間，清淡的眉眼，竟然流露出誘人的媚色。

這樣奔放誘人，又帶著些異域風情的舞蹈，直看得在座的眾人如癡如醉，君琰之全神貫注地看著場中衣袖紛飛的精靈，餘光都沒有掃原宛婷一下。

原本是為了將蘭淑雲比下去的，哪知竟是自己被比了下去？原宛婷回到自己的房間，氣得直捧枕頭。

喜鵲將王府的丫頭們都打發出去之後，掩上了房門，附在小姐耳邊輕語：「小姐莫急，嬤嬤已經說了，夫人明日就會到王府來，明日由王妃出面請夫人用宴，就不必請上蘭小姐等人了，夫人會讓王妃給世子爺下藥，您只扶著世子爺回去，再這般這般，就成了。」

原宛婷聽得臉紅心跳，強撐著最後一絲少女的矜持問：「這樣好嗎？」

喜鵲笑嘻嘻地道：「是世子爺酒後亂性，您可是受害者，有什麼不好？」

原宛婷忸怩地沒應聲，只吩咐：「打水進來梳洗吧。」

她躺到床上之後，心裡就開始盼望著明夜了。

第二日一早，君逸之和俞筱晚在春景院外遇到了君琰之，兩人笑嘻嘻地給大哥行了禮。君逸之非常熱情地搭住大哥的肩頭，神情曖昧地道：「恭喜大哥了！」

君琰之毫不客氣地當胸給了弟弟一拳，「滾！」

君琰之一想到自己如今所受的苦楚原本應當都是弟弟的，他就嘔得幾欲吐血，誰能想到他自幼疼愛的弟弟竟會這麼不顧手足之情，為了自己清閒快樂，就將他往火坑裡推呢？

可是君逸之心裡沒多少愧疚之情，反正這樣的情形大哥遲早要遇到的，他不過是將時間提早了幾個月而已。待大哥靜養上幾個月，身子健康了，選妃就會提上日程的，不是嗎？

君逸之裝模作樣地捂著胸口，陪著笑，有一搭沒一搭地跟大哥閒聊，一面琢磨大哥的回答，一面仔細觀察大哥的表情，進暖閣的時候，回頭朝俞筱晚搖了搖頭，告訴她，大哥並沒看上蘭淑雲。

俞筱晚眨了眨眼，昨晚大哥看蘭小姐的舞也是目不轉睛的樣子，想不到竟然只是純粹地欣賞舞姿。

這倒也不奇怪，大哥看上去就是那種十分理智的人，要他喜歡上一個人，恐怕首先得第一印象好，然後再慢慢地日久生情。從這個角度上來說，蘭小姐就比原小姐要有優勢。幾個月前還在說非逸之不嫁，甚至甘願為側妃，現在又纏著大哥不放的原小姐，恐怕在大哥的心裡，就是一個攀龍附鳳的小人。

三人一同進了暖閣，給楚王妃請過安後，便陪著楚王妃一同去春暉院請安。蘭淑雲已然在座，見到楚王妃等人，忙起身站在一旁，待他們自家人見禮過後，才端莊地上前行禮。

原宛婷也是隨著楚王妃等人一同到來的，見蘭淑雲如此守禮，也不甘於人後，忙起身見禮，兩個情敵的目光在半空交會，一時間火花四射。

俞筱晚饒有興味地看著，她終於可以在一旁觀戲了，看戲的果然比演戲的要輕鬆愉快啊。

楚太妃彷彿沒發覺任何火花似的，微微一笑，讓兩位嬌客坐下，開始閒聊，話題圍繞著兩個女孩兒家，比如喜歡什麼？平日裡都做什麼消遣時光？學了些什麼之類的問題。不偏不倚，並未特別垂青誰。

可是楚王妃就是覺得婆婆這是在極力推薦蘭淑雲，終是尋著了一個時機，拿扇子掩嘴笑道：「老祖宗，您總是問些女孩兒家的事情，琰之和逸之定然覺得無聊至極呢。」

楚太妃輕輕揚唇笑了笑，「若是你們兩個覺得無聊，便去辦差吧，如今京畿大旱，你們能想到為朝廷出力，我和你們父王都覺得臉上有光，只不過，辦事就要好好辦事。」說著盯了君逸之一眼，「不許半途跑到別處去。」

君逸之嬉皮笑臉地道：「老祖宗放心吧，我一定會看好大哥的。」

「你大哥用得著你看著嗎？你只要管好你自己就成了！」楚王妃不滿地道。

明明就是你怕辛苦，總往花樓裡鑽，卻連累你大哥的名聲！楚王妃又不屑地瞥了楚太妃一眼，逸之會這麼散漫，都是您慣出來的！

君逸之聽了只當沒聽見，笑嘻嘻地起身，跟著大哥走了。

屋內只留下了女子，談話的內容就隨意多了，只是楚王妃總能將話題帶入尷尬之境，她忽而問蘭淑雲道：「蘭小姐在廟中住了十幾年，好不容易出關了，為何不多在府中陪陪父母，要來咱們王府小住呢？」

這明明是大家都心知肚明的事，可是不會有人當著未婚少女的面問出來，問了要她怎麼回答呢？說她喜歡楚太妃，那麼將她自己的父母置於何地？

蘭淑雲如今也不吃素了，只難堪了一歇兒，便笑道：「淑雲跟原四小姐一樣，都是父母安排住入楚王府的，父母說喜歡楚王府的荷池，讓淑雲代為觀賞幾日。」

一下子就將原宛婷也給繞了進去，偏偏原宛婷是被自己的娘親送過來的，楚王府的下人們都知道，自然無法反駁。楚王妃和原宛婷都漲得臉色發紫。

俞筱晚眼帶笑意地看了蘭淑雲一眼，又轉頭去看楚太妃，卻只見楚太妃垂著眼皮子，一副事不關己的模樣，她心下就不由得奇怪了。論說老祖宗親自挑來的孫媳婦占了上風，應當高興才是……猶記得自己有幾回拿話堵了旁人的時候，老祖宗還讚自己呢！怎麼到了蘭小姐這兒，就有些不大一樣？

這念頭不過是在腦海中閃了一下，俞筱晚不想氣氛尷尬，便打圓場道：「府中的荷花的確是開得好，而且七月是荷花、蓮花同時盛放的時節，不如晚上咱們到水榭裡納涼吧？」

蘭淑雲立即贊同，原宛婷也沒反對，只是想到自己的使命，留了點話尾，說是只咱們三姊妹。氣氛又再度熱烈了起來，只是蘭淑雲總時不時地瞟一下俞筱晚，俞筱晚心生戒心，難道是因為老祖宗對我親切一點，這位準大嫂便吃味了？

老年人不那麼怕熱，屋裡雖然有小丫頭給每位主子打扇，可是沒有放冰，搧出來的也是熱風，俞筱晚很快就出了一身薄汗，加上蘭淑雲和原宛婷話鋒裡總有些明爭暗鬥，便有些坐不住。

楚太妃大概看出來她的不自在，便笑道：「晚兒，妳去替我到小廚房看一看，讓她們做些冰鎮果子汁來。」

這算是給俞筱晚的福利了，楚王府的後花園裡有一座人工疊出的小山，遍植林木，小廚房就建在小山後坳裡，這時節，算是整個王府裡最清涼的地方。

俞筱晚到了小廚房，交代了老祖宗的吩咐，便到山腳下的竹屋裡坐下，美其名曰等果子汁榨好了，她再回去覆命。

初雪和初雲哪裡不知道主子的習性，便笑著為她去小廚房討了些碎冰，拿小碗盛了，放在俞筱晚椅子邊的小几上，再拿扇子一搧，風就成了涼風了。

俞筱晚漸漸收了汗，心裡愉快了起來，開始跟兩個丫頭閒聊，聊著聊著，就聊到了兩個丫頭的婚事。這兩丫頭比她還大一兩歲，現如今初雪有十七了，初雲也快十七了，對於丫頭來說，還不算大，一般人家的丫頭都是二十歲左右放出去嫁人。俞筱晚不想耽擱到這麼晚，於是給兩人定下期限，「到今年年底，若是妳們自己沒有看中誰的話，就由我來給妳們挑，保證妳們兩個明年都嫁出去。」

「小姐就喜歡臊人！」

兩個丫頭面紅耳赤地跺腳跑了，俞筱晚眯著眼睛自在地搖起扇子。

不多時，小廚房做好了果子冰，俞筱晚便帶著廚娘一同回了春暉院，卻沒見到楚王妃和原宛婷，楚太妃道：「是大舅母來了，妳也去春景院看看吧。」

這個大舅母指的當然是忠勇公夫人。

俞筱晚到了春景院，卻被金沙笑咪咪地攔了下來，「二少夫人安。對不住，王妃有事要同舅夫人商議，吩咐了暫不見客，若是二少夫人有要事，先請到西廂房休息一下，一會兒奴婢再去請二少夫人好嗎？」

俞筱晚笑了笑道：「我也沒什麼事兒，就是來給大舅母請安的，若是不方便，我就先回夢海閣。」

忠勇公夫人雖是長輩，但到底君臣有別，俞筱晚也不是一定要給她請安的。

金沙蹲身福道：「奴婢送二少夫人。」

此時的春景院正房裡，楚王妃正同大嫂低聲地爭執著，忠勇公夫人聽說了昨晚蘭淑雲的表現之後，提議給世子下點藥，以成其好事。

但是此計遭到了楚王妃的極力反對。她是向大嫂問計沒錯，可是前提條件是不傷害到兒子，她的後半生可都指望著兒子呢，怎麼能在兒子的病剛痊癒了沒兩個月就下那種藥，誰知道會不會對身體有什麼傷害？

忠勇公夫人口沫橫飛地勸說，最後不得不發了脾氣，「那妳就看著蘭家的姑娘成世子妃，祖孫兩個聯手將妳擠出王府吧！」

楚王妃的心一陣猛跳，她其實擔心的就是這個，兒子雖然是她生的，可昨晚他看蘭小姐的舞時，眼睛都不眨一下，保不住日後跟逸之似的，心裡眼裡只有那個蘭丫頭。待日後琰之承了爵，蘭丫頭要送她去鄉下別苑安養，只怕琰之真的會答應——不知道為什麼每次試想晚年的時候，楚王妃總是拿楚太妃做例子，比如楚王爺一定會比她早死若干年，而楚太妃一定還活得好好地來整治她。

見小姑有些猶豫了，忠勇公夫人忙加一把勁，「就這麼定了！我聽說蘭小姐生得十分漂亮，咱們還得想辦法不讓她為側妃！」

楚王妃遲疑地道：「這沒什麼吧？琰之又不像逸之。再者說了，納妾納色，若是連個漂亮的側妃都不給琰之，這也太虧待琰之了。」

忠勇公夫人差一點沒被她給氣死，真心覺得自己這個小姑的腦袋被驢踢過，「漂亮的千金還少了嗎？非要娶個定國公府的小姐？」

楚王妃默了，呆坐著不動，忠勇公夫人趁機將一個小紙包強行塞入她的手中，「中午琰之他們不會回來吧，晚上可一定要記得。」

俞筱晚用過午膳，讓丫頭們在朝南的窗下擺上一張竹榻，然後倒上去歇晌。君逸之一頭大汗地跑回來，正瞧見一副美人午睡圖，心中不禁大動，揮手讓打扇的丫頭退出去，一副餓虎撲食撲上去，抱著俞筱晚打了個滾。

俞筱晚本已經休息得差不多了，只一下便醒了過來，隨即捏著小鼻子道：「臭死了，快去擦擦汗！」

君逸之卻偏不去，還將額頭鼻頭的汗直往她臉上蹭，兩隻手也極不老實，「不去不去，抱著妳就涼爽了！嘿嘿，古人有云，冰肌玉骨自生涼！」

俞筱晚嬌惱地瞪了他一眼，「你想歇息，我就將榻子讓給你，快鬆開手！」

她這身子倒是算得上冰肌玉骨，可惜從來就不自生涼，不然屋裡用得著擺放這麼多冰嗎？現在又被這麼一個大火爐抱著，頓時覺得一身黏膩膩的，似乎又出汗了，忙用力扭著身子，要掙脫這個火爐。

君逸之被懷裡這個馨香的身子扭出了興致，猛一翻身，就將她壓在榻上，笑嘻嘻地道：「晚兒乖，為夫都閒置好幾天了，妳可要好好疼疼為夫！」

俞筱晚小臉一紅，揮開他伸入腹地的大手，嬌斥道：「不行，大白天的！」

前幾日俞筱晚的月信來了，君逸之想吃吃不著，只能東摸摸西摸摸過乾癮，早就憋得受不住了，哪裡還會管白天晚上，當機立斷地以吻封住她的小嘴，火速解除彼此間的一切障礙，然後長驅直入。

一場激烈的歡愛之後，俞筱晚早已是香汗淋漓了，下面又是黏黏的，氣惱地在君逸之腰間掐了一記，「討厭，明知沒水……」

君逸之笑得像隻偷吃了老母雞的狐狸，「難道沒水就不能造人了嗎？一會兒咱們奢侈一回，洗個鴛鴦浴如何？」問到後來，語調十分曖昧。

俞筱晚想到上回洗鴛鴦浴差點弄出水災來，不由得小臉一紅，啐了他一口，就不應允。

君逸之這會子吃飽了，滿足了，便十分體貼地抱著嬌妻，繞到屏風後隔出的小淨房裡，為兩人擦了擦身子。

這天兒真是熱，做喜愛的運動的時候自然是不管不顧，可一靜下來就真覺得身上黏糊得難受，偏偏井裡的水位已經下降到了不能再少的地步，又不知何時會降雨，井水自然要先保證飲食，然後再是梳洗用水，就是楚太妃那兒，也多少天沒配沐浴的水了。

君逸之一時想到晚兒說不過十來天就會下雨，便問她道：「妳真能肯定嗎？」

俞筱晚用力點頭，「能，我夢見下雨了！」

君逸之看了她一眼，關於夢的說法他並不相信，可是也沒理由懷疑嬌妻。上回她說會大旱，可是說得極準的，後來提到的運水法子，也解決了城中百姓飲食用水的問題，可謂是立下了大功，於是他便琢磨道：「若是真的能不到十天就下雨，那麼倒是可以請陛下到天壇祈雨，藉此為陛下廣播聲名。能祈到雨的，必是真龍天子不是嗎？」

「陛下都已經登基了，難道還不算真龍天子嗎？」

這些政治上的事，俞筱晚是不懂的，君逸之便耐心地解釋給她聽：「並不是登基了就能坐穩龍椅，要經常提醒一下朝中的官員和百姓，才能坐得穩啊！」

俞筱晚只關心他的去向，「你又要出去獻計嗎？」

君逸之掐了掐她的小臉，「不用，我寫封信，讓從文帶出去就成了。」

俞筱晚忙招了初雪進來，讓她去前院叫從文。待從文過來的時候，君逸之已經將信寫好了，交給從文帶出去。

到了下晌，正是一天中最熱的時候，南窗這邊都不涼爽了，他就很自然地想起了小山下的那排竹屋。

小山下的那排竹屋最初建好，是打算給主子們納涼用的，可是靠近林木的地方蚊蟲極多，若是想去，還得先用艾草熏上大半日，實在是費神費事，加上王府冰窖裡的冰也用不完，主子們便不去那兒納涼了，僕人又不敢私自進去，倒成了整個楚王府最安靜的地方。若是真的很涼爽，說不定還有興致再運動一回。

一想到魚水之歡的愉悅，君逸之笑得見牙不見眼，「那咱們就去那裡涼爽涼爽好了。」

君逸之說著便拉著俞筱晚出了門，丫頭小廝都不帶，免得中途被人打攪。

看他那猴急的動作，俞筱晚哪裡不知道他心裡打的什麼鬼主意，忍不住暗啐了幾口，卻也沒拒絕。大約是到了夏天，人都熱情一些，只是被太陽一烤，人就有些犯懶。

這會兒日頭最大，僕婦們都儘量窩在屋裡，君逸之乾脆抱著俞筱晚，專挑了樹蔭下，掠進了竹屋。不走尋常路的結果就是，剛一進到正屋套間之中，就聽得外面傳來壓低了音量的交談聲，一位是年紀大的僕婦，另一位竟是蘭淑雲的丫頭翠枝。

僕婦道：「蘭表小姐真是出手大方，這麼漂亮的玉鐲子，奴婢真是頭一回見呢！」

翠枝頗有幾分得意地道：「只要妳記得時常告訴小姐她想知道的事，日後還會有妳的好處。」

君逸之放下俞筱晚，走到窗邊，準備將這兩個礙事的人趕走，可是她們聊天的內容卻讓俞筱晚聽出了不對，朝他打了個手勢，兩人悄悄靠近窗邊，側耳細聽了一會兒，不由得對望一眼，滿心無奈。

原來外表清冷的蘭淑雲內心並非真的清冷，到這府中不過一天的時間，就尋了許多人打聽大哥的喜好、是否有通房這類事，似乎十分篤定自己能成為世子妃一樣，而後翠枝又吩咐那個婆子，一定要記得時辰，卻是不知到底是要辦什麼事？

那兩個人聊了一會子，大約是當值的時辰到了，便相繼離去。俞筱晚這時才同逸之說起：「我覺得老祖宗似乎並不是那麼滿意淑雲小姐。」

君逸之懶洋洋地道：「原本是喜歡的，十年前老祖宗去無量庵齋戒的時候，遇上了淑雲妹妹，那時的淑雲妹妹就已經精讀了數本佛經了，陪著老祖宗做了幾場法事，很得老祖宗的眼緣。妳剛才聽到的事，老祖宗管著王府的內宅，只怕瞞不過她去，心裡大約有些想法了吧。畢竟大哥是世子，世子妃的人選需慎重又慎重。」

俞筱晚也覺得有理，恐怕是蘭淑雲操之過急了，沉不住氣的人，當不了賢內助。

看來這裡也不是那麼清靜，君逸之便收了胡鬧的心思，打算兩人在這聊聊天，偷得浮生半日閒。才剛坐下，初雲便氣喘吁吁地跑來稟道：「二少爺、二少夫人，世子請您們去春景院。」

君逸之便攜了俞筱晚的手，邊走邊嘀咕：「大哥叫我們去母妃那兒做什麼？」

俞筱晚猜測道：「大舅母來了，莫不是又被纏上了？」

君逸之挑了挑眉。

兩人到了春景院，果然見到大舅母在這兒，大哥也在。小夫妻倆上前見了禮，楚王妃便道：「你們請過安了，若沒事便回去吧，你大哥要留在這兒陪陪你們大舅母，晚上一同用膳。」

其實皇家的外甥是不用給舅父和舅母請安的，君琰之這已經是看在母妃的面子上了，若再陪著用膳，還不知母妃和大舅母會說出些什麼來。可惜他以有事為藉口推辭，怎麼都不得母妃的允許，這才悄悄求助於弟弟。

君逸之嬉皮笑臉地道：「母妃，孩兒還有事找大哥商議呢！再者說，平日也不陪膳的，今日怎麼就要大哥陪著？」

他最後一句話完全是無心的，以往怕大舅母拿著兄弟倆做筏子，索要什麼，他們已經多少年沒跟大舅母用過膳了，可是今日嘀咕出來之後，大舅母和母妃都尷尬地閃了閃目光，令兄弟倆都起了疑心，不由得互望了一眼。

因為楚王妃的堅持，君琰之只得答應，君逸之也拉著俞筱晚厚著臉皮留下來，與大舅母和宛婷表妹同桌吃飯。

楚王妃幾次要趕他倆走，可是又怕露出些什麼，只得咬牙忍住了。

用飯的時候，俞筱晚就覺得氣氛比較古怪，談話的內容倒是沒有什麼不妥，就是楚王妃十分慈愛，慈愛得過分，不住地給君琰之夾菜，還不斷地讓原宛婷勸酒，身後那麼多侍宴的婢女，都閒得沒事做了。

忠勇公夫人卻沒有多說半句話，好似並不關心女兒是否能得世子喜愛似的，淡然得幾近掩飾。

用過膳，楚王妃便熱情地朝俞筱晚道：「媳婦，妳晚上不是約了淑雲去水榭納涼嗎？那就快去吧。」

俞筱晚只得應了一聲，在君逸之的暗示下，站起來，熱情地上前挽住原宛婷的胳膊，笑盈盈地道：「表妹也一起去吧，咱們女孩子一同說說話。」

原宛婷勉強地笑了笑，楚王妃便斥道：「她還要陪妳大舅母，不能去！」

君琰之便笑著和君逸之告辭：「既然表妹要與大舅母說貼己話，那我們就先告辭了。」說罷也不管母妃同意不同意，揖了一禮便打算告退了。

俞筱晚也鬆開了原宛婷，和君逸之一同告退。

楚王妃焦急地站起身來，說道：「剛用過膳，怎麼也要坐著消消食才好！」強留著幾人喝了一杯茶，才朝原宛婷道：「宛婷不如先跟妳表嫂一起去玩吧。」

原宛婷忙應了一聲，追上俞筱晚的腳步，還笑道：「一早說好了不帶表哥們的喔，就我們幾個女孩子聊天！」

君逸之只得慢下幾步，與大哥同行，奇怪地問道：「大哥，你怎麼想？」

君琰之自然知道弟弟在問什麼，十分疑惑地道：「不知道母妃到底想幹什麼。」那樣熱情地給他布菜，害他以為菜裡加了什麼料，可是內息運轉了幾周，都沒察覺出有問題，而且這些菜，弟弟都特意品嘗了，實在是不明白。

兄弟兩人想不明白，君逸之便道：「暫且不理了吧，咱們一同去水榭？」

君琰之搖了搖頭，原宛婷和蘭淑雲都在，他可不想沾邊，又告誡道：「勸你也最好別去。」

說話間到了院門口，兩名管事婆子送到此處，便不遠送了，恭敬地福了福，「世子爺慢走，二少爺、二少夫人慢走。」

俞筱晚回頭瞧了其中一名婆子一眼，覺得她的聲音與今日下午偷聽到的那個婆子十分像，就往婆子的手腕上看了一眼，並沒有發現成色好的玉鐲——大概也不敢戴出來吧。

到了岔路口，君琰之、君逸之與俞筱晚和原宛婷告辭，兩兄弟各回各屋，俞筱晚和原宛婷則約上了蘭淑雲，一同到了水榭。

丫頭們已經將水榭熏了一遍，驅了蚊蟲，布上茶水、果品。

俞筱晚擔負起活躍氣氛的重任，用荷花詩開了篇，原宛婷和蘭淑雲都十分配合地聊起風花雪月，只是沒聊上幾句，楚王妃身邊的郭嬤嬤就來請原宛婷：「舅夫人要走了，表小姐去送一送吧。」

原宛婷不好意思地笑了笑，「對不住，我去去就來。」說著同郭嬤嬤離去。

蘭淑雲的臉上劃過幾絲嘲諷，很快又斂了去，卻被俞筱晚正好瞧見，心中不由得暗忖，難道是她打聽到了什麼？今晚婆婆的行為的確是十分古怪，不會是在算計大哥什麼吧？

俞筱晚正想找個藉口離開，蘭淑雲忽然道：「對不住，我……我要解手。」

俞筱晚忙道：「沒事，讓丫頭們幫妳打燈籠。」

蘭淑雲搖頭婉拒了，只帶了自己的丫頭翠枝。

看著燈籠的微光在黑暗中遠去，俞筱晚覺得自己沒必要在這兒餵蚊子，跟初雪交代了幾句，打算先回去找君逸之，讓他關心一下大哥。

初雲掌著燈籠走到半道上，不小心滑了一下，燈籠滅了，好在最近都是晴天，晚上星光燦爛，俞筱晚便道：「罷了，不用找火石了。」

主僕二人就著星光往夢海閣走，路過一處假山時，聽得蘭淑雲清冷的嗓音顫抖地道：「為什麼？我哪點比不上她？」

俞筱晚腳步一滯，難道蘭淑雲在與大哥幽會？

她好奇心起，朝初雲打了個手勢，不讓她跟著，自己則運起輕功，悄悄地掩到假山後偷聽。

跟著便聽到君逸之的聲音不耐煩地道：「妳比不比得上跟我有什麼關係？妳不是為了我大哥來的嗎？」

蘭淑雲的聲音都哽咽了，「你、你怎麼能這般沒有良心？以前你陪著老祖宗來庵裡的時候，不是總愛同我玩的嗎？」

君逸之嗤了一聲，「庵裡除了妳沒別人，我總不能跟尼姑們玩吧？再說那時我們才多大，又是親戚，跟妳玩幾回，不等於喜歡妳吧？」

蘭淑雲卻哭了起來，「可是，我喜歡你啊，我早就向你表白過的……你、你不要逼我……」

俞筱晚恨得咬牙，原來蘭淑雲看中的竟是自己的相公，還說什麼逼她！是可忍，孰不可忍！

她懶得再偷聽下去，一個箭步衝出來，正要冷冷地喝斥，待看清眼前的景象，忍不住倒抽了一口涼氣。蘭淑雲身上那件茜色對襟連身長裙已經半開了衣襟，露出一小片香肩。

她所說的不要逼我，就是自脫衣裳，然後賴君逸之非禮她嗎？

君逸之早發覺了俞筱晚的氣息，便分心朝這邊觀望，一時沒留意，就讓蘭淑雲脫了一邊衣襟，還被俞筱晚給撞見，當下心裡一抖，忙摟住嬌妻的小蠻腰，撒嬌辯解道：「晚兒，我沒看她！」

俞筱晚氣得火冒三丈，大喝一聲：「從文！」

從文立即從陰影中躥了出來，「二少夫人有何吩咐？」

俞筱晚指著蘭淑雲問：「你看到了什麼？」

從文瞟了一眼，隨即垂頭看地，「回二少夫人的話，奴才看到了一頭母豬，還穿了半邊衣服。」

俞筱晚本是要跟蘭淑雲說：妳的身子讓從文看到了，只好委屈妳下嫁了，反正妳是打算這樣嫁給男人的！可是沒想到從文竟會冒出這麼一句話來，害她一下子沒忍住，噗哧一聲笑了出來。君逸之也摟緊了俞筱晚，將俊臉埋在她的頸窩處，笑得直抖。

蘭淑雲沒料到俞筱晚會衝出來，之後的一切又來得太快，便一直保持著衣裳半露的姿勢，這會兒才醒過神來，又羞又怒地道：「你們──你們欺負我！」

俞筱晚還沒來得及說話，便聽得從安的聲音道：「稟二少爺，翠枝帶著幾個婆子過來了。」

俞筱晚才熄下的怒火又倏地燃了起來。還找來了助手，想逼逸之不得不娶她嗎？

蘭淑雲也聽到了，心中竊喜不已，也不去拉衣裳了，只半側了身子，不讓從文看到，捂著臉輕輕啜泣。

君逸之忙安撫氣得直抖的嬌妻：「沒事，咱們走就是了，沒人看得見我。」

俞筱晚沒好氣地揮開他的手，冷哼道：「我們憑什麼要躲？」又轉向蘭淑雲，伸手一點，抬腿一踹，將點了啞穴的蘭淑雲踹進了假山池子裡，「這才叫欺負妳！」

從文極有眼色，立即從一旁的樹上折了幾枝長樹枝，往蘭淑雲的身上一蓋。

剛做完這些，翠枝便帶著幾個婆子走了過來，還大聲喚道：「小姐！小姐！」

看到這邊有人影，忙將燈籠一抬，只見君逸之神態風流，從後摟著俞筱晚，兩人親暱地臉貼著臉，正一同賞著星光。

乍見之時，翠枝不由得一驚，「你、你們……」

從文大喝一聲：「哪裡來的奴婢，居然敢在郡王爺和郡王妃面前你你我我的稱呼！」

翠枝和她身後的婆子嚇得趕忙跪下，磕頭求饒，俞筱晚和氣地道：「罷了，想來妳們也是無心的。翠枝，妳不是陪著妳家小姐去淨房了嗎？怎麼找到這來了？」

翠枝心中暗驚，明明看到小姐找上了寶郡王爺的，怎麼現在變成了郡王妃？小姐去哪了？她眼睛四下亂瞟，可是夜裡光線不佳，左右又多是樹木，怎麼也找不到小姐的身影。小姐今日還特意穿了件帶銀線的衣裳，就是方便她找來的，可是這會兒哪裡還有小姐的身影？

她不知出了什麼事，只得哀求道：「寶郡王爺，奴婢剛剛看著小姐同您說話，您可否告知奴婢，小姐去了哪裡？」

君逸之懶洋洋地道：「我什麼時候跟妳家小姐說過話？妳萬不可睜著眼睛說瞎話，我的侍從可都是一直跟著我的，妳不如問問他們。」

不用翠枝發問，從文便接嘴道：「翠枝姑娘，我可沒見著什麼小姐，這裡只有郡王妃。」

翠枝不敢說話了，只一個勁兒地磕頭，「求郡王爺饒了小姐，放小姐一條生路吧！」

君逸之冷笑一聲，看著翠枝身後的一名婆子眼熟，便問道：「妳是在哪處辦差的？」

婆子忙答道：「奴婢是在花草處辦差的，剛剛被這位翠枝姑娘叫來尋找她家小姐。」

君逸之抓著這句話問道：「尋找她家小姐？她是怎麼說的？」

婆子回話道：「翠枝姑娘說她家小姐走著走著不見了，要奴婢幫著找。」

君逸之呵呵一笑，「原來如此！翠枝，妳一會兒說看見我跟妳家小姐說話，一會兒又說妳家小姐不見了，到底哪句才是真話呢？」

翠枝抖成了一團，不知如何回答。

俞筱晚懶得看她，拉了拉君逸之的手道：「我們去看看大哥吧。從安，你陪著翠枝姑娘去找淑雲小姐。從文，你也幫著找找看，不會是找淨房迷了路吧。」

臨時走開的蘭淑雲都找到了君逸之，之前刻意離去的原宛婷，只怕目標是大哥君琰之。

兩人心裡都這般想，忙一同往滄海樓去。

路上君逸之忙跟俞筱晚解釋：「那個……我好些年沒陪老祖宗去庵裡了，妳別聽淑雲胡說！她是跟我說過一些有特殊含意的話，可是那時我才十一二歲，哪裡聽得懂？」

俞筱晚用力白了他一眼，「你就掩飾吧！」

她心裡自然還是相信君逸之的，就是不滿他黑天裡還跟別的女人跑到假山後面說話，這算什麼？

君逸之連忙解釋道：「她跟我說知道宛婷妹妹想幹什麼，我就跟過來聽一聽，沒想到她會說出那些話！妳放心，她真要脫衣，我就會跑，哪裡會站在那兒等人抓！」一邊還晃著俞筱晚的手臂撒嬌，「晚兒，我保證以後不論有任何事，都不跟別的女人跑到偏僻的地方說話了，妳就原諒我這一回好不好？」

俞筱晚冷哼一聲，卻也沒掙脫他緊握的手。

相較於蘭淑雲的順利，原宛婷想接近君琰之卻非常難。雖然楚王妃已經盡力在幫她，先讓丫頭叫回了君琰之，又讓郭嬤嬤帶回原宛婷，瞧著君琰之有些搖搖晃晃了，又忙讓原宛婷扶君琰之回去。

可惜楚王爺給兩個兒子都配了四個忠心的侍衛，君琰之發覺自己忽然頭暈眼花，便立即喚出了兩名侍衛，拒絕了母妃要原宛婷攙扶的建議，讓侍衛帶他回去。

楚王妃拿出王妃的威勢，要侍衛退下，可是這幾名侍衛都是特意培訓出來的，眼裡只有自己的主子。君琰之的侍衛眼裡就只有君琰之，就是王爺和王妃，也只是外人，因而拒聽楚王妃的指令，堅持由他們護送世子回去。

眼瞧著世子已經有藥效發作之象了，原宛婷不甘心就此失敗，仍是提著裙子跟在後面，心想這兩名侍衛送回了世子，總要有人服侍他，只要她能與他共處一室便成了。

俞筱晚和君逸之來到滄海樓的大門外時，正看到這一幕──兩位侍衛架著大哥在前面走，原宛婷提著裙子跟在後面，不時伸出手中的帕子，想幫著擦擦大哥額頭上的汗水，但是兩位侍衛就是不讓。

俞筱晚噗哧一下笑了，攔在路中間笑問道：「宛婷妹妹不是送大舅母去了嗎？怎麼跑到這裡來了？」

原宛婷一見君逸之和俞筱晚在此，就知道今夜肯定是什麼都幹不成了。若是按楚王妃的吩咐，送世子進屋後，支走了侍衛，她還能說被世子酒後亂性，可是有這兩個人在，肯定不會讓她靠近世子的。

恨哪，可是又有什麼辦法？原宛婷只得跺了跺腳，勉強笑道：「是、是姑母讓我來送送世子，既然二表哥在此，我、我就回去了。」

打發走了原宛婷，君逸之和俞筱晚迎上君琰之，才發覺他面色潮紅，已經昏迷過去了。兩人嚇了一跳，跟進正房，然後由俞筱晚給把了脈。

「沒事，就是喝醉了，熬碗濃一點的醒酒湯便是了。」

俞筱晚鬆了口氣，君逸之卻不解，「大哥的酒量不差的，今晚也就喝了四五杯，怎麼會醉成這樣？」

俞筱晚看著他道：「有種叫千兩金的藥粉，只要一點點摻在酒裡或茶裡，就能讓人醉倒。」

會從媚藥變成千兩金，是楚王妃自己變通的，她總是擔心媚藥對身體有害。

既然大哥沒事，小夫妻倆便回去了。從文迎上來小聲道：「奴才已經把淑雲小姐塞到水榭附近的茅坑裡了。」

水榭附近的茅房沒有單獨的恭桶，都是挖了一個大坑，搭上幾塊青石板。夜裡看不清楚，不小心掉下去也是常事。

次日一早，君琰之就去了春景院，關起門來不知與楚王妃談了些什麼，最後他臉色沉靜地離去，而楚王妃則通紅著眼眶，拒絕見二兒子和二兒媳。就在這一天，蘭淑雲告辭，回了自家府中。不到中午，楚王府裡就有了些微的傳言，被楚太妃嚴厲地打壓了下去。

紫禁城，慈寧宮。

太后盯著眼前跪著的女子，眼中的怒火幾乎可以將其挫骨揚灰，「哀家是怎麼交代妳的？妳居然自作主張，誰讓妳去勾引君逸之的？」

下面的女子正是剛剛從楚王府離去的蘭淑雲，見太后動怒，嚇得連磕了幾個頭，才淒淒哀哀地道：「侄孫女是覺得世子他……對我並沒有什麼意思……」

「沒有，妳不會徐徐圖之嗎？」太后用力一拍身邊的小几，怒斥道：「分明是妳瞧中了寶郡王的殊色，擅自行動，還妄圖矇騙哀家！」

太后越想越怒，抬手往外一指，「滾！跪到佛堂裡去，三日不許送水送食！」

蘭淑雲流著淚磕了個頭，「謝太后恩典。」好在，沒有連累到父母！
待蘭淑雲被心腹太監帶下去，太后身子往後一靠，胸口起伏不定。
魏公公忙細心地扶起太后，為她再塞了一個柔軟的竹蓆枕，陪著小心地道：「太后息怒，鳳體要緊。」
過了片刻，太后平靜下來，淡淡地道：「哀家怎能不生氣？哀家那個三姊最是倔強，要她看得順眼的，才會接納為孫兒媳婦。淑雲是她自小就喜歡的，哀家好不容易將淑雲培養了出來，她竟然違背哀家的意思，去勾引君逸之！」
沒錯，因為楚王爺不願投靠太后，太后一直認為他在暗地裡搞什麼鬼，因此千方百計要塞一個人手到楚王府裡去，可是往楚王府塞人不是那麼容易的事，前院是朝廷的侍衛護衛著，後院被楚太妃管理得十分嚴謹，小丫頭婆子這類的角色，只能打聽到一些細微的消息，真正的大事是聽不到的。她這才想著用聯姻的方式，一個孫兒媳婦總能得到不少資訊的，可惜寶郡王妃不是她的人，現在連世子妃都難再安排了，怎不令她氣惱？
魏公公附和了幾句，太后忽而想到什麼，問道：「剛才淑雲說逸之對她不假辭色，一個花名在外，流連花叢的人，居然對這樣的美女不假辭色？你覺得這樣正常嗎？」
魏公公仔細斟酌著用詞道：「淑雲小姐可不比寶郡王妃美貌啊！」
太后冷哼一聲，「可是逸之成親後不是還去了伊人閣嗎？這說明他仍是來者不拒的！以前不招惹名門閨秀，還可以說是楚太妃管著，可是淑雲是楚太妃喜歡的女子，若是逸之要娶為側妃，想來楚太妃是不會拒絕的，他又有什麼理由不假辭色？」
說到這兒，太后的眼睛瞇了瞇，「上回他無緣無故與曹中敏爭吵……雖說是為了寶郡王妃，可是現在哀家越想越覺得不對勁。」

魏公公忙問其詳，太后緩緩地道：「正好趕在官員調動的時候吵，攝政王和大臣們又立時跟進，配合得真好。」

魏公公道：「寶郡王爺一向與攝政王爺交好的。」

太后沉吟片刻，緩緩地搖頭，「不對。曹家本就是跟從攝政王的，要保他，沒必要用這種迂迴的方式，除非是……」

殿外傳來太監的唱駕聲：「皇上駕到。」

太后立即端出慈祥的笑容，待明黃色的身影出現在大殿之中，她便笑道：「快給皇上端份冰鎮果子湯來。」

小皇帝給太后請了安，就被太后拉到榻上並肩坐下，一疊聲地問他今日朝堂裡有些什麼大事。小皇帝細述了幾項，又道：「最近大臣們不斷上書，要求取消選秀，說今年大旱，是因孩兒不宜早婚，卻逆天而行所致。」

「胡說！」太后立即喝斷，「哪個臣子提出來的，你讓他們來面見哀家，哀家倒要問一問，為皇上選妃，以期早日親政，怎麼就成了逆天而行！」

小皇帝揚起俊美的小臉，滿懷孺慕之情地看向太后道：「母后一心為孩兒，孩兒銘感五內，只是眾怒難犯，而且孩兒現在年紀尚小，暫且緩緩也無妨，只需讓禮部將名單保留，日後備用便是了。」他說著拉了拉太后的衣角撒嬌道：「母后，孩兒也不想太早分心呢！」

太后瞇了瞇眼睛，隨即笑道：「好吧，就依皇上。」

小皇帝忙奉承道：「孩兒就知道母后最疼孩兒！」

「哀家自然是什麼都為皇兒打算。」太后笑著商量道：「皇兒不是總說身邊沒有可信任的臣子嗎？你看逸之怎麼樣？」

小皇帝心中暗暗一驚，面上卻是一派詫異，揚起眉道：「母后，您可能沒聽說過逸之的名聲，嗯……他實在是不適合在朝中任職。」

太后輕笑道：「沒有什麼人是不能任職的，只要依他的能力，將他分派到最合適的職位上去即可。比如說巡城御史，就是需要他這種四處亂跑的人才適合。」

巡城御史的官職雖小，但是管的卻是京城中的雜事，不但要手段，還需要消息四通八達，想幹好並不容易。按說君逸之這樣的紈褲子弟，就是給個官職，也是不用辦事的閒職，母后忽然提拔逸之到底是什麼意思？

小皇帝一面快速思索，一面故作沉吟，然後搖了搖頭道：「孩兒總覺得不合適，若是看在楚王爺的面上，要給他個一官半職，到翰林院幹個編修，或是太常寺、太詩人寺裡給個從事之職便是了。」

這些都是閒得不能再閒的職務了，而且提也沒提軍部，難道逸之不是跟皇兒的？

「逸之不是為皇上辦事」的這個念頭只是閃了一下，就立即被太后給否決了。哀家只是故意流露出一點意思，表示想讓韓五小姐入宮，逸之就無故與曹中敏爭吵了起來，還鬧得滿城風雨的，也太過巧合了一點。這世間，但凡是巧合之事，多半都是人為。

頭腦裡轉著各種念頭，太后臉上的笑容卻是越發的和藹慈愛，分心與小皇帝說道：「若是皇兒覺得這些職務好，那就由皇兒說了算吧，總之別讓逸之再這麼遊手好閒下去了！你三姨母最疼的就是這個孫子，偏又狠不下心來管教，慈母多敗兒啊，咱們得幫著管好他！對了，琰之的身子已經好了，應當可以安排職務了！」

小皇帝恭敬地應了一聲：「孩兒聽母后的，若是楚王爺上表，孩兒一定給琰之安排一個好職務。若是楚王爺不上表，孩兒卻是不好給琰之安排職務的。」

太后慈愛地笑了起來，「這是自然，這是祖宗定下的規矩，世子是不同的。」隨即話鋒一轉，「這麼說來，內閣現在也讓皇兒開始理政了？」

小皇帝有些羞澀有些愧疚地垂下頭，「還沒，目前孩兒仍只是在一旁聽皇兒他們議政，偶爾皇兒和諸卿會問一問孩兒的見解。」忙又保證似的道：「不過孩兒若是提出了不同看法，他們會認真討論，若是不能採納，也會分析給孩兒聽。」

太后微微斂了笑容，緩緩問道：「皇兒，今年官員調動之事，為何久久懸而未決？原本應當在正月裡就定下來的事，先以加開恩科為藉口，拖到三月，結果到七月了，還有許多職務未曾變動。」

小皇帝忙解釋道：「皇兒說，今年加開恩科本就比往常大比之年要倉促，要仔細斟酌考察。自五月以來又一直大旱，京畿的田地荒蕪近半，若是再不下雨，恐怕秋後的收成只會是往年的兩三成，如今朝野上下都在同心協力抗旱，想等旱情過去再說。」

太后沉默了片刻，方笑道：「現在的確是以旱情為重，但是皇兒，這次官員調動歷時太久，對皇兒恐怕不利，哀家揣測著，你皇兒只怕在暗中大動了手腳。」

小皇帝擰起濃眉想了想，問道：「已經變動了的官員，上回孩兒將名冊交給母后看了，母后您不是說沒有問題嗎？」

太后道：「此一時彼一時，安排官員也是要時間的。」

小皇帝贊同地點了點頭，然後問道：「請教母后，有何良策？」

太后卻不答反問：「難道皇兒心中沒有一點盤算嗎？」

小皇帝道：「自然是在朝中多培養忠心的大臣，在重要的職務上任免忠心之臣。只是人心隔肚皮，孩兒從未與朝中官員接近過、交流過，只能從考績表上考察能力，對於人品卻是一無所知。況且，人一旦久居高位，就難免生出貪念，只怕等朕親政之時，這些人也成了不思進取，只圖享樂的貪官。」

太后贊許地看向小皇帝，連連撫著他的脊背道：「皇上能想到這一層，可見是長大了，哀家甚感欣慰。」隨後揮退左右，才小聲道：「按前朝的慣例，幼帝通常要滿十八歲才能親政，因此在這六年之中，任免官員要極為小心謹慎，不可讓此成為他人培植勢力的工具。別的官員自然都有自己的小盤算，但是自家的親戚卻是不會背叛皇兒的，比如你外祖家、你的皇后的母族。這些人的榮耀都是繫在你身上的，可謂一榮俱榮，一損俱損。這個道理哀家從小就跟皇兒你說過無數次，皇兒還是要用心記下。」

小皇帝倒是沒反駁，只低頭將杯中的冰鎮果子汁飲盡，先朝太后露出一個心滿意足帶著幾分童稚的大大笑容，才蹙起眉頭，略有些擔憂地道：「並非孩兒不相信母后，而是古有明訓，外戚不可職權過大，任用一人兩人自是無妨，可是用得過多，孩兒怕一提出來，就會被內閣諸大臣給反駁回來。況且，外戚若是辦錯了事，還會有損母后的威嚴，光憑這一點，就應當更加謹慎。」

「若是辦錯了差，該怎麼罰就怎麼罰，該降職的就降職，該免官的就免官，只要從家族中再挑一個頂上便是了。總之重要的職位上，必須是皇兒的親戚，這樣才保險。」太后回答得斬釘截鐵，又柔聲勸說道：「皇兒，你是一國之君，雖然年幼，也未親政，但有時說話要有氣度。賢人也云，舉賢不避親。若是朝臣們反駁你，你就這般反駁回去，若你應付不來，讓呂得旺隨時來請母后便是。」說著拍了拍手，魏公公立即現身，跪地候命。

太后吩咐了一聲，魏公公忙從內室捧出了一只小扁匣，雙手奉給小皇帝。太后指著匣子道：「這裡面是哀家篩選出來的族中帥才，可以擔當的職務，也寫在後面，皇兒看了後，斟酌著用吧。此等大事，你皇兄和四位輔政大臣，本也應當問你的意見。」

這話的意思，就是要小皇帝態度強硬一點，將這些幫手安插進朝廷之中。

小皇帝點頭應下，示意乾坤宮的太監總管呂公公接下匣子，才憂心忡忡地道：「孩兒十分擔心今年的旱情，想親自去天壇祭天求雨，已經通知禮部著手準備了。」

太后怔了怔，略有些不滿地道：「此等大事，如何不先與母后商量一下？」隨即覺得語氣太生硬了一點，又笑道：「皇上愛民如子，是百姓之福。也好，記得多派些御林軍，免得讓心懷不軌之人，有機可乘。」

小皇帝一臉感激地道：「多謝母后指點。」

母子倆又聊了一會子，小皇帝擺駕去了御書房。呂公公是自小服侍小皇帝的總管太監，算是小皇帝最信任的人之一，他跟進御書房之後，忙將匣子呈給陛下，然後垂手退至一邊。

小皇帝吩咐了一句：「請翰林院韓大人。」

韓世昭自上屆恩科高中進士之後，便進入了翰林院，擔當了一名從五品的侍講學士。舉凡內閣必出翰林，翰林院的職務雖然不高，但卻是最接近皇帝和朝廷的權力核心之處，也給了小皇帝隨時招他來商議政事的便利。

韓世昭很快便到了，小皇帝將匣子打開，展開裡面那張鵝黃色的簪花素箋，飛速地掃了幾眼，嘴角便勾起了一抹嘲諷的淺笑，漫不經心地拋給韓世昭，「你瞧瞧。」

韓世昭也飛速地掃了幾眼，含笑道：「不是蘭家的孫輩就是旁支，或是蘭家的親信弟子，抑或是太后的外家曾家的人。果然既是太后的心腹，又不違背當初老定國公的誓言。」

當初定國公府出了一位皇后兩位王妃，榮寵一時，老定國公為表自己絕無外戚坐大之心，便上表請辭，言道定國公府嫡系三代不再入朝為官。從老定國公算起的話，到了太后的孫輩，已經出了嫡系三代，可以入朝為官了。

小皇帝摸著沒長毛的下巴，哼道：「不知這些人在朕親政之後，能幫得上朕多少！」

韓世昭卻是溫和地一笑，「古往今來，多少明君令天下歸心？縱使是敵方的心腹，也拉攏過來為其效力，何況是這些貪慕榮華的貴族子弟？想必在陛下的治理之下，再過得幾年，這些人中，願聽太后之命的，誰知道還能剩下多少？」

這馬屁拍得舒服，小皇帝淡淡一笑，「你說的這都是明君，朕可不知辦不辦得到。」

韓世昭拱手作欽佩狀，「陛下何須擔憂，用人講究的是攻心之術，陛下卻是最擅此道，小小年紀就能哄得臣等為陛下效力，收服他們幾個算得什麼！」

小皇帝笑啐了他一口，「你少奉承朕！」隨即想到一事，又斂容道：「母后似乎已經懷疑逸之了！」

聽罷太后要抬舉逸之之事，韓世昭只是淡笑道：「既已懷疑，不用逸之只怕太后更疑，而且攝政王也會起疑，不如就依言，給逸之一個閒職好了。」

「朕也是這麼想，你去告訴逸之，他的好日子到頭了，別想成天在家抱娘子了。」小皇帝笑了笑，將素箋親手謄抄了一份，交與呂公公道：「速遞至內閣，請皇兄和閣老們斟酌採納。」

呂公公領了命，忙躬身退出去，快步去了內閣。

內閣的從事官垂手聽了陛下口諭，恭敬地接過裹著明黃色綢緞的小摺子，呂公公這才轉身回御書房服侍皇上。而那名從事官卻先悄悄將摺子又謄抄了一份，才將皇帝親手所寫的那份遞給攝政王處置。

謄抄的那份名單很快到了太后手中，太后仔細地看完，這才凝起了眉目，交給了正陪坐在一旁的兄長，如今的定國公蘭永康。

蘭永康拿著紙張細細看了一遍，便陪著笑道：「與我們商議的是一樣的，看來陛下還是十分依賴太后您。」

太后卻不這麼認為，「大哥莫不是糊塗了？選秀的事皇兒便多次阻撓，為的還不就是日後自己能親自挑選皇后？你也曾說：皇帝，越來越有主見了。這回官員調動之事，怎麼這麼快就應允了？若是他改了一個兩個，或是勾了一個兩個，哀家還寬心一點，可是他全盤接受，只能說他現在越來越有城府，越來越沉得住氣了。」

太后不免憂愁，皇帝雖然現在還聽自己的，可是再過三五年呢？再過個十年呢？不，不用十年這樣長，只需再過幾年，皇帝冊立了皇后、分封了后妃，這後宮之中的格局就會大變了。外戚能在朝中占據的職位本就不多，若是再多來幾方的外戚，蘭家和曾家的容身之地就更加狹小，所以皇后必定要出自蘭家！

一想到蘭家的女孩，太后就不由得想起了蘭淑雲，心中又是一陣煩躁，吩咐魏公公道：「去佛堂把蘭小姐帶過來，讓定國公領回去好好調教！沒羞沒臊，哪裡像個大家閨秀？」

蘭淑雲的事，蘭永康已經聽說了，心中也是極為不滿。這個蘭淑雲是他庶弟的孫女，自幼養在庵裡，怎麼學會了青樓女子的做派？

他卻是不知，自從太后盤算著往楚王府送個美人，把主意打到蘭淑雲的頭上之後，就刻意派了兩位教養嬤嬤悄悄去庵中教養蘭淑雲，所學的內容，不光是禮儀規矩、持家理事，還包括如何相夫，如何抓住夫君的心——宮中嬤嬤教的有些法子，並不比花樓裡的老鴇子差。

那晚蘭淑雲傾情一舞，所有人都看得目不轉睛，偏偏她在意的君逸之只顧忙著給嬌妻打扇，完全沒將她放在眼裡。她知道自己此番到楚王府是去爭世子妃的寶座，也打算好了將幼時的一片情意埋藏在心底，可是見到了君逸之本人之後，才發現她真的做不到。

蘭淑雲跪在佛堂淒淒慘慘戚戚，惟芳長公主要去給太后請安，走到一半，忽然想去佛堂拜一拜，求太后不要這麼急著給自己挑夫婿，她還想再逍遙幾年呢。

推開佛堂的楠木雕祥雲紋大門，惟芳長公主一眼瞧見了蘭淑雲，不由得奇道：「妳是誰？怎麼會跪在這裡？」

蘭淑雲吃了一驚，她雖是奉太后之命接近楚王府，卻是不能讓外人知道的，尤其是惟芳長公主。聽說她與寶郡王妃交好，若是傳入楚太妃的耳中，會引起楚太妃對太后的不滿，到那時自己的處境就更艱難了。她忙磕了個頭，小聲道：「回殿下的話，奴婢是新來的宮女，奉太后之命在此長跪，為百姓祈福。」

她進宮之時，為掩人耳目，的確是換了宮女的服飾，可是惟芳長公主總覺得有些詭異，母后每日清晨都會禮佛，就算要為百姓祈福，也應當交給女官來跪拜，方顯出誠意，怎麼會派個新入宮的宮女？但因為自己心裡有事，她也沒往深了想，不耐煩地揮了揮手道：「妳先出去，本宮要禮佛！」

蘭淑雲忙退到殿外，正遇上魏公公過來領人，見她站在外面，頓時怒道：「蘭小姐，太后可是要妳……」後面的話被蘭淑雲焦急的噤聲手勢給堵了回去，他忙走近小聲問道：「裡面是……」

蘭淑雲耳語道：「長公主殿下。」

魏公公心中一凜，忙示意蘭淑雲跟自己走。回到慈寧宮的大殿內，正聽得太后交代定國公：「……想辦法多攛掇些人去，人一多，她也分不清了。這京城只有這麼大，能擔當世子妃的，人選也只有這麼多，實在是不行，側室也可以。」

定國公喏喏地應了，蘭淑雲進了殿，忙跪下給叔祖父磕頭，送走了定國公和蘭淑雲，魏公公才將惟芳長公主在佛堂裡撞見蘭淑雲一事告知太后，太后的臉立時沉了下來。

魏公公沉默地侍立在一旁，如同雕塑一般，直到太后輕喃：「惟芳也快十七了，得早些嫁了。」魏公公才敢接話道：「太后心中必定已經有了人選，奴才恭喜太后。」

太后輕輕一笑，愜意地往引枕上一靠，「惟芳一定會喜歡駙馬的！」

因為俞筱晚怨君逸之黑燈瞎火的還跟蘭淑雲到花園裡閒談，對他就不冷不熱的，君逸之花了一個晚上才哄好了嬌妻。白天母妃心情不佳，避而不見，他就和俞筱晚膩了一整天，到傍晚時分，才聽說府中又住進了六位嬌客。

蔡嬤嬤都已經打聽清楚了，仍有一位定國公府的蘭小姐，是庶支的嫡女，身分不算高貴，性子溫婉嫻靜；一位是忠勇公府老夫人娘家的侄孫女，即楚王妃的外祖父家，姓鄧；一位秦小姐，仁郡王妃的侄女；一位周小姐，周側妃府上的；一位王小姐，是大姑爺夫家的獨生女；一位曹小姐……

俞筱晚一口茶水噴了出來，瞪大眼睛問道：「最後那位姓什麼？」

蔡嬤嬤揚著恰到好處的恭敬笑容，一字一頓地回道：「最後這位是曹小姐，閨名中妍，是您四舅父的嫡女。」

俞筱晚一怔，前世她沒見過這位四舅父。四舅父是庶出的，不是曹老夫人生的，一直在外任上，舅父曹清儒從來沒有想過要幫這位四弟調回京城來，四舅父也似乎從來沒想過要回京來，想必感情不會有多深，可是他的女兒是什麼時候入京的？

俞筱晚簡直覺得無奈了，曹家這樣做，多少會對她有影響，楚太妃可能不會在意，但是別人呢？別人一定會猜想，她之所以能嫁給逸之，也是這樣死乞白賴求來的吧？況且，曹家的身分遠比不上楚王府，曹家讓曹中妍過來，多半是衝著日後的側妃、庶妃來的，至於是哪個的側妃、庶妃，只怕各人有各人的盤算呢！

俞筱晚忍不住呻吟一聲，拿手捂住小臉。

君逸之一個大男人，自然想不到這麼細膩的地方，忽然見嬌妻悶悶不樂的樣子，心裡不禁打鼓，難道我又說錯話了？仔細回想，剛才介紹六位嬌客之時，自己雖然表現出了幾分興趣，但那是因為有大哥的熱鬧好看，他可沒對那些女人有任何想法。他忙討好地問道：「那曹小姐就是妳的表妹，或許哪天還真能成妯娌呢，妳想不想去看看她？」

俞筱晚將手拿下來，怒道：「不要！」

呃，火氣不小！他大少爺也不怕丟面子，忙摟住了嬌妻撒嬌，「晚兒，妳怎麼不開心了，若是我說錯話，妳只管打我就好了！」

咳咳，到底是夫為妻綱啊！這話要是傳出去，婆婆肯定又是一番怒斥，只怕太婆婆心裡也會有想法！

俞筱晚尷尬地扭頭四下看了看，丫頭婆子們自覺地退出正房，留小夫妻打情罵俏。待人都走光了，她才輕輕吻了吻君逸之的俊臉，嘆息著將自己的顧慮說了出來，而後又疑惑地道：「別人都是託著親戚的關係住進來的，這位不知是表姊還是表妹的曹小姐，是怎麼住進來的？」難道不應該是先請託了她，藉口找個表姊妹來陪陪自己，才能住到這府上來嗎？

君逸之聽聞不是自己惹了晚兒，便不在意地道：「管她是怎麼住進來的，反正丟也是丟曹家的面子，妳姓俞不姓曹。若是想知道原委，只管去問老祖宗便是了。」

俞筱晚見他完全沒想到關鍵處，關鍵不是怎麼住進來，而是住進來後要幹什麼，於是嬌嗔道：「你也不想想，能送到這府中來的，肯定是各府出色的千金，若是大哥挑完還有剩，老祖宗和母妃又覺得好的話……」

君逸之這下總算是明白了，痞痞地笑道：「有剩又怎麼樣？娘子妳不是最擅長神龍擺尾嗎？妳只管用這招將她們都踢到茅坑裡去，不到為夫的眼前來，為夫也沒得挑的。」

俞筱晚小臉一紅，知他是在打趣自己，那晚她不但將蘭淑雲給踢得幾滾，還暗示從文將人扔到茅坑裡去。她又羞又嗔地掐住君逸之的耳垂問道：「你是不是心疼了？」

君逸之不但不躲，還將耳朵湊到她面前，厚著臉皮道：「為夫是心疼娘子，怕娘子腳疼呢！娘子若是要罰為夫，就用嘴咬我的耳朵吧，比揪著好啊！」

「一邊去！」俞筱晚忙不迭地鬆開手，可是那個無恥的傢伙還是將耳朵湊到了她嘴邊，非要她親了幾口才肯甘休。

明明是她發威，怎麼會反被調戲了去？

笑鬧了一陣，瞧著時辰不早，兩人便打算去給老祖宗請安，君逸之卻被韓世昭一張字條給約了出去。

俞筱晚知他事忙，送到二門處，自己再帶著丫頭們往春暉院走去。

初雪前後瞧了瞧，小聲地問：「二少夫人，只讓咱們倆跟著嗎？要不要再去院子裡喚些人來，現在府中有貴客呢！」

俞筱晚淡淡一笑，「不必了，我想老祖宗會喜歡我少帶些丫頭。」

這內宅在楚太妃的管理下，的確是比較隨意，像她這樣只帶兩個丫頭跟著，換成曹府都是不成的。大戶人家講究的就是身分，有些人家，庶出的小姐出屋子就得帶上五六個丫頭婆子，以她這郡王妃的身分，後面不跟個十來人，真是有些不像話。不過她相信老祖宗希望這些想攀龍附鳳的千金們知道，楚王府並不是她們想像中的那樣。

才走到春暉院正房的臺階下，就聽見裡面傳出歡快的笑聲，數道嬌柔的嗓音婉轉繚繞，直聽得人心尖尖都打顫。

初雪和初雲忍不住摸了摸自己的手臂，又瞟了自家夫人一眼，心想，幸虧二少夫人不是這般做作的人，不然多少牙都不夠倒的！

俞筱晚也頓住了腳步，預先讓自己有個準備，才含笑抬步上階。伺候在大門外的丫頭珠兒便笑盈盈地福了禮，挑起門簾朝內稟道：「二少夫人來請安了。」

嬌杏忙迎出來，福了福道：「二少夫人今日來得早啊！」然後朝內通稟道：「老祖宗，二少夫人來給您請安了。」

跟著便聽到楚太妃的聲音道：「快進來，外面暑氣重。」

嬌杏打起湘妃竹的簾子，俞筱晚回頭給初雪和初雲使了個眼色，才含笑走了進去。

暖閣裡果然是人滿為患，不但是有六張美麗陌生的面孔，還有二嬸仁郡王妃、周側妃和一位原不認識的貴婦，當然，楚王妃和原宛婷也在。

俞筱晚一面蹲身請安，一面悄悄打量大哥君琰之。只見大哥那張俊美的臉上，淡泊溫和的笑容之中，無奈之色明顯。俞筱晚強忍著笑意，裝作不明白地問：「老祖宗，家裡又來貴客了嗎？」

楚太妃笑道：「可不是嗎，都趕巧一塊兒來看望妳二嬸她們，順道給我請安。我想著府中很久沒有熱鬧過了，便留她們幾個小住幾日。」

看來老祖宗並不反對這些姑娘住在府中，也是，大哥都二十二歲了，別的府中的世子，這個年紀，孩子都能打醬油了，再說坐在這裡的這幾位，的確是美貌與氣質兼備，至少外表看起來是可以擔當世子妃大任的，出身也不錯。老祖宗不是很講究門第的人，曹中妍有希望了。至於人品，就是要就近觀察，才能知道好與不好。

俞筱晚笑道：「真好，今晚要辦接見宴嗎？」

楚太妃淡笑道：「今晚不辦，等下雨之後，再多請些小姑娘來府中玩兒。」又指著幾位小姐一一介紹，介紹到曹中妍時，也只是道：「這是妳表妹，她與儀兒玩得好，我也一塊兒留下來了。」

曹中妍忙起身行禮，俞筱晚柔和地笑笑，「表妹快請坐。」曹中妍承襲了曹家的美貌血統，論相貌是這六人中最出眾的，看氣質亦是溫婉大方，舉止不疾不緩，十分得體。

沒有接見宴，可是請安之時仍是能見到世子爺，幾位小姐都卯足了勁，通過輕言淺笑，展示自己與眾不同的一面。俞筱晚樂得作壁上觀，回去之後學給君逸之聽，只是她告退的時候，幾位小姐還不願走，她不便邀妍表妹同行，心裡總是留了疙瘩，於是吩咐趙嬤嬤拿帖子去請曹中慈，明日到夢海閣來玩。

初雲和初雪倒是明白主子的意思，趁主子們都在屋裡聊天，丫頭們在院子裡等候的當兒，已經跟幾位嬌客的丫頭們混了個半熟，不過這些丫頭嘴都跟河蚌似的，一時半會兒套不出什麼有用的話來，只能徐徐圖之。

君逸之趕在晚膳之前回到夢海閣，向俞筱晚稟報道：「為夫要入朝為官了。」

俞筱晚睜大眼睛，「皇上要你明著辦事了嗎？」

「不是。」君逸之將太后的疑心、皇上打算給他個閒職的事說給她聽，「最主要是不想讓皇叔起疑心，所以最好是從皇叔的手中討官。可是以前皇叔說過幾次，要給我個閒職，都被我給拒了，現在倒是不好去求他。」

俞筱晚問：「你是不是想讓我去求攝政王妃？」

君逸之嘻嘻笑道：「果然是生我者父母，知我者愛妻也！」

「少油腔滑調！」俞筱晚啐了他一口，不禁又問：「你到朝中任職，就不方便再出祕密任務了吧？」

君逸之毫不在意地笑笑，「辦法總是有的。對了，妳舅父已經有些坐不住了，我問清楚了，他這段時間手腳可不少。」

自打上回君逸之悄悄放了些風聲出去，說朝中有位高官殺了一位良民，只為掩藏家醜，曹清儒就自動地將自己對上號，四處查找放風的人，又怕自己罩不住事，急忙將四弟的兩個漂亮女兒都調回京城，想以聯姻來尋找靠山，因此曹中妍才會出現在楚王府。這還是曹清儒花費了大量心思，結交了周側妃娘家的千金，才有的機會。

老祖宗已經說過曹中妍跟周小姐的關係好了，可是曹家為什麼不直接來找她呢？俞筱晚咬著下唇想了想，問君逸之道：「你覺得，舅父是不是開始懷疑我了？」

「懷疑妳知道他幹的勾當了？」

「嗯。」

「應該是，否則不可能繞過妳。不過這也說明妳外祖母應當還不知道，否則妳舅父不會有這種作賊心虛的舉動。」君逸之一邊玩著嬌妻春蔥似的手指，一面漫不經心地回答。在他看來，曹清儒若真是對先岳父做出了什麼無良舉動，他有鐵證就告到官府，沒鐵證就用暗地裡的方法，總之會為俞筱晚報仇。

可是俞筱晚卻說：「我想自己報仇，你手中那兩個混混可以交到順天府去嗎？」

君逸之好奇地問道：「妳想做什麼？」

「讓他們去告狀啊，他們的同伴不見了。大舅父讓曹管家將歐陽辰埋到山裡去，我讓文伯跟著，也做了記號，到時可以將他的屍骨挖出來。」俞筱晚冷冷一笑，隨即又問：「現在可以嗎？」

縱使是朝廷命官，也不能殺平民百姓，光是這個官司就足以讓舅父入獄了，也正好可以看看誰會來搭救他。這是俞筱晚的計畫，可是不知道時機對不對，現在朝中的局勢似乎越來越緊張，有的事情牽一髮而動全身，她不能因為自己的私事，壞了陛下布的局。

君逸之想了想道：「現在還不大方便，我讓人再多傳些風聲出去，妳舅父或許會直接來找妳，這樣不是更好？」

俞筱晚想了想，笑道：「都聽你的。」

君逸之嘿嘿一笑，「真的都聽我的？」

俞筱晚忽然有不好的預感，忙往後撤，「我是說這件事。」

君逸之色迷迷地看著嬌妻，用曖昧的語調慢悠悠地道：「不對，妳剛才沒說只是這件事，妳說的是都聽我的。現在為夫就命令妳，侍寢……一整晚！」說著一個餓虎撲食，將俞筱晚撲倒在大床上。

次日一早，俞筱晚是被君逸之給抱起來，讓丫頭們服侍著梳洗的，好不容易恢復了一點力氣，她恨得猛掐這傢伙腰間的軟肉，說一整晚，還真是鬧到後半夜，害她現在眼眶下都是淡青色的，可他倒好，神清氣爽，還笑得一臉得意。

君逸之陪著笑哄她：「不生氣啦，大不了今晚讓妳欺負回來？」

俞筱晚沒好氣地道：「滾一邊去！」

君逸之抱著她撒嬌，「不滾。我要黏著娘子妳，不然以後每天要上衙，白天都見不著妳了。」

呃，還得去找攝政王妃！俞筱晚咬著唇想了想，這兩個月大旱，自己實在是沒藉口上攝政王府去。大旱之時，富貴人家過得不算清苦，但是百姓們都在受苦，入秋還會欠產，這時大辦宴會的人家幾乎是沒有的，串門子的也少，好在快下雨了，等不了幾天。

說到下雨，俞筱晚聽君逸之說皇帝已經打算到天壇祈雨了，她仔細回想了一番，似乎是七月十六日還是十七日這一天下的雨，便跟君逸之道：「也請陛下不用去得太早，我覺得多半會在月中之後才下。」

君逸之答道：「正是，欽天監也說十六日再去祭天比較好。」原本七月十五就是中元節，一般都不會祭天。

俞筱晚這才安下心來，就聽得初雪道：「稟二少爺、二少夫人，早膳已經拿來了，是現在用嗎？」

俞筱晚忙催著君逸之道：「我們先去給老祖宗請安，回來再用早膳。」

君逸之目光一閃，便知道小妻子是怕自己撞上那六位嬌客，怕有人又打自己的主意，忍不住心中就湧出絲絲甜意，晚兒這小心眼的樣子，還真是可愛！

刻意錯開時辰的辦法十分有效，到春暉院的時候，只有老祖宗一個人在，還是剛剛起床，俞筱晚親自服侍著老祖宗更了衣，才告辭回來。

回到夢海閣，君逸之又出去了，俞筱晚剛用過早膳，楚王妃便差人來喚她。俞筱晚不敢怠慢，忙拾掇了一番出門。只是心裡有些嘀咕，明明前兩天還蔫蔫的，不願見自己，今天怎麼會主動召見？

見到楚王妃的時候，俞筱晚驚奇地發現，婆婆變成了一個通情達理的好婆婆，不但關心地問她天兒這麼熱，有沒有中暑，還關心她的身子，「聽說妳的月信又來了，是不是沒有調養好？妳自己的方子沒用過，還是沒有效？我家中有張調養身子的祕方，一會兒讓郭嬤嬤拿來給妳，妳且看看合用不合用。」

俞筱晚受寵若驚地福了福，接過郭嬤嬤遞來的方子謝道：「多謝母妃。」

楚王妃含笑道：「不用謝，以後妳也不必天天來請安，立規矩，逢初一十五過來一下即可。妳趕緊給母妃生個大胖小子，便是最大的孝順了。」

這會兒俞筱晚是真的驚了，小心謹慎地應對道：「母妃心疼晚兒，是晚兒的福氣，但應有的禮數還是不能少的，晚兒和二爺還是會每日過來請安的。」

楚王妃和藹地笑道：「真的不必，我年紀大了，也想睡幾日懶覺。妳若有空，就多跟宛婷玩玩，她在這府中也只認識妳了。」

俞筱晚忙應下，楚王妃便打發一頭霧水的她回去了。

其實楚王妃也是無奈，最主要的還是著急，這回府中又住進來六位嬌客，哪一個的相貌都不比宛婷差。前幾天給琰之下藥的事，琰之雖然沒有罵她，只是跟她擺事實講道理，可是那傷痛又疏遠的語氣，讓她內心無比的不安。她最在乎的就是這個兒子啊，她一生的依靠就是琰之，以後也是要跟琰之住在一起的。琰之現在對自己有心結，若再不娶原家的女兒為妃，日後被妃子一挑撥，楚王府哪裡還會有她的容身之地？

還是郭嬤嬤說得對，將來逸之是要分府的，她身為堂堂的正妃，自然不可能跟次子同住，完全沒必要跟俞氏交惡，況且婆婆和逸之這麼看重俞氏，正可以通過俞氏來幫宛婷說話。

俞筱晚回去之後，仔細地想了許久，才想通婆婆的意思，不由得嘆息著同逸之道：「原來婆婆還是沒想通，咱們得想些辦法了。」

原本懶洋洋歪在竹榻上的君逸之，忽地一下坐正，陪著笑問：「妳打算想什麼辦法？」

俞筱晚狐疑地看著他眼中的一抹緊張，問道：「你不是以為我要對付母妃吧？」

「沒有沒有！」君逸之連忙擺手，「我的晚兒最善良最可愛了，怎麼會幹這種不孝之事呢？」

明明就是有！連不孝之事都說出來了，不就是事先警告嗎？身為人子，君逸之的反應是正常的，夾在母親和媳婦中間的男人也是可憐的，俞筱晚懶得揭穿他，只是道：「我覺得婆婆也不是不講道理，不過你得跟她講她聽得懂的道理。比如說，世子妃的人選，其實只要大哥能告訴母妃，並非一定要原家的姑娘他才會孝敬母妃，母妃應當就不會再犯那樣的錯誤了。」

君逸之一聽就洩了氣，「這話不知說過多少遍了，沒用！」

俞筱晚笑道：「我知道你們說過，可是空口無憑。母妃的心結是老祖宗不讓她主持中饋，覺得世子妃若不是她的娘家人，她以後會過得十分淒涼。若我們能讓她知道，原家不過是想從她身上獲得利益，並非真的支持她或在意她，想必她會改變看法的。」

君逸之挑眉問道：「妳有什麼好計？」

俞筱晚挑眉一笑，「自然有，不過還得請親愛的夫君配合才行啊！」

參之章　幼帝祈雨遮耳目

俞筱晚正要跟君逸之說自己的計畫，忽聽芍藥稟道：「二少夫人，慈表小姐來了。」

俞筱晚忙道：「快請。」又朝君逸之一笑，「我約她來的。」

君逸之瞧了眼自鳴鐘，不滿地嘀咕：「怎麼這個時辰來？討厭！我好不容易忙完了外面的事回來陪妳的，妳快點打發她，進來陪我。」

俞筱晚這才注意到就快晌午了，曹中慈這會子來，肯定是要留飯的，只留她一個人又似乎說不過去，明明府中還有一位表妹不是？那就必定要請曹中妍過來。雖然在別的府中，來了女客，男主人會避忌，但是君逸之卻不會，他一來從不理會這些世俗禮數，二來黏她黏得緊，這麼一來，曹中妍就有機會多與君逸之接觸，曹家還真是好策略。

俞筱晚搖頭想笑，見君逸之臭著一張絕世俊臉，忙在相公的俊臉上親了一口，「不可能啦，我肯定要留飯的！」

君逸之歪頭想了想，「算了，用膳時來叫我吧！」主要是上回曹中慈落落大方，給他留的印象還不錯。

哄好了相公，吩咐初雪安排個人去請曹中妍，俞筱晚這才整了整衣裙，扶著初雲的手慢慢踱到暖閣。曹中慈已經坐在藤條編的圈椅上喝冰鎮果子汁了，見到她忙站起來，蹲身施禮。

俞筱晚笑著伸出手虛扶了一下：「自家姊妹，別這麼生分，快坐吧。」

曹中慈站直身子，卻不忙先坐，而是又給俞筱晚福了一福，陪著笑道：「對不住，是大舅父有事找我，談了許久，到府上就是這個時辰了。」

看來她也知道我請她過府所為何事。俞筱晚笑著起身，虛扶著曹中慈落座，這才嗔怪道：「說了都是自家姊妹，還賠什麼禮？我已經使人去叫妍表妹了，別說已經是這個時辰，就是妳一早寅時就來了，我也得留妳陪我一天。」

嘴上說得客氣，心裡不一定是這麼想，這道理曹中慈如何不懂，只是臉上還要做出開心的樣子，「我也正想多賴一會兒呢，好久沒好好跟妳說過話了，妍表妹回京也不過半個月，正好今日咱們三個可以多親近親近。」她邊說邊暗中觀察俞筱晚的表情，見她始終微笑著，沒有露出任何不快之意，忙又跟著道：「啊，祖母還讓我帶句話呢。」

俞筱晚抬頭笑問：「什麼話？」

「昨日王府差人過來讓收拾妍兒的行李，說要留妍兒小住幾日，祖母不知這是怎麼回事，讓我來問一問。」

曹中慈說完，立即端起小几上的水晶杯盞，輕啜著鮮紅的果子汁，掩飾臉上升騰起來的熱潮。

俞筱晚的眼光一閃，外祖母不可能不知道是怎麼回事，讓曹中慈傳來這句話，不過就是想說，這不是她的意思，她拗不過舅父罷了。

舅父急著攀上一門貴親，好保全自己的官職和性命，俞筱晚又不是不知道，自己還沒嫁過來的時候，就想著陪嫁媵妾呢！現在送一個曹中妍過來，她並沒有半分受傷的感受，不過是覺得無奈加可笑罷了。

見曹中慈一直看著自己，等著自己的回答，俞筱晚便笑道：「我也不知道是怎麼回事，表姊也不知道嗎？」

曹中慈抿唇笑了笑，「我只知妍兒回京後，大伯母曾帶她出去參加周家的宴會，與周家的九小姐相處得極好，原本昨日是陪九小姐去廟裡求籤的，不知怎麼就來了這兒。」

「求籤求到了楚王府，這可真是怪了！」俞筱晚卻沒發表任何見解，只是笑道：「一會兒妍兒來了，直接問她便是。」

說話間，便聽得丫頭們通稟：「曹小姐來了。」

俞筱晚道了聲：「快請。」

門簾一挑，曹中妍低著頭，邁著小碎步，優雅地走了進來。

這位表妹生得十分秀麗，有股嬌怯怯的弱態，很容易勾起男人的保護慾，比俞筱晚還小了一歲，曹家大約真是沒有女兒可用了。

俞筱晚待曹中妍行了大禮，便讓初雪給添個座。三姊妹坐在一塊兒聊起了閒天，曹中妍閉口不談入楚王府之事，曹中慈也不願意提，就怕萬一俞筱晚要將人趕走，自己回去沒法子交差。俞筱晚只好自己來觀察判斷。

曹中妍秀麗的小臉上，表情平靜，只是眼神之中卻流露出淡淡的憂傷。俞筱晚心中一動，莫非妍兒表妹並不想到楚王府來？

再看曹中慈，卻有幾分春色入眉的喜氣，俞筱晚忍不住猜測，難道說，她已經訂親了？

好在俞筱晚現在身分不同了，也不必太顧忌，想到便問：「說起來，我也有兩個月餘未與外祖母和舅父、小舅母通訊了，不知表姊可曾訂親？」

曹中慈瞬間嫣紅了雙頰，垂著頭不聲不響，倒是曹中妍略含羨慕地道：「堂姊已經與晉王府的勉世子訂親了。」

俞筱晚大吃一驚。之前看曹中慈一臉春意，想到她對君之勉的一番深情厚意，不難想像二人有過接觸了，但是仍是吃驚於二人已經訂親了。她忙問道：「這是何時的事？」

曹中慈含著羞澀，輕聲地道：「就是上個月底的事兒。月底的時候，府中向飢民施粥、施水，我、我去幫忙，誰知道，遇上民眾擁擠，秩序混亂，幾乎要將粥柵衝散，幸虧勉世孫巡視到此處……嗯，後來就……」少女到底臉皮薄，不好意思再說下去。

俞筱晚不禁感嘆，君之勉兩次出手相助，似乎真是冥冥之中有天意，他與慈兒表姊就是有緣分。她心中也替曹中慈歡喜，忙恭喜了一聲，又問道：「不知婚期定下沒有？」

談到婚期，曹中慈臉上的笑容頓了一頓，隨即又自然地續上，含笑道：「還未請期，晉王妃的意思，還是要待迎娶了正妃之後再議婚期。」

俞筱晚的眼睛頓時睜得老大，差一點衝口而出，妳居然不是正室？隨即一想也就明白了，君之勉那人似乎也是極挑剔的，若是正妻，恐怕不會這麼爽快地應允，可是……她只得小心翼翼地問：「表姊，妳是……嗯，側室還是……」

側室好歹日後還有升為側妃或庶妃的希望，若是為妾，就算是貴妾也沒指望了。

曹中慈急忙接話道：「自然是側室。」

俞筱晚也不知說什麼好，換成她肯定是不願的，可是看人家似乎還挺高興，理當恭喜，但恭喜的話她又實在說不出口，只得笑道：「定下日子就告訴我，我好給表姊添妝。」

曹中慈只是「嗯」了一聲，然後羞澀地低頭不語。

曹中妍卻是一個勁兒地走神，不知心裡想些什麼？

用膳的時候，難得兩位表姊妹沒盯著君逸之看，君二少爺心情立時好了起來，看在是妻子的表姊妹的分上，不住勸菜，又客套地請她二人有空常來玩。二人都極為有禮地應承下來，卻也沒表現出格外的興奮。至此，俞筱晚深信，曹中妍心裡定然是有人了。

其實想一想也能推斷得出，這世間的女子幾乎都是十二三歲開始議親。在地方上，四舅父那個縣令也是當地的大官，哪家不得求著巴結著？地方上的規矩也不如京城裡嚴苛，想必表妹也常與相仿的男子在宴會之類上相聚，或者踏青時偶遇，若是其中有個俊美出塵的，芳心暗動也不無可能。只是為何到了十四歲還未定下親事呢？莫非是個窮書生？

俞筱晚只想了一歇，便丟開不理會了。妍兒表妹若是不想入選，是一件十分容易的事，其他的她又不是月老，也幫不上忙。

待送走了兩位曹小姐，君逸之忙拉著俞筱晚進屋，纏著她吻了半晌，才笑咪咪地問：「晚兒，妳還沒告訴我，妳的好主意要我配合什麼？快說快說！」

俞筱晚輕輕一笑，「你的任務是先去說服大哥，對宛婷表妹好一點，最好看起來有那麼一點點意思，但是又不能讓人抓著把柄，若是他不想娶宛婷表妹的話。若是想娶，就當我沒說。另外，在這六位小姐中挑一個相貌出挑的，也是這樣對待。」

她的話還沒說完呢，就被君逸之給否決了，「這不行，宛婷可是沾上就別想甩脫的，還要再多一個，那怎麼可能？況且大哥也不一定會願意。他不像我，他不喜歡哄女孩子。」說完就發覺自己這句話說錯了，忙道：「我哄女孩子，主要是為了扮好紈褲子弟，這妳是知道的喔！」

俞筱晚根本就沒在意，不過他急巴巴解釋的小心樣兒倒是取悅了她，笑瞪了他一眼，揪著他的耳朵問道：「以後還哄不哄？」

君逸之忙表示：「不哄了不哄了，沒意思，我就哄妳，啊，不，就聽妳的！」

俞筱晚噗哧就笑了，獎勵性地親了他一口，繼續道：「先說正事。你的任務是這樣的，說服大哥先對宛婷表示出好感，一定要讓宛婷覺得十分有希望，然後大哥再從這幾位嬌客之中挑選一人，要讓宛婷覺得出現一個強勁的對手，而且比她的機會更大，母妃對那位女子也要有好感，讓宛婷對母妃大大的失望。在強烈的失落之下，大舅母和宛婷表妹或許會口不擇言，說出什麼難聽的話來，到時母妃自然就能明白，她在舅母他們的眼中，到底是親人還是踏板了。」

君逸之仔細想了想，這辦法似乎有幾分可行，但是他還是有顧慮，「宛婷表妹倒也罷了，就衝她那天那不知廉恥的樣子，怎麼耍也不過分，可是別的小姐卻不成，倒不是我多心疼她們，而是怕傳出去之後，會有損大哥的名聲。」

俞筱晚笑道：「原本我也怕這一點比較難，現在倒是很容易了，我家的妍兒表妹，應當是心有所屬了，讓她配合一下便成。當然，這可以等我確認了之後再定，還得跟老祖宗先商量好，這樣才不會露餡。若是沒有合適的人選，也無妨的，只是咱們做戲就得做足，會多花些功夫。若是大哥和妍兒都同意，就能事半功倍。然後呢，你有意無意地告訴宛婷表妹，說老祖宗選世子妃的標準就是家世不能太好，這樣妍兒就成了宛婷的頭號敵人，只要咱們想辦法讓母妃也接受妍兒，以側室或妾的身分，想必母妃不會拒絕。然後悄悄傳些言語到宛婷表妹的耳中，就說妍兒已經定下來了，她必定會著急，行事只怕就沒有深淺了。」

以俞筱晚的觀察，這位宛婷表妹必定是個不能容人的，表面上故作大方是可以的，但是她自己的正妃之位還沒到手，未來夫君的身邊就已經多出了一位美人，想必不會容忍，一開始會求著母妃，可是一旦發覺求了也沒用之後，還不一定會對母妃說些什麼惡毒話呢。

君逸之思索一番，覺得可行，便笑道：「也好，反正世子妃的人選最終是老祖宗來決定，母妃拿不了主意，咱們玩些小把戲，無傷大雅。至於舅母那邊，如果能正式交惡，我還求之不得呢！」

俞筱晚笑著甩開他的手，「這事兒我去多不方便，你自己去跟他說吧。」

心動就馬上行動，君逸之立即拉著俞筱晚往外走，「咱們跟大哥談去。」

君逸之一想也是，大哥臉皮可比自己薄得多了，便拿著扇子，帶上從文，樂顛顛地去了。

俞筱晚待酉正換了衣，帶著丫頭們去春暉院請安。幾位嬌客又由各自的親戚帶著，到了春暉院。今日楚太妃藉口天兒太熱，有些氣悶為由，將人都打發了回去，只留下俞筱晚陪著。

俞筱晚見楚太妃的臉色如常，想來是覺得太吵鬧，便放輕了聲音，一面幫老祖宗打扇，一面搜腸刮肚地想話題聊天。楚太妃閉著眼睛享受了一會兒孫兒媳婦的服侍，才揮了揮手，將下人都屏退了出去，睜開眼睛看著晚兒，緩緩地道：「晚兒，老祖宗問妳一句話，妳要老實回答。這幾個丫頭，妳瞧著哪個好？」

俞筱晚只沉吟了一下，便笑道：「若是問相貌，晚兒還可以說說自己的感覺；若是問才情，那就各有所長；若是問人品，這才一天的時間，晚兒無法做答；若是問誰最適合大哥，那得問大哥的意思。」

楚太妃笑嗔道：「妳就是個小滑頭，這話說了跟沒說一樣。」她緩了緩，又問道：「妳就不奇怪，怎麼府中忽然來了這麼多嬌客嗎？」

俞筱晚手中的扇子一頓，被老祖宗這麼一提醒，她才恍然發覺，的確啊，怎麼忽然來這麼多，還是在一天之內來的？若是說因有蘭淑雲和原宛婷為前例，旁人心中也有了想法，也依樣送自家的侄女或外甥女進來，這倒是很正常，可是不正常的就是，怎麼趕得這麼巧，全是在一天之內到了楚王府？

她遲疑著問：「莫非是，有人指使？」

楚太妃讚賞地看了她一眼，若有所指的道：「我原是想，那天到底發生了什麼事，逼得淑雲一早就回府，所以讓人去查了一下，順道讓齊嬤嬤帶些補品去蘭府慰問慰問她，哪知她竟不在府中，我使人回蘭府打聽，才聽說她陪我那侄兒進宮了。」

俞筱晚一怔，進宮？難道蘭淑雲竟是宮裡的人指使的？那麼這些人……

楚太妃淡淡的道：「就算不全是她指使來的，也是她指使人挑唆著來的。」說著重重地嘆了一聲，「也不知她哪那麼重的疑心……」

俞筱晚不敢接話，她猜測的時候，都不敢直稱太后。楚太妃淡淡地道：「我的長孫媳，可不能是隨便誰都能挑唆得動的人。」又拍了拍她的手道：「妳認識的千金裡，若有合適的，記得有機會指給我瞧瞧。」

一句話就將這六位小姐都劃出了世子妃的範疇，若是她們願意為妾，可能還有幾分機會。

一晃幾日過去，幾位嬌客每日裡請安問候比俞筱晚這個正經孫媳婦都勤力，君逸之則是每日尋著她們不在的時候去給老祖宗和母妃請安，倒也相安無事。

隨著七月十六日越來越近，俞筱晚的心就越來越緊張，她會擔心，也是因為君逸之時常看著窗外，上回還說，希望陛下祈雨能夠順利，否則不光是多旱幾日的問題，而是怕有心人會拿來做文章。能求雨得雨，自然是真龍天子，可是若是求雨不成呢？

這幾句話讓俞筱晚頓時著慌了，她重生一世，許多事情都發生了變化，雖然大旱如期而至，可是哪能保證雨水也如期而至？當時也不知怎麼會那麼篤定地說：必定會降雨，逸之還慫恿著陛下親自求雨，她不會害了陛下吧？若是……換成欽天監的人，會不會好一點？

見小妻子也著慌了，君逸之忙安慰道：「沒事沒事，祭天要連續三天，祭天之後幾日之內降雨，也可以說是陛下祭天求來的雨水，這前後就有好幾天的時間。已經旱了兩個月了，應當會下雨了。」

話雖如此，可是君逸之自那之後就每天早出晚歸，而且一天回得比一天晚，俊眉蹙得一天比一天緊。

今日就是七月十六，俞筱晚一早起來，君逸之已經出門了，她給老祖宗請過安，實在沒心情跟那幾位小姐閒聊，便尋了個藉口回屋，站在窗邊往外看。外面的日頭仍是烈得能將人給燃起來，天空中萬里無雲，院子裡靜得一絲風都沒有，連蟬都渴得叫不動了，哪裡有半點要下雨的樣子？不會真的不下雨吧？

事實就是，一連三天，天空仍是萬里無雲。到了七月十八日的晌午，烈日曬得院子裡最後一朵鮮花也蔫了，俞筱晚幾乎要窒息了，絕望地關上了窗戶。

初雪不由得問道：「二少夫人不舒服嗎？」

俞筱晚搖了搖頭，「不是，只是覺得光線太刺眼了。」

初雪想說，可是關了窗，就太悶了，只是見主子蔫蔫的，便轉了口道：「那奴婢再拿一塊大冰進來。」

俞筱晚無可無不可地點了點頭，倒在竹榻上，沉重地闔上了眼。不知天壇之上的陛下是否還在期待？還是已經絕望？

輾轉反側間，俞筱晚迷迷糊糊地睡去。不知過了多久，忽覺門外的丫頭們嘰嘰喳喳個不停，她動了動眼皮子，想讓她們安靜一點，可是頂不住瞌睡，沒能睜開眼睛。忽地，一陣清涼的風從身上颳過，不同於丫頭們打扇時的斷續和輕柔，是連續的，是猛烈的，清涼得她胳膊上都冒出了一顆顆小小的雞皮疙瘩。俞筱晚一驚，猛地坐了起來，四下張望，只見起居室裡門窗大開，透過窗櫺，院中的月桂樹隨風狂舞，天色也了下來，大團大團的黑雲迅速地占領著蔚藍的天空，一副山雨欲來風滿樓的景象。

俞筱晚耳邊響起初雲興奮地聲音：「二少夫人，快要下雨呢。您睡下後不久，天色就陰了，現在烏雲越來越多了，蔡嬤嬤說，應當傍晚就會下雨了。」

蔡嬤嬤也隨即進來了，含笑道：「那是之前說的，瞧現在這樣子，不用等到傍晚，頂多一刻鐘，這雨就能下下來，而且還會很大呢！」

俞筱晚盤腿坐在竹榻上，還有些呆呆的，不敢相信真的要下雨了，半晌才驚覺，「二少爺呢？回府了嗎？」

蔡嬤嬤有些尷尬，「回少夫人的話，二少爺還沒回呢，大概是有事吧。前陣子二少爺不是每天都在家陪著您的嗎？況且從文他們都跟著，也不會讓二少爺淋著雨的。」

俞筱晚此時已經恍過神來了，心中被滿滿的喜悅填塞著，想著總算是沒害著陛下，她問君逸之，不過是想找他一起來分享喜悅的，便也沒太在意，只揮了揮手，讓蔡嬤嬤等人都退下，自己也不下榻，趴在窗臺上往外看。

蔡嬤嬤到底是有經驗，真的不過一刻鐘的時間，天空中下起了雨，一開始只是星星點點地往下落，只片刻間就開始密集起來，雨點比黃豆還大，砸在臺階上的青瓷蓮花大缸上，發出清越的聲響，先是劈劈啪啪的，再後來就聽不出節奏了，密得只能以轟鳴來形容。對面穿堂屋簷上升騰起水霧，雨水沿著瓦片的縫隙，在簷前形成了一道瀑布。

俞筱晚滿心喜悅地張望著，只是久久沒見到君逸之的身影，不由得又回頭喚來了丫頭，讓去前院問一問二少爺什麼時候回來。

進去聽命的是豐兒，她得了吩咐，忙出了正房，就要沿著抄手遊廊去前院，才轉了彎兒，就被蔡嬤嬤給攔了下來。蔡嬤嬤小聲地道：「我讓人在前面盯著呢，妳一會兒回去跟二少夫人說，就是王爺留了二少爺說話。」

豐兒咬了咬唇，有些遲疑，「可是，我怕二少夫人會察覺我說謊的。」

蔡嬤嬤道：「怎麼會知道？二少爺回來了，我自會去前院迎著，跟二少爺通個氣。」

豐兒這才應下，到前院處去蹭了蹭，才撐著傘回來，照蔡嬤嬤的吩咐，說給了主子聽。

快到晚膳時分，君逸之才一身濕漉漉地回府，蔡嬤嬤果然在前院迎上了他，小聲將自己的謊言告訴他，還叮囑道：「二少爺萬不可說漏了。」

君逸之奇怪地挑起了眉，「我為何要這般說？」

「二少爺！」蔡嬤嬤的語氣有些嚴厲，「老奴原不當說您什麼，可是仗著奶過您幾天，今日就僭越一下。您這才新婚多久，就成天往伊人閣跑了，您是不知道，每日您走了之後，二少夫人都望眼欲穿地守在窗邊，老奴瞧著都心疼，您就一點也不在意了嗎？」

君逸之抽了抽嘴唇，總算是明白了原因，原來是夢海閣的下人們以為他最近成天混到天黑才回府，是開始喜新厭舊了。他去辦事，的確是時常借伊人閣的道，或許是府中哪位奴僕外出辦事的時候，瞧見了吧？他實在是不知道怎麼解釋才好，只好順著蔡嬤嬤的話點了點頭，反正晚兒是明白他的。

下雨了，一下就是接連三天，雖然給人們的出行帶來不便，但著實解了京畿一帶的旱情，百姓們個個三呼萬歲，感謝陛下為他們祈來了雨水。朝廷也極快地下達了一連串的新政令，打壓哄抬物價、平抑糧價，並減免了今年的賦稅。雖然旱了兩個月，京畿一帶會欠收不少，但是江南和東北一帶仍是風調雨順，朝廷已經決定從外地調來食糧，按人頭下發口糧和今年的糧種，災民的日子不會太難過。

百姓們又開始讚頌攝政王爺體恤民間疾苦，還為他在京城各處撐起了萬民傘。百姓們安穩了，貴族們自然就更開懷。沉悶了兩個月的京城又開始熱鬧了起來，各家各府都大擺宴席，一時間邀請函滿天飛。

楚太妃手中就接了不下百張，只得使人去請了二少夫人過來，笑著問道：「晚兒，妳幫老祖宗挑挑，看去哪家比較合適。」

俞筱晚輕笑道：「晚兒也正發愁呢，不過攝政王府和晉王府、曹府的宴會肯定會去，其他的，還想等著老祖宗拿主意呢！」

楚太妃搖頭笑嘆，「這日期都排到八月十五了，我一把老骨頭的，可不想這麼勞動，不如請幾家來府中玩玩吧，湖上的荷花開得正盛，也能供客人們玩賞一番了。」

俞筱晚笑著湊趣道：「還可以多請幾位千金來，讓老祖宗仔細挑挑。」

楚太妃呵呵一笑，忽而又斂了笑問：「琰之最近怎麼又有些咳了？昨天我還跟逸之說，再去請智能大師來看看，不知他去請了沒？」

俞筱晚忙解釋，這是大哥的一計，想看看這些千金們會不會嫌棄他是個病秧子。

楚太妃蹙眉道：「這幾個人有什麼好試的，還有，我最近聽說他跟宛婷走得比較近？」

俞筱晚忙告訴老祖宗他們的計畫，那天君逸之找了君琰之之後，君琰之倒是同意了，不過或許是知道祖母和父母親都關心他的婚事，這幾位千金的出身相貌氣質都不錯，他也打算好好觀察一番，所以多出了一個裝病之計。

事情進展得十分順利，君琰之不過多看了原宛婷幾眼，甚至連話都沒多說，原宛婷就已經覺得自己大有希望了，而且發覺君家兄弟的感情極好，君琰之對自己的弟弟和弟媳十分溫和，甚至有些言聽計從。之後她就每天勤勞地跑來找俞筱晚奉承討好，自然是希望俞筱晚多幫自己美言。

雖然這是楚王妃最初的初衷，可是看著娘家侄女一連幾天不到自己跟前來，來了也只是敷衍一下，楚王妃當然是酸在臉上，苦在心裡。不斷打發人去給原宛婷送吃食送衣裳，原宛婷倒是記得去謝恩，但是她已經看清楚了，在楚王府，只有楚太妃說得上話，可是楚太妃一直以來對她的印象就只是如此，所以她必須與楚太妃最疼的孫兒媳婦處好關係，況且因為上回下藥之事，君琰之對母妃都是淡淡的，原宛婷自然要抓住一切機會解釋，這是楚王妃自己的主意，跟她一點關係都沒有。俞筱晚便趁機暗示，要她有時間多陪陪太妃，王妃那裡少一點沒關係。而原宛婷自動地將此話理解成，要討太妃的歡心，就不能與楚王妃太親近，甚至是有些遠離楚王妃才好。

當原宛婷開始疏遠楚王妃之後，君琰之又關注起了曹中妍。曹中妍在一眾嬌容之中，的確是相貌最出挑的，兼之有種獨特的令人憐愛的氣質，又是俞筱晚的表妹，時常能在夢海閣出入，立時被原宛婷當成了頭號大敵。明裡不敢怎麼樣，暗地裡不知給曹中妍穿過多少小鞋。

現在，魚兒已經吞了餌，只等哪天收網了。

楚太妃這樣的人精，聽了此計之後，就知道為的是誰，不由得輕嘆一聲，拍了拍俞筱晚的手，緩緩地道：「萬莫讓妳婆婆知道了，她那性子，可不知會不會體諒妳的一片苦心。」

其實俞筱晚也明白，婆婆跟娘家人鬧翻了，肯定會又生氣，又覺得沒臉面，若是讓她知道是自己布的局，只怕會將怒氣轉嫁到自己身上來，當然是不能告訴她的。只是難得老祖宗會這般提醒自己，若不是真的關心，也不會說出這樣的話來。

俞筱晚感激地道：「多謝老祖宗提醒，晚兒會謹慎的。」

楚王府要辦宴會的消息一傳出，還沒等王府裡的請柬製作好，就有不少人上門來打聽了，誰讓楚王府裡有一位俊美溫柔又未婚的世子爺呢！

因此，平日裡一些根本談不上交情的夫人，也開始過府探望俞筱晚了，話裡話外都是想弄一張王府宴會的請柬，好帶自家的妹子來參加，在楚太妃的面前露露臉，能撈個世子妃當更好，不能的話，側室什麼的也行。

俞筱晚一上午接待了三撥人，最後一撥人還不得不留了午飯，頭暈得不行，用過午膳想歇一晌，哪知蔡嬤嬤又拿著一張燙金名帖走進來，遞給她，稟道：「靜雯郡主和憐香縣主一行人求見，人已經過來了。」

俞筱晚不由得呻吟了一聲，這人也太霸道了吧？她還沒說想不想見，她就大咧咧地闖了進來。只是這靜雯郡主多少跟楚王府沾親帶故，俞筱晚也不能拒人於千里之外，便吩咐道：「嬌蘭，帶幾個人撐傘去接一下靜雯郡主等人。嬌蕊，去準備些冰鎮果子汁來。初雲，吩咐人送兩塊大冰到正廳裡。」

丫頭們領命退下，不過半盞茶的功夫，靜雯郡主和憐香縣主一行人就一同來到了正廳。俞筱晚端坐在打橫的正位上，絕美的小臉上含著淺淺的微笑，一動也不動地看著幾人。

靜雯郡主一見俞筱晚這架勢，恨得直掐手掌心，可也沒有辦法，她如今不過是一名正五品的軍官之妻，縱使頂著郡主的頭銜，也比郡王妃要低上幾級，只得斂了衽，慢慢行禮。俞筱晚只是含笑看著，待她福下去了，才說免禮。

靜雯郡主的臉孔扭曲了幾下，才忍著氣道：「聽說貴府要辦賞荷宴，是定在哪天？我好安排日程。」

憐香縣主覺得靜雯郡主說話太嗆人，忙笑道：「還不知道到時我們能不能來呢，貴府的宴會恐怕已經人滿為患了吧？」

俞筱晚垂了頭笑道：「再人滿為患，也得請上幾位啊！」這幾位都已經出嫁，而且除了靜雯郡主，嫁得都不錯，可能是為了夫家或者娘家的妹子來求請柬的，反正楚太妃想多見幾位千金，邀上也無妨。

得了准信，靜雯郡主的臉上忽然閃過一絲得意的笑，然後便坐不住，告辭回去了。靜雯郡主那個笑容到底是什麼意思？俞筱晚忍不住深思起來。

還沒容她想上多久，原宛婷又捧著一個瓷盅跑了進來，瓷盅外面還有些細細的白霜，想必裡面又是冰鎮的什麼湯品。

她羞澀地道：「二表嫂，這是宛婷親手做的海參羊肉羹，冰鎮的，您要嘗嘗嗎？」

俞筱晚抽了抽嘴角，這好像是補腎的吧，她用得著吃嗎？當下順著這話便道：「我不用補，倒是最近大哥有些體虛。」

原宛婷小臉一紅，支吾了半晌，見俞筱晚不接話，只得厚著臉皮道：「那、那就給琰之哥哥補身子吧，就說是表嫂您做的，不用提宛婷了。」

俞筱晚真想搖著她的肩膀大聲喝問，妳說我一個弟媳婦，給大伯子送補腎的湯水，這算是什麼事？

緩了緩氣，俞筱晚淡笑道：「我怎敢占了表妹的功勞？嗯，正好逸之在大哥那裡，我要過去，表妹不如一塊兒吧？」

原宛婷興奮得紅了臉，忙故作矜持地推讓了一下，才應下來。

俞筱晚進內室換了身衣裳，暗中使了人去請曹中妍，這才帶著原宛婷去了滄海樓。

兩人擠在一頂小軟轎裡，天兒熱，轎簾自然是拉開的，原宛婷眼尖地發覺一頂小轎從滄海樓裡出來，裡面赫然坐著曹中妍。她強壓住心底的酸意，示意俞筱晚看過去：「是曹小姐呢！」

待俞筱晚側過頭去，小轎已經錯開了，原宛婷只好壓下探問的話。

進了滄海樓的正廳，君琰之接待了弟媳和表妹。原宛婷忙將自己手中的瓷盅奉上，含羞介紹了一番。君逸之忍著笑朝嬌妻擠眉弄眼，俞筱晚回了他一笑，故意問道：「方才妍兒來過嗎？」

君逸之收到嬌妻的暗示，先「驚」了一下，然後故作鎮定狀，「哦，只是來問妳在不在，又走了。」

君琰之不動聲色地看著這兩口子表演，眉毛不由自主地抖了抖，再看一眼瓷盅裡的湯水，又抖了抖，忙虛拳在唇邊咳了咳。

君逸之忙撫著大哥的背，歉意地朝原宛婷道：「宛婷妹妹，大哥剛喝了補湯，此時也吃不下，不如妳先放在這裡吧。」

原宛婷心中一動，故作不解地問：「啊，琰之哥哥這個時辰才用午膳嗎？這可不好啊，用膳一定要守時，否則對身體極不好的，尤其你現在還病著。」

君逸之忙道：「午膳早用過了，只是剛喝了些曹小……啊，那個湯！」

雖然曹小姐的那個姐字沒說出來，可是君琰之和原宛婷都聽見了，原宛婷頓時倒翻了一肚子的酸水，而君琰之則咳得更厲害了——不咳，他怕他會一腳將弟弟踢飛。

又在滄海樓賴了好一會兒，君琰之露出十分明顯的「疲憊」之色，原宛婷才只好與表哥、表嫂一同告辭了。

剛到岔路口，原宛婷就尋了個藉口，請君逸之陪她走一段，俞筱晚含笑先回了夢海閣。

待左右無人，原宛婷立即委屈地問道：「二表哥，你告訴我，是不是曹中妍來過，琰之哥哥還喝了她送的補湯？」

君逸之顯出幾分無奈，尷尬地咳了幾聲，不說是，可是那神情，分明就是。

原宛婷咬了咬牙，恨恨地問：「二表哥，你告訴我，琰之哥哥他是不是……是不是……喜歡曹小姐？」

「那個，大哥只是覺得她嫻靜可人。」

這樣說總沒錯吧？

原宛婷纏著君逸之問了好半晌，得到的回答都是含糊其辭，但是通過對君逸之神情的觀察，她認定，琰之哥哥對曹中妍動心了。

這怎麼可以，她的名分還沒有著落，就多出了一個勁敵，而且曹中妍的容貌在她之上，縱使出身比她低些，不能為正妃，日後也難免恃寵生嬌，不將她放在眼裡啊。

情急之下，原宛婷不管不顧地拉著君逸之的袖子哭了起來，「二表哥，我、我、我……對琰之哥哥他……」

君逸之冷不丁被她捉住袖子，心裡煩躁，可是見表妹一臉的泫然欲泣，又不好一把將她甩開。他卻不知，這一幕剛好被從竹林中路過的初雲瞧見。

初雲正同從文和從安一道去冰庫取冰，隔著稀鬆的竹枝，就見原宛婷嬌弱弱地拉著二少爺，而二少爺卻沒反抗之意。

初雲是個暴脾氣，雖然這幾年讓俞筱晚刻意壓了下來，但到了楚王府中，夢海閣獨成一院，裡裡外外沒有什麼煩心事，初雲的脾氣又有些抬頭，當下就狠狠朝地下啐了一口，「呸！」

從文扭頭看去，也跟著呸了一聲，「這還是國公府的小姐呢，真是沒皮沒臉！」又在心中補充道：還沒少夫人的丫頭端莊守禮！

從安話不多，沒出聲，但心裡也是贊同的。

只是初雲這一呸，卻不光是呸原宛婷，還包括了君逸之。前些日子二少爺成天不著家，少夫人擔憂成了那樣子，每日守在窗邊盼二少爺回府，她們這些丫頭哪個瞧了不心疼，只不敢在少夫人面前說什麼，也無法去指責二少爺，但是卻可以看二少爺的侍衛不順眼。

當下，初雲就抬起光潔的小下巴，拋給了從文一個鄙視的眼神，高傲地一揚頭，大踏步走遠。

從文被她鄙視得莫名其妙，摸著腦門子問從安：「我說錯了嗎？」

從安實事求是地道：「沒有。」

「那她為什麼這樣瞪我？」

「你不會自己去問？」

從文不屑地道：「我才不去問，她怎麼想關我什麼事！」

「……」

「喂，你倒是幫我想一想，她為什麼瞪我！」

「不是說不關你的事嗎？」

「……」

這廂，原宛婷想向二表哥表白一番，通過他轉訴給琰之哥哥，話未及出口，就被君逸之給截斷了，隨意地將扇子在手中翻轉了幾圈，順勢甩開了原宛婷的糾纏，又退後兩步，避到安全距離之外，君逸之警告般地淡笑道：「大哥最喜歡知禮守節的女子。」

原宛婷一怔，慌忙擦了擦淚水，心房不禁疾跳如鼓，剛才她向二表哥問的問題，換成任何一位端莊自持的千金，都是不可能問出口的，哪怕是想一想，都應覺得羞愧，這……這可如何是好？

成功阻止了原宛婷的大雨滂沱之勢，君逸之的心情極好，法外開恩道：「方才宛婷妹妹問的話，我只當沒聽過，大哥也不會知道。」

原宛婷心中一鬆，忙羞愧地低下頭，細聲細氣地道：「方才……是宛婷一時糊塗，多謝二表哥體諒。」

君逸之微哂，妳已經糊塗了幾個月了，估計大哥是不可能體諒的了。他懶得再跟她閒扯，搖著扇子走了。

原宛婷失魂落魄地回到自己的小院，發了會子呆，她的乳母高嬤嬤問清了原由，立時幫她拿主意：「這事兒得跟王妃通個氣，怎麼能讓一個伯爵府的庶系嫡小姐占了世子妃的位置？她老子不過是個七品縣令，那也算是官嗎？這樣的人選，想必王妃也不會答應的。」

原宛婷心中一動。是啊，雖然王府裡主要是楚太妃拿主意，可是姑父卻很能聽得進姑母的話，若是讓姑母給姑父說說，或許能扳倒這個情敵。

心動不如馬上行動，原宛婷立即問道：「我方才熬的海參羊肉湯應該還有吧？冰鎮了盛到瓷盅裡，我去給姑母請個安。」

正好楚王妃最近心裡嘔得慌，人家求請柬都不來找她了，讓她無比失落，忽聽宛婷來給自己請安，忙讓進來。

原宛婷笑得十分天真嬌憨，捧著瓷盅，獻寶似的放在楚王妃身邊的榻几上，「姑母，這是婷兒親手煲的補湯，給姑母補補身子。」

楚王妃問明是哪種湯，臉色便有些怪，高嬤嬤忙解釋道：「海參滋陰壯陽，男女皆宜，羊肉最是溫和，小姐又特意冰鎮過，是以天熱也能吃。如今已經入秋了，又下了雨，這幾日一天比一天涼了呢，喝這種湯是最好的。」

楚王妃也知道，若不是因為天旱，到了七月斷不會這般酷熱的，往常入了秋，府中就會開始熬製各種補湯，為冬天禦寒做準備了，只是看著瓷盅中，冰鎮之後的湯水泛起的那一層薄薄的油脂，她就沒有胃口。

不過，難得侄女還記得來討好她，楚王妃便和藹地笑道：「難得婷兒有心了，這會子我也不餓，讓郭嬤嬤收著，待晚膳之時再用。」

原宛婷本就不在意她到底喝不喝，自然不再勉強，只東拉西扯地說奉承話兒，不多時就捧得楚王妃真心開懷而笑，感嘆道：「還是閨女貼心，可憐我只得了兩個兒子，身邊沒有一個閨女……」

高嬤嬤忙湊趣道：「老話都說，媳婦就是自己的閨女，王妃，您不是已經有了一個閨女了嗎？眼瞧著不久之後又會再添一個了。」

這起居間裡都是自己人，提到俞筱晚，楚王妃就沒有那麼避忌了，不屑地哼了一聲，「那樣的出身，若是讓我給逸之挑媳婦，哪裡配？」

郭嬤嬤在一旁和稀泥道：「好歹也是冊封了的寶郡王妃，以前的身分不高，如今卻是高的了。況且她到底不是世子妃，有什麼關係呢？」

高嬤嬤忙接著話頭道：「是啊，世子妃是將來的王妃，世子妃好好挑一個不就成了？」然後目光閃躲，語調遲疑著：「就是不知，太妃心中到底是如何盤算的？如今住在府中的這幾位小姐，也有兩個出身並不高的。」

說的就是曹中妍和周側妃的侄女周小姐。

楚王妃自然聽得明白，遂淡笑道：「那倒是沒什麼關係，這一回倒不是只選世子妃。琰之已經二十二歲了，之前一直因為身子不好，才將婚事耽擱了下來，換成旁的府中的世子，這個年紀哪個不是三妻四妾了……」

尊貴的楚王妃的話再次被人打斷，原宛婷著急地追問道：「莫非真的是要同時選側室？」

這個問題，楚王妃昨晚才剛跟王爺商量過，興致十足地道：「這是自然。王爺說了，若是琰之喜歡，就是全選了也沒什麼。」說完發現宛婷面如白紙，怔了怔，忙又補充了一句：「當然，這不過是一句話，哪可能不挑揀挑揀！」

但是同時選上三四個是沒什麼問題的。楚王妃在心裡補充道。

原宛婷不由得急道：「姑母，這怎麼行！您不是說過，希望宛婷嫁給琰之哥哥，為君家誕下嫡長子嗎？」

楚王妃疑惑道：「我是說過，妳若為正妃，其他人自然是先服避子湯，等妳有孕了再說。」隨即心中一動，慈愛的神情轉為嚴厲，「難道宛婷竟不願為琰之納妾？」

這個問題可就嚴重了。楚王妃在意的一直就只是世子妃的人選，她希望世子妃出自娘家，可是並不表示她希望娘家的侄女善妒，將兒子管得嚴嚴實實。見宛婷的表情十分委屈，楚王妃不由得加重語氣道：「妳可別忘了，琰之日後就是楚王府的繼承人，身為親王，是有兩側兩庶的定例的！」

原宛婷委委屈屈地道：「宛婷知道，只是，宛婷覺得這幾位小姐實在不是好人選。」

楚王妃淡淡地道：「這倒是要慢慢考察才能知道的。」

她方才說什麼合適就全都留下，不過是隨口試探原宛婷的，那幾位千金都出自她不喜歡的人家，比如仁郡王妃娘家、周側妃的娘家……她會接受才有鬼了。之所以這樣說，是因為好些天沒來請安的侄女忽然過來，還特意熬了補湯，為的是什麼，她多少能猜出來一些，她也不是全無城府。

原宛婷聽說姑母要考察，忙加油添醋地說了些各位小姐的缺點，其中尤其突出曹中妍，什麼煙視媚行，什麼毫不矜持，成天出入滄海樓啦。

「等等，妳說曹小姐時常出入滄海樓？」楚王妃打斷了原宛婷，在得到了肯定的答覆之後，立即朝郭嬤嬤使了個眼色，讓她差個人去滄海樓問一問。

很快郭嬤嬤就進來回話，「的確是如此，之前幾次是隨二少夫人去的，今日是她自己去的，並未留多久，當時二少爺也在。」

原宛婷立即補充道：「她還熬了什麼湯給琰之哥哥，補湯哪裡是能隨便吃的？明知琰之哥哥這陣子身子不好，還胡亂添補，她又不是大夫，萬一弄錯了怎麼辦？」

楚王妃卻似沒聽到這些話，她很清楚自己的這個長子，與次子那是完全不同的類型。對女孩子雖然溫柔，卻隔著距離，尤其是他住的地方，從來不許未婚女子出入，卻允了曹中妍進去，就算是有逸之和俞氏的臉面在裡面，卻也能說明一個問題，他對這位曹小姐是比較心儀的。也難怪，曹小姐在容貌上是比另外幾個強些，雖然是二兒媳婦的表妹，但其父只是七品縣令，想許給琰之，頂多就是名良妾，完全無礙大局，有什麼關係？

這麼一想，楚王妃就坦然了，至於原宛婷還在說什麼亂補身子之類的話，楚王妃左耳朵進右耳朵出，琰之身邊有專門司食的大嬤嬤，哪會真的任人胡來？而且有些話她不方便對原宛婷這個未出閣的少女說，之前是怕兒子的身子禁不住，所以她雖然安排了兩個漂亮的大丫頭給兒子，但是並沒開臉升為通房。這幾日她瞧著兒子原本已經痊癒的身體又開始反覆，還咳得厲害，臉色也是不正常的潮紅，她心裡頭也是焦急的，但她認為這是體內陽火躁的，說白了就是陰陽不調所至，正打算就近挑個黃道吉日，將嬌荇和嬌葒給開了臉。

可是聽宛婷這話裡話外的意思，竟是不願意給琰之納妾？這怎麼行！

楚王妃心裡頓時就不滿了起來，她跟所有的女子和母親一樣，做妻子的時候是一個標準，她也不喜歡王爺再納妾室，可是做母親的時候就不一樣了，總是希望兒子能多娶幾位賢妻妾，多生幾個孫兒孫女。她雖然自幼就疼愛宛婷，可是再疼，難道能疼過自己懷胎十月生出的兒子去？若是宛婷有這樣的心思，那她必須掐滅在最初的萌芽狀態，否則日後豈不是會鬧得家宅不寧？

楚王妃這些沒說出口的話，原宛婷自然是不知的，可是她口沫橫飛地說了好大一串，就是想讓姑母明白，這個曹中妍是個不安分的女子，是絕對不能娶回家的。可是待她話音一落，楚王妃便語重心長地道：「宛婷啊，妳必須明白，世子妃之位雖然尊貴，可是卻也有許多不得不遵從的規矩，日後琰之若是繼承了王位，依例他可以娶兩側兩庶，這些都是要妳操勞的。姑母知道妳心裡不舒服，姑母也是女人，自然能明白妳的感受，但是咱們女子最重要的就是替夫家開枝散葉，妳若做不到這一點，這世子妃之位就只能讓賢了。」說到最後，竟有幾分威脅的意思了。

原宛婷心中一滯，不敢置信地看著楚王妃，看到姑母臉上不容置疑的強硬，她亦是心中極度不滿，可是她現在卻不敢表露出來，只得擠出一臉討好的笑容，「宛婷自然明白這個道理，從來就未想過專寵，只是覺得曹小姐她不適合罷了。」

楚王妃見她服了軟，便輕笑道：「適合不適合，我與妳姑父自會考量，妳就不必多想了，好好與琰之相處相處，抓住他的心才是。日後姑母自然是幫襯著妳的，可是要想琰之多寵妳，還得妳自己努力才是。」

「多謝姑母教導，宛婷就不打擾姑母休息了。」原宛婷見楚王妃這裡已經幫不上忙了，便沒了應酬的心思，盈盈施了一禮，告退出去。

楚王妃看著她出去，輕哼了一聲，「怎麼一個兩個的都想著專寵？」

郭嬤嬤忙笑道：「女孩兒家家的，在家裡嬌養著長大，心氣兒自然是高一些，待嫁過來之後，有您這個婆婆好生調教著，她慢慢也就能明白這些道理了。」

楚王妃想起了什麼，隨即問道：「那個曹小姐妳去瞧過嗎？覺得怎麼樣？」

郭嬤嬤忙說了一番自己的感覺，竟然還不錯。楚王妃是十分相信自己的這個陪嫁丫頭升上來的大嬤嬤的，於是便吩咐她去請曹小姐過來聊聊。她不喜歡那幾個嬌客，平日裡也極少跟她們接觸，這還是第一次有心情想瞭解一下某人。

郭嬤嬤忙應了一聲，退出正廳去請人。

曹中妍這會子正在夢海閣裡，陪著俞筱晚繡花，她的繡功一般，主要還是跟著俞筱晚學。

曹中妍看著表姊手中的繡棚上，那朵芙蓉花漸漸形成，栩栩如生，她眨巴著霧濛濛的大眼睛，滿臉羨慕地道：「表姊果然是金大娘的弟子，只一朵花兒，也能繡出層次來。」

俞筱晚輕笑道：「這的確是師傅教我的，針法我剛才已經教給妳了，用這種疊針法繡竹子，一樣也會有層次，而且更能顯出竹子的氣節和風骨。」

曹中妍小臉一紅，聲音輕得跟蚊子叫似的：「表姊怎麼知道我要繡竹子？」

俞筱晚取笑道：「不知道是誰說著說著，就說到某位窮秀才身上去了，說他有竹的氣節和風骨，若妳的荷包不繡竹子，難道要繡竹筍不成？」

曹中妍頓時連脖子都紅了，只低頭不語，俞筱晚待要再笑話笑話她，忽地察覺到不妥，不由得苦笑了一下，隨即正色道：「我只是跟妳開個玩笑，妳別放在心上。荷包相贈這樣的事，話本裡有許多，但屬於私相授受，妳是女子，萬不可如此輕浮。」

曹中妍的小臉又慢慢白了，咬著下唇，半晌不語，俞筱晚卻盯著她不放，認真地道：「若是那位田公子真是值得託付終身之人，妳更要言行謹慎，他才不會看輕妳。我答應了妳，幫妳從中周旋，就一定會辦到。但前提是，他必須是品行端正，值得妳下嫁之人。」

曹中妍十分篤定地道：「田公子他是。」說著小臉紅彤彤地道：「他……他從來對我都是以禮相待的。」

聽了這話，俞筱晚不禁暗自揣測，若是田秀才不以禮相待，難道現在已經生米煮成熟飯了？她如今被君逸之慣得膽子越來越大，不將世俗禮法放在眼裡了，卻也從來沒有想過要在婚前生米煮成熟飯的，光是淫穢這一條，就足以讓任何一個有封號的大家閨秀淪為賤妾，而且聽表妹的意思，四舅父並不怎麼看好那個窮秀才。她覺得窮秀才不錯，也是聽表妹說的，懷春少女的眼光是片面的，只看得心上人的長處，看不到短處。

好在她已經求君逸之差了人去打探田秀才的品行，家裡窮一點、出身低一點、才華平凡一點都不打緊，只要他是個品行端正的君子，她就願意成人之美。

俞筱晚正打算再好好跟表妹溝通一下，門外便來報：「二少夫人，郭嬤嬤來了。」

俞筱晚坐正了身子，笑道：「快請。」

郭嬤嬤笑咪咪地走進來，深深一福，「老奴給二少夫人請安。老奴是奉王妃之命，特來請曹小姐到春景院一敘。」

曹中妍頓時緊張了起來，俞筱晚安撫地看著她笑了笑，問郭嬤嬤道：「不知母妃為何會想見我家表妹？」

郭嬤嬤笑咪咪地道：「聽聞曹小姐溫柔可人，王妃便想見一見。老奴是從客院過來的，繞了一大圈，恐怕王妃已經等急了。」

這是催人快點走呢，俞筱晚只得讓郭嬤嬤帶走了曹中妍，又讓蔡嬤嬤差個人去春景院打聽一下消息，隨後安了心。楚王妃見過曹中妍之後，賞了好幾件精美的首飾，想來是十分滿意的。

待君逸之從外面回府，俞筱晚便將今日之事一五一十地說了，俏皮地笑道：「母妃似乎對妍表妹十分滿意呢，看來只要再加把勁，過兩天就能成了。」

君逸之覺得好玩，便自告奮勇地去找大哥，要他再「加一把勁」。

加一把勁的意思就是，次日一早，所有人都在春暉院圍著楚太妃湊趣的時候，君琰之低聲跟春暉院的小丫頭道：「將曹小姐的茶換成玉蘭香片，她不喜歡老君眉。」

聲音雖然很低，可是對時時刻刻關注著他的一眾嬌客們來說，無異於晴天霹靂。

世子爺居然這般關心曹小姐！

世子爺知道曹小姐的喜好，還記在了心裡！

其中臉孔最為扭曲的，就屬原宛婷了，尤其是看到姑母看向曹中妍的眸光顯得十分滿意的時候，她恨恨地揉著手中的絹子，覺得自己真的不能再等了。回到客院的房間，原宛婷就提筆寫了一封信，遞給喜鵲道：「妳快將信帶回府中，千萬要告訴母親，姑母已經不打算幫我了，讓母親快些來勸說姑母。」

高嬤嬤一直在一旁伺候筆墨，覺得小姐寫得過分了一些，不由得勸阻道：「王妃也不是不幫妳，只是說想納曹小姐為妾而已，這樣就請夫人來，只怕會讓王妃不滿。」

原宛婷氣急地道：「嬤嬤，妳知道什麼？妳平日裡又不能進屋去伺候，沒瞧見琰之哥哥看那小賤蹄子的樣子，真是……真是噁心！他為何從來就不這般看我呢？」說著嗚嗚地哭了起來，「我這還沒進門就要失寵了，若只是個獨守空房的世子妃，當著有什麼意思？」

她父親沒有兒子，為了生個兒子出來，不知納了多少妾室，母親表面上風光，實際過的是什麼日子，原宛婷最是清楚不過。這樣的當家主母她可不願意當，她要當就要像俞筱晚那樣，隨便走到哪兒，逸之哥哥的眼睛就跟到哪兒。

高嬤嬤勸不得，只好讓喜鵲拿著信去了，送到門外小心叮囑：「妳千萬將信收好，可莫給王妃或是她的僕婦瞧見了。」

喜鵲見高嬤嬤這般慎重，忙點頭應下。

這會子夢海閣裡十分忙亂。

事情是這樣的，俞筱晚一大早從春暉院請安回來之後，就發覺一張取首飾的憑條不見了。那是新婚之日，君逸之送給她的金鑲珠寶半翅蝶簪。前幾日蝶翅上的碎鑽掉了一顆，送去銀樓修補，今日正要拿那張憑條去取，那張憑條卻不見了。她使了丫頭們仔細找了內室和起居室，最後鬧騰得將整個夢海閣都翻了一遍，仍沒見到。

俞筱晚傷心不已，明亮的眸中泛起淚光，君逸之心疼嬌妻，便命令從文去前院，請齊總領來查一查案子。

從文能說會道，拉著齊總領在二門處仔細分解，說到要緊處，壓低了聲音：「昨日還在的，夢海閣的下人倒是好查，就是這客人不好查，倒不是懷疑她們，只是想弄個明白。」

齊總領還有什麼聽不明白的，正要拍著胸脯打包票，一抬頭，瞧見喜鵲在這兒遞牌子要出府，便伸手一攔，「喜鵲姑娘，這是到哪去啊，沒有夾帶什麼物品吧？」

若是沒有高嬤嬤的那句叮囑，喜鵲肯定十分坦然，現在卻是有些做賊心虛的感覺，一面回話一面用手捂住腰腹之間，那兒正放著信封呢。

齊正山眼光何其鋒利，立時喝道：「懷裡有什麼？拿出來看看！」

喜鵲一驚，色厲內荏地道：「不知齊總領何故要搜查婢子？婢子雖是卑賤，卻也是王府嬌客的人，不是你們王府的人。」

「現在王府裡丟了一樣極重要的物品，只要妳在我們王府，想出府就得搜！」

齊正山並不怎麼把楚王妃放在眼裡，這裡面有個緣故：朝廷會按每位王爺的品秩派駐侍衛，並任命總統領，他們都隸屬於兵部，俸祿是朝廷發，若無過錯，楚王爺也不能拿他怎麼樣，任免都是由兵部說了算的。而楚王爺這樣的肱股大臣又可以培養八名親衛，並任命一名副統領，這位副統領岳勝才是王爺的心腹。

齊正山在楚王府算是個姥姥不疼、舅舅不愛的角色，他也不是沒往楚王爺身邊湊過，只是為人貪了一點，王爺對他始終不冷不熱，所以也就淡了心思，有點破罐子摔破了，什麼事都按章來辦。王爺倒還沒什麼，就是王妃，她特別喜歡特權的感覺，常常被齊正山給堵得呼吸不暢。

這府裡也就二少爺看得起他，有事沒事找他去喝花酒，今天他是幫二少爺辦事，哪會將一個客人的婢女放在眼裡？

見齊正山揮手叫來二門處的幾個婆子，要給自己搜身，喜鵲慌忙左右瞧了瞧，正是未時，一天之中最熱的時候，四下無人，求助無門，她急得淚水都掉下來了，哭喊道：「你們欺人太甚了，若是我身上沒有賊贓，定要叫你們好看！」

聽了這話，齊正山遲疑了一下，從文餘光瞟到從安打來的手勢，忙出來打圓場，「說起來，喜鵲姑娘是王妃親侄女的貼身婢女，要搜也當是由王妃派人來搜，不如咱們去春景院，請王妃的示下吧。」

齊正山也覺得有理，忙讓兩個婆子跟著喜鵲，免得她半路上轉移賊贓。喜鵲這才鬆了口氣，想必王妃不會為難自己。

這會兒君逸之正帶著俞筱晚在春景院裡，楚王妃正興奮不已，想親自帶人去夢海閣裡搜查一番。君逸之不鹹不淡地道：「孩兒已經請齊總領來偵查了，若有結論，自然會稟報給母妃。」

俞筱晚低頭不語，她們完全沒對外說起這事兒，婆婆會知道，多半是二嬌稟報的，她原本也是這個意思，只是自己的一舉一動都給人監視著的感覺真的很不好，看來這事兒完結之後，還是得想辦法將二嬌給打發出去。

正說著，齊總領在外求見，說是看見喜鵲鬼鬼祟祟要出府，特地過來請王妃的示下。

喜鵲被人給推進來，撲通就跪倒在地，哭訴道：「婢子正奉了小姐的命，出府辦點事，不知怎麼就得罪了齊總領，非說婢子是賊，求王妃給婢子作主啊！」

楚王妃還未說話，郭嬤嬤就在一旁笑勸道：「齊總領莫不是忘了，喜鵲姑娘是表小姐的貼身婢女，國公府裡什麼好東西沒有，哪裡會眼皮子淺到要偷一根簪子？」

一個老嬤嬤質疑自己的專業素養，這是絕對不能容忍的！

齊正山立即正色道：「既然已經發覺丟了東西，搜一搜也是應當的。搜完了，也正好可以證明表小姐的清白，日後也不會有人拿這事兒來說嘴，所以屬下請王妃派人搜上一搜。」

郭嬤嬤又插嘴道：「齊總領，你就不怕搜不出什麼來，不好向王爺、王妃和國公爺交代嗎？」

齊正山的臉色有些不好看，君逸之輕哼了一聲，痞痞地笑道：「母妃，原來您這裡凡事都是郭嬤嬤拿主意的嗎？怎麼齊總領請您示下，都是她在這裡說三道四的？我王府裡丟了東西，搜查不是再自然不過的事嗎？為何還要向舅父交代了？似乎只有下級向上級交代的吧？」

郭嬤嬤期期艾艾地不敢再說話。

楚王妃倒不覺得郭嬤嬤的話有什麼過分的，只是被兒子這幾句話擠兌得下不了台，說得好像王府比國公府還低了似的，傳到王爺的耳朵裡有她好看的，她只好出面道：「既然如此，喜鵲，妳就讓這兩個婆子搜一搜，多大的事兒，要哭成這樣！」

喜鵲的臉皮立即變了，這下子連王妃都狐疑了起來，她自然是相信自家侄女的，可是婢女就要另說了。楚王妃面色一整，厲聲道：「還不帶她到後面去！」

兩個婆子拉著喜鵲往後走，喜鵲忙道：「王妃容稟，婢子是替小姐送信的，小姐想念夫人了，寫了封問候信。」說著自覺地將信拿出來晃了晃，希望以此減輕王妃的戒心，放她出府。

俞筱晚輕笑道：「原來是宛婷妹妹思念母親了，還寫信問候，真是孝心可嘉。」

君逸之接著話道：「以前有信不都是讓回事處遞的嗎？莫不是宛婷妹妹受了什麼委屈，一定要喜鵲妳回去訴說？」

楚王妃聽得心中一動。楚王爺是輔助大臣之一，王府可不是隨便什麼人都給住進來的，住進來了，就有些規矩要守著，比如說信件之類的，一般得由王府的人遞送，就是怕客人們將重要的事情透露了出去。雖然書房重地閒人免入，這類事情不會發生，但規矩是這般定的。以前有事，宛婷都是讓下人回府去說，今日為何會寫信？

聯想到那日宛婷的表現，楚王妃不由得產生了一些猜測，示意婆子將信拿過來。

喜鵲急得不行，可也只能眼睜睜地看著楚王妃打開信封，取出信紙。

楚王妃越看臉色越差，原宛婷在信中說她是一個虛偽的老女人，根本就沒有為自己著想，自己門都還沒進，就鼓動兒子納妾，請母親過來好好教訓她一番。大概是覺得那天在楚王妃這裡受了氣，順道還詛咒了楚王妃一番。

整封信看完，楚王妃氣得呼吸急促，臉色鐵青，君逸之忙上前為母妃順背，俞筱晚在一旁端茶打扇。

好不容易等楚王妃順過了這口氣，楚王妃指著喜鵲，手指抖了半晌，方道：「去，把表小姐叫來！再派個人去請原夫人！」

原宛婷被人叫到了春暉院，一聽說是自己的信被姑母給看了，也駭得不清，撲通一聲就給楚王妃跪下了，痛哭流涕地求饒：「宛婷是一時鬼迷心竅了，才會寫出那樣的東西來，求姑母饒了宛婷這一次吧！」

君逸之在一旁斥責道：「母妃為了妳的事，不知操了多少心，別說妳是鬼迷心竅，就是做夢時，也不當對母妃如此無禮！想一想都是罪過，妳卻還將信寫下來，寫完後難道不想想這樣對不對嗎？還要送給舅母，這不是挑撥母妃和舅母的關係嗎？」

有丈夫開了頭，俞筱晚才好接話，不過她不跟原宛婷說，而是先薄責了丈夫一聲：「你莫在這裡火上澆油，宛婷才多大年紀，一時沒了分寸，也是常有的，要怪也當怪縱容她的人！」又勸慰楚王妃道：「母妃千萬別氣壞了身子，宛婷這信一瞧就孩子氣，哪有請舅母來教訓您的道理？舅母不過是一品國公夫人，您卻是超品的親王妃，想想就知道不可能。」

這番安慰卻讓楚王妃心裡咯噔一下，大嫂可沒少仗著大嫂的身分對她說教，平時倒還不覺得什麼，今日回想一下，就覺得分外不舒服。是啊，她一個一品國公夫人，就算是長輩又如何？君臣有別，她憑什麼教訓我啊！

楚王妃剛轉完念頭，君逸之又警告般地對原宛婷道：「有妳表嫂給妳求情，若這是妳第一次寫這樣的信，我就暫且放妳一馬。妳說，是不是第一次寫？」

原宛婷忙道：「是是是，當然是！」

楚王妃卻不信了，瞇著眼睛盯著原宛婷心虛的小臉，心中暗怒。好幾次大嫂忽然到訪，說的都是宛婷的事，莫非那時宛婷就寫了這樣大逆不道的信？

正轉著心思，忠勇公夫人來了，聽明白了原委，當即將女兒臭罵了一通，又向小姑子賠罪，說自己沒有教好女兒。

大嫂已經放低了身段，又是賠罪道歉，又是掐原宛婷的，楚王妃不好再說什麼，便將此事揭過了。

原夫人本是要來提一些要求的，但這會子卻不方便提了，只得告辭回府。

楚王妃這回卻是長了一個心眼，招手讓銀杏過來，去前院調了一名王爺的親衛，跟著原夫人的馬車，聽一聽原夫人私底下都說了自己些什麼。

郭嬤嬤勸阻道：「冤家宜解不宜結，還是算了吧。」

這回楚王妃堅決不聽她的。過了半個時辰，那名親衛回來了，在門簾外回話道：「原夫人直到過了北大街，才在馬車裡說了一句：『呸，也不看看自己是個什麼東西，論相貌比不過周氏，論才華比不過何氏，人老珠黃了還當自己是二八年華的姑娘，成天穿紅著綠的，這些年若沒我們照應著，早就失了寵了，還能當這高高在上的王妃？』」

那名親衛連語氣都學得唯妙唯肖，當場將楚王妃氣翻。

打發走親衛之後，就開始在屋子裡來回磨地毯，「我用得著她們照應？若不是為了照應她們，老祖宗哪裡會對我這麼生分？現在倒好，話都反過來說了！」

郭嬤嬤不住嘴地勸：「都是親戚，還是退一步海闊天空吧。」

「退個屁！」楚王妃情急之下也顧不得風度了，粗話也往外蹦，「我一片好心被人當成了驢肝肺，我為何還要拿她們當親戚？」

說著正轉到玻璃製成的落地長鏡前，看到自己正紅色的緙金絲常服，大怒道：「我是王妃，常服就是紫、紅、杏黃這幾色，她想穿也沒得穿！居然說我不莊重，學二八年華的小姑娘，她才像個老鴇子！」

這些話，最後都讓君逸之給問到了，笑著學給晚兒聽，又感嘆道：「以後母妃應當不會再管舅父家的事了，那一爛攤子……唉。」

俞筱晚笑了笑，隨即問道：「你覺不覺得郭嬤嬤總喜歡挑得母妃與父王鬧似的。」

君逸之奇怪地看她一眼，「沒有吧，她是母妃的陪嫁丫頭，母妃同父王鬧起來，她有什麼好處？她是從忠勇公府出來的，自然也會向著那邊，妳想多了。」

俞筱晚手托香腮，想了半晌，實在無法解釋，這其實就是一種感覺。

比如說，妍表妹的事，已經從銀杏那兒打聽到，郭嬤嬤是幫著說了好話的。按說若是幫著忠勇公府，明知宛婷不喜歡妍表妹，她為何要說好話？這不是自相矛盾麼？由此可見，郭嬤嬤是有些希望王府裡越亂越好的。

雖然君逸之並沒有這種感覺，但好在他這人有個長處，十分聽得進旁人的意見，尤其是俞筱晚的話，於是當即派了四個侍衛中武功最高的平安和從武二人，每日輪流監視郭嬤嬤，瞧她平日與誰有過接觸，尤其是出府後，要求他二人寸步不離。

次日一早去請安的時候，楚王妃待俞筱晚熱情了不少，雖然沒到楚太妃那個地步，但是笑容明顯多了許多，還贈了一支赤金鑲紅藍寶石的芙蓉花雙股釵，說是補償給她的。

俞筱晚受寵若驚，忙福了福，謝了賞，又討巧地奉承了婆婆幾句，楚王妃也和藹地笑著應答，一時間滿屋子天倫之樂。

其實楚王妃能這樣善待俞筱晚，與楚太妃和楚王爺有莫大的關係。親衛們辦了差後，都會向王爺稟報。楚王爺知道老妻被娘家人羞辱了，少不得要來安慰一番，順便將老祖宗的意思告知，只要妳日後少幫著娘家提要求，友愛妯娌關懷晚輩，老祖宗說可以讓妳幫著打理內院。

能掌管內院的大權，是楚王妃心心念念的事，雖然只是暫時幫忙，但到底是幾十年來邁出的第一步，楚王妃自然要拿出幾分誠意來。比如說，善待婆婆大人親自挑的兒媳婦。

君逸之瞧在眼裡，喜在心裡，作為兒子和丈夫，他自然是希望母妃與妻子能和睦相處，不禁同俞筱晚耳語：「看來母妃已經想通了，以後咱們家就不會鬧騰了。」

其實對婆婆想通的這一點，俞筱晚持保留態度，不是說婆婆不記事，而是那邊到底是婆婆嫡親的大哥大嫂，對她的大嫂生氣了，不理會是真的，畢竟沒有血緣，可是對她的大哥呢？恐怕婆婆沒有這麼硬的心腸。

所以還要防微杜漸，免得忠勇公府的人再尋著藉口與婆婆重修舊好，再纏上來。只看原宛婷的態度就知道了，鬧出那麼大的事，幾乎是要撕破臉皮了，她還能賴在楚王府裡，還能堅持每日去給楚王妃請安，楚王妃對她的態度冷得猶如數九寒天的冰雪，她也堅持不懈，熱情洋溢著……

路漫漫其修遠兮啊！

目前楚王府最大的事，就是八月初八的賞蓮宴。賓客名單幾番修整，今日終於擬定了。多數官員府上的請柬會由府中筆墨好的知客來書寫，但是一些親戚府上、關係密切的府上的請柬，為表尊重，卻要由主人來書寫。

楚王爺雖是朝中重臣，可惜一手爛字，倒是君逸之這個不學無術的傢伙，練得一手極漂亮的顏體，楚太妃便將這些請柬都交給君逸之寫。

俞筱晚同楚太妃商議好了宴會上的一些細務之後，便回了夢海閣。

她沒回內院，而是在前院就下了小轎，轉到君逸之的書房內。君逸之正坐在桌邊奮筆疾書，從文正拿了熏籠在一旁的小几上烘烤墨跡，待烤乾後便摺疊好放在左手邊，此時已經有厚厚一疊請柬了。

俞筱晚抿唇一笑，走到桌案邊，拿象牙柄的絹扇輕輕地為某人搧風。君逸之抬頭朝她一笑，低聲調侃：「我今日這般辛苦，娘子晚上可要好好犒勞犒勞我。」

俞筱晚慌得忙抬頭看了從文一下，啐了君逸之一口，「寫幾個字而已，多大的事兒，這也要犒勞！」

君逸之賴皮道：「當然是大事，本來老祖宗是想讓妳寫的，是我怕妳辛苦，特意攬過來的。」

俞筱晚才不信他的鬼話，哪家的老太太會讓孫兒媳婦的筆跡隨意流傳出去？只敷衍道：「你快些寫吧，說好今日陪我去店鋪看看的。」

君逸之痞痞地笑道：「娘子只管放心，為夫一定說到做到。」說罷就埋頭疾書。

俞筱晚一面為他打扇，一面仔細幫他對著名單，請柬若是寫錯了，是對客人的一種不尊重。她看著看著，發現了一個問題，君逸之的字雖然很漂亮，卻沒有特點，跟字帖上的字似乎是一模一樣的。

她不由得問道：「難道你一直只是臨摹字帖嗎？」

一般人都是臨摹上幾年，有了筆鋒之後，就開始自己練，要練出自己的風格來。

君逸之朝她擠擠眼睛，「娘子猜猜看？」

俞筱晚輕柔地一笑，「你故意的。」

字跡最能看出一個人的性格，只有完全臨摹字帖裡的字體，才讓人分辨不出性格來，也不會將字跡露給旁人看。

君逸之就知道小妻子是非常聰明的，滿心歡喜之餘，忍不住想露兩手，指著桌上那疊空白的粉色熏香請柬道：「這些是給各府夫人們的，我換種字體寫。」

俞筱晚好奇地湊近些，看著君逸之將方正的顏體換成了漂亮的梅花小楷，怎麼瞧都像是女性的字體，忍不住讚道：「真是能以假亂真，這些請柬發出去，旁人還會以為是母妃寫的！」

君逸之一笑，「母妃的字很普通，這是大夥兒都知道的，多半還是會認為是妳寫的。」

俞筱晚咯咯直笑，「那我豈不是沾了二爺您的光？我的字可沒這麼漂亮呢！」她前世就沒怎麼練過字——淨幫曹中睿磨墨去了，哪裡有時間？今生倒是練了，不過只能算是端正清秀，離漂亮還差得遠。

需親手書寫的請柬一共不過四十來份，君逸之很快就寫完了，便與俞筱晚一同回屋換衣裳。

為了幫助災民們度過旱災之後的生活，俞筱晚特意在大旱之初就從遠地調運來了數千石大米，但因為朝廷頒發的恩旨，沒了用途，百姓們有朝廷下撥的米糧，她就沒必要強出頭了。可是這麼多的大米，已經花錢買下來了，怎麼也得想個辦法銷出去。

她跟君逸之商量了，君逸之的意思是將一半存放起來，入了冬後，朝廷的米糧若是不足，可以平價出售；另外的一半低價銷給京畿一代的酒莊。畢竟今年大旱，朝廷只會管京畿一代百姓的口糧和種子，不會管酒莊有沒有釀酒的糧食，這些酒莊總歸是要到外地調糧食的。因此前幾天君逸之就幫她跟幾位大酒莊的老闆接洽了，今日要帶著她去簽契約，地點就選在她的雜貨鋪子裡。

之前君逸之已經同對方談得差不多了，因而契約簽得很快，送走了酒莊的老闆，俞筱晚長舒了一口氣，還好沒虧本。

君逸之卻有些悶悶不樂，握著她的手道：「這次大旱，陛下殫精竭慮，為百姓謀福祉，唯恐百姓會受災，可是最後的功勞卻被皇叔的幾道政令全數搶了過去。似妳這般為了災民，情願自掏銀子購進米糧之人，不但沒有得到應得的名聲，還要擔當虧損的風險。」

俞筱晚忙安撫地笑了笑，「我又不在意這些名聲，原也是打算託於王府賑濟災民的，況且現下也沒虧損。倒是皇上那兒，只能說你們現在的經驗還是太少了些。吃一塹長一智，日後你們也可以學攝政王的，掌握住關鍵時刻，讓他勞碌奔波，你們只管拿好名聲。」

君逸之呵呵一笑，「沽名釣譽的事兒我們是不稀罕，不過沒有皇叔老道，倒是真的。如今皇叔在百姓心中可跟活菩薩一般了，端的是宅心仁厚，愛民如子。」想起官職一事，便轉了話題道：「皇上幾次要賜官職，我都給回了，改日妳有空去給皇嬸請個安，好幫為夫謀個一官半職。」

紈褲子弟嘛，哪會願意當差受拘束？皇上賜官，自然是百般不願，直到因為某些事，自己這個賢妻看不下去了，親自求到皇嬸跟前，才好讓皇叔出面，給他安個官職。一來太后如願，二來攝政王也不會起疑心。

俞筱晚領了情，當下滿口應承。只不過兩人都沒料到，還不等他們去拜見攝政王妃，太后卻先一道口諭，宣了俞筱晚入宮。

此番太后在楚王府只宣了俞筱晚一人，不只沒有君逸之，就連楚太妃和楚王妃的名字都沒有，君逸之心中有些不安，遂遞了塊通體透白的羊脂玉牌給傳旨的小公公，問他太后到底為何宣郡王妃入宮。

那名小公公乍得了這麼塊價值不菲的玉牌，激動得說話都結巴了：「回、回郡王爺的話，太后就是說，宮裡蓮池上的蓮花開了，請了幾位年輕夫人去賞玩一番。太后她老人家好久沒熱鬧過了。」

這種話能信才有鬼，可是這小公公明顯是不知情的，君逸之也只得送他走了，回頭又一個勁兒地叮囑俞筱晚，入宮之後要如何如何謹慎，千萬不可有一丁點的好奇心。

俞筱晚忙一一應下，她其實也很緊張，總懷疑這回太后是布了什麼局要試探她，或者威脅她。除了幾塊玉佩和一本金剛經，俞筱晚不知自己還有什麼能讓太后垂青的地方。

次日一早，俞筱晚就登上了入宮的馬車，君逸之親自送到宮門外，可惜沒有入宮的腰牌，他只能跟守衛的侍衛和迎接的海公公套幾句交情，然後眼巴巴地看著俞筱晚坐上了宮內的小轎。

到底已經入了秋，連下了幾場雨之後，氣溫就降了許多，單薄的絹紗繚綾紗已經不經寒了，俞筱晚換上了秋裳，裡外三層的正式朝服。只是軟轎在宮內行走之時，不能打開轎簾，悶悶的，卻又有些熱。

俞筱晚輕喚了一聲：「海公公。」

「奴才在。」海公公的聲音立即在轎邊響起。

俞筱晚將一塊晶瑩剔透的翡翠玉佩包在手絹之中，悄悄地從轎簾一角遞出去，不多時，手中一輕，她才安心地收回手。

軟轎停在慈寧宮的大門外，下來之時，俞筱晚忍不住深深地吸了口氣，還是外頭的空氣清新啊。

海公公垂著頭，躬著腰扶住俞筱晚的手，「寶郡王妃仔細腳下。」

俞筱晚揚起端莊的柔笑，抬腿邁過轎前的橫桿。

走入宮門的時候，海公公的聲音很輕很輕地傳來：「京畿大旱，太后擔憂百姓，禮佛更是誠心了。曹爵爺昨夜入宮覲見了太后，獻了一本佛經。」

那麼就是衝她的金剛經來的囉？舅父怎麼會將金剛經獻給了太后而不是攝政王呢？這個暫且不論，太后今日叫上自己，難道是看出了那本是仿製的金剛經？不管，反正已經被舅父拿走了，誰能說是她仿製的？倒是可以推給舅父。

俞筱晚微微一笑，步伐走得更穩了。

還沒等她到臺階前，魏公公就疾步下了漢白玉的臺階，笑出一臉菊花來，「寶郡王妃安好，太后方才還念叨著您呢。」

俞筱晚忙露出一抹不安和惶恐，「是我來遲了，還請公公幫忙美言幾句。」

魏公公呵呵地笑道：「您太謹慎了，是旁人來得太早了，況且太后今日是請您入宮賞花的，縱是晚些，也不至受罰。」

俞筱晚便順便問道：「不知太后還宣了哪些夫人？」

「還有攝政王妃、北王世子妃、靜雯郡主、憐香縣主、東昌侯府的賀五小姐和賀七小姐，當然長公主也在。」

聽聞有幾位熟人，俞筱晚的心就更安定了。

肆之章　眾女鬥妍爭郎心

進了大殿，俞筱晚便要行大禮，太后笑咪咪地道：「快免了，今日是自家親戚聚會，別弄那些個虛禮。」說著讓人布了座。

俞筱晚仍是蹲身深深一福，謝了座，才在椅子上坐下。

俞筱晚的茶水剛奉上，惟芳長公主便撒嬌道：「母后，您說了今日是賞花的，悶在這屋子裡賞什麼啊？不如咱們去御花園吧。」

太后慈愛地笑道：「就妳貪玩，她們都剛剛才到，總要歇口氣，收收汗，怎的這麼不體諒人？」

惟芳長公主吐了吐舌頭，朝俞筱晚笑了笑，還擠了擠眼睛，似乎是意在讓她安心一般，俞筱晚忙回了一笑。

又多坐了一會兒，太后終是禁不住惟芳長公主三催四請，便擺駕御花園。

御花園的蓮池邊，泊了一艘雙層的大畫舫，眾人在宮女、太監們的服侍下登了船，大船立即起錨，在池面上慢慢航行。

在座的不是千金就是貴婦，談的都是文雅的話題，開的也是得體的玩笑，而且眾人都知道最近太后禮佛十分誠心，便圍著太后說佛經。一上午就這麼不知不覺地過去，太后並未對俞筱晚表示出任何的特別，靜雯郡主又一直攬著太后的一邊胳膊，不住地湊趣兒，哄得太后開懷大笑。

惟芳長公主趁機跟俞筱晚坐到了一塊兒，見無人注意她倆，才長嘆了一口氣，低低地抱怨：「都快悶死我了！」

俞筱晚噗哧一笑，掐著青蔥似的手指道：「我算算，好似……殿下已經修身養性了八個月了吧？」

惟芳長公主暗掐了她一把，嗔道：「壞東西，居然還笑話我！」

以她的性子，被拘在這宮牆之內八個月，的確是悶壞了，可是俞筱晚能說什麼？就是楚王府開宴會，也不敢給她遞帖子。

俞筱晚小聲地問道：「妳還沒選定誰嗎？若是早些嫁了，也許就能自在了。」

惟芳長公主的小臉上有一絲絲的苦澀，太后嘴裡說得大方，其實她的婚事哪可能真的由她來自主，不過是太后還在權衡各方利弊，要從她的婚事裡收獲最大的利益罷了。

不過自小在宮中長大，惟芳長公主早就看透了這一點，其實嫁誰對她來說，都不是什麼大問題，哪位駙馬敢管長公主啊？就算想管，她也不是會讓人指手畫腳的性子。

惟芳長公主不想再糾纏這個問題，便轉了話題，手指頭暗暗指了指俞筱晚的腹部，「妳這裡還沒消息嗎？靜雯比妳晚兩個月成親，都已經有訊兒了呢！」

俞筱晚下意識地往靜雯郡主那邊瞧了一眼。靜雯郡主似乎發覺了，立即回望，擒住她的視線，問道：「寶郡王妃有何指教？」

靜雯郡主已經成親了，只是婚期沒定好，原是定在最為宜人的五月中旬，氣候不冷不熱，偏偏今年大旱，百姓們受苦，太后和攝政王率先減了衣食，權貴之家就不好大擺宴席，害她出嫁時沒請幾桌客人。丈夫又是個出身低賤的平民，縱使現在混了個低等軍職，也改不了平民的本質，面子裡子統統沒有，她對嫁得風光的俞筱晚就格外嫉恨。

面對靜雯郡主挑釁般的言語，俞筱晚只是淡淡一笑，「聽說郡主有喜了，恭喜。」

靜雯郡主得意地微微一揚眉，「多謝。不知什麼時候能聽到寶郡王妃的喜訊呢？我那位表姑奶奶還想早些抱曾孫呢！」

惟芳長公主問俞筱晚孕事，本是關心的意思，因為她知道自己那位堂嫂楚王妃是個什麼人，怕俞筱晚被堂嫂嫌棄，卻沒想到讓靜雯郡主挑了話頭來暗嘲，當下便斥道：「楚太妃都不急，用得著妳操心嗎？」

靜雯郡主還想搶白幾句，攝政王妃在一旁岔開話題笑道：「太后，該擺午膳了吧，媳婦好餓了。」

太后笑斥道：「就沒見過妳這般沒皮沒臉的，還怕哀家餓著妳不成？」

太后使了個眼色，魏公公立即下去吩咐畫舫靠岸，並使人去御膳房傳膳，又陪著笑道：「若是王妃您餓了，不如先吃些糕點墊一墊。」說完就有幾名宮女捧著十來碟各色糕點上來，將小圓桌擺滿。

靜雯郡主親手取了幾塊點心放在太后面前的小碟內，太后笑著搖首，「不用了，我不愛吃甜膩膩的，妳們用就成了。」

靜雯郡主柔笑著解釋：「這是荷花糕，用荷花花瓣製的，清香爽口，並不甜，太后嘗嘗。」

太后這才嘗了一塊，滿意地點點頭，「不錯。」

靜雯郡主輕輕一笑，神情嬌憨，「太后若是嘗過景豐樓的荷花糕，定然會覺得，這些還是香味過濃了些，多吃幾塊就會膩。」

太后訝異道：「真的嗎？」

魏公在一旁湊趣道：「奴才也聽說過景豐樓的糕點比御廚做出來的都好，看來是真的了。」

靜雯郡主拉著俞筱晚做證，「問寶郡王妃，她最清楚了。聽說才三四月間，寶郡王爺就不知從何處淘換到了荷花，做了許多荷花糕給寶郡王妃呢，是不是呀？」

俞筱晚總覺得她這是話裡有話，只笑道：「是的。」

賀七小姐驚訝地問：「京城三四月間就有荷花了嗎？」

俞筱晚道：「是郡王爺一位朋友熟悉花藝，催開了荷花。」

在座諸位都驚歎於匠人的技藝，唯有靜雯郡主矜持地笑道：「聽說京城裡最會伺弄花草的，就是伊人閣的花魁，如煙姑娘。」

此言一出，在座之人都露出幾分興奮和憐憫之色。

惟芳長公主惱火地道：「最會伺弄花草的是她，可是旁的會園藝的人又不是沒有，妳胡亂說什麼？莫非妳時常與如煙把酒言歡？」

一名貴婦與青樓妓子把酒言歡，這個問題就大了，靜雯郡主氣得俏臉鐵青，眾人忙一個接一個地岔開了話題，才讓靜雯郡主略消了消氣。

只不過，旁人的心裡都認為寶郡王爺是從如煙姑娘手中拿到早開的荷花的。

京城就巴掌那麼一點大的地方，誰家昨兒個請了什麼戲、前兒又吃了什麼菜，大家都是一清二楚，尤其是風流絕世的寶郡王爺，更是各種緋聞和傳聞的中心人物，他新婚不久就出入伊人閣的事，也是家喻戶曉的，連帶著眾人對俞筱晚也同情了起來。

人們都有這種古怪的優勢心理，像俞筱晚這種飛上枝頭變鳳凰的普通小鳥，肯定是受到女人們嫉妒的，可是在知道她的幸福只是表象之時，女人們在興奮的同時，不會吝於給她一點同情，藉此表示自己的善良和大度。

頂著各色目光，俞筱晚無奈地想，我是該黯然神傷呢？還是該笑中含淚，故作堅強呢？

太后也略為同情地看了俞筱晚一眼，正好御膳盛了上來，總算讓俞筱晚逃過了這種莫名其妙的折騰。

在畫舫上用過午膳，太后有些倦了，魏公公便服侍著太后和諸位夫人、小姐們回了慈寧宮，並給夫人、小姐們安排了一間宮殿，擺了幾張美人榻，讓她們也能小憩一下。

俞筱晚在自家屋子之外的地方睡得很不踏實，不過是瞇了瞇眼便輕手輕腳地起身了，問服侍她的宮女道：「太后歇完晌了嗎？」

了。」

「還沒有。」宮女回答道，又問：「寶郡王妃要去偏殿坐一坐嗎？待太后起來，就能最早知道

俞筱晚想了想，搖了搖頭，她還是跟眾人在一起比較好。

小宮女的臉上閃過一絲懊惱和焦急，卻不敢催促，絞著手帕站在一旁，小聲地建議：「若是郡王妃覺得悶，也可以去廊下走一走。」

原本俞筱晚沒瞧見小宮女臉上的焦急，只是聽她一而再，再而三地攛掇著自己出這間宮殿，心裡就暗生了警覺，神情一整，威嚴地道：「如此多話，不怕吵醒了幾位夫人小姐？」

小宮女再不敢多言，惴惴不安地垂下了頭。

俞筱晚坐在美人榻上，透過微開的窗戶往外看，走廊上、廣場上靜靜的，看不見半個人影，但是只要太后一有吩咐，宮女們就會魚貫而出，也不知平日是藏在什麼地方？

俞筱晚略看了一會兒，再回過頭，卻不見了那名小宮女，定然是去向自己的主子稟報了。反正等一下太后若是宣她覲見，她就要大聲嚷嚷得所有人都醒來，總要讓人知道自己是被太后「宣」過去的。

正想得入神，攝政王妃也醒了過來，理了理髮髻，朝她笑道：「可願陪我去花廳坐一坐？」

皇嬸邀約，俞筱晚不能拒絕，便隨著她到了一旁的小花廳，攝政王妃示意宮女們退出去，待花廳裡只有她們二人之時，才笑道：「成親之後也不見逸之帶妳上我們府上來玩，這一別就是幾個月，妳這氣色，瞧起來倒是不錯的。」

俞筱晚忙道：「多謝王妃掛心，晚兒的確過得極好，太婆婆和婆婆都是通情達理之人，對晚兒十分慈愛。」

太婆婆是慈愛，婆婆嘛……就難說了。攝政王妃也不戳穿她，忽地將自己的玉手放在兩人之間

的小几上，示意她扶脈，「幫我瞧瞧有什麼要調養的嗎？」

俞筱晚不敢怠慢，忙扶了脈，笑道：「恭喜王妃，您的身子十分康健，不必調養。」

攝政王妃蹙眉道：「那為何我至今不孕？」

俞筱晚一怔，「您也太心急了，您上一胎生產完，還不到四個月呢！」

攝政王妃一臉戚然地道：「妳不知道，太后想抱嫡孫，催我催得緊。」

俞筱晚不好接話，只同情地看著她。

攝政王妃卻沒繼續，哀怨地訴說了幾句，只眼眶含淚，卻不掉下，從衣襟處取下手帕，自己擦了。攝政王妃輕輕拍了拍她的手道：「咱們女人就是這般命苦，所以更要將心比心才是。」

這話聽得心裡熨貼，只是俞筱晚總覺得有陷阱，只含笑回望，卻不接話。攝政王妃微笑道：「說起來，逸之也滿十八了，按說該給他點正事做著，免得他總是胡鬧，不知道楚太妃可有什麼想法？」

俞筱晚露出一點點委屈，幽幽地道：「太婆婆自然是希望逸之能辦個正經差事，可他自己不願意，聽說皇上還想賞個官兒給他的，他卻推了，太婆婆都拿他沒辦法，我又能如何。」

攝政王妃表示理解，「逸之那個性子，就是拘不住，王爺前幾日還說呢，若是讓他正兒八經地去衙門裡點卯，他肯定不幹，但若做個巡城御史，倒是挺合適的。他正好喜歡滿城閒逛不是，順便將百姓的苦楚給解決了，正是相得益彰。妳回去問問他，看他願意不願意？」

俞筱晚忙露出一點驚喜來，又顯得十分不確定，「聽說巡城御史官職不大，但是責任重大，我不知道他會不會願意……」

攝政王妃笑道：「若是他說不願意，妳就來告訴我，我叫他過來罵一頓。」

俞筱晚輕笑出聲，「也是，逸之他就怕王爺和您呢！」

攝政王妃眼中晶亮地瞧著俞筱晚，含笑道：「王爺是看著逸之長大的，這麼多子侄裡面，王爺最喜歡的就是逸之，總希望他能有出息，將來同楚王兄一樣，日後也能成為朝廷之棟梁。」

俞筱晚忙做謙虛狀，連連擺手，「棟梁可萬不敢當，連太婆婆都說，只要他能幹點正經事，別再這麼渾鬧就可以了。」

攝政王妃不在意地笑道：「妳太婆婆是太寵他了，捨不得打捨不得罵的，妳回去就跟妳太婆婆說，日後將逸之交給王爺，讓王爺來管教他，保准三五年之後，給她送回個傑出的孫子來。」

俞筱晚顯得又驚又喜，又要強做謙虛，「若真能這樣，自然是大好事，不過說到傑出，大哥倒是個人才，只可惜身子弱了些，如今雖比以前好了，可還是底子差了，一有風吹草動，就會傷風咳嗽。」

攝政王妃不經意似的道：「所以楚王府才要由逸之來挑大梁才好。」

俞筱晚忙端杯喝茶，這話真是沒法接了。

正尷尬間，魏公公尋了過來，笑咪咪地請俞筱晚到內殿裡去，太后召見。

俞筱晚忙起身朝攝政王妃福了福，「晚兒告退。」

「去吧。」攝政王妃笑得別有深意。

待轉過身，俞筱晚才敢凝神思索，跟攝政王妃說話就是累啊。她的每一句話都是那麼自然，裡裡外外透著關心愛護，可是仔細一想，卻句句都有陷阱，似乎是想將逸之拉入攝政王爺的陣營，或許最終的目標是父王楚王爺，並非逸之本人。但是不得不說，攝政王妃深諳人的心理，居然暗示可以讓逸之來繼承王位，換成一般的虛榮女子，恐怕早就心動了吧。而且這番話不是由攝政王爺對逸之來說，而是由攝政王妃對自己說，可見他們十分清楚自己對逸之的影響力，這似乎不是一個好現象。

最重要的是，這裡是皇宮，而且還是太后的寢宮，估計她們倆說的這些話，現在已經原原本本地傳到太后的耳朵裡了，陛下那裡恐怕很快也會知道，那麼攝政王妃為何要挑在這裡來拉攏自己？是故意向太后和皇上挑釁，還是逼楚王府這邊儘快站正佇列？

一面思忖，一面跟著魏公公的腳步，進了太后起居的內殿。太后似乎剛剛起身，頭髮還散著，只著了一件圓領雪青色中衣，肩上披著一件外衫，連手臂都沒套上。

瞧見俞筱晚進來，太后便笑道：「丫頭過來，聽姒兒說妳醫術不錯，幫哀家來看看，這本醫書據說是前朝藥聖所寫，讓人藏在書房裡，前些日子才呈上來，也不知是不是真的，妳幫哀家辨一辨。」

俞筱晚只得上前接過那本醫書，翻開來仔細看了幾眼，心頭一跳，這本醫書看起來雖然古舊，但其實是仿本，紙張是烘烤煙熏後做舊的，多半是假的了。

她面上不動聲色，翻看了幾頁之後，才小聲地稟道：「回太后的話，裡面記載的這些脈案和方子似乎十分高深，與平常的處方並不相同，臣妾只是因為體弱，自己看了幾本醫書，萬不敢稱醫術，著實辨不清真偽，還請太后恕罪。」

太后似乎有些失望，揮手讓魏公公接過醫書，賞了座，一面讓宮女們服侍著整裝，一面跟俞筱晚閒話家常。

太后忽然問俞筱晚道：「賀家那七丫頭，妳看如何？」

俞筱晚不敢掉以輕心，認真地思索了一下，才答道：「嫻靜文雅，秀外慧中。」

太后點了點頭道：「東昌侯家的幾位姑娘，都教養得不錯，哀家那老姊姊晉王妃，前些日子還向哀家提出，要聘他家的五丫頭為世孫妃。」又轉頭看向俞筱晚解釋道：「這回原是定了給皇上選秀，戶部連名單都整理了出來，可是因為京畿大旱，只得暫停了，這些排了名的閨秀們又不敢隨意許親，都求到哀家跟前，想請哀家為其指婚。」

俞筱晚的心中升起一股不好的預感，小臉上卻滿是欽佩的笑，「太后真是辛苦了，不單要管理整個後宮，還要幫臣女們挑婆家。」

太后慈愛地笑道：「可不是嗎？不過年紀大了，哀家就是喜歡看俊男美女天仙配，少不得要勞動一些。」說著話鋒一轉，「既然丫頭妳這麼喜歡賀七小姐，我就將她指給你們逸之了，妳領她回去好生調教調教吧。」

這就是要強行塞個人進來嗎？俞筱晚忍不住滿肚子怒火，垂著頭，語氣恭敬地道：「請恕臣妾無禮，當初夫君求娶臣妾之時，便當著太后的面允諾，此生決不娶側妃、庶妃，以賀七小姐的人品相貌，若是為妾，著實是委屈了。臣妾感激太后如此看重臣妾的夫君，也請太后體諒東昌侯夫人生養女兒的不易，不要將賀七小姐指為侍妾吧。」

太后盯著俞筱晚低垂的頭，幾乎要將她頭頂上的頭髮盯出火星來，這個丫頭居然敢當著她的面說出這般強硬大膽的話，膽子倒是不小。

只是她方才說讓俞筱晚將人領回去，這的確是對待侍妾的態度，倒是有幾分理虧。太后緩了緩，淡淡地道：「逸之雖是當著哀家的面允諾了妳，可是哀家並未同意。若妳覺得一定要娶為側妃才配得起賀七小姐的相貌和人品，哀家改日下旨賜婚就是。」

俞筱晚原還想再反駁一下，隨即想起君逸之的叮囑，按下了針鋒相對的心思，柔順地道：「太后的美意，臣妾回府便會向太婆婆稟明的。」

太后噎了一下，自己那三姊姊哪裡會讓她強行塞人進楚王府？她也沒心思再說，只揮了揮手，讓俞筱晚退下。

直到出宮之時，俞筱晚還在深思，太后拿了一本做舊的醫書讓自己分辨，明明就是知道那本金剛經是假的，故意來試探她，可是後來怎麼轉到納妾的事上去了？

魏公公也有著同樣的疑問，正在問太后道：「老奴真是糊塗了，您不是說要試一試她知道不知道那本金剛經是仿本嗎？如何談論起指婚的事來了？」

太后淡淡地道：「你仔細觀察她看醫書時的神情了嗎？她臉上雖不動聲色，可是手指卻在紙張上摩挲了好幾下，分明就是知道那是做舊的紙張！」

魏公公大驚道：「這麼說，金剛經是寶郡王妃仿製，故意來糊弄曹爵爺的了。」

太后冷冷一哼，「必定是那個蠢人做事之時露出了馬腳，成事不足敗事有餘的傢伙！」

魏公公跟著附和了幾句，可還是不明白太后為何後來要提指婚一事，卻不敢再問，太后卻是自己說了起來：「你聽她今日的言論，就知道她是個善妒的，必定不會允許丈夫身邊有別的女人，可若是哀家給賀七小姐暗示，讓賀七小姐主動去接近逸之呢？哀家原本就說過要為賀七小姐指婚的，妳說俞氏她會如何？」

魏公公笑嘆道：「那寶郡王妃就一定會傷心欲絕。」

太后輕輕一笑，「哀家要她傷心欲絕做什麼？能給哀家帶來什麼好處？哀家要的就是她的妒意，要讓她嫉妒得殺人，哀家才有籌碼跟她換那本金剛經！」

魏公公連連讚歎，「太后真是高瞻遠矚，走一步想三步，只一瞬間就定下了如此高深之計，只是，若是寶郡王妃不敢殺人呢？」

太后淡淡地笑道：「哀家說她敢殺，她就敢殺。」

回到楚王府，俞筱晚忙將今日在宮中的經歷都告訴了君逸之，隨後去給楚太妃請安的時候，又告知了楚太妃。楚太妃蹙著眉頭道：「這些人一個個的都不省心，你們離他們遠一點吧，逸之，日後沒事別往攝政王府跑了。」

君逸之忙應下，楚太妃想了想，看向俞筱晚道：「東昌侯賀家的幾位小姐的確是不錯的，初八的宴會也宴請了他家的人，到時我看過了再說吧。」

這意思是並不是很排斥。俞筱晚垂下頭，君逸之卻急忙表白道：「老祖宗，我說過不娶側妃的，我絕不會對晚兒食言！」

楚太妃瞧了俞筱晚一眼，微微嘆道：「可若是太后一定要下旨呢？你難道還想抗旨嗎？別忘了，周氏就是這樣進門的。」

老祖宗的話音剛落，君逸之就撇了撇嘴道：「老祖宗，那可不一樣。周側妃賜下時，太后是與先帝和您商議過的，相當於是先帝的聖旨賜婚，父王自然不能抗旨，可是現在就不同了，太后沒有跟咱們商議，憑什麼隨意下旨？本來嘛，賜婚是對臣子的嘉獎，給臣子們長臉面的，結果太后她老人家倒好，全用來給人添堵了，這算是什麼事？」

「老祖宗，太后若是跟您商議，您一定要記得幫孫兒推掉，不然她將誰指給孫兒，孫兒就令人將那人劫了去，等過些日子風言風語地毀了名聲，再給送回來，管那女人無辜不無辜！」說著抱住楚太妃的一隻胳膊直晃，討好地笑道：「老祖宗，您也不想看孫兒如此造孽是吧？」

楚太妃氣得瞪了他一眼，「一點心思全用在這些歪點子上，你就沒個好主意推了這事嗎？」

君逸之理直氣壯地道：「孫兒有好主意啊，就是請老祖宗去跟太后說，咱們楚王府的婚事不用她操心！」

楚太妃被他氣樂了，笑瞪了他一眼，「你這潑猴，就會算計老祖宗！」精明的眼睛在俞筱晚的臉上一掃而過，見她只是略帶些憂鬱和焦慮地攥緊了手中的帕子，心裡頭頗為滿意，還好，晚兒不是個挑事的。

雖然她也不喜歡太后往楚王府塞人，但有的時候這是向上位者證明自己忠心的不二法門，身為臣子總有些無奈之處，再不喜歡也得接受。當然，能拒絕她自然是會拒絕，但若是孫兒媳婦總吹枕頭風，讓孫兒衝動鬧事，卻是家門不幸了。

這廂商議完了，楚太妃便將小夫妻打發回去，令人去前院請王爺過來。

君逸之握著俞筱晚的小手，出了春暉院的大門後，便同她道：「離晚膳還些時辰，咱們去園子裡逛逛吧！」

俞筱晚抬頭一笑，柔順地應道：「好。」

兩人手牽手，肩並肩，緩緩地走在鵝卵石鋪成的曲徑上，涼爽宜人的秋風微微吹拂，草木還是一片青翠之色，曲橋流水，掩映其間。俞筱晚看著眼前的美景，無端感嘆，「不知這樣的美景還能維持多久？」

君逸之緊了緊掌心，將她的柔荑握得更牢了些，沉聲道：「妳放心，我不會讓太后得逞的！」

俞筱晚扭頭看著他，徐徐地問：「你真打算擄人嗎？」

「晚兒是覺得這個法子太陰狠了嗎？」君逸之無所謂地扯了扯嘴角，「那些女人說無辜也不無辜，若不是她們或者她們的父母想攀龍附鳳，求到太后跟前，妳以為太后敢這樣隨便給人指婚嗎？那豈不是會弄得滿朝天怒人怨？」

他隨即親暱地曲指撫了撫俞筱晚滑嫩嫩的小臉，含笑道：「妳放心吧，這不過是治標不治本的法子，若要免了這些麻煩事，只能從太后那兒著手。」

俞筱晚眼睛一亮道：「你打算去求陛下作主嗎？」

君逸之搖了搖頭，「太后恨不得將她的侄女、外甥女全都送到陛下身邊去，陛下自顧不暇呢。不過，晚兒，妳只管放心，山人自有妙計。今兒晚了，明日一早我出府去，定然將事情給辦妥了，娘子妳只管放心就是。」

俞筱晚很想問你到底有什麼妙計？可是見他笑盈盈注視著自己的目光中，有著純然的寵溺和呵護，便忍下了滿心的好奇和不安，乖巧地點了點頭。

君逸之想了想又道：「這兩日妳若有空，就去攝政王府，給皇嬸回個信兒吧，還有，曹爵爺獻金剛經一事，也可以跟皇嬸說說。」

腳踩兩條船的臣子，恐怕是不會被任何一位上位者所容的，真不知舅父心裡是怎麼想的？

君逸之倒是表示理解，「前陣子皇叔似乎對妳舅父十分不滿，朝裡的官員們都知道，妳舅父可能是覺得皇叔容不下他，便想向陛下投誠吧？只是覺得陛下如今年紀尚幼，才求到了太后跟前。不然，妳不是說，那本金剛經妳舅父已經拿走好幾個月了嗎？」

俞筱晚「嗯」了一聲，不解地道：「可是那本金剛經，我實在沒瞧出來有什麼特別。」

她還特意求了本印刷版的金剛經來，一個字一個字地對，她的那個手抄本，既沒多出一個字，也沒少一個字，看紙張也是平常的熟宣，實在不知太后為何要這本書。

當然，君逸之曾提議過，將這本經書浸在水中，或者撕幾頁下來放在火上烤一烤，可是她捨不得，怕往水中一浸，字跡就糊了，若是字中真有什麼玄機呢？更怕往火上一烤，什麼都沒了。

一到了園子裡，從文和初雪、初雲等人守在園子門口，左右無人，君逸之鬆開她的小手，改為攬住她的香肩，一同坐到假山上的小涼亭裡，大半個花園盡收眼底，正可以暢快地聊聊，不必擔心有人偷聽了稟給誰去。

君逸之心情閒適，輕鬆地寬慰她道：「不急，這麼些年都等了，咱們一無所知，自然無從查起，不如等太后和皇叔先查到了，咱們再來個黃雀在後。」

俞筱晚問道：「難道陛下他不急嗎？若是太后或皇叔找到了那樣信物，利用紫衣衛來消除異己，這可怎麼辦？」

君逸之笑了笑，反問道：「妳不覺得近來陛下已經不怎麼追問這件事了嗎？只需再過得幾年，陛下親政後，紫衣衛就會向陛下效忠。再者，陛下到底何時親政，本朝並沒有定論，這次京畿大旱，百官們都讚頌陛下穩重多智，若是陛下想提早親政，也不是不可能的，所以說，要急也是太后和皇叔他們急。放心吧，妳只管按兵不動，他們自會找上妳的。」

俞筱晚雖是聰慧，但到底沒有外出見識過，也不知道朝中最新的風向，此等大事自然是聽相公的，當下便不再多言，一切交與他去應付便是。

君逸之愛憐地將嬌妻摟在懷裡，見一叢紫薇開得十分豔麗，便過去摘了幾朵，挑了花開最完美的兩朵，簪在嬌妻鬢邊，輕笑讚道：「真是人比花嬌！」

俞筱晚小臉兒暈紅，含羞一笑。君逸之不由得失了魂，抬手輕撫她的小臉，癡癡地凝望著眼前無雙的嬌顏，心中暗暗發誓，一定要守住這份幸福，任何人也休想打擾！

雖然已經成親幾月，可是君逸之這般炙熱的目光，還是令俞筱晚羞不可抑地垂下了眼瞼，仍能感應到他的視線在小臉上燃起熱浪。

若不是從文不小心咳嗽了一聲，恐怕兩人就會這樣一個凝望一個羞澀的，直坐到天黑。回過神來的兩人，互望了一眼，心有靈犀地彼此一笑。

在涼亭中只小坐了片刻，小夫妻便沿著池塘裡的青石小徑遊玩了一番，待晚膳時分才回了夢海閣。

用過晚膳，君琰之便使了人來請君逸之到滄海樓議事。俞筱晚沐浴了一番，坐在外間的竹榻上看書。

趙嬤嬤不放心地親自剪了燈花，叮囑道：「二少夫人，晚上千萬別看久了，傷眼睛的。」

俞筱晚朝趙嬤嬤笑了笑，「嬤嬤放心吧，我自有分寸。」

趙嬤嬤這才笑了，隨即又謹慎地道：「今日二少爺和二少夫人去園子裡玩時，老奴婢看到郭嬤嬤跟前院一個管灑掃的婆子，躲在假山後面嘀嘀咕咕的，那個婆子的媳婦是春暉院裡的二等管事媳婦，叫什麼祝家的。」

趙嬤嬤有老寒腿，蔡嬤嬤又是個精明能幹的，俞筱晚如今就讓她榮養著，不吩咐她幹任何事，可是趙嬤嬤自己閒不住，總四處去串門子，找王府裡的老人們說說話兒，多打聽些王爺、王妃的喜好，也算是能幫得上主子一二。想不到今日亂串，倒是串出些名堂來了。

雖然當時在春暉院跟楚太妃和君逸之說宮中之事的時候，是將丫頭婆子們屏退了出去的，可是楚太妃的起居間和小廳只隔了一道門簾，難保有人在外面聽到了些什麼。

俞筱晚忙問道：「平安呢？去叫他來見我。」

不多時，從武進到內院來，站在屏風後回話：「稟二少夫人，平安現在正在當值，請二少夫人吩咐屬下便是。」

俞筱晚將丫頭們都打發了出去，讓初雲、初雪守在大門口，不讓人靠近，這才問道：「今日白天是你監視郭嬤嬤嗎？」

「回二少夫人，是屬下。」

「你看到她與誰接觸了，聊了些什麼？」

從武一五一十地稟報了，郭嬤嬤就是打聽俞筱晚都跟楚太妃說了些什麼，似乎對賀七小姐的事很感興趣，還反覆問了那名管事婆子幾句。俞筱晚有些惱怒地問：「既然有事，為何不一早來回我？」

從武忙解釋道：「屬下剛與平安換了班，就被王爺叫去外院問話了，剛回來，正想進來回話，就被人傳喚了。」

俞筱晚這才作罷，又問道：「王爺叫你去問了什麼？」

「回二少夫人，王爺就是問二少爺最近都在忙什麼，有沒有出府這類事，一般隔幾日就要喚屬下們去詢問的。」

俞筱晚點了點頭，看起來公爹還是挺關心自己兒子的，不過隔幾日才詢問一次，平日裡忙政務又沒時間傾談，難怪到現在都不知道君逸之在幫皇上辦差。

「沒事了，你回去吧，以後有任何消息，要第一時間報來。」叮囑了一句，俞筱晚便讓從武退下，又揚聲問芍藥去了哪裡。

芍藥在門外應了一聲，挑了門簾進來，福了福道：「二少夫人有何吩咐？」

俞筱晚想了想，才慢慢將太后想賜側妃和郭嬤嬤四處打聽的事說了，分析道：「我估計郭嬤嬤會慫恿母妃答應下來，甚至親自入宮求太后下旨賜婚。我以往不是讓妳多跟春景院的人交好嗎？妳跟金沙、銀杏的交情怎麼樣了？她們能不能說服王妃改主意？」

芍藥細想了一番，笑道：「金沙難說，她是王妃帶來的陪房之女，銀杏倒是可以，她嘴挺巧的，又是王府的家生子，應當更看重王府的主子一些，況且……」芍藥笑了笑，「王妃已經給她指了婚，她正在備嫁妝呢。」

俞筱晚一聽便笑了，「這麼喜氣的事兒，我怎麼不知道呢？不知母妃給了她多少添妝，真金白銀的，我不能越過母妃去，不過我有兩幅雙面繡的小屏炕，繡的正是石榴雙魚圖案，給新婚的人用正好，放在几上，或是掛在牆上都是可以的。」

雙面繡的針法只有少數的繡娘會，而且傳承也極為講究，就是怕外人法了手藝去，因而繡品極少。市面上一幅雙面繡的小屏風，至少也值上千兩銀子，就算是這般的昂貴，有銀子還不一定能買得到。銀杏既是王府的家生子，自小看盡了好東西，一般的什物還不一定能入得了她的眼，也只有這雙面繡才能打動她了。

芍藥見主子這般大方，眼睛一亮道：「那此事包在奴婢的身上了。」

俞筱晚從腰間解下鑰匙，交給芍藥，告訴她大概放在哪個箱籠裡。不多時，芍藥取了那兩幅雙面繡屏過來，俞筱晚確認無誤，便讓她拿去給銀杏添妝。

此時楚王妃剛剛沐浴完，披散著濕漉漉的長髮，郭嬤嬤正拿了長棉帕子為主子絞乾頭髮。

她一面輕輕地用手指通著濕髮，一面連連讚道：「王妃這頭髮真是烏黑順滑，比二八年華的小姐們的還要好。」

楚王妃聽了心裡十分熨貼，嘴裡卻啐道：「妳少奉承，都有白髮了，哪裡還烏黑順滑？」

「奴婢絕對不是奉承，王妃的頭髮是真的好！」郭嬤嬤笑著將頭湊到了王妃面前，指著自己斑白的鬢角道：「王妃，您瞧，奴婢只比您長了兩個月，可是這頭髮哪裡能同您比？」

楚王妃瞧了一眼，心頭一軟，不由得輕嘆道：「妳服侍我整整三十了年吧？」

郭嬤嬤笑道：「是，奴婢八歲就來服侍王妃了。」

楚王妃感嘆地道：「這些年，妳也著實辛苦了，我不是個好脾氣的……」

「王妃快莫這樣說，真是折煞奴婢了！」郭嬤嬤慌忙丟下棉帕子，爬到王妃跟前跪下磕頭，眼含熱淚道：「奴婢能服侍王妃是前世修來的福氣，多少人羨慕奴婢都羨慕不來呢！」

這馬屁拍得極是熨貼，楚王妃輕笑起來，虛抬了抬手，「快起來吧，幸虧我身邊還有妳這麼個忠心的人，這些年來也少操了許多心。嗯，雖說現在不年不節的，不過我也想賞妳一個恩典，妳且說說看，有什麼心願？」

郭嬤嬤爬起來，揀起棉帕子，半跪在美人榻上，為王妃絞著頭髮，嘴裡應道：「奴婢沒什麼心願了，奴婢的相公和兒子得蒙王妃提點，現在都是店面的大掌櫃，薪俸也高，年底還有分紅，說出去不知有多威風呢，奴婢還有什麼不知足的？」

楚王妃含笑問：「總有什麼心願吧？」

郭嬤嬤想了想，噗哧一聲笑道：「若要說心願，奴婢就是希望能再多幾個孫子，奴婢那兩個孫子眼瞧著都大了，不如奶娃娃有趣了。」

「這我倒是幫不上妳。」一說到孫子，楚王妃的眼神暗了暗，喃喃地道：「妳好在已經有兩個孫子了，琰之的婚事還不知道什麼時候能定下來？我的孫子都不知道哪年才能有……」

郭嬤嬤笑道：「世子爺雖沒成親，可是二少爺已經成親了呀，您很快就有孫子抱了。」

提到俞筱晚，楚王妃就蹙起了眉頭，「不是我想說俞氏，她進門也有四五個月了吧？一點風聲都沒有！她那個娘就是個不會生的，我真是怕……唉，不說了，不說了，再說王爺又要說我了。」嘴裡說不說，可是哪裡管得住自己的心情？楚王妃只頓了頓，又繼續道：「王爺說琰之的婚事都交給老祖宗來辦，可妳瞧老祖宗的眼光。俞氏就是她相中的吧？怎麼樣呢？若是再相中個不會生的，可不是要我的命了？」

郭嬤嬤忙安慰道：「怎麼會呢，王妃您真是多慮了。其實，二少夫人若是不會生，還可以給二少爺娶側妃嘛。」

楚王妃撇了撇嘴，沒說話，郭嬤嬤壓低了聲音道：「奴婢聽說，太后想給二少爺指個側妃，不過被二少夫人給拒絕了。」

楚王妃一聽，心中便是一動，「妳聽誰說的？」

「奴婢聽春暉院的下人說的，太后相中的是東昌侯家的七小姐，二少爺帶著二少夫人求到老祖宗的跟前，想求老祖宗跟太后商量，不要賜婚。」

楚王妃一聽便怒了，「俞氏善妒也就罷了，這個逸之怎麼這麼不省事，竟寵她寵成這樣？」她越想越氣，「不行，我明日一早就遞牌子進宮，親自求旨去。」

東昌侯也是朝中權貴啊，他家的姑娘素來有賢名，必定比俞氏更孝敬她這個婆婆。

郭嬤嬤小聲地問：「您還是先問問老祖宗的意思吧，怕老祖宗也不同意呢。」

楚王妃微哂道：「這有什麼不同意的？又不是正妃，側妃而已，就是傳宗接代的，我拿主意就成了。」

郭嬤嬤便沒再多言，給王妃將頭髮絞乾，綰了個鬆鬆的髻，小聲地問：「王妃要安置嗎？」

楚王妃看了看牆上的自鳴鐘，心想王爺今日沒到別處擺膳，說不定會過來，卻不好直說，怕王爺不過來，自己落了面子，只是道：「我看會子書，妳先下去吧，讓銀杏她們上夜便是了。」

郭嬤嬤應了一聲，福了福，退了出去。

楚王妃歪在榻上，心不在焉地翻了幾頁書，銀杏進來添了茶水，走到小几邊，將薄紗燈罩揭開，從頭上撥下一根簪子，輕輕挑了挑燈芯，讓燈光更亮一點，又罩上燈罩，轉頭朝楚王妃笑道：「王妃，這樣可以嗎？」

楚王妃漫不經心地道：「可以。」

銀杏笑著再墊上一塊引枕，楚王妃含笑道：「快成親了，事兒多，以後就不必來上夜了，讓金沙安排別的人吧。」

銀杏笑道：「能服侍王妃是奴婢的福氣呢。」

楚王妃左右無事，便將書一丟，笑問道：「哦，怎麼一個兩個的都說服侍我是福氣？」

「您仁厚寬宏，打賞又大方，怎麼不是奴婢們的福氣呢？您隨便去院子裡問一個，都會這麼說的。」

奉承話就像流水一樣的淌出來，哄得楚王妃揚唇一笑，「一聽就是哄我，想伸手要賞錢吧？」

銀杏笑道：「奴婢這可不叫哄，若是日後再多幾個兒媳婦圍著您，一個個都給您敬茶，管您叫母妃，您才得多打賞呢。」

楚王妃噗哧就笑了，「喝了媳婦茶，哪有不打賞的？說起來，我這媳婦就是少啊，連個孫子都沒有。」

銀杏笑道：「哪能呢，這回府裡不就住了幾位嬌客嗎？說不定就有幾位媳婦出來了。」

楚王妃但笑不語，銀杏湊著趣道：「說起來，大姑奶奶下個月就要生了，聽說懷象就是男胎，您過不久就會有個外孫了。」

楚王妃臉色一變，那個丫頭是周側妃生的，可不是她的女兒！當然，這種話不會跟丫頭說，只挑了眉不說話。

銀杏卻似沒發覺主母的不快，仍是繼續道：「說起來，太后娘娘看人的眼光就是好啊，賜來的這位周側妃，性子柔順，凡事都聽您的，老老實實，比旁人府中那些側室、妾室本分多了，生的女兒也是特別尊重孝順您。」

這話說得楚王妃心中一顫，她也不是完全不經事的，似乎曾經聽老祖宗說過那麼一句，好似周側妃時常向太后稟報王府裡的事，只是後來沒抓著什麼證據，才不了了之。

說起來，當時楚王妃還跟自家的大哥說過，大哥說了些什麼權力制衡之類的話，她不是太懂，但也知道，這是太后不信任楚王爺的意思。那太后這回要給兒子賜側妃，難道是想故技重演？

她心裡存不住事，有了想法，就特別急著想跟人商量，眼前的丫頭自然是不成的，郭嬤嬤只怕也不懂，再說了，這有說太后壞話之嫌，她還沒蠢到這種事也跟旁人說，便急著找王爺，「銀杏，妳使個人去前面問一問，若王爺已經辦完公事了，就請王爺過來一趟。」

銀杏忙應了一聲，出去差人。

沒過多久，楚王爺便過來了，他本已經走到了半路上，聽說王妃有請，又加快了腳步，進到屋內便問：「有什麼事嗎？」

楚王妃將丫頭們都打發了出去，將太后想給逸之賜側妃之事說了，焦急道：「王爺，您看，這是什麼意思呢？若是太后真有監視的心思，這個人可不能要啊，若是沒有……」她倒是不介意多個媳婦。

楚王爺蹙了蹙眉，「妳聽誰說的？」

楚王妃一滯，嘟囔道：「我自有辦法聽說，您只管告訴我要不要吧！」

楚王爺搖了搖頭道：「能不要，自然是不要。這事老祖宗剛才找我商量了，正打算跟妳說呢，若是太后找妳商量，妳心裡得有個準。」

楚王妃「哦」了一聲，心道：幸虧沒有自作主張進宮請旨！這麼一想，就有些怨郭嬤嬤多事了。

第二日一早，君逸之給父母和老祖宗請過安便出了門，一直忙到晚上近亥時才回來，還渾身是酒氣。

俞筱晚想問他都忙了些什麼，又怕他覺得自己不相信他，只好壓著好奇，不多問，倒是君逸之自己興致勃勃地道：「我今日請了幾個人到伊人閣喝酒，玩得挺開心的。」

俞筱晚啐他道：「這種事我可不想聽。」

君逸之笑得猶如一隻小狐狸，從後頭抱著嬌妻的小蠻腰，咬著她的耳垂問：「是不是吃醋了？」

俞筱晚一巴掌推開他，「我才懶得吃醋，快去沐浴吧，好臭，一身酒氣！」

君逸之卻拉著她不放，嬉皮笑臉地道：「妳來服侍我沐浴，我就告訴妳一個好消息。」

俞筱晚頂不過好奇心，順從地跟著他進了淨房，幫他寬了衣，挽起袖子，拿了塊帕子幫他擦背。君逸之瞇著眼睛享受妻子的溫柔，半晌才徐徐地道：「我今日在街上跟歷王世子偶遇，便一起吃了個飯，他跟定國公府的幾位公子交好，就一塊兒叫上了。」

定國公不就是太后的娘家嗎？那麼這個巧遇，應當就是真的「巧」了。俞筱晚勾起唇角，含笑聽著。

君逸之忽然問道：「當年先帝登基之後，老定國公就上表辭官，還說自他開始，定國公府三代不再入朝為官，妳知道嗎？」

俞筱晚道：「知道，先帝還賜了匾，讚他忠義。」

君逸之回頭親了她一口，輕笑道：「那妳知道不知道，定國公其實一點也不想辭官，是被先帝逼的。」見俞筱晚好奇地睜大眼睛，他才繼續道：「這事恐怕沒幾個人知道，當年祖皇帝無嫡子，諸皇子為了爭皇位，手段不可謂不激烈，先帝能登上這寶座，定國公府功勞極大，可是才登基就要讓岳父辭官，自然是不能告訴外人的。」

俞筱晚只怔了一怔，便想通了，晉王妃、楚太妃和太后三人是親姊妹，可是太后卻是年紀最小的，比楚太妃都小了將近十歲，而晉王和楚王都是朝中重臣，先帝當年必定是看中了這一點，才娶了太后，為的就是多些助力，定國公自然也出了大力，但卻不能算是主力。不過日後難說會不會自以為是，端國丈的架子，先帝自然要將這些苗頭掐死在搖籃裡。

君逸之朝俞筱晚眨了眨眼睛，笑道：「到了世孫這一代，就過了三代了，可以入朝為官了，心裡不知多盼著呢。這回朝中官員變動，太后就給蘭家的子弟劃了幾個重要的官職。妳說，若是剛剛重新起復就出醜聞，而且是世孫犯下的，太后會不會願意拿這些證據來給我做交易？」

俞筱晚瞪大眼睛，有些心慌地問：「你、你做了什麼？可別被太后給發覺了。」

君逸之無辜地眨了眨眼睛，「我什麼都沒做。應該說，現在還什麼都沒做。我今日只是跟蘭家的幾位公子喝喝花酒，先套套交情。若是太后那邊一定要賜婚的話，可就別怪我了。不過，妳放心，今日是歷王世子請客，我做東，以後我不會再跟他們接觸，沒人會知道什麼。」

俞筱晚不放心地追問：「你到底打算怎麼做？」

君逸之卻笑著含住她的唇，含糊地道：「打算吃了妳。」

俞筱晚所有的疑問都被他吞下肚去，然後在激烈的運動中磨損殆盡。

太后那廂果然是心意已決，楚太妃遞了牌子入宮，問及賀七小姐的事，太后只一疊聲地讚她如何溫柔嫻靜，又身形窈窕宜生養。雖然當著自家三姊的面沒那麼強硬地說，一定要賜婚，可是卻幾次三番說要帶賀七小姐去楚王府玩耍幾天，讓楚太妃好好瞧一瞧，必定會覺得她的眼光是極準的。

楚太妃無功而返，只得將孫兒和孫兒媳婦都叫到跟前來，仔細說了太后的意思，表示過幾日太后可能就會尋個由頭，將賀七小姐送到楚王府來住幾日。

俞筱晚咬了咬唇，沒說話，這種事論理也輪不到她說話。君逸之只是捧著下巴問道：「這麼說，就是老祖宗您也沒辦法了嗎？」

楚太妃輕輕一嘆，「除非是能找出賀七小姐品行上的大毛病來，不然恐怕……」

君逸之點了點頭，笑嘻嘻地道：「老祖宗不必煩惱了，挑毛病的事兒就交給孫兒吧。」

至此之後，一連幾日，君逸之都是早出晚歸的，每每問及，他都只是神祕地一笑，「娘子且放心，為夫不會有事的，為夫將事兒都差給別人去辦了。」

俞筱晚聽說他沒有自己出面，心裡總算是安定了些。

這日是曹府的宴會，俞筱晚和君逸之早早地穿戴好，向老祖宗和母妃稟明原由，便帶上曹中妍，登車去了曹府。

曹清儒的意思，是想請君逸之到前院與男賓們一塊兒聊天的，可是君逸之一看這滿客廳的朝中官員就心煩得很，不在意地道：「我還是去後院陪我娘子吧。」

曹清儒和曹清淮兩個眼皮子直抽筋，可是也不敢拗著這位大爺，只好令小廝將寶郡王爺送到了內院。

君逸之進了延年堂，先上前朝曹老夫人做了個揖，笑盈盈地道：「老太太安好。」

曹老夫人不敢受，站起身來半側著避過，又忙著讓座。

這廳裡除了曹家的女眷，還有不少女客，都是慕著寶郡王爺的美名，不想避到屏風後去，悄悄地在這邊打量。

君逸之十分大方地任她們打量，嘴裡只跟曹老夫人說話，親切地問候她的身體狀況之類，察覺到哪位小姐的目光火辣，還偶而會回眸朝其一笑，迷得一屋子女人神魂顛倒。

俞筱晚又好氣又好笑，暗暗瞟了他幾眼，不知他到底是個什麼意思，越來越神祕了。

直到快開席之前，因為這回請的賓客眾多，分了男女席，男席在前院，曹清儒特意差人來請，君逸之才慵懶地站起身來，朝曹老夫人和俞筱晚一笑，「我先過去，妳們慢用。一會兒宴後，我們就不多留了。」

曹老夫人忙表示：「寶郡王爺能撥冗前來，已經令曹府蓬蓽生輝了。」

君逸之無賴地笑了笑，「我一點也不忙，想來就能來的。」說罷隨著小廝走了。

那廂，曹清儒見終於請來了寶郡王爺，心中大安。若是外甥女婿到內宅裡吃酒，傳出去總歸是不好聽的，總算寶郡王爺他老人家還是明白這一點。

用宴的時候，曹清儒便格外地小心伺候，這裡的男客中，只有寶郡王的身分最高了，原本他還請了韓相，可是韓相沒來，只派了二公子韓世昭過來了，出於對韓相的尊重，也位列主席。

韓世昭大約是天生與君逸之不對盤，不過是敬酒的時候，曹清儒說了「韓二公子真是才高八斗、智慧過人，有乃父之風」，就被君逸之嘲笑道：「舅父這話對他說可是錯了，他只會當是自己應得的，不會幫你傳給相爺去。」

曹清儒老臉一紅，雖然他的確是在拍馬屁，可是您能不能不要這麼明白地說出來？

君逸之冷哼一聲，下巴都要揚到天上去了。

韓世昭只是淡淡一笑，朝尷尬的曹清儒道：「曹世叔多禮了。您也不必為我們擔心，寶郡王爺只是嘴裡說說，其實心裡還是極看重在下的。」

君逸之差點沒吐出來，「我會看重你？你少噁心了！」

有了這一段不快，君逸之之後就一直板著臉，宴席散後，就立即帶了俞筱晚回府。

曹清儒追到府門外相送，他今日本還有一事相求的，卻一直沒機會提，只得再三邀請道：「今日府中人多嘴雜，改日再請郡王爺和郡王妃來府中小聚，母親十分思念郡王妃。」

拿了曹老夫人做筏子，俞筱晚不能不應，淡笑道：「若是外祖母想念晚兒，只管差人上王府遞帖子便是了。舅父快進去陪客人吧，不必為了咱們怠慢了客人。」

曹清儒再三確定了日期，等馬車駛遠，這才回到府中。與客人們寒暄了一會子，又單獨將韓世昭請到書房內，再次為君逸之的無禮道歉。

韓世昭道：「這個不怪曹世叔，其實寶郡王爺是對我有意見。」

曹清儒隨口問道：「不知韓世侄如何會同寶郡王爺交惡的呢？」

似乎在京城中，跟君逸之交惡的，就是跟他搶花魁的那幾個人，不然的話，他那張絕世的俊臉，倒是極給人好感的，一般人看到就想親近。

韓世昭溫文地笑道：「就是為了一塊地而已。京郊有塊地，伴著西山，山坡上發現了一眼溫泉，我事先看中了，他卻要搶，後來地主不願賣了，他卻以為是我在搗鬼。」

曹清儒聽說只是為了這點小事，主動要求幫著從中周旋，化解二人的矛盾。

韓世昭道：「不必了，有些人是不必交往的。」

曹清儒呵呵陪笑，卻不敢接話說些什麼。

韓世昭垂下頭，低笑兩聲，「說起來，寶郡王爺自然是極想得到這塊地的，聽說那眼溫泉不但能強身健體，而且風水極好，是在龍尾之上，若是建座山莊，開放給遊人，說不定還能日進百金。」

這一下曹清儒自然就動心了，東拉西扯地跟韓世昭說了好半天話，就是為了套那塊地的消息。韓世昭也是知無不言，言無不盡。

待客人們散了之後，曹清儒將弟弟叫了進來，曹清淮才在工部謀了個五品職位，多少算是中層官員了，不過在京城裡真不算什麼，如今他心裡想的就是如何巴結上司。曹清儒跟弟弟道：「有塊地，風水好，又有溫泉，若是建個山莊，自然能日進百金。」

曹清淮一聽便有了興趣，「那咱們快去買下。」

曹清儒搖了搖頭，「這樣的好地方，你以為能買得到？寶郡王爺和韓二公子都看中了。咱們不如將這個消息透給買得到的人，換個晉升的機會。」

曹清淮遲疑地問：「告訴誰呢？」

曹清儒將手指在茶杯裡沾了水，在桌面上寫下一個「蘭」字，「我聽說，他家幾代無人入職，又子孫繁盛，只靠那點田賦，過得並不寬裕，宮裡賞的物件雖然珍貴，卻是不能拿去賣的。今年皇上重用了蘭家人，給蘭家孫輩的三位嫡子都謀了好差事，說明太后在陛下的心中是極有分量的，咱們討好了他們，不就等於討好了陛下又討好了太后嗎？」

離了曹府一段距離之後，俞筱晚才問君逸之：「怎麼這麼早就回？」她正趁著午後客人們小憩的時間，跟外祖母和小舅母說話，詢問曹家的近況呢，就這麼被相公給喚了出來。

君逸之笑道：「宴席上我跟韓二吵了一架，我若不這樣宴散便走，妳舅父就會以為我不介意了，就不會找那死兔子說話，問清原委了。」

「問清原委？有什麼原委呢？」俞筱晚瞧著他，希望他能告訴自己，韓二公子要跟舅父談什麼。

君逸之卻哈哈笑著，用力親了她一口，「保持神祕！」見俞筱晚噘起小嘴，忙又哄著她道：「放心吧，待魚兒咬了鉤，我一定會告訴妳的，現在不說，是怕妳在老祖宗面前藏不住話。我要讓蘭家吃個大虧，拿這個跟太后談條件，可不能讓老祖宗提前察覺了。」

俞筱晚怔了一怔，才恍然想起來，太后的娘家人可不就是老祖宗的娘家人嗎？老祖宗雖然不至於像太后那般包庇娘家人，可是君逸之若是讓蘭家吃了虧，她心裡肯定不會舒服，若是提前知曉了，還有可能會想辦法周旋，讓蘭家人躲過去。

而俞筱晚因為信任老祖宗，與老祖宗說話之時，神情是十分放鬆的，一不小心就有可能讓老祖宗套出話。弄明白這一節，俞筱晚便安心了，乖巧地笑道：「好，都聽你的。」忽地又睜圓了杏眼，一臉酸溜溜的醋意，「在曹府的時候，為何要對著那些小姐們拋媚眼啊？」

君逸之毫不心慌，反倒是摟著俞筱晚，將臉埋在她頸間，笑得一臉得意，「晚兒莫非是在吃醋？」

俞筱晚被他摟得有些喘不過氣來，推了他幾下推不開，便轉而用手掐他腰間的軟肉，掐了兩下不見效，再改為撓癢癢。

君逸之吃不住癢，笑喘著握住她的小手，再順勢抱緊了她，咬著她的耳垂道：「還不是為了讓太后知道。蘭小姐既然是太后派來楚王府的，我沒理她，怕太后懷疑。就是告訴大夥兒，我還是跟以前一樣喜歡美人兒的，順便告訴太后，只要是她安排的，我就不喜歡。反正只要人多的地方，就做做戲，沒什麼損失，晚兒別吃醋啦！」

俞筱晚笑著白了他一眼，「放心啦，我沒吃醋……哎呦！」話未說完，就被君逸之重重咬了一口耳垂，不禁叫了出來，跟著聽到君逸之氣呼呼地道：「妳敢不吃醋試試看，看我怎麼罰妳！」

胸口中了一記色掌，俞筱晚立即老實了，「好好好，吃醋吃醋……」

可惜承諾得慢了一點兒，某人還是老實不客氣地上下其手，努力處罰。

小夫妻倆剛回到夢海閣沒多大會兒，郭嬤嬤便過來請俞筱晚，婆婆召見。君逸之也要跟去，郭嬤嬤笑阻道：「王妃是有體己話要跟二少夫人說，二少爺您若是去了，倒不好說了。」

君逸之挑高了眉睨向郭嬤嬤，話卻是對著晚兒說的：「母妃有什麼體己話要說，回頭一定要告訴我。」

弄得郭嬤嬤臉色一僵。

俞筱晚答應了一聲，不敢怠慢，忙入內換了家常服，跟著郭嬤嬤去了春景院。

楚王妃十分親切，示意俞筱晚坐到自己身邊來，和藹地問道：「怎麼今日這麼早就回來了？」

夏秋尾的宴會多半都會延續到涼爽的夜間，還經常會玩鬧到半夜才結束，剛過晌午就回府，的確是有些古怪。俞筱晚飛速地想了想，便笑道：「二爺說他沒話跟那些官員說，又不方便總待在內院裡，就帶我回來了。」

楚王妃含笑看著她，眼睛裡清清楚楚地寫著「真的嗎」幾個字，嘴裡說道：「我還以為妳知道府中要來客人，特意回來幫忙老祖宗的呢。」

俞筱晚好奇地問：「府中又來客人了嗎？」

楚王妃微笑道：「可不是嗎？今日東昌侯夫人來給老祖宗請安，她是老祖宗娘家親戚，以前也曾來請過安的。今次帶了賀家和她娘家孫家的幾位姑娘一併前來，老祖宗瞧著小姑娘們心裡喜歡，就留下小住幾日，待宴會過後，再回東昌侯府去。而且，老祖宗還作主多邀了幾家的小姐們過來，下人們在收拾客院，傍晚之前，她們應該都會到了。」

頓了頓，楚王妃仔細看著俞筱晚的表情道：「俞氏，妳有空就多找這幾位客人玩玩，免得旁人說咱們待客不周。」

這麼說來，這回請來的嬌客之中，有預備給君逸之選側妃的人選囉？婆婆這般告示自己，就是怕自己會去搗亂吧？

俞筱晚在心底裡無聲地笑笑，面上恭敬地應下，說完了事兒，楚王妃也不耐煩留她，打發她回去了。

回頭跟君逸之一說，原來是這種事，君逸之當時就氣悶了，「弄這麼多人來住做什麼？嫌家裡太冷清了嗎？」

俞筱晚笑著拉著他進了內室，不怎麼認真地抱怨道：「你在院子裡說這些話，讓母妃知道了，還以為是我攛掇的。」

君逸之眉眼一冷，「嬌蕊和嬌蘭還是去母妃那兒傳話嗎？」上回他才特意警告過一次，想不到自己的話都沒作用，「妳想個法子，將她們兩個打發了吧。」

俞筱晚睇了他一眼，心道：你不給人家好處，就想讓人家聽命，這怎麼可能？

當然，二嬌要的好處，他想給，她也不會允許就是了。

她想了想道：「將兩個人都打發掉，母妃肯定又會弄兩個進來，不如想辦法打發了一個，另一個就應該知道分寸了。」

君逸之其實挺不耐煩處置這些內宅小事，便笑道：「一切聽憑娘子安排。」

俞筱晚輕笑道：「我問你，老祖宗忽然請來這麼多小姐到府中來小住，難道你不覺得奇怪嗎？」

君逸之笑道：「這有什麼奇怪的，老祖宗最擅長的就是明修棧道，暗渡陳倉。」

明修棧道，暗渡陳倉？俞筱晚細細一想便明白了，今日東昌侯夫人帶來的小姐們，或是之前通過各種方法住進楚王府的小姐們之中，只怕都有太后相中的人選，老祖宗不想孫兒的婚事也讓太后操縱，可是又不能表現得太過明顯，所以乾脆多請些人來小住，將水攪混。

雖然打著作客的幌子，其實是來楚王府幹什麼的，這些小姐和她們的父母家族心裡都有數，也一定想爭取到。畢竟，不論是世子妃，還是郡王側妃，都是錄入皇家玉牒的，可是人選越多，競爭就越激烈，相互攀比、爭鬥的結果，就是自然地淘汰一批人。老祖宗也有藉口躊躇不決，太后給大哥或者君逸之指婚的事兒，就會變得遙遙無期。事情久了，就易生變，或許在這段時間裡，老祖宗會快刀斬亂麻地給某戶人家下定，讓太后也措手不及。

老祖宗果然是隻老狐狸！

俞筱晚噗哧笑了，掐著君逸之的俊臉道：「那你怎麼不開心？這裡面肯定有為你定的側妃人選。」

君逸之立即打蛇上棍地纏上她的唇，含糊地道：「我的正妃、側妃、庶妃都是妳，還要選什麼！」

正想拉著俞筱晚上床躺一會兒，老祖宗又差人來叫她。俞筱晚笑著推開他，去到春暉院。原來是這些嬌客們已經到了，竟有十人之多，俞筱晚幫著老祖宗手下的大嬤嬤，安頓好了這些嬌客。

俞筱晚和君逸之兩人回王府的時候，仍將曹中妍留在曹府，就此名正言順地將平安這個高手留下，美其名曰宴會結束後好護衛曹小姐回王府，其實是打探消息。曹清儒兩兄弟在書房裡的對話，到了晚間便一字不漏地傳到了君逸之的耳朵裡。

聽到兩位舅父如此上心，連夜派了人去西山打探，俞筱晚不由得問道：「那塊地有什麼玄機嗎？」

君逸之見她反正已經聽到了，便坦言相告：「地沒什麼玄機，只是地段好，我讓智能去看過，後有靠山、左有青龍、右有白虎、前有案山、中有明堂，水流曲折，能納福納財，富貴無比；外境寬闊能容萬馬，可致後代鵬程萬里，福祿延綿，蘭家現在想的可不就是這個？況且，還有一處溫泉，智能也看過，說對老年人的身體極有益處，蘭家必定想用來孝敬太后。只是若要開發使用，周邊就得建莊園，銀子就是一個大頭。」

他笑了笑，促狹地道：「可惜蘭家現在雖然不缺銀子，卻也拿不出幾十萬兩來建莊園。」

俞筱晚眨了眨眼道：「可是建小一點的，也就幾萬兩銀子……啊，不對，那就不能請太后鳳駕光臨了……缺銀子，就會貪嗎？還是會收賄賂？蘭家真有那麼大的膽子嗎？」

君逸之笑道：「若是有人在一旁暗示，估計就會有膽子了。」

一夜無話。

客人多了，府中的事也相應多了許多，王府裡各項事務都有成例，管事們和大嬤嬤們也盡職，饒是這樣，也有許多瑣碎的事要處理，老祖宗到底年紀大了，楚王妃雖然喜歡攬權，卻並不愛理事，許多事都想讓郭嬤嬤打理，老祖宗不允，就差了俞筱晚帶著春暉院的惠嬤嬤管著。

一連忙了三四日，好不容易能清閒些了，俞筱晚想歇息兩日，再全神貫注地打理初八的宴會。曹府宴會那天，她和君逸之提早回了，還有許多事沒來及得問外祖母和小舅母的，便差人到客院請了曹中妍過來。

曹中妍倒是很認真地打聽清楚了，「這回大堂兄被貶官，大伯父怕與韓家的親事黃了，已經差了人上門請期，只是韓家還沒應，可是大堂兄月底就要赴任了，大伯父很著急呢。另外就是三表妹的婚事，聽說現在婚期已經定下了，就在十一月。」

俞筱晚倒是聽曹中慈說過，那會兒曹家想退了平南侯府的婚事，再換了忠勇公家的親事，可憐沒膽子惹平南侯，就旁敲側擊地問靜晟世子是不是對曹中雅不滿？哪知道靜晟世子立即讓媒人上門來請期，讓曹家上下急得手足無措。這還不算，靜晟世子不知怎麼就認識了原世子，還慫恿著他上門來拜見了準岳父。

由此可見，靜晟世子早就知道曹家的打算，曹家真是機關算盡太聰明，卻原來被人耍得團團轉。可是靜晟世子這樣還願意娶曹中雅，俞筱晚就有些不能理解了。

君逸之卻道：「靜晟只怕是認定上回丟臉的事是妳大舅母張氏做出來的，鐵了心要報復在妳三表妹身上呢！」

俞筱晚不由得咋舌，靜晟世子這個男人真是惹不得，睚眥必報啊！

君逸之瞧著今日天氣好，便想與嬌妻去外面用膳，正要說話，從文便在外面稟報道：「二少爺，您約好了黃公子的，時辰快到了。」

君逸之應了一聲，低頭跟俞筱晚道：「晚兒，我應該不會去太久，妳等我回來，我跟妳一道去給母妃和老祖宗請安。」

許多事情，他堅持跟俞筱晚一塊做，就是為了告訴父母親，她對他來說是非常重要的，尤其是府中住進了這麼多別有用心的女人的時候。

想了想，他又道：「還有，一會兒，我要先去趟伊人閣。」

俞筱晚「哦」了一聲，親手服侍他更了衣，送到王府的大門口，看著他飛身上馬，揚鞭而去。

轉出月洞門時，君逸之還回頭衝俞筱晚拋了個媚眼。

俞筱晚一直目送著君逸之的背影消失在街角，才轉身扶了初雲的手，輕聲道：「回吧。」

雖然逸之說過，如煙是為了掩飾他的行藏的，可是自家的相公總是往一個嬌滴滴的大美人那兒跑，若說俞筱晚一點也不介意，那也不是真心話。

初雲見主子垂眼不語，實在是憋不住心裡那口氣，急道：「二少夫人，二少爺總這般往外跑，您怎麼也不拘著他一下？上回奴婢還看見原小姐跟二少爺拉拉扯扯呢。」

真是的，明知二少爺長了副勾人的臉，還是身分尊貴的郡王爺，二少夫人還這般順著他，就不怕二少爺的心，遲早被外頭的女人給勾了去？

俞筱晚原是要安撫初雲一下，眼角的餘光瞟見幾位嬌客正慢慢靠過來，便轉了語氣，略帶著些認命的憂傷，淒涼地道：「夫為妻綱，二爺他要出去，我能有什麼辦法？若是哪天二爺想將如煙姑娘納入府中來，我也只能幫著安排，方是賢慧之道。罷了，以後這些事可別再我面前提了，不聽就不會傷心。」

初雲睜大了眼睛，幾乎不敢相信這是她主子會說出來的話，好在初雪暗掐了她一把，她才沒繼續義憤填膺下去，而是低聲應道：「奴婢知道了。」

倒是那幾位嬌客，因為都住在客院裡，時常接觸，這幾日在賀七小姐的暗示之下，都聽說了這位寶郡王妃是位善妒的惡婦，性情暴躁，脾氣火辣，可是聽了這幾句話，明明就是個軟弱的婦人，哪裡暴躁了？

俞筱晚眼光溜了一圈，見此言達到了自己想要的目的，心中不由暗笑。

再說君逸之，出了府門，他便直接打馬奔到了伊人閣的大門前，老鴇子翟嬤嬤笑咪咪地迎上來，嬌嗲嗲地道：「哎呀，寶郡王爺您來了，快請快請，如煙這會兒不在屋裡，奴婢先讓芝兒去服侍您！」

翟嬤嬤帶來一大團香霧，熏得君逸之往後微退了半步，俊臉上的笑容倒是絲毫不減半分，懶洋洋地問：「這時辰如煙能跑到哪裡去？」

翟嬤嬤誇張地笑道：「還不是知道您會來，特意上街買香粉去了，哪知您會來得這般早呢！」然後跟在君逸之的身後，小聲地道：「定國公府的世孫蘭知存大人，近日來總是纏著如煙，現在就在二樓。」

君逸之上樓的腳步頓住，挑高了眉，一副得意洋洋的樣子，「如煙還特意去買香粉嗎？想要什麼只管告訴我，我差人去給她買來便是。」目光在樓下大堂裡轉了一圈。

此時已近黃昏，許多官員或是商戶都陸續到了伊人閣，樓下大廳裡有幾位大人在邊吃酒邊聊天，瞧見君逸之的目光，相熟的就點頭打個招呼。君逸之瞧見兩個比較熟悉的身影，那兩人卻忙低頭捂臉，不讓他瞧清楚。

君逸之淡淡一笑，扇柄在空中轉了一圈，凌空虛點了那兩人的桌子一下。翟嬤嬤瞧在眼裡，暗暗點了下頭，君逸之腳步不停，直往三樓如煙的香閨而去。

如煙的房裡的確無人，翟嬤嬤帶著丫頭沏了新茶，端上果品糕點，正要去叫芝兒來服侍，君逸之淡聲道：「不必了。」

翟嬤嬤便躬身告退了。

樓下的那兩位客人，瞧見君逸之在翟嬤嬤的陪伴下上了樓，便開始小聲議論，「聽說蘭大人迷上了如煙，為了她一擲千金。當然啦，如煙對他可沒一點意思，只是……都在這京城裡頭，低頭不見抬頭見的，也不好不給人家一點面子。」

另一位小聲問道：「莫非，現在如煙陪的就是蘭大人？」

之前那人一陣曖昧的笑，輕輕點了點頭，「應該是。」

不多時，翟嬤嬤下了樓，這兩人將翟嬤嬤叫來近前，問起如煙姑娘的事，翟嬤嬤瞧著他二人笑道：「兩位客倌看起來面生，想是頭一回來伊人閣吧？咱們閣裡的規矩，與如煙姑娘彈琴雅談是紋銀一百兩，若要包日，便是兩百兩。」

一人拋了一塊大銀錠到翟嬤嬤的懷裡，淡淡地道：「我們不打算見如煙姑娘，只是想知道，蘭大人包了如煙幾天？什麼時候會離開？」

翟嬤嬤見錢眼開，不過只敢喜在心裡，小心翼翼地左右看了看，壓低聲音道：「包了五天，今日已經到期了，不能留宿，想必一會兒就會走。」

那客人「嘖嘖」幾聲，「蘭大人還真是大手筆！」

如煙姑娘包一天可要二百兩銀子呢，以蘭知存如今從四品的官俸，也不過是五百兩銀子的年俸而已，蘭知存如今上朝才不到半個月，就將兩年的俸祿都花在了如煙的身上，不是大手筆是什麼？

翟嬤嬤嘿嘿地笑笑，卻不接話，又見客人沒什麼要問的了，便去接待別的客人。

打發走了翟嬤嬤，兩位客人就坐在大堂裡等蘭大人。

君逸之在如煙的房內坐了不過片刻，如煙就扭著腰肢走了進來，笑呵呵地道：「你今日來早了，也不怕撞上！」

君逸之哼了一聲，走到門邊往外看了幾眼，瞧見蘭知存下樓，出了大門，之前那兩位客人便尾隨而上。他眯了眯漂亮的鳳眼，不屑地笑了笑，方問道：「妳跟蘭知存都聊了些什麼？」

如煙笑道：「還不是你想告訴他的事兒，不過不是我說的，是他新交的那位朋友鮑啟智說的。」又指了指隔壁，「人你要不要見見？」

君逸之搖頭笑道：「以後我自會向他道謝，現在還是不見了，這裡人多嘴雜。」又問道：「他們認識的事兒，沒有破綻吧？」

如煙笑道：「我布的局，怎麼會有破綻？放心吧，是蘭大公子主動要結交鮑兄的。」

鮑啟智是君逸之認識的一位江湖朋友，為人極講義氣，又心細如塵，一張嘴能將死人說活了。按照他的計畫，現在鮑啟智只是跟蘭知存套交情，提供一些對蘭知存的仕途十分有幫助的消息，待蘭知存十分信任鮑啟智之後，才會開始真正的計畫。

如煙忍不住嘆息一聲，「唉，想想蘭公子也真是可憐，剛剛做官，你就來引誘他貪汙，其實他又沒得罪你！」

君逸之哼了一聲，「他姑奶奶惹著我了。再者說，清者自清，若他是個清廉的官，我怎麼引誘，他也不會貪汙，若他能被外人引誘，就說明日後他總會貪的，我早些幫陛下除了此人，為百姓除了一個貪官，有何不對？」說完又摸著下巴得意地笑，「況且咱們做的事兒，又沒瞞著陛下，他若是想阻止，早就阻止了不是？」

如煙毫無形象地大翻了一個白眼，「明明是自己無恥，還說得好像是為國為民。」

說完了正事兒，如煙便撒嬌般地扭著身子往他身上靠，笑問道：「你總往我這兒跑，你家的小娘子會不會生氣？要不要我跟她解釋一下？」

君逸之睨了她一眼，「我怕妳越解釋越出事！少把歪主意打到她身上去，小心我閹了韓二，讓妳心疼！」

「呸！我心疼什麼啊？你愛閹不閹！」如煙不撒嬌的時候，聲音就有些低沉。她眼睛骨碌碌一轉，鬼笑道：「我可聽說，有人要拿我和你的關係大作文章了，你可別說我沒提醒你！若是想知道，就把你新得的那塊血玉送給我！」

那塊血玉，君逸之是打算雕成並蒂蓮，送給俞筱晚的，怎麼會給她？當下抬腳踹了她一腿，惡狠狠地道：「少賣關子，知道什麼就快點告訴我！」

如煙氣得大叫：「休想！你又踢我的胸部，明知道這裡最脆弱！」

「不說算了！」

君逸之瞧著外面天色已暗，便匆匆回了王府。

俞筱晚早已換好了衣裳，站在二門處候著他，待他下了馬，便含笑上前道：「時辰來不及了，先去給老祖宗請安吧，父王和母妃已經過去了。」

走至半路，又遇上了君琰之。

春暉院裡早已經人滿為患，嬌客們都坐在暖閣裡陪著楚太妃，聽得外面稟道：「世子爺、二少爺、二少夫人來請安了。」一個個都忙站了起來，想到屏風後去避著。

楚太妃笑道：「以後還要住上好幾日的，天天這般避著也不方便，不如就見一見吧！」

嬌杏將門簾挑起來，君琰之和君逸之兄弟兩並肩走了進來，俞筱晚垂頭頷首地跟在後面。

一夥人相互見禮之後，君琰之關切地詢問祖母今日身子可好，君逸之卻大大咧咧，帶著些輕佻地逐一從各位佳麗的臉上看過去，直看得眾人小臉緋紅，有些清高的千金心裡就極為不滿，這個寶郡王爺果然是個色胚。有些對他有意的，則刻意或半側了臉或微揚了頭，要將自己最美的一面展示出來，只有三人神色自若，既不惱怒也不羞澀，絲毫不為君逸之的目光所動。

俞筱晚悄悄地記下，這三人中，一位是表妹曹中妍，一位是國子監祭酒孫大人的嫡女孫琪，還有一位就是東昌侯府的賀五小姐。楚太妃也在一面與長孫說話，一面暗暗觀察這些佳麗，見狀也暗暗點了點頭。

兩日後的賞蓮宴很熱鬧，俞筱晚在春暉院幫老祖宗和母妃接待女客，她長袖善舞，面面俱到，哄得晉王妃等人都開懷大笑。

定國公夫人便笑道：「寶郡王妃真是個可人兒，怪不得歷盡花叢的寶郡王爺會這麼寵著妳，聽說太后想指個側妃給寶郡王爺，妳都敢當面拒絕呢！」

俞筱晚暗暗挑眉，這就要當面挑事了嗎？

俞筱晚有些氣悶，蘭夫人這話裡的套子可真多，若是她否認了，蘭夫人肯定打蛇上棍，逼她當眾應下，不會阻攔君逸之娶側妃，還能順勢將賀七小姐與君逸之的婚事給定下來。她敢反對，就是善妒，是七出的條例之一；若是她承認了，就等於是承認自己藐視太后，這些張狂的性子，也不會為人所喜。

因為早就將春暉院的廳堂分了等級，按客人的品秩不同分別接待，只要每個廳中的婢女都各盡其責，就能將每位客人都照顧得細膩妥貼。正堂裡招待的都是一品或者超品的王公夫人們，這樣的話一經傳出，會對她造成難以估計的惡劣影響，甚至有可能整個上流社會都不會再接納她。

楚太妃氣得一張臉繃得死緊，楚王妃早知道這回事了，也覺得蘭夫人當眾問出來，太不給逸之面子，她的兒子怎麼可能是個聽女人話的軟蛋呢？

蘭夫人輕笑著，篤定又自得地看向俞筱晚，想看她要如何回答，無論怎樣回答，都會落個不好的名聲。

蘭夫人敢當著是楚太妃的面為難俞筱晚，是因為她是楚太妃的弟妹，也是俞筱晚的長輩，背後又有太后撐腰。

俞筱晚不能不回答長輩的話，只微怔了一瞬，便漾出一抹絕美的羞澀笑容，羞答答地道：「能得二爺垂青，是我的福氣。」避而不談側妃之事。

可是蘭夫人怎麼會讓她如願，咄咄逼人地問道：「這麼說，妳的確是恃寵生驕，攔著太后，不讓寶郡王爺娶側妃囉？」

俞筱晚佯作驚訝地直視向蘭夫人，反問道：「不知夫人這話從何說起？晚兒怎麼不知太后想將哪位小姐指給寶郡王爺呢？還請夫人明示。」

居然跟她裝傻！蘭夫人氣得差點沒將手中的茶杯摔到地上，若是家中哪個兒媳、孫媳敢這樣跟她說話，她早就將人罰去祠堂跪著了。可是現在，屋裡的夫人們幾乎都是不知情的，聽了這話，也都好奇地看向她，令她忽然發覺，她居然無法回答！

當時太后是單獨召見俞筱晚，談話的內容只有俞筱晚和太后知道，現在太后又不在這裡，她找不到證人來證明。她說俞筱晚拒絕並衝撞了太后是有事實依據的。而且俞筱晚要她當眾說出賀七小姐的名字，這怎麼能說？讓這麼多夫人王妃知道賀七小姐要嫁給寶郡王爺，若是最後嫁不成，臉都會丟盡去，那東昌侯夫人還不得找她拚命？

蘭夫人糾結了半晌，一條新製的雙色綺手帕讓她擰成了麻花，最後不得不咬牙道：「妳自己心裡清楚！」

俞筱晚卻不是個見好就收的，沒道理她只能讓人堵著噎著，不反擊回去不是？於是便張著迷茫的杏眼看向攝政王妃，「皇嬸，那日您也在，您知道這回事嗎？」

攝政王妃淡淡一笑，「我不知道。」

眾夫人看向蘭夫人的目光中就有了那麼一點輕蔑，輕蔑她說假話，或是說了真話都頂不過一個小媳婦。蘭夫人氣得白了臉，正想把茶杯摔到几上發作，忽然察覺楚太妃看向自己的目光，冷冷的，飽含警告，她只得忍下這口氣，故作迷惑地道：「難道是我記錯了？」

俞筱晚只微微一笑，並不接話，攝政王妃也不給蘭夫人圓場，楚太妃則慢條斯理地啜著茶，氣氛一時間有些凝滯，蘭夫人的面上越發掛不住。

正當此時，君琰之和君逸之兩兄弟特意進來給老祖宗和諸位嬸娘、伯母請安。老祖宗忙拉了琰之坐在自己身邊，君逸之則自動地往俞筱晚的身邊一坐。

蘭夫人覺得這是個極好的時機，悄悄給後頭的丫頭使了個眼色，那丫頭忙出了正堂，去小花廳將賀七小姐給請來。

賀七小姐輕笑著回絕：「我在這裡跟姊妹們聊天，若是蘭夫人有召，待一會開宴之前，我再去給蘭夫人請安吧。」

她並不是個沒腦子的人，聽說是蘭夫人請自己相見，心中就有些打鼓。這可是楚王府，蘭夫人就算要見自己，也應當請人另備一間小廂房，怎麼能讓自己去正廳呢？正廳裡都是些什麼客人，她是十分清楚的，貿然跑去，只會讓那些夫人們覺得自己不矜持、不自重。

賀五小姐也在一旁道：「可不是嘛，現在去正堂，裡面人多，也不方便說話，還會打攪到旁人的，還請丫頭姊姊代為轉告蘭夫人。」

丫頭沒有辦法，她總不能強押著人過去，只得回去回話。蘭夫人氣極，一個兩個的不聽話！她回頭小聲跟丫頭道：「叫她立即過來，就說我說的。」

蘭夫人的態度如此強硬，賀七小姐十分為難，賀五小姐想了想，問道：「屋裡除了主人家和各位王妃、國公夫人之外，還有些什麼人？」

小丫頭微笑道：「還有世子和寶郡王爺。」

賀五小姐眸光閃了閃，附在妹妹耳邊輕聲嘀咕了幾句。賀七小姐微微紅了臉龐，這才站起身來，隨丫頭過去。可是走在走廊上之時，卻故意磨蹭，東拉西扯地問丫頭一些問題，靠近正堂大門的時候，又停下整理衣鬢，待聽得裡面傳出男人聲音道：「孫兒去前院了，孫兒告退。」

她才面露喜色，快步往正堂大門而去。走到門前，君琰之和君逸之兩兄弟正好出來，不留神撞上，賀七小姐「啊」了一聲，身子往後一仰，就要往後跌倒。

她滿心期待著，世子或是寶郡王爺隨便哪個扶她一把……都好。

可惜這兩兄弟都將手往後一背，邁出去的腿還收回了堂屋內，眼睜睜看著她撲通一聲摔倒在地。

這一幕，從俞筱晚的角度看去，正是清清楚楚。賀七小姐並沒有撞上誰，卻故意要摔倒，想必打的就是讓人扶的主意。青天白日，眾目睽睽之下，男男女女摟抱成一團，又是侯府千金，名節緊要，君家兄弟不娶也不行，可惜賀七小姐打錯了算盤。想當年，曹中貞就打過這樣的主意，若是不論身分只論長相，曹中貞比賀七小姐還要略強一點呢，君逸之照樣理都不理，隨便她摔個狗啃泥。不過大哥也這樣，真是讓俞筱晚大吃一驚。

這會子君逸之正拿他漂亮的鼻孔看著賀七小姐，不耐煩地道：「妳起不起來？擋著我的道了！」

君琰之則薄責地盯了弟弟一眼，「賀七小姐想必是摔疼了，讓她多躺一躺，緩緩再站起來比較好。」然後轉向賀七小姐，微笑道：「沒關係，妳慢慢躺，我們可以繞道的。」說完真的拉著弟弟繞過賀七小姐，瀟灑地走了。

噗！俞筱晚差點將嘴裡的茶噴出去，看不出來平日裡溫文爾雅的大哥，居然是這麼個腹黑的人！

屋內的夫人們也個個忍俊不禁，賀七小姐出了這麼大一個醜，臉上紅一塊白一塊的，扶著丫頭的手，掙扎著站起來，也不顧腰和屁股疼得鑽心，慌忙朝正堂內福一福，跌跌撞撞地奔回了客院中自己的房間。

伍之章　府宴蒙冤驚有孕

正堂裡的夫人們個個都是人精，自然不會談論賀七小姐，只揀了風花雪月來聊，氣氛又再度熱烈了起來。

攝政王妃瞅了個空問俞筱晚道：「聽說妳屋裡掛了一幅雙面繡，帶我去看看，若是精品，我就厚著臉皮向妳討要。」

俞筱晚忙向楚太妃道了一聲，引著攝政王妃回夢海閣。攝政王妃仔細打量了一番屋內的擺設，笑讚道：「妳也是個圖輕省的！」

俞筱晚令人將雙面繡屏取出來，一面回應道：「我不喜歡屋內擺太多擺設，看著眼睛花。」

攝政王妃點了點頭，笑道：「我也是，咱們倆脾氣倒是像！」

俞筱晚見她一副有話要說的樣子，便讓丫頭上了茶後退下去。

攝政王妃對她的體貼很滿意，朝她笑了笑，才斂了神情，緩緩地道：「王爺答應我，在生下嫡子之前，不讓別人再生。」

俞筱晚忙道：「皇叔這麼體貼，晚兒真是羨慕皇嬸。」心裡也明白，這對攝政王妃來說，也是種無形的壓力，若是她生不出兒子來，太后會更加有理由刁難她。

只是不知王妃告訴自己這事，是單純只是想發洩一下，還是想表明她跟自己一樣都是可憐人？

攝政王妃獨自黯然了一會兒，又提起精神來，微微一笑道：「賀七小姐掌心有個痣，據說這是破財敗家之相，她平日裡總是會在掌心抹上香脂，一般人看不出來。」

若真是這樣，只要想辦法讓賀七小姐露出掌心的痣來，就算太后想賜婚，也找不到理由了。只不過，這樣的事情，東昌侯府肯定是要拚命瞞下來的，攝政王妃如何知道的？俞筱晚心中一動，看向攝政王妃。

攝政王妃拍了拍俞筱晚的手，含笑道：「妳是我的大恩人，以後有為難之事只管來找我，別總是這麼生分。」

俞筱晚忙道了謝，並將那幅雙面繡相贈，攝政王妃也沒推辭，站起身道：「妳還得招待客人，咱們回去吧。」

俞筱晚忙跟了上去，可是走到一半，一名春暉院的管事嬤嬤便尋到了俞筱晚，說有事稟報，攝政王妃便先行一步。

那名管事嬤嬤小聲道：「二少夫人，賀七小姐在房間裡哭得厲害，鬧著說要回家，怎麼勸也不行。」

賀七小姐要離開？

俞筱晚頭疼地按了按額角，這會子府中這麼多客人，若是讓賀七小姐走了，日後旁人還不知會怎麼編派楚王府呢！縱使楚王府沒有什麼對不起她的地方，但是流言可畏，總不可能逢人就道一遍委屈吧？

怎麼也得將她留下來，待宴會散後，再行商議。到那時她還堅持要走，就派馬車送走便是，總之不能這會兒走。

俞筱晚拿定了主意，便同那位嬤嬤道：「我過去看看吧。」

嬤嬤忙道：「多謝二少夫人了，奴婢手頭還有差事，容奴婢先告退。」

「嗯，妳去吧。」俞筱晚揮手讓她退下，自己帶著初雲往客院而去。

今日府中的客人多，這些嬌客多半去了花園或客廳，因此客院裡的丫頭婆子也調去服侍客人了。院子裡靜悄悄的，俞筱晚來過幾趟，知道賀七小姐的住處，就在二進的西廂房的第三間。

剛走進二進的月亮門，便見到一名十歲左右的小丫頭站在廂房門外，不時朝裡面張望。俞筱晚沿著抄手遊廊走近，走到近前了，小丫頭才瞧見俞筱晚，忙福了福道：「二少夫人安好。」

廂房裡面傳出細微的聲音，似乎是丫頭在勸說賀七小姐，俞筱晚伸手阻止小丫頭打簾子的動作，走到窗邊細聽了一下，是賀七小姐的貼身丫頭在勸她，此時離開如何如何不智，原小姐還出過更大的醜，都沒離開呢，況且只有正廳那兒的夫人們瞧見了，旁人又不會知道云云。

賀七小姐只是支吾著說「丟臉死了，沒臉見人了」，卻沒再哭，似乎已經被丫頭說動。

俞筱晚想了想，若是自己現在進去，只怕賀七小姐會以為自己是來示威的，既然丫頭已經勸住了她，不如就此離去算了。於是招手示意門外的小丫頭到轉角處，輕聲問道：「園子裡只有妳在此當值嗎？」

小丫頭點了點頭，「回二少夫人的話，園子裡的姊姊們都調去花園和春暉院了，這裡只有奴婢照應著。賀七小姐從兩刻鐘前回來，就一直哭，現在好多了。」

俞筱晚笑了笑，摸了摸小丫頭的頭，讓初雲賞了她一個銀角子，才輕聲吩咐道：「這樣吧，這裡的小廚房裡應該還有熱水，妳去打盆熱水來給賀七小姐擦把臉，勸她的丫頭帶她去春暉院，一定要去。告訴她們，就快開席了，若是遲了可不好。妳辦得到嗎？」

小丫頭高興地捧著銀角子，用力地點了點頭。

俞筱晚便打發小丫頭去了，本要先走的，想想這裡沒有旁人，萬一賀七小姐那裡有什麼吩咐，還可以讓初雲幫襯一下，不如等小丫頭回來了再走。

主僕兩人便在二門的月亮門外等著，初雲想到賀七小姐摔跤的事還覺得好笑，站著站著就自己笑了起來。俞筱晚嗔了她一眼，「讓客人瞧見，就是妳的不是了！」

初雲笑著陪禮，「奴婢不敢了，不過，她瞧見了，難道就知道奴婢是在笑她嗎？」

俞筱晚笑罵道：「就妳嘴欠！」

主僕兩個說笑了一會兒，初雲眼尖地瞧見小丫頭提著一只銅壺走了過來，俞筱晚覺得不必照應了，便帶著初雲離開了客院。

從客院到春暉院有一段距離，初雲便想去叫一輛小馬車過來，又怕自己走了，沒人服侍二少夫人。方才俞筱晚讓丫頭婆子們都服侍攝政王妃回正廳去了，身邊只留下了初雲。

俞筱晚想著若是徒步過去，怕裙襬沾上了泥土，形容不整，客院離二門也不遠，叫馬車過來很方便，便應允了。

初雲急忙往二門處去叫小馬車，俞筱晚不想惹人眼，便站在客院前小徑旁的一株月槐樹下。忽然聽到身後有腳步聲，俞筱晚方一回頭，一只紅木漆碗就直飛過來，她忙一旁讓，卻仍是讓裡面紫紅色的汁水沾上了裙幅，定睛一瞧，原來是名青衣婆子，此時正惶恐地跪在地上，手裡還拿捧著一個托盤，托盤上的漆碗已經滾到她的腳邊了。

那婆子嚇得直哆嗦，戰戰兢兢地磕頭道：「奴婢該死！奴婢該死！」

問清原由，原來她是來給賀七小姐送紫米粥的，腳下不知怎的絆了一物，這才摔了一下，讓托盤中的漆碗飛了出去。

俞筱晚今日穿的是件秋香色的百褶裙，沾了紅色的汁水十分顯眼，心裡懊惱得不行，可是見那婆子惶恐不安的樣子，又不忍心太過責罰，只叮囑了幾句讓她走路注意一點，再去廚房給賀七小姐端一碗粥來，便打發婆子走了。

初雲很快叫來了小馬車，見主子的裙子汙了一塊，不由得大驚道：「哎呀，這是怎麼回事，誰這麼討厭？」

俞筱晚不想多說，只道：「快回夢海閣換條裙子，一會兒宴會要開始了。」

主僕二人忙上了馬車，匆匆去夢海閣換了一條茜紅色的月華裙，總算在開宴之前趕到了春暉院。

楚太妃見俞筱晚來了，便笑著道：「丫頭，正等妳呢，快去請人去前院問一問，可否開席了？」

俞筱晚一進春暉院便安排了此事，忙笑道：「孫兒媳婦已經打發人去前院了，想來一會兒就能過來回稟。」

才說完沒多久，君逸之和楚王府的前院總管宋科匆匆地趕來，向老祖宗稟道：「宮裡的魏總管打發了人過來傳話，太后和陛下一刻鐘後微服來訪，還請老祖宗準備好迎駕。」

楚太妃和諸女客們都非常驚訝，一刻鐘後就到，說明太后和陛下早就出宮了，怎麼不早些派人傳話，是臨時起意來楚王府的嗎？

驚訝歸驚訝，太后和陛下要來，眾人自然要做好迎駕的準備，楚王府裡又忙亂了一通。

待太后和陛下駕臨楚王府，宴會才正式開始。宴席擺在水榭之上，陛下在前院與男賓們共飲，太后則在內院與女賓們坐在一處，楚太妃和攝政王妃坐在次位上相陪，楚王妃和晉王妃再次一席，俞筱晚則坐在靠外的位置上，方便安排下人們辦事。

酒過三巡，太后和善地笑道：「今日既是賞蓮宴，本當歡歡樂樂的，怎麼這般沉悶，莫不是因為哀家來了的緣故吧？」

攝政王妃率先笑道：「您原來知道啊，您是一國之母，誰人敢在您的面前放肆呢？」

有攝政王妃這般混說，眾夫人便都笑了起來，有人便道：「哪裡哪裡，太后最是慈愛和善不過的！」

攝政王妃笑斥道：「若真個是最慈愛和善不過的，妳們為何不向太后敬酒？」

太后立時笑了起來，虛拍了攝政王妃一下，道：「妳這個潑皮，想攛掇著旁人灌醉我是不是？」

眾夫人忙紛紛起身，端著酒杯，排著隊給太后敬酒，當然是自己飲盡，太后隨意。饒是這樣，才只一品以上的夫人們敬過酒，太后就已經兩頰升起紅雲了，連連擺手道：「不行了，妳們自己喝。」說著扶了攝政王妃的肩，笑道：「哀家得去歇一歇了。」

楚太妃忙叫上兒媳和孫兒媳婦，一同服侍著太后去春暉院正房裡休息。太后臨走時還揮手讓夫人們都坐下，「妳們繼續，該吃的吃、該玩的玩，哀家一會兒要問妳們誰的酒量好。」

眾夫人忙一疊聲地應下，蹲身送太后遠去，才又繼續吃起酒來。

再說俞筱晚陪著楚太妃、楚王妃、攝政王妃、晉王妃送太后回春暉院，進了正房，魏公公服侍著太后歪在臨窗的短炕上。太后便招了招手，微笑道：「妳們都坐吧，這不是宮裡，不用這麼拘著。哀家只是頭有些暈，倒也沒醉，妳們都來陪哀家說說話。」

楚太妃就率先坐在靠著炕的楠黃花梨木的雕花高背靠椅上，攝政王妃和楚王妃、晉王妃則坐在後手的幾張椅子上，俞筱晚讓丫頭搬了張繡墩過來，靠門放著，自己坐在繡墩上。

太后一手扶著額頭，醒眼看過去，笑了笑道：「都是親戚啊，尤其是大姊和三姊，咱們姊妹三人，好多年沒有好好聊過天了。哀家總還記得，以前在定國公府的時候，我最愛跟在三姊的身後跑，後來三姊出嫁了，哀家還哭了好幾天呢，沒想到自己也那麼快就入了宮……一晃就是幾十年啊！」

一番話說得楚太妃也惻然起來，眼眶微微紅了，「年歲雖然大了些，可是身邊有兒孫環繞，也是一種福氣。太后是積福之人，陛下少年天子，英明睿智，將來定會千古留名的。」

太后聞言驕傲地一笑，毫不謙虛地將皇兒誇讚了一番，只是感嘆皇兒年紀尚幼，還不能婚配，皇宮裡已經許多年沒有新生兒了，又指著攝政王妃和俞筱晚，笑道：「這兩個小的，可得趕緊給哀家生幾個孫兒、曾孫兒來抱抱。」

攝政王妃笑道：「臣妾難道沒給太后您添孫女兒嗎？太后您可真是偏心，就只喜歡孫兒嗎？」

太后難得如同普通人家的婆婆那般，語重心長地跟攝政王妃道：「孫女兒哀家自然是喜歡的，只是兒子才是傳宗接代的根本，妳還是趕緊給攝政王生幾個嫡子才是。」又看向俞筱晚道：「寶郡王妃也是，男人都要當了父親才會長大，生個兒子，就能將逸之給束在府中了，免得他成天想著往外跑。妳自己也會調養身子的，多多調養一下。」

俞筱晚忙站起來恭敬地聽訓，楚太妃瞧不過眼，太后說完這些話後，便接著話道：「多謝太后關心了。我倒是不擔心曾孫的事兒，佛家常說，今生一切都是前世因緣所定，又說無雙美色是因前世的善緣。逸之今生能生得這般的好相貌，前世定然是善心之人，今生怎會沒有子嗣？」

太后笑著附和：「那倒是，哀家自然也相信逸之定會子孫興旺。」

俞筱晚心裡卻想著，太后這會兒提到了生兒育女，等會是不是就要開始說多納妾室開枝散葉、繁衍子孫了？

果然，太后接下去就道：「對了，聽說三姊妳邀了許多名門千金在你們府上小住，怎麼不叫來見一見？」

明明大多數是她攛掇著人送進來的，卻說是楚太妃邀請的，真是會睜著眼睛說瞎話。不過太后提出了要見見這些小姐，俞筱晚就只能趕緊去安排。

一盞茶後，鶯鶯燕燕們魚貫而入，整齊地列了隊，朝太后蹲福下去。俞筱晚仔細瞧過去，發現少了賀七小姐，難道她竟沒出席宴會嗎？正要悄聲問問管事嬤嬤，就聽得太后問道：「都在這裡了嗎？」

不待楚太妃回答，賀五小姐便出列稟道：「回太后的話，臣女的七妹不在，她今日有些不舒服，故而沒出席宴會。」

楚王妃的眼角抽了抽，這位賀五小姐難道想在太后面前告琰之和逸之一狀？俞筱晚垂下眼睛，她倒不怕賀五小姐敢胡說什麼，說出去也是賀七小姐丟臉，只是怕太后會以此為藉口，來個親自探訪什麼的，給人一種賀七小姐的「某種」身分更加確定的感覺。

太后看著楚太妃道：「三姊，賀七那孩子得的什麼病？」

能有什麼病？楚太妃不太在意地道：「今日早晨還挺好的，在花廳裡玩了一會兒，後來不知怎的說自己頭暈，回了客房。」

太后輕輕點了點頭，「若是沒什麼大事兒，哀家倒是想見見她，那孩子挺乖巧的，哀家還挺喜歡她。」

既然太后這樣說了，俞筱晚便使了人去客院請賀七小姐，眼光特意在賀五小姐的臉上轉了一轉，不知為何，俞筱晚總覺得賀五小姐的眼神有些哀傷似的。

派去的嬤嬤去了不過一盞茶的功夫，就慌慌張張地跑了進來，卻又站在門邊不敢到中間來稟報，嘴唇還哆嗦得厲害。

這副畏畏縮縮的樣子讓楚太妃和楚王妃、俞筱晚都不由得蹙起了眉。楚太妃怒道：「有事稟來便是，哆哆嗦嗦的做什麼？」

那名嬤嬤撲通一聲跪下，顫聲道：「奴婢、奴婢才走到半路，就、就遇上客院的管事陳嬤嬤，她、她說、賀七小姐已、已經死了……」

什麼？屋內眾人都大吃一驚。俞筱晚不知為何，眼光飛速在賀五小姐的臉上掃了一圈兒，卻見她也是一臉震驚至極的樣子，似乎並不是事先知情的，可是之前賀五小姐的表情卻又像是知道了些什麼？

她腦子裡還在胡思亂想，太后已經越過楚太妃，發出了一系列的指令，首先自然是先派她身邊有經驗的嬤嬤去瞧瞧，是不是真的嚥了氣，若是真的死了，也要先將事情瞞下來，不要驚動了水榭裡的賓客們；然後派人去前院告知楚王爺和世子；再是請太醫過來候命，最後讓順天府尹立即派仵作前來驗屍，派捕快來查明真相。

畢竟是人命關天，楚太妃也不方便不讓太后管著，只是同時也一疊聲地給自己身邊的大嬤嬤下指令，那意思還是按著太后的口諭來，但是時時處處都要有楚王府的人在場才可以。

太后也沒計較自家三姊這種類似防備的舉動，只是撫額嘆道：「大喜的日子，怎麼會出這種事呢？莫不是賀七小姐得了什麼急症？」

賀五小姐已經從震驚中恍過神來，此時正拿帕子緊緊堵著嘴，哭得上氣不接下氣。

俞筱晚忙讓丫頭們扶著她到西面的廂房裡去歇息，不讓吵著了太后和幾位王妃，還差了府中的大嬤嬤去勸一勸，又令人去請東昌侯夫人過來，只是先不讓告訴東昌侯夫人，待人到了春暉院再說。

賀五小姐原本已經被扶出去了，忽然又撲了進來，跪爬到太后的榻前哭訴道：「七妹她只是今日不小心摔了一跤，並沒有得什麼急症，她死因可疑啊，求太后一定要為臣女的七妹作主！」

太后沉聲道：「妳這話是什麼意思，莫非堂堂楚王府還會要謀害妳的妹妹不成？」

賀五小姐說不出話來，只是搖頭，只是哭。

楚太妃看不下去，覺得賀五小姐的話十分刺耳，但看在她幼妹身亡、心中悲痛、神情不寧的分上，便寬慰道：「賀五小姐只管放心，只要是我朝的百姓，凡是冤死的，太后都會讓官府一查到底，哪怕是我楚王府的人所為，也一定會還妳東昌侯府一個公道！」

楚王妃也被賀五小姐的話氣著了，卻不好發作，只跟在母妃的話後，氣哼哼地道：「就是！」

不多時，去驗身的嬤嬤來向太后稟報，稱賀七小姐是額頭撞在桌角上，流血過多身亡，她的貼身丫頭鼓兒不知去向，當時在客院服侍的小丫頭則發現被人打暈了丟在一間雜屋裡。

這一消息讓太后和眾王妃都驚呆了，賀七小姐竟然是被謀害而亡的？

楚太妃怒道：「那個丫頭呢，醒了嗎？立即帶進來問話！」

跟著東昌侯夫人被請來了，得知小女兒慘死，頓時嚎啕大哭了起來，撲通一聲跪下，朝太后不住磕頭，「求太后為臣婦作主啊！」

太后瞧了眼楚太妃，沉聲道：「放心，楚太妃正要審問，妳先去廂房休息一下吧。」

東昌侯夫人卻不願去廂房，堅持要在這裡聽審。

楚太妃的起居室裡不方便辦案，眾人便移到了偏廳，楚王爺和君琰之、君逸之也得到了消息，匆匆趕來。

楚王爺親自審問那名小丫頭，可惜小丫頭是被人從身後打暈的，根本就沒看清是誰下的手。

楚王爺蹙眉問道：「那妳且說說看，今日都有些什麼人進出過客院。」

小丫頭此時還不知發生了什麼事，忙稟道：「今日一早各位小姐們離開客院之後，院子裡的各位姊姊們便在何嬤嬤的安排下，到春暉院來幫忙。奴婢因為年紀小，便被留下看院子，後來……大約是辰時末、巳時初，賀七小姐就哭著回來了，然後春暉院的吳嬤嬤帶著府中的大夫跟了過來。大夫走後，吳嬤嬤還進屋勸了賀七小姐好一歇兒，然後搖頭嘆氣地走了。再然後，二少夫人過來了，不過二少夫人沒進屋，只在門外聽了聽，就吩咐奴婢去取壺熱水來給賀七小姐，奴婢去取了水回來，還沒進屋呢，就被人打暈了。」

所有人都看了俞筱晚一眼，俞筱晚忙站起來，盈盈朝楚王爺一福，輕聲細語地道：「此事媳婦可以解釋。當時媳婦與皇嬸到夢海閣看雙面繡，正要回春暉院的時候，吳嬤嬤在路上攔下媳婦，說賀七小姐想回府。媳婦想著，今日府中有宴會，而且東昌侯夫人也來了，賀七小姐便是不想在王府住了，也可以等宴會散後，與東昌侯夫人一塊兒回府，所以就去勸勸。不過到了客房，聽到賀七小姐已經被她的丫頭勸住了，便沒進去，只吩咐這個小丫頭去提壺熱水來，給賀七小姐梳洗一番，好參加宴會。」說著歉意地笑了笑道：「只是後來宴會之中事務太多，媳婦忙得忘了問賀七小姐是否有出席了，也是剛剛才知道，賀七小姐已經歿了。」

東昌侯夫人睜大眼睛問道：「我家七兒怎麼會忽然哭著回了客房？」

俞筱晚眨了眨眼睛，正要回話，君逸之便搶著道：「賀七小姐不慎在走廊上摔了一跤，大概是很疼吧。」

東昌侯夫人喃喃地自語道：「摔跤？怎麼會摔跤？」

楚王爺沒糾結這事，繼續問道：「吳嬤嬤呢？」

不多時，請來了吳嬤嬤，所說的話跟小丫頭的一致，因為她怕客人負氣走了，對王府的聲譽不好，便請二少夫人去勸解一番，之後的事她就不知道了。

東昌侯夫人又驚問道：「怎麼是負氣走？七兒她、她受了什麼氣了？」

眾人都不大好意思接這話，可是東昌侯夫人不依不饒地問著，賀五小姐的丫頭只好委婉地告訴了她。東昌侯夫人頓時羞得滿面通紅，低頭支吾忸捏了一會兒，忽然抬起頭來，眼睛瞪得老大，手指著俞筱晚道：「是妳！妳最善妒了，妳恨七兒，就故意支開丫頭們，將七兒推到桌角上害死了她！」

東昌侯夫人的話音方落，君逸之便跳起來怒斥：「妳說話仔細些！無憑無據的亂說，惡意誹謗皇室親貴，妳當知道是什麼罪！」

東昌侯夫人被君逸之暴戾的眼神駭得往後一仰，撲通一下跌坐回椅上。

賀五小姐忙上前扶住母親，朝君逸之微微屈了屈膝，低眉順目地道：「寶郡王爺容稟，家慈只是猜測罷了，畢竟最後一個接觸小妹的人就是寶郡王妃，而且她將客院的丫頭打發去小廚房提水，也是不假。這般看來，當時在客院裡的，就只有我家小妹和寶郡王妃了。家慈會如此猜測，也不是事出無由的。」

君逸之冷冷一笑，「那又憑哪一點說是事出有由？若說誰最後與賀七小姐在一塊兒，恐怕是令府上的丫頭吧？如今她人不在，會不會是她殺了主人，卻畏罪潛逃？」扇柄一指小丫頭，「況且，她也說了，郡王妃只在門外聽了聽，然後吩咐她去打熱水，妳們哪隻眼睛看到郡王妃進了妳小妹的屋子？」

這一點，東昌侯夫人和賀五小姐都無法證明，賀五小姐忙又朝君逸之屈膝一福，語調低柔，神情悲傷地道：「郡王爺，臣女和母親的確是無法證明，只是這個小丫頭去打水之後，寶郡王妃也只有自己的丫頭可以證明她沒進過屋子，而且之後她的丫頭還去了二門處叫馬車，獨留了寶郡王妃一人，前後也有一盞茶的功夫，進去一趟並不難。」

君逸之不屑地道：「晚兒進去一趟就是為了殺妳妹子？妳妹子哪裡配她動手？」

這話說得就刻薄了，東昌侯夫人和賀五小姐同時變了臉色。

賀五小姐緊緊地抿了抿唇，低聲道：「小妹的確是蒲柳之姿，無法與郡王妃相比。蒙太后不棄，有意將她賜與寶郡王爺您為側妃，小妹也時常說，若能服侍您與郡王妃，是她前世修來的福氣。只是現在小妹已經死了，還請郡王爺您為小妹留兩分薄面，容楚王爺將事情原委屈直斷個清楚。臣女的母親沒有別的意思，只是想請郡王妃說明一下她的行蹤而已，畢竟也是最後與小妹有接觸的人，這個要求不算為難吧？」

她的要求放得如此之低，神情和語氣也極度謙卑，兼之眼中含淚的嬌弱樣兒，十分惹人愛憐，若不是她不顧忌賀七小姐的名譽，將太后欲指婚的事兒也拿出來，當成引誘人們懷疑俞筱晚的藉口，恐怕就連俞筱晚本人都會覺得她真的沒有故意往自己身上潑髒水——諸位瞧瞧，我妹妹賀七小姐已經被太后選中，要賜與寶郡王爺為側妃，這是大夥兒都知道的事兒，寶郡王妃又素來善妒，難道沒有理由除去小妹嗎？

君逸之怎會聽不出來，眸光一冷，就要發作，俞筱晚忙朝他使了個眼色。這傢伙的確不在意什麼名聲好壞，可是賀五小姐以退為進，他若是堅持不讓自己解釋行蹤，反倒顯得是刻意包庇，為何包庇，恐怕旁人都會往最壞的方面去想了。

楚王爺也忙出來打圓場道：「逸之，你少說兩句，讓我來問！」

君逸之只得閉了嘴，卻不坐，而是要拉著俞筱晚一塊坐，「父王，讓晚兒坐下回話吧，今日府中賓客多，她一直在忙。」

正扯鬧著，門外傳來太監尖細的唱駕聲，「皇上駕到。」

眾人忙起身迎駕，小皇帝穿著一身絳紫色緙絲五福獻瑞紋常服，背負雙手緩步踱了進來，身後跟著晉王妃、君之勉和定國公蘭夫人等人。

太后不由得微微蹙了蹙眉，因著楚王府中發生了命案，她已經吩咐下去，以她要休息為由，讓賓客們都散了，也讓魏公公同皇兒說，要他先擺駕回宮的，可是瞧這樣子，皇上定然是聽到了什麼風聲，被這幾人給攛掇著跑到後院裡來了。

小皇帝在正位上坐定後，便問太后道：「母后，到底發生了什麼事？」

這事兒牽涉到了楚王府的內宅，太后便看向楚太妃，示意楚太妃回答。

楚太妃簡要地介紹了一遍，東昌侯夫人立即撲通一聲跪下，悲憤地道：「還請皇上派人調查清楚，還臣婦的女兒一個公道！」說話之時，還扭著頭，眼睛狠狠地瞪向俞筱晚，那神情分明就是認定了，就是俞筱晚殺了她的女兒。

太后和攝政王妃等人都凝眉沉吟，楚太妃看著東昌侯夫人，暗哼了一聲，小皇帝聽完了前因後果，看了看俞筱晚，又看向東昌侯夫人，最後看向楚王爺道：「既然是楚王在此審問，朕還是旁聽便是。」

楚王爺忙起身一揖，先請陛下准許東昌侯夫人就坐，又朝俞筱晚淡淡地道：「晚兒，妳也坐下。」

俞筱晚蹲下身福了福道：「謝太后、謝陛下、謝父王。」站直身子的時候，卻忽地頭一暈眼一黑，直接往地上栽去。

君逸之正好就在她身邊，見狀駭得忙抱住她，低頭一瞧，只見嬌妻唇色淡白，眉峰微蹙，粉嫩嫩的小臉也沒了血色，並非佯裝昏迷，心中頓時大驚了起來。晚兒自習武之後，就一直沒再生過病，怎的忽然會暈倒？

太后和楚太妃等一干人等，都急忙問：「這是怎麼了？」

賀五小姐暗暗嘀咕了一句：「無法辯解就裝暈嗎？」

君之勉聽到了，回眸冷冷地掃了賀五小姐一眼，問道：「賀五小姐如何知道寶郡王妃是裝的？」

賀五小姐臉兒一紅，吶吶地不能成言。

君之勉冷冷地道：「凡事要講證據，所有禍端皆因妄言而起！」

賀五小姐更加羞愧，忙低聲應道：「世孫訓誡得極是。」

她心中憤恨不已，明明太后已經同晉王妃暗示過，要將她指給勉世孫為正妃，晉王妃也同意了，雖然還沒有下明旨，但是兩家都已經心知肚明。現在是她家的小妹無辜慘死，她剛才故意這樣嘀咕出聲，是為了加重旁人對俞筱晚的壞印象，難道勉世孫不應當幫她嗎？怎麼反倒指責起她來了？

可是她不敢反駁君之勉，就是表示憤慨都不敢，只暗暗攥緊了手中的帕子，恨不得揉碎了才好。

此時君逸之慌得耳邊只聽得到心跳的聲音，並未聽到賀五小姐和君之勉的對話，只大聲喚道：「太醫在哪？快傳太醫！」然後草草向太后和陛下施了一禮，稟明自己帶晚兒去一旁休息。

太后忙道：「快去吧，不必講究這些虛禮了。」

君逸之就不顧禮數，抱起晚兒往外跑，嘴裡還大聲道：「我就到西廂房，讓太醫來西廂房！」

賀五小姐的丫頭抬眸看著君逸之的身影消失，眼中露出一抹深思之色，悄悄拉了拉小姐的衣袖。賀五小姐極度不悅地回頭低斥道：「做什麼？」

丫頭忙左右看了看，見夫人注意自己這邊，才小聲道：「寶郡王妃的裙子不是早上時的那條。」

賀五小姐眸光一亮，仔細想了想，的確，早上的時候，她們幾個住在一個小院的小姐們還湊在一起議論了，寶郡王妃那條秋香色的百褶裙是今秋最時新的款式，而且用的是織金料子，名貴且華麗，眾人羨慕得不得了，可是剛才那條裙子，雖然也很漂亮很華麗，卻明顯不是早上穿的。雖說許多貴婦喜歡在宴會之中更換衣裙來顯擺家世身分，可是寶郡王妃一直忙裡忙外的，似乎沒這個時間才對。

無緣無故換什麼裙子？這可是個大疑點！賀五小姐的眸光深沉了起來。

之前太后就宣了太醫來查看賀七小姐屍身的，因此一傳便到，來的還是孟醫正，仔細扶了脈後，朝著一臉緊張的君逸之道：「寶郡王爺莫急，微臣有些問題要問一問寶郡王妃的丫頭。」

初雪、初雲忙上前一步，向孟醫正施了一禮。孟醫正轉眸看了屋內一圈，除了寶郡王爺和他之外，都是女眷，於是便問道：「王妃的月信通常是什麼時候來？」

兩個丫頭小臉一紅，尷尬地看向楚太妃，楚太妃卻聽得眼睛一亮，忙示意道：「孟醫正問妳們，妳們就回答。」

初雲這才紅著臉小聲道：「一般是月初的幾日，偶爾會往後推幾日。」

「那這個月呢？何時來的？」

初雪想了想，搖了搖頭道：「這個月還未來。」

這下連楚王妃的眼睛都亮了起來，責怪道：「妳們兩個丫頭是怎麼回事？二少夫人月信沒來，妳們也不來通稟一聲，若是體虛不調，也好請張方子調養調養！」說完充滿希望地看向孟醫正，那神情就是在說，快來反駁我吧，快說不是體虛不調吧！

孟醫正笑了笑，看了一眼不明所以的寶郡王，走向楚太妃和楚王妃，躬身稟道：「微臣覺得寶郡王妃這脈象像是滑脈，但是時日尚短，還不明顯，有時人若是太過操勞，也會有這樣的脈象。聽說今日府中宴客，瑣事都是由郡王妃打理的，所以微臣不能肯定，待十日後再來請脈，便可斷定了。」

楚太妃喜洋洋地道：「好好好，待十日後，老身再請孟醫正過府診脈！只是，你看寶郡王妃她現在要如何調養才好？」

孟醫正笑道：「有現成的方子，待微臣寫下，讓府中下人用五碗水煎成一碗，讓郡王妃服上兩劑就成了。郡王妃的身子極好，不需多服藥，平日裡多用食補為上。」

君逸之在一旁聽得一頭霧水，一面拿指腹輕輕推著晚兒的眉心，想讓她的眉頭舒展開來，一面問孟醫正道：「滑脈是什麼意思？郡王妃她怎麼到現在還不醒？要不要施針？」

楚太妃笑罵道：「動不動施什麼針？該怎麼做孟醫正自有主張！」

孟醫正向楚太妃稟報完，便朝君逸之笑道：「滑脈就是喜脈，郡王妃或許是因為久站……啊呀！」

話未說完，君逸之就猛地跳起來，兩隻大手跟鐵鉗似的扣住孟醫正的肩膀，睜大流光溢彩的鳳目問：「你、你說什麼？是喜脈？」

孟醫正吸了口涼氣，忍著痛道：「還不能斷定，待再過十日，微臣再來請脈，就能確定了。」

「好好好，過十日我再去請你！」君逸之樂得有點頭暈目眩，分不清東南西北的感覺，他忽然發覺孟醫正的神情不對，忙鬆開雙手，嘿嘿笑著撫了撫孟醫正的肩膀，「不痛吧？沒事吧？」

孟醫正苦笑著搖了搖頭，被初雪引著到桌邊開方。君逸之傻傻地朝老祖宗和母妃笑了幾聲，想好好地抱一抱晚兒，親一親晚兒，可是屋裡人太多，實在不便，又忽而想到她至今未醒，忙又幾步竄到孟醫正的身邊，抓耳撓腮地看著他開方子，好不容易等孟醫正擱下筆，就急猴般的問道：「晚兒她怎麼還不醒，是不是有什麼問題？」

孟醫正笑道：「沒有什麼問題。」

「沒問題怎麼不醒？」

「好了，逸之你過來，別妨礙孟醫正交代丫頭煎藥！」楚太妃笑斥了一聲，招手讓孫兒過來，拉著他的手道：「晚兒應當是累了，讓她歇一歇。」

隨即又想到，午膳時晚兒一直在盯著下人們上菜布菜，恐怕沒吃什麼，忙又吩咐陳嬤嬤道：「快去吩咐廚房，做些清淡好消化的粥和小菜過來，讓人到後頭抱廈裡升幾個紅泥小爐，將粥和菜都溫著，待郡王妃醒來了，及時給送過來。」

陳嬤嬤亦是喜氣洋洋地大聲應了，腳步生風地出去辦差。

楚太妃又將初雲叫過來，問她最近二少夫人有什麼不同之處，有沒有嗜睡、貪酸、極累之類的狀況。初雲仔細地想了想，老實地道：「都有些，以往晌午只睡兩刻鐘，現在要睡上三刻鐘，還時常叫不醒。」

楚王妃立時怒道：「她想睡就讓她睡，妳們硬要叫醒她做什麼？」

初雲忙解釋道：「回王妃的話，因為今日辦宴，許多事都要二少夫人處置，管事嬤嬤們過來請示，奴婢們不敢不叫醒二少夫人……而且，到了下晌，上午辦好的差事，二少夫人也要稟報給您知曉。」

楚王妃老臉一紅，這都是因為她想攬權又不想管事，將事兒都分派給俞筱晚去辦，又要俞筱晚及時詳細地一條一條稟報給她，好讓她隨時掌握最新狀況。

楚太妃淡淡地瞟了兒媳婦一眼，沒有就此發表什麼意見，只是吩咐初雲道：「從今日起，不要再叫二少夫人了，她想睡多久就睡多久，早晨亦是一樣。早晚請安看她的身子來，若是不舒服，就不必來了。」說著拍了拍孫兒的手道：「要當父親的人了，可要疼著媳婦一點。」

「孫兒知道了。」君逸之十分聽話，因為他現在還處在傻笑和分不清東南西北的狀態，旁人說什麼，他就應什麼。

雖然孟醫正說還不能確定，但是一家人都信心十足地肯定，晚兒一定是有喜了，這可是楚王府中的第一個曾孫，自然金貴得不得了。就連平常總覺得晚兒不夠資格當自己媳婦的楚王妃，都看她順眼了許多，跟著楚太妃的身後，又吩咐了初雲一大串，末了覺得一個小丫頭片子不頂事，又將蔡嬤嬤和趙嬤嬤喚了過來，重複叮囑了幾遍。

楚王府的人在這廂房裡歡樂夠了，才想起來太后和陛下還被她們撂在偏廳裡呢，還有一樁凶案要解決，忙又呼啦啦地去了偏廳，先向太后和陛下請罪。

太后和陛下已經從孟醫正的嘴裡聽說了，自然不會怪罪，還要恭喜一番，當場賞賜了許多綢緞和名貴藥材、補品。楚王爺也是樂得兩眼彎彎，只是苦主東昌侯夫人和賀五小姐還在場，他不方便樂出聲來而已。

君逸之原是想在廂房裡陪著晚兒的，忽然一想，若是自己不在，還不知道賀五那個女人會怎麼編派晚兒，於是決定去偏廳，接著叫來從安、平安守在廂房外，又讓幾個丫頭好生服侍著，有事立即讓從安或平安過來通知自己，這才放心離開。

進了偏廳，正聽到君之勉道：「雖說當時無旁人在場，可是就由此來推斷寶郡王妃有可疑，也略荒唐了一點。她畢竟是高貴的郡王妃，就算是善妒，指婚的懿旨一日沒下，賀七小姐就一日不是寶郡王的側妃，她實在沒理由在自己的家中對賀七小姐下手，這不是擺明了是她幹的嗎？就算她想殺人，她當時也不過就是與自己的丫頭兩個人而已，賀七小姐身邊也有丫頭，不也是兩個人嗎？不可能一下子將人殺死，而不鬧出一點動靜吧？」

東昌侯夫人嗆聲道：「當時那麼大的客院裡，只有我家七兒和她們主僕四個人，客人們和下人們都在春暉院這邊，隔得有多遠，不用我說了，就是吵得天翻地覆，也不會有人聽見的吧？」

蘭夫人卻接著這話道：「賀夫人，我瞧著寶郡王妃是個嬌滴滴的小姑娘，若說她刻意尋著時機剷除情敵，我也不相信。不過呢，不刻意殺人，不見得不會失手殺人。今日上午在這正廳外發生的事兒，咱們都是瞧在眼裡的，雖然死者為大，可我還是要說一聲，這事是賀七小姐的不是，所以寶郡王妃的心中，恐怕會有意見，也肯定十分生氣。或許她原本只是想去教導賀七小姐幾句，可是賀七小姐不服，兩人由爭吵到推搡，一時失手，也是有可能的。」

君逸之冷笑道：「說得好像舅祖母親眼所見似的。」

蘭夫人正說得唾沫橫飛，冷不丁被君逸之挖苦了一下，不自禁地打了個嗝，聲響之大，令蘭夫人頓時羞紅了一張老臉。

君逸之不再理蘭夫人，朝上位的太后和陛下施了一禮，坐回自己的位置上，問父王審得如何了。

君之勉代為答道：「可以確定賀七小姐是因額角撞在桌角上，失血過多而亡，只是，自吳嬤嬤勸了賀七小姐，離開之後，就只有弟妹與賀七小姐接觸過。雖然我們都相信此事與弟妹無關，但是一般審案之時，遇到這樣的情形，都得請弟妹想辦法證實一下自己才好。」

繞來繞去，就是要俞筱晚自己拿出證據，證明與自己無關。至少要有人證明她離開的時候，賀七小姐還是活蹦亂跳的。

君逸之蹙了蹙眉，這個要求的確是不過分，就是到了公堂之上，也是這樣審問的，必須排除一切疑點。可是當時並沒有人，若不然，怎麼會發生這種事？以晚兒的武功，斷不會讓人在自己眼前殺人的，可是現在連晚兒會武功的事都必須要瞞著，否則還不等於是坐實了這個罪名。

他抬眸看了君之勉一眼，堂兄明明知道晚兒會武功，還這樣幫襯著，不知能幫襯多少？

他想了想，便道：「現在晚兒身體不適，需要休息，不如等她醒來之後再問吧。」

太后點了點頭道：「應當如此，她現在可不能動氣，讓她好好休息吧。陛下，您看，咱們母子是在這裡蹭晚膳呢，還是就此擺駕回宮？」

小皇帝笑道：「那就留下用晚膳吧，畢竟一個是咱們的親戚，一個是肱股大臣，不能偏頗了誰去。」

有了陛下的這句話，眾人便都留在楚王府安心等待。好在俞筱晚只是一時頭暈，並沒昏迷多久就醒了過來，還是初雪和初雲壓著她多躺了一會兒，才服侍著她起身，整理好衣鬢，到偏廳來請罪。

太后見俞筱晚要福禮，忙笑道：「免了免了，快坐吧，妳也不是故意要暈倒，何罪之有？」

又寒暄了幾句，楚王爺才問道：「晚兒，還得妳仔細想一想，有沒有人能證明，妳離開客院的時候，賀七小姐還是好好的？」

俞筱晚很肯定地搖頭道：「晚兒只在窗外聽到賀七小姐的丫頭在勸她，她也想通了，又兼宴會時辰要到了，晚兒還有事要忙，便沒進去，只吩咐了人打熱水給賀七小姐梳洗。對了，賀七小姐的丫頭不知找到了沒有，或許問她會知道些事兒。」

楚王爺道：「還在找。」

楚王爺的話音剛落，賀五小姐就問道：「不知寶郡王妃為何要中途換裙子？」

賀五小姐的問題，猶如一塊小石子投入了平靜的湖面，太后、皇上、楚王爺和楚太妃等人都露出了驚訝的神色。蘭夫人和東昌侯夫人看向俞筱晚的眼神，更是赤裸裸地寫著「果然是她」幾個字。

俞筱晚不慌不忙地笑道：「是一個送飯食的婆子將賀七小姐要的紫米粥不小心灑到我的裙子上了，我便去換了一條。」

賀五小姐又微笑著追問道：「原來如此，只是為何之前寶郡王妃您沒提及此事呢？」

俞筱晚回答道：「之前父王只問我與賀七小姐接觸時的事兒，這是出了客院的事，我一時沒想起來要說。」

蘭夫人冷冷地道：「話不是這麼說，那時候妳的丫頭去二門叫馬車，妳一人在客院門口，正是嫌疑十足的時候，本就當說的，妳現在說有人潑了湯水在妳的裙子上，隔了這麼一會兒，我說得難聽一點，妳讓下人們去安排一個證人，時間也是足夠了。」

賀五小姐見話有人說了，便垂眸不語了。

俞筱晚怔了怔，她真是一時忘了，而且那時她就有些頭暈眼花的了，腦子裡糊塗得很，一點小事，哪裡記得這麼多？

見蘭夫人和東昌侯夫人都質疑晚兒，君逸之心下不耐，挑高了眉道：「晚兒本只是養在深閨的千金小姐，單純善良，哪裡像舅祖母您這般懂得這麼多彎彎繞繞、陰謀陽謀？難道現在說不成嗎？早說晚說，只要是真話不就完了？」

蘭夫人被君逸之噎得胸口疼痛，什麼叫晚兒單純善良，不像她，她怎麼了？她是關心逸之，一片好心！

蘭夫人忍著氣，以長輩的口吻教導道：「逸之，我知道你心疼媳婦，可是你得知道，嫉妒的女人是很可怕的。」

君逸之冷哼一聲，「不必舅祖母提醒，逸之知道嫉妒的女人很可怕，只是內人無須嫉妒，因為她沒有這個必要！我再說一遍，求娶內人之時，我就當著太后和晉王妃、勉堂兄、曹家長輩的面允諾了內人，此生絕不娶側妃庶妃！男子漢大丈夫，一言九鼎，內人完全沒必要為此殺人，因為不論是誰家的千金，都不可能成為我的側妃，誰來做媒都是一樣！」

蘭夫人被噎得一怔，扭頭去看太后，太后的臉皮也有些掛不住，好在逸之並沒有直接說出她的尊號來，她就乾脆當作沒聽懂。

楚王爺怕兒子又嗆起來，忙道：「如此，晚兒，妳且說說，那個婆子叫什麼，讓人去捉了來問便是。」

俞筱晚回道：「媳婦不知她叫什麼，想來去廚房問一問就知道了，今日是誰送紫米粥去客院的。」

君逸之在一旁補充道：「晚兒，妳那條裙子放在哪裡了，讓初雲去取了來。」

初雲就站在俞筱晚的身後，聞言忙道：「二少爺，紫米粥的汁很難洗去，必須趁汁水還未乾的時候用力搓洗，因此二少夫人將裙子換下來後，奴婢就安排了豐兒將裙子送去洗衣房了。」

蘭夫人冷笑一聲，「這麼說只有那個婆子可以證明了，那就麻煩楚王爺快些使人傳了婆子過來詢問吧。雖說到了這時候，寶郡王妃說裙子沾上了什麼就是什麼，可是總也要問一問才好。」

這話裡的意思，好像那條裙子上沾的不是粥水，而且是血跡似的。

蘭夫人的話諷刺意味十分明顯，可是俞筱晚卻沒有反駁，而是裝作柔弱地閉了閉眼睛，君逸之立即關切地扶住她的腰問：「是不是不舒服？」

俞筱晚咬著下唇，遲疑地、為難地搖了搖頭。君逸之大急，低低地聲音道：「不舒服就讓丫頭們搬張榻來，支起屏風擋一下便是了。」

偏廳只有這麼大，兩人這般說話，太后等人自然都聽見了，畢竟俞筱晚如今是疑似有喜的人，不能出任何意外，眾人忙紛紛表示關心，支使著丫頭婆子們搬了張美人榻出來，安放在靠牆的一角，又支起了屏風。

君逸之扶著晚兒過去，輕手輕腳地扶她躺下，俞筱晚用力握住他的手，長長的睫毛連眨了幾眨，君逸之忙用傳音入密問道：「怎麼了？」

俞筱晚用手指在他手心裡迅速地寫著：我怕那個婆子可能不見了。

她忽然有種不好的預感，總覺得事情只怕要糟糕，因為之前吳嬤嬤交口供的時候，也並沒說過賀七小姐要吃粥的事兒，只說賀七小姐吵著要離開，要離開的人怎麼會點紫米粥？若是沒有人點紫米粥，那麼那個婆子就是特意守在那兒，讓她去換裙子的，她居然沒有想到這一層……希望只是她杞人憂天吧！

君逸之只略微一想，便明白了她的意思，這事兒的確是太過巧合了一點，按件作驗屍的結果，賀七小姐大約是午時初刻身亡的，而晚兒也大約是在那個時候回到春暉院，偏巧又在路上換了裙子，裙子已經洗了。若是連婆子都找不到，就似乎證實了蘭夫人的話，裙子上有血跡……

他的眸光沉了沉，隨即笑著安慰晚兒道：「妳好好躺著，一會兒再問話，我來幫妳回話便是了。放心，一切有我呢。冷不冷？我去取件斗篷給妳蓋著。」

說著便走到門口，吩咐外面的丫頭們取件斗篷過來，並迅速地朝外面的從安打了幾個手勢。從安便趁無人注意，悄悄退到人群之外，再飛速地走了出去。

君逸之回到偏廳之內，只守著晚兒，握著她的手，輕言細語地安慰她，「沒事的，就算是旁人布的局，總有線索可查。」

俞筱晚這時也鎮定了下來，她怎麼說也是錄入皇家玉牒的寶郡王妃，就算所有的事情都對她不利，可是沒有直接的證據，官府就不能拿她怎麼樣。何況楚太妃和楚王爺、逸之都會幫她開脫，只要有了時間，就有辦法查出真相來。

比如說那紫米粥，當時她會相信那名婆子的話，是因為沾到裙子上的，的確是紫米粥的湯汁。紫米十分珍貴，每年的產量都有限，王府裡也不是隨時隨地就能吃上，要吃也要先跟廚房打個招呼。今日是宴客，賀七小姐若是想吃，廚房的確是會幫她做，但這樣至少去廚房問話就應該有相應的記錄，若是找不到那名婆子，正可以證明她是被人設計陷害的。

若是大廚房沒有做紫米粥，王府還有三處院子有小廚房，分別是老祖宗的春暉院、王爺居住的正院和楚王妃的春景院，只是這幾人不會來冤枉她，那麼就有可能是在小茶房裡熬的了。每個院子都有小茶房，燒水用的紅泥火爐也能熬湯。俞筱晚沉吟了一下，這樣雖然不好查，但也不是完全沒有辦法，比如說，府裡的紫米是有定數的，哪些院子單獨領過，若是對方為了不露痕跡，去外面買紫米，也可以從丫頭們的嘴裡問出話來。畢竟紫米粥熬製的時候很香，茶水房又是多數丫頭能出入的地方。

俞筱晚相信，事情只要是人做的，總會有疏漏的地方，只要沉下心來慢慢調查，就一定能找到蛛絲馬跡。

沒過多久，去傳話的侍衛便回來了，向楚王爺稟報道：「回王爺，卑職問過廚房所有的廚娘，今日並未有人點紫米粥，更無人送粥去客院。」

蘭夫人的臉上瞬間露出一抹「我就知道會這樣」的笑容來，然後看向楚王爺，想看他到底會怎麼處置他那個說謊的兒媳婦。

楚王爺沉吟了一下，轉頭問楚太妃道：「母妃，您看此事……」

東昌侯夫人急急地插嘴道：「七兒根本就沒有點紫米粥，可見這是謊言！」

楚太妃淡淡地道：「若是晚兒要開脫自己，她自然不可能說個圓不了的謊言，事發到現在也有一個多時辰了，足夠她買通一個廚房的婆子來作證了。這倒是正可以證明，晚兒是被人設計了。」

維護的意思十分明顯。

東昌侯夫人心中不滿，卻也無從辯駁，只好閉了嘴。

楚王爺忙道：「兒子也是這個意思，那麼廚房這邊……」

楚太妃道：「廚房這邊繼續查，只是暫時無法證明晚兒的話而已，咱們還可以問一問那個送裙子的丫頭，還有洗衣房裡的丫頭，她們總看見了裙子上的汙跡。」

楚王爺忙道：「母妃所言極是。」又打發侍衛去這兩處提人。

不多時，傳喚豐兒的侍衛帶著豐兒來了，豐兒素來口齒伶俐，面對屋內這麼多的大人物，一點也不慌張，聲音輕脆地回話，「今日近午時初刻的時候，初雲姊姊陪著二少夫人回了院子，將換下的褲子交給奴婢，讓奴婢立即送去洗衣房，還將汙跡之處指給奴婢看。奴婢見是紫米粥的汁水，怕汁水乾涸之後無法清洗，毀了那麼珍貴的裙子，便自作主張，取了些清水沾濕了那塊汙漬，這才送到洗衣房。當時洗衣房裡只有小柳和雀兒兩位姊姊，奴婢親手將裙子交給了兩位姊姊，還將汙漬指給了兩位姊姊看了，囑咐她們仔細清洗，一定要將汙漬去除，又不可將衣料洗壞。」

蘭夫人和東昌侯夫人盯著豐兒的臉看，不曾錯過她的每一個表情，直到確信她沒有說謊，這才在心裡暗哼了聲。

不多時，去洗衣房的侍衛也回來了，只帶回了雀兒，小柳請假回家了。雀兒卻不像豐兒那般篤定，只是道：「豐兒姑娘的確指了裙子上的汙漬給奴婢看，說是什麼的湯水，奴婢也不認得，只知是紅色的一塊，暈開了一大片，旁邊的顏色淺一些，應當好洗，便應承下來立即清洗乾淨。」

東昌侯夫人眼睛一亮追問道：「那依妳說，是什麼汙漬？」

雀兒輕聲道：「奴婢只是個粗使丫頭，哪裡看得出是什麼汙漬，只知是紅色的，奴婢洗了許久，邊緣還有些紅痕，又怕洗壞了料子，就先放在一旁，想多泡泡水再洗，哪知……等奴婢洗完別的衣衫之後再去看時，裙子已經不見了。嗚嗚嗚……奴婢就是知道那條裙子珍貴，這才單獨泡在一個桶子裡，還特意放在房內的。」說著眼紅紅的哭了起來。

君逸之和俞筱晚在屏風後聽見，無奈地相視一笑，真是驚天大逆轉，洗衣的小丫頭不能證明那是紫米粥，只憑豐兒的話肯定是不行的。豐兒是俞筱晚的陪嫁丫頭，自然是向著她說話的，口供不足採信。現在裙子還不見了，想憑沒清洗乾淨的汙漬來證明她的話，也不可能了。

楚太妃自然也想到了這一點，怒道：「王府裡出了兇手，還出了賊不成？立即差人搜，怎麼也要將那條裙子搜出來！」

楚王爺忙連聲應下，立即喚來齊正山和岳勝二人，要他們各帶一組人馬，到洗衣房和夢海閣兩處進行搜索。

太后一直沒有發言，坐在一邊旁聽，此時才輕聲問道：「王府的人手足夠嗎？若是不足，就讓隨行的侍衛也幫幫忙吧，多搜幾處，不要光是著眼於洗衣房和夢海閣。」

楚王爺忙連聲道謝，楚太妃也沒有異議，難道你還能不讓太后和皇上帶來的侍衛幫忙嗎？你連太后和陛下都不信任嗎？

既然楚太妃和楚王爺都同意了，太后便將隨行的正副侍衛官喚了進來，吩咐道：「你們將手中的人馬分成四組，兩組多一點的，由你們兩人帶著搜夢海閣和洗衣房兩處，另兩組少一點，交給齊總領和岳副領二人帶領，去搜索別的院子。搜夢海閣和洗衣房的這兩組，王府就派一人領路便可。」

太后頓了頓，解釋道：「這是防止王府中的侍衛被人收買，明明有物也說無物，或者明明沒有，卻栽贓給寶郡王妃。畢竟，現在寶郡王妃還是有些嫌疑的。」

楚太妃和楚王爺都同意了，並表示了感謝，而屏風後的君逸之和俞筱晚卻相互望了一眼，心底裡敞亮敞亮的，太后這是想到夢海閣搜那本金剛經呢！

俞筱晚心中一動，在君逸之的掌心裡寫下：會不會是太后？

她越想越有這種可能，會不會是太后布的局？否則為何太后今日會忽然想著駕臨王府？好吧，楚太妃是太后的姊姊，太后想到王府來做客十分正常，可是偏偏她一來，王府裡就發生了命案，實在是太巧了。而更巧的事，別的事都能環環套上，偏偏那條被湯水汙了的裙子，已經證實從頭到尾是被設計的。就算賀五小姐不提出來換裙子的問題，想必也會有旁人將此事提出來，只要那條裙子不翼而飛了，太后就有藉口派人搜查夢海閣，王府上下還得感恩戴德。

君逸之沉默著不說話，他也在仔細地思索著，不過他的觀點與晚兒有些不同，太后今日來，定然是打了金剛經的主意，可是卻不一定是她指使他人謀殺賀七小姐，因為實在是沒有必要，而且這樣的動靜未免太大了，萬一哪個環節失誤，就會讓太后名譽受損。雖然就算是太后親手殺了賀七小姐，也沒哪個敢讓太后給賀七小姐賠命，可是到底是不光彩，連帶著太后想干政，也會被朝臣們詬病，對太后來說，這是得不償失的。

太后想要金剛經，只需尋個藉口到夢海閣小坐一下，按照安全慣例，她的近衛們和太監們就得先去夢海閣搜索布置一番，將夢海閣的閒雜人等都隔離開來，只要派幾個高手過去，照樣可以搜查到金剛經，完全不必要動殺人的主意。

若說是為了他的正妃之位要除掉晚兒，就更說不過去了，她親自挑選的側妃他都不願接受，太后哪能那麼篤定她挑的正妃他會接受？

只不過，賀七小姐的死，一定是有人想嫁禍給晚兒，可是到底是誰，目的又是什麼，實在是讓人摸不著頭腦。

只是坐以待斃不是君逸之的性格，他安撫了晚兒幾句，便轉出了屏風，向太后承情道：「讓逸之帶譚大人搜查夢海閣吧。」

楚太妃立時笑著向太后道：「正是，夢海閣是逸之的居處，裡面最是熟悉，給宮中的侍衛帶路正合適。」

太后便笑道：「好。」

侍衛們分組完畢，由各自的頭帶著去搜查各處，大約過了近一個時辰，才逐一回來回報道：「卑職沒有搜查到。」

直到最後一組人馬回來，才帶回了一個好消息，領頭的正是齊正山，手裡捧著一條被泥水汙了的秋香色裙子，稟道：「卑職在一條下水溝裡搜到了這條裙子，還請這位丫頭姊姊來認一認，是否為二少夫人所有。」

裙子是從臭水溝裡撈出來的，臭不可聞，初雲忙上前辨認，細細看了看，點頭道：「正是這條。」

齊正山見各位高貴的主子們都露出了忍無可忍之色，心將裙子拿到走廊上，請來仵作驗證裙子上的汙漬。初雲在一旁提示，紫米粥的汁水是靠裙襬的地方，仵作忍著臭氣翻了半晌，終於打到那一點沒有洗淨的淡紅色汙漬，仔細辨認了一番，回稟道：「稟太后、陛下，卑職可以確認，裙襬上的是湯水痕跡，不是血跡。」

君逸之終於鬆了一口氣，楚太妃、楚王爺和楚王妃也都露出了輕鬆的神情。蘭夫人撇了撇嘴，似乎對這結論十分失望，她真是希望楚王府出個殺人兇犯呢。

東昌侯夫人似乎十分不能接受這個結論，不由得尖聲的道：「可是，七兒是朝前撲倒在桌角上的，對方如果是從背後發力，的確是不會將血跡濺到裙襬上的啊！」

君逸之眸光一沉，冷聲道：「東昌侯夫人似乎十分希望是內人殺了令千金啊，不知侯夫人此舉有何目的，替真正的兇手掩飾嗎？」

東昌侯夫人一怔，被君逸之忽然散發出來的霸氣鎮住，真沒想到這個時時刻刻掛著一臉壞笑的美男子，發作起來這般強硬威嚴，有著一種無法言喻的壓迫力。她沉默了半晌，吶吶地道：「臣妾怎麼會為兇手掩飾？」

君逸之態度強硬地道：「既然不想放過真正的兇手，就不要總是纏著內人不放！唯一能讓內人與此事有關的，就是裙襬上的汙漬，現在已經證實是湯水，不是血跡，說明內人也是被人設計了，為的就是轉移眾人的注意力，讓妳們以為內人因妒恨而殺了賀七小姐，她才好逍遙法外！」

君琰之立即接著這話道：「舍弟之言十分有理，還請東昌侯夫人稍安勿躁。本世子在此承諾夫人，五日之內，一定幫夫人查出誰是兇手，以慰賀七小姐在天之靈。」

楚王爺摸著鬍子道：「如此也好，我就將府中的侍衛都交與琰之你來調配。」

君之勉這會兒才開口道：「若是有需要幫忙之處，請琰堂兄只管來找之勉，雖然之勉只掌管著南城，但是另外四城的指揮史也與之勉有些交情，若要在城中搜查，必定能幫得上一二。」

君琰之淡淡一笑，「如此，愚兄先多謝勉堂弟了。」

既然他們已經商定了，東昌侯夫人便不好再說什麼，只反覆追問：「五日之內真的可以找到兇手嗎？」

君琰之篤定地笑道：「自然，本世子既然打了包票，就一定要辦到，還請侯夫人寬心。」

談妥之後，太后和陛下在楚王府用過晚膳，便擺駕回宮了。東昌侯夫人本要將五姑娘帶走，卻被君琰之笑著留下，「可能還有些事需要賀五小姐相助，只得委屈賀五小姐多住幾日。」

東昌侯夫人無奈，只得自己走了。

待送走了客人們，楚太妃問君琰之為何要留下賀五小姐，君琰之笑道：「孫兒也不知，是逸之要孫兒這樣說的。」說著朝弟弟微微一笑。因為君逸之是個紈褲子弟，自然不能說出五日之內查明真相這樣的話都是逸之的意思，只是借了他的嘴說出來而已，到底要如何查，想必逸之已經有了主張。

君逸之只是笑道：「孫兒也不知，是晚兒的意思。」

蔡嬤嬤和趙嬤嬤帶著夢海閣的一眾丫頭婆子們，都站在夢海閣的二進正院的大門處，等著迎接二少夫人回來。

俞筱晚扶著初雲的手下了小轎，蔡嬤嬤和趙嬤嬤立即迎了上來，從初雲手中扶過二少夫人，小聲叮囑：「二少夫人小心腳下。」又一疊聲吩咐丫頭婆子們挑門簾、沏茶、拿軟靠枕、將竹榻墊厚一點。

俞筱晚不由得失笑道：「這是做什麼？怪嚇人的！」

趙嬤嬤薄責道：「您如今可不同往日了，不能再貪涼坐竹榻、木凳，所有的凳子椅子都得墊上軟墊，不能硌著了。以後若是要走路，一定要有丫頭在一旁扶著您，不能自己亂走亂跑。」

俞筱晚聽得萬分無奈，低低地喚了一聲：「嬤嬤，這還沒確定呢！」

蔡嬤嬤幫腔道：「雖然沒確定，可還是要謹慎些才好，小心駛得萬年船！頭三個月是最不穩的，若是等確定的時候，您發覺身子不舒服，可是沒地兒給您買後悔藥去！」

俞筱晚只得任由她們倆亦步亦趨地扶著自己進了上房外間，守護神似的立在自己身旁，什麼事兒都要叨念上幾句，就是手抬高了一點，也有話要說，什麼頭三個月抬手過頭會滑胎啦……

俞筱晚的耳朵都簡直快被兩位嬤嬤給念出繭來了，蔡嬤嬤到底是君逸之的乳娘，又是一片好心，她不便說蔡嬤嬤，只好跟趙嬤嬤撒嬌道：「嬤嬤，您這樣管東管西的，什麼都緊張，弄得我也很緊張，沒病都會嚇出病來的。」

趙嬤嬤聽著這話有道理，心裡就猶豫了起來。蔡嬤嬤也聽出了二少夫人的意思，恐怕是覺得她們太煩了，只好暫且退了出去。

趙嬤嬤見蔡嬤嬤出去了，便輕咳了一聲，吩咐道：「初雲、初雪，妳們差了良辰和嬌蕊、嬌蘭去外院看看，若是二少爺回來了，就立即回來通報。」然後又指使著幾個二等丫頭去燒熱水、熬燕窩粥。

俞筱晚不明所以地看著趙嬤嬤將人都支使了出去，小聲問：「嬤嬤，您有什麼事兒？」

趙嬤嬤待人都走了出去，才附耳輕聲道：「二少夫人要給誰開臉，心裡有成算了沒？」

冷不丁地提到這件事，俞筱晚不由得心情一沉，咬著下唇沒說話。趙嬤嬤瞧見主子的神情，就知道她完全就沒想起過這回事，不由得著急地道：「二少夫人，這可不是能拖延的事兒！嬤嬤是有經驗的人，看得出來，您這回肯定是有了，這是大喜事兒，可是也是您的一道坎！」

俞筱晚抬眸瞧著趙嬤嬤，有些氣悶地問：「為什麼一定要有通房丫頭？爹爹不就沒有嗎？」

趙嬤嬤氣哼哼地道：「老爺是有的！不過那是成親前的事了，夫人嫁過來後，老爺就再沒去過那個通房的房裡，後來便配給了外莊子上的管事了！不過，郡王爺跟老爺可不一樣，老太爺老夫人都過世了，夫人上頭沒有公婆管著，什麼事兒哄好了老爺就成了，可是您上頭除了公爹婆婆，還有一位太婆婆呢！」

「老太妃雖然是疼著您，可是更疼自個兒的孫子！寶郡王爺才多大？正是血氣方剛的年紀，太妃定然不會看著他苦熬十個月，王妃就更不必說了！若是您自己挑個得力又忠心的丫頭，日後若是不想抬為姨娘，還能打發到外面配個管事，給她備份體面的嫁妝便是，若是您自個兒不上心，讓太妃或是王妃指了人來，長輩賜的，就算是通房丫頭，那可也跟姨娘沒有多少區別了，更別提打發出去配人了，您往後的日子不都得面對她，這難道不糟心嗎？」

俞筱晚的眸光暗了暗，心頭跟堵了塊鉛似的，沉甸甸的，還微微發苦。趙嬤嬤見她不言語，絕麗的小臉上布滿憂傷，忙摟著俞筱晚，心疼地道：「嬤嬤知道您心裡苦，可是這有什麼辦法，咱們女人就是比男人命苦啊！嬤嬤也知道郡王爺答應過您什麼，可是您聽嬤嬤一句勸，男人心裡頭愛著您的時候，就是天上的星星也願意為您摘下來。您為了他懷了身子，他必定心疼您，一開始或許會依著自己的誓言，不要通房不要妾室，可是日子久了呢？他能不能忍得住？」

俞筱晚遲疑了一下，一想到每晚逸之都會纏著她，不耗盡她最後一絲力氣就不黑體的勁兒，心裡真的沒了底，不由得用力咬住下唇。

趙嬤嬤低頭瞧了瞧俞筱晚的表情，以為已經被自己說動了，又繼續道：「其實，這事兒您不必急著自己拿主意，嬤嬤覺得，您可以跟寶郡王爺商量一下，再定下人選。郡王爺心疼您，會為您著想的。從初雪和初雲中挑一個出來，總比嬌蕊、嬌蘭要好，那兩個丫頭不是本分人。」

俞筱晚將臉埋進趙嬤嬤的懷裡，悶悶地應了一聲。雖然她極度不願，可是她也知道嬤嬤說的是實情。老祖宗和母妃必定都捨不得讓君逸之空置差不多一整年，醫書上也說，男人過慾或是禁慾，對身體都不好，況且通房畢竟不是側妃，恐怕連君逸之都沒有拒絕的意思。

她也知道，與其讓老祖宗和母妃賜人過來，不如自己提拔一個，還能爭個賢慧的名聲。可是，只要一想到會有別的女人，像她那樣靠在君逸之的懷裡，她的心就疼得喘不過氣來。

趙嬤嬤只能摟著她無聲地嘆息，想了想，方勸道：「您也不必過慮了，通房不過是讓男人發洩一下的活物而已，在男人看來，不算什麼事兒。郡王爺的心在您身上，誰也搶不去，待您生育了嫡子，出了月子，郡王爺必定還是像如今這般守著您。」

可惜這番話無法安慰俞筱晚，反倒讓她的心情更加鬱悶了。

好不容易盼著君逸之回來了，俞筱晚原還想先讓他幫自己說幾句話，讓蔡嬤嬤不要這般緊張地管著她，哪知蔡嬤嬤在外院就將君逸之給攔了下來，嘀咕了一大串的注意事項，直接導致君逸之一回來，就擔當起兩位嬤嬤的念叨之責，開始管著不讓俞筱晚在燈下看書，「……孕婦不要太勞累，對眼睛不好，寶寶也要休息，時辰不早了，咱們安置吧。」

俞筱晚瞪了他一眼，「什麼孕婦孕婦的，孟醫正都說了不確定，你現在就這樣說……明明知道母妃盯這事兒盯得緊，若是萬一不是，我以後拿什麼臉面去見母妃？」

君逸之嘿嘿笑了幾聲，忙擠到嬌妻身邊坐下，將她摟進自己懷裡，大手撫著她的腹部道：「不是就不是，我去給母妃解釋好了！不過我覺得肯定是有喜了，嘿嘿，也不想想，妳相公我多英俊神武！」

俞筱晚好笑地瞟了他一眼，「神武暫且不說，這關英俊什麼事了？」

君逸之得意地笑道：「就衝妳相公我生得這般俊，老天爺也不好意思讓我絕後嘛！」

「少臭美！」俞筱晚啐了他一口，抬眸看著他俊美無雙的面容，這個男人生得這般的好容顏，又是尊貴的郡王，難怪那麼多女人連側妃都要搶著做。她忽然心頭一陣煩躁，冷著小臉，將目光瞥了開去。

君逸之感覺莫名其妙，親了親她的小臉問：「怎麼了？妳擔心沒有懷孕是嗎？這沒什麼啦，沒有就沒有，咱們以後多多努力就是了！嗯，……好吧，我去跟蔡嬤嬤說，要她別這麼緊張了，害妳跟著擔驚受怕的！」

俞筱晚聽著他略帶討好的話語，心裡不由得微嘆，也知道自己剛才那脾氣發得有點莫名其妙，君逸之什麼話都還沒有說不是，可是要她開口，又似乎很難，還是拖上幾日吧，反正還要過十日，才能確定她是不是有了身子，就是母妃，也不至於這麼急著就往逸之的屋裡塞人……於是俞筱晚拉著他的衣袖撒嬌，「唉，不提這個了，人家現在還不想睡嘛，先說說話好不好？你且說說，你剛才跟大哥談了這麼久，有什麼進展沒有？」

君逸之低頭仔細看了看俞筱晚的小臉，見她又恢復了笑靨如花的嬌俏模樣兒，才暗暗放下了心，順著她的問題回答道：「招了府中的侍衛們詢問了一下。賀七小姐的丫頭，叫問棋的，晌午之前遞了牌子出府了。現在父王已經差人畫了她的像，知會了順天府尹，讓他在全城搜索。城門處也懸了通緝令，只要人還活著，應當就能找到，若是死了，也要見到屍首才行。」

問棋是最後陪著賀七小姐的人，應當會知道許多事，是必須要找到的人。

俞筱晚忙問道：「你們有沒有問一問賀五小姐或是她的丫頭，這個問棋是不是東昌侯府的家生子？她家還有些什麼人、住在哪裡，這樣才好找呀！」

君逸之笑道：「自然問了，這個妳只管放心。齊正山辦事能力還不錯，比較仔細，交給他辦一定沒問題。咱們只是要想一想，賀七小姐到底怎麼會死。對了，大哥說，他想請人再來驗一次屍。」他想了想，繼續道：「妳懷疑是太后，我總覺得太后沒這個理由去害一個侯府小姐，又不是什麼大人物。」

俞筱晚道：「之前也沒有懷疑的，只是太后似乎對金剛經勢在必得的樣子，我才想著，會不會就是為了找個搜屋的藉口？你也說賀七小姐不是什麼大人物，對太后來說，弄死了也就死了，不會有什麼麻煩。當然，只是懷疑而已，畢竟，若是太后有備而來，就不會有這麼多的疏漏之處。」

君逸之看著俞筱晚，鼓勵她繼續說下去，俞筱晚便順著自己的思路道：「首先就是那碗粥，其實明明可以用果子汁的，既會染色，又是隨處都有的東西，查也無從查起，哪家院子裡的丫頭都可以榨幾杯出來。紫米粥就金貴得多了，紫米領用，府中也有記錄，而且裙子都已經被偷走了，卻丟在水溝裡，而不是銷毀掉……若是銷毀了，我可真是有冤無處訴，沒法子證明自己的清白了。」

這些君逸之和君琰之討論的時候就已經合計過，他們覺得，賀七小姐應當是被某人害死的，只是今日府中宴客，無人注意客院那邊的事，而楚王府中也有太后的耳目，卻比他們都早一步得知了此事，從而想到要利用此事，目的當然是為了搜查夢海閣，找那本金剛經，不過好在金剛經俞筱晚早給了君逸之，並沒放在夢海閣裡，讓太后的人白白找了一回。

因此，君逸之和君琰之兩人得出的結論是，殺死賀七小姐的兇手，指使人汙了晚兒的裙子，為的是想嫁禍給俞筱晚。偷走裙子之後，卻因為太后和陛下駕臨楚王府，無法銷毀，隨後又開始調查此事，才不得不將裙子拋在水溝裡。

只是這裡唯一說不過去的就是時間上的問題，俞筱晚去客院的時候，還聽到了賀七小姐和問棋在對話，之後只是在月洞門那兒等小丫頭去提熱水，然後出門等馬車，就遇上了那名端著紫米粥的婆子。前後不過一刻鐘左右。那名婆子會過來，說明賀七小姐已經死了，更說明兇手是在晚兒在月洞門那兒等待的時間殺的人，誰殺了賀七小姐不是問題，問題是賀七小姐怎麼不呼救？問棋怎麼不呼救？

俞筱晚聽他分析得有道理，心頭忽然浮現一個大膽地猜測，「會不會……在我去之前，賀七小姐就已經死了？」

君逸之一怔，俞筱晚繼續道：「我畢竟沒進屋子，只是聽到說話聲，又是邊哭邊說的，聲音自然就……有些不真切。」

俞筱晚越想越覺得有這個可能，依據也慢慢理了出來，「吳嬤嬤來找我，說勸不住賀七小姐，可是我一到客院，聽她們主僕的對話，賀七小姐已經被勸住了……吳嬤嬤是在夢海閣到春暉院之間的垂花門那兒尋到我的，從那兒到客院，來回一趟要兩盞茶的功夫。可是這點功夫，對一個覺得丟了臉，一心要走的人來說，是很短的。現在想來，若是賀七小姐這麼容易被勸住，應當就會被吳嬤嬤勸住了才對，畢竟要主人家的人極力挽留，她才有臉面啊。」

君逸之蹙眉想了想，點頭道：「妳說得不錯，看來我們還要找吳嬤嬤和客院的那個小丫頭問一問才好。妳早些休息，等明日精力好些，我讓人將府中所有的婆子都召集到一塊兒，妳認一認，是誰潑髒了妳的裙子。」說完再也坐不住，跟俞筱晚說了一聲，就去找君琰之商議了。

待到亥時初刻，君逸之還沒有回來，蔡嬤嬤和趙嬤嬤都進來催了三四次，讓俞筱晚早些休息，身體要緊。俞筱晚直說「再等等，我還不睏」，最後蔡嬤嬤直接發威，喝令芍藥等人服侍俞筱晚沐浴更衣，硬將她搬上床躺著了。

俞筱晚在黑暗中睜了一會兒眼睛，漸漸有些支持不住，迷迷糊糊睡著了。半夜裡，忽然被隱約的喧鬧聲驚醒，她睜眼一看，君逸之還沒回來，窗外透進來些濛濛的橘紅色亮光，喧鬧聲雖遠，卻是真切的，她揚聲問道：「外面是誰，發生了什麼事？」

初雪披了衣，一手執燈走了進來，輕聲稟道：「二少夫人，是西北角那邊的小倉庫走水了，府中正組了人過去滅火。」

俞筱晚披衣起來，推開窗往外看，西北那方的天空都染成了橘紅色，小倉庫裡存放的都是綢緞布匹，現在又是秋乾物燥的時節，一旦走水，只怕會燒得一點不剩。俞筱晚蹙眉看了會兒，便又關上了窗，小聲道：「但願人沒事。」

初雪道：「應當不會有事，夜裡冷，二少夫人還是回床上睡了吧。」

俞筱晚點了點頭，睏意上湧，倒下就睡了，不知過了多久，感覺君逸之回來了，她也只是拱了拱身子，往他的懷裡擠了擠，又繼續呼呼大睡。

次日醒來的時候，已經天光大亮，身邊的床位早已經冷了，君逸之都不知起床多久了。俞筱晚剛讓丫頭們服侍著梳洗完畢，君逸之就自己挑了門簾進來，朝她笑問道：「怎麼不多睡會兒？」

俞筱晚偎進他的懷裡，皺了皺小鼻子，「你當我是懶蟲啊，反正晌午後還要歇息的！對了，昨晚你問得怎樣了？」

君逸之俊臉一沉，冷聲道：「問清楚了，客院那個小丫頭說了謊，吳嬤嬤走後，妳沒去之前，她在外門就聽到了裡面傳來桌椅推動的聲音。昨日問話的時候她卻沒有說，她說她不說，是因為害怕。」頓了頓，有些氣惱地道：「昨日找到她的那名侍衛，告訴她賀七小姐被人害死，她就想著怎麼不沾上事兒。」

一個十歲的小女孩會害怕說謊，倒也算正常。俞筱晚搖了搖頭，只略想了想，就睜大眼睛驚訝地道：「那這麼說，賀七小姐是被她自己的丫頭殺死的？當時屋裡只有她們主僕兩個啊！可是，那個潑髒我裙子的婆子呢？問棋應當沒這個本事收買府中的下人，讓人嫁禍給我。」

君逸之點了點頭，扶著俞筱晚的腰，邊走邊道：「先用早膳，一會兒再聊，我還有事要求妳呢！」

俞筱晚好奇地問：「什麼事？」

只是此時已經出了內室，進了起居間，丫頭們侍立在兩旁，君逸之便不願再說了，俞筱晚也識趣地沒再問。

早膳早已布了滿滿一桌，四素四葷的菜品、四樣甜點、四樣粥。初雲和初雪服侍著俞筱晚淨了手，芍藥便細聲細氣地問：「二少夫人先嘗嘗蓴菜黃魚羹好嗎？太妃特意囑人燉來的，清肝養氣健體，不過太妃也叮囑了，不宜多食。」頓了頓又道：「所有的菜和粥都是太妃特意囑咐廚房做的。」

君逸之便笑道：「那就先用蓴菜黃魚羹吧。」見俞筱晚望向自己，忙道：「我早就用過早膳了，陪妳吃。」

俞筱晚微微一笑，芍藥忙親手盛了一小碗蓴菜羹，初雪初雲又揀了俞筱晚平日愛吃的菜，用銀箸夾了，放在她面前的小碟裡。君逸之嫌這些少了，又指揮著初雲初雪夾了一大碟菜過來。俞筱晚不由得苦笑，「這也太多了，現在時辰也不早，很快就要用午膳了。」

君逸之不為所動，「這麼一點叫什麼多呀，還有一個時辰才用午膳呢！妳不多吃一點，餓著寶寶了怎麼辦？」

俞筱晚暗翻了一個白眼，嗔道：「平日可沒吃這麼多！」說完不再理他，決定自己想吃多少吃多少。

眾人都忙著服侍少夫人，嬌蕊便乘機蹭到君逸之身邊，手拿銀箸，小聲地問：「二少爺還要用點粥嗎？奴婢瞧您早上都沒用什麼。」

君逸之看都不看她一眼地答道：「不用了，在大哥那裡用過了。」

俞筱晚抬眸掃了嬌蕊一眼，隨即波光流轉，一雙明媚水眸與君逸之漂亮的鳳目對上，君逸之忙問道：「怎麼了？味道不好嗎？」

俞筱晚微微一笑，漫聲道：「很好吃。」

隨即心無旁騖，斯文地用過早膳，與君逸之一同回了起居間。

陸之章　真兇浮現氣難平

將丫頭們都打發了出去之後，君逸之才道：「我想請蔣大娘進府來驗一驗賀七小姐的屍身，不知道蔣大娘可否同意？」

雖然之前有件作驗了賀七小姐的屍身，但是男女有別，賀七小姐又是侯府嫡女，兩個仵作只敢就這麼看看，身上是否有傷，卻無法得知，況且仵作是從順天府衙門宣來的，誰知道是不是曾得過太后的授意？

俞筱晚一聽，覺得有理，便道：「事不宜遲，那我們現在就出府吧。」

君逸之卻不同意，怕她乘車會出什麼意外，他的意思是讓晚兒寫封信，他帶著去交給蔣大娘，請蔣大娘來一趟。

俞筱晚笑道：「哪裡這麼容易出意外？之前不知道，不也乘了馬車嗎？蔣大娘的脾氣我也摸不準，我若不親自去，還真不知能不能請得動她呢！」

「可是妳那天不就暈倒了嗎？」君逸之非常堅持，「妳寫封信給我，我去求她，若是她不答應，我再陪妳去請她好了。」

俞筱晚只得按他說的寫了一封信，君逸之收在懷裡，立即就要出府，臨行前叮囑道：「我已經跟老祖宗和母妃請過假了，妳這幾日在屋裡好生歇著，不用去請安，若怕禮數不周，也待我回來再陪著妳去。」

俞筱晚知道他是一片關懷之意，就沒反駁，乖巧地應了，送君逸之到回廊盡頭的垂花門，君逸之便不再讓她送，她只得回轉，坐在起居間裡。想想無事，便取出腰間的鑰匙，讓芍藥去箱籠裡，取些柔軟的府綢過來，想給寶寶做幾件小衣裳。

芍藥帶著幾個小丫頭去了後罩房，俞筱晚不喜歡許多人立在自己左右，只留了初雪和初雲服侍。不多時，芍藥就取出幾匹柔軟的府綢來，顏色鮮豔漂亮，俞筱晚瞧著都很喜歡，便與芍藥商量著每匹裁一塊出來，做成小孩子的衣物。

主僕幾人便拿起剪刀，一邊裁衣縫紉，一邊閒話家常。

俞筱晚問道：「芍藥，昨晚西北小倉庫那兒走水，後來怎麼樣了，妳去打聽了嗎？」

芍藥頓了頓，小聲道：「二少爺一早兒叮囑過奴婢，不讓告訴您呢！不過，奴婢自然是聽二少夫人您的！」說著湊過來附耳道：「奴婢打聽過了，裡面的緞子幾乎都燒沒了，兩個值夜的婆子都澆成了黑炭！」

俞筱晚眉毛一挑，心中頓時有不好的預感，不會這兩個婆子裡正好有撞了她的那個吧？可惜現在已經成了黑炭，分辨不出來了。她想了想覺得很後悔，那天雖然很不舒服，但也應當堅持一下，將人給認了再休息的，遲則生變，老話果然有道理。

婆子那廂查不出來了，就只能從賀七小姐那邊入手了。她蹙眉想了想，又問道：「前陣子我讓妳派人去注意客院的動靜，妳派了誰去？」

芍藥回道：「奴婢派的是江南和豐兒兩個，平日裡也沒什麼事兒，幾位客人之間也處得和睦。」

俞筱晚想了想道：「讓她倆進來。」

芍藥答應著出去，不一會兒帶了江南和豐兒進來。江南泡得一手好茶，是帶著一整套茶具進來的。俞筱晚見狀便道：「今兒不方便飲茶。」

江南笑著福了福道：「奴婢不單會泡茶，還會煮茶，二少夫人如今的身子，正適合吃果茶，滋補又解渴。」

俞筱晚聽她介紹了幾種果茶，便笑著讓她試一試，然後問豐兒：「客院裡的事兒，妳打聽到了多少？她們之間如何相處，我已經聽過了，妳且說說她們各自與丫頭們的關係如何。」

豐兒想了想道：「回少夫人的話，這個倒是不容易看出來。當奴婢的，自然是主子怎麼吩咐怎麼辦，言聽計從。這幾位客人都是有主見的人，看起來也不會向丫頭問主意。幾個丫頭嘛，也都是訓練有素的……啊，對了，好像有人說過，賀七小姐對問棋姑娘不大好。」

俞筱晚聽著眼睛一亮，示意她繼續，豐兒想了想道：「真實的情形，奴婢也不知道，是聽賀七小姐隔壁的秦小姐的丫頭粒兒說的，說她幾次聽見夜深了後，隔壁傳出來壓抑的哭聲。要哭，自然也是丫頭哭了，可是她後來問問棋，問棋又否認，反正出了房間，賀七小姐說話都是輕聲細氣的，對問棋也很和善。」

俞筱晚點了點頭，她是聽說過不少小姐表面上溫柔，其實很喜歡虐打僕役，但是為了自己的名聲，又不會做得讓人知曉，看來得派個人去東昌侯府打聽一下。

那壁廂江南也補充道：「回少夫人，其實這事兒……奴婢見過一回，就是前幾天，奴婢幫忙去庫房整理宴會要用的瓷器時，見過問棋一個人坐在西北角的小涼亭裡，眼睛紅紅的。奴婢問她怎麼了，她卻說是她家小姐讓她過來採些鳳仙花，好做胭脂。那邊雖然有些鳳仙花，可是哪裡及得上園子裡的呀，而且客院同庫房一西一南，隔得也不近，沒得捨近求遠的道理。只是當時奴婢覺得這是她們主僕的事兒，便沒多留心。」

「那問棋平日與誰交好？我是指同院子裡的下人。」

「問棋性子挺文靜的，一般不說話，似乎沒有主動跟誰交往過，倒是賀五小姐的丫頭……」

俞筱晚點了點頭，看著江南優雅且熟練的煮茶動作，微微一笑道：「很漂亮。」

江南以為少夫人指的是她戴的鐲子，紅了紅小臉，十分自覺地將手腕伸出來給主子看，嘴裡稟道：「這是良辰姊姊送給奴婢的，說要跟奴婢學著泡茶。奴婢說了不要，她一定要塞給奴婢。」

俞筱晚握著她的手腕，看著那只亮晃晃的銀鐲，上面的花紋古樸優美，分量也足，良辰倒是捨得下本錢。想來是看到自己時常叫江南進屋泡茶，想學會這門手藝，好討好自己和君逸之吧。

「送妳的就收下吧，當徒弟怎麼能不孝敬師傅？」俞筱晚不在意地道。

江南笑盈盈地坐下，繼續煮茶。

俞筱晚繼續問問題，將客院裡面十幾個客人的情況都大致上摸熟了。明面上的爭鬥是沒有，私底下的小爭鬥卻是沒斷過，而且時常送銀子送衣裳的，收買王府的僕婦丫頭，想達成她們的目的。

俞筱晚不由得微微嘆氣，原本她懶得管那些人的事情，可是沒想到閉門家中坐，也能霉運天上來，少不得以後要以主人的身分管束一下，讓她們弄清楚自己的身分，不過，目前她們只是楚王府的客人而已。

正思忖著，趙嬤嬤拿了一大疊的荷包香囊進來，瞧著俞筱晚苦笑道：「二少夫人，這些都是北院的客人們送給您的，本來是要進來探望您，奴婢自作主張，稱您身體不適，將她們給打發了。」說著將荷包和香囊放在俞筱晚身邊的小几上，指著幾個香囊道：「奴婢仔細看過了，裡面的香料都是安神靜氣的，沒有什麼壞東西，不過……」

「不過我不會戴的，人家的一片心意總不好拒絕，就收在箱子裡吧。」俞筱晚接著話笑道，又隨手翻了翻，拿出一個用金線繡著芙蓉花的荷包問：「這是誰送的？」

趙嬤嬤撇了撇嘴，「蘭淑婧小姐，她還說自己會揉腿會推拿，在家中時就時常服侍母親的，若是二少夫人覺得不舒服，可以叫她來幫忙推拿一下。」

似乎是蘭淑雲的堂妹，一想到她堂姊，俞筱晚心裡就膈應，何況送得這麼貴重，分明就是別有用心，還要上門來推拿，目的更是昭然若揭！怎麼她們蘭家的姑娘都盯著君逸之不放呢？

俞筱晚一早的好心情消散不少，煩躁地揉了揉額角道：「都拿下去吧，以後她們再來，也這樣擋回去。這回收了荷包就算了，以後不要再收了。」

趙嬤嬤應了一聲，找了個簍子將荷包收攏來，又說起別的事兒，「俞管家已經知道二少夫人有喜了，開心得什麼似的，正跟古管事、許管事他們幾個商量，要給您準備份大禮呢！」

文伯怎麼會知道，必定是趙嬤嬤去說的，俞筱晚不由得嗔怪道：「還沒準的事兒，您四處說什麼呢！」

趙嬤嬤正色道：「奴婢並不是為了說這事兒，是為了告訴他們，以後有事多自己拿主意，別來打攪您。您身子不便，得多休息，實在是決定不下來的，也要拿出個章程，再報過來，這是他們自己猜著的。」

真是暈倒，這樣說人家還有什麼猜不著的？

俞筱晚又好氣又好笑，只得再次叮囑：「等確定下來了，也得三個月後才能報喜，嬤嬤可別再亂說了。」

趙嬤嬤忙應承下來，又嘀咕了一句：「奴婢是這種嘴碎的人嗎？」

俞筱晚也知道，母妃三天兩頭地催，又不時派郭嬤嬤過來打聽，嬤嬤也是擔心自己，以為這下子可以揚眉吐氣了，可是嬤嬤卻不知道，若她真的懷孕了，麻煩事只怕更多了。或許嬤嬤會覺得，主動抬個通房丫頭上來就成了，可是她卻覺得事情不會這麼簡單，在母妃看來，光一個通房丫頭是不夠的。

這廂還在想著，門外就有丫頭通稟道：「二少夫人，王妃差了郭嬤嬤來看您了。」

俞筱晚忙讓請進來，郭嬤嬤笑咪咪地福了福，滿臉討好的笑容，「二少夫人看起來氣色可真不錯，王妃打發了奴婢前來，就是想問問您身子可好些了，若是仍覺得不舒服，王妃讓奴婢立即拿帖子請太醫去。還有，您想吃些什麼，不拘多麼金貴，只管說出來，王妃就讓廚房給您做去，帳目都從春景院裡劃。」

俞筱晚忙扶著初雲的手站起來，恭恭敬敬地朝郭嬤嬤深深一福，「請嬤嬤代母妃受晚兒一拜。」

因是代表王妃，郭嬤嬤生受了，之後才忙著回了一禮，笑道：「王妃還說，若是二少夫人身子好些了，還請到春景院一趟。蘭少夫人特意帶了禮品過府來看望二少夫人，奴婢已經讓人準備了軟抬，不會顛著二少夫人的。」

人家連軟抬都準備好了，俞筱晚只得笑應道：「煩請嬤嬤稍等，我去換身衣裳。」

初雪和初雲跟進內室服侍，小聲地道：「二少夫人，蘭少夫人怎麼會來？」她們沒說出口的是，王妃只怕沒打什麼好主意。

雖然大約能猜出蘭少夫人的用意，但俞筱晚有些不大明白，蘭少夫人明明是老祖宗的娘家親戚，為何會到母妃的春暉院，母妃不是最不喜歡老祖宗的娘家人嗎？只是她現在也只能兵來將擋，水來土掩了。

換好了衣裳，在丫頭們的服侍下坐上軟抬，由人抬著去了春景院。銀杏早就候在正屋的走廊下了，遠遠就迎上前來，扶著俞筱晚下了軟抬，福了福道：「王妃和蘭少夫人正在裡面等著您呢，蘭淑婧小姐也過來了，都是特意從春暉院趕過來看望您的。」

俞筱晚朝銀杏微微一笑，又看了芍藥一眼，芍藥十分知機，待俞筱晚進了正廳，便悄悄塞了一塊玉牌給銀杏。

進了內廳，俞筱晚向王妃和蘭少夫人行了禮，楚王妃忙讓她坐下，「妳快坐，別站久了。」

楚王妃神情十分慈祥，因為宴會那天，所有的客人都說楚王府的規矩就是好，她聽在耳朵裡，覺得臉上有光，對這個兒媳婦漸漸滿意了起來。

蘭少夫人也道：「妳快些坐下，都是親戚，不用拘束！」

俞筱晚柔順地笑著道謝，心裡卻想：若真個關心我，幹麼非要我來春景院？明明可以到夢海閣來的。

蘭少夫人是定國公世子正妻，是君逸之的表舅母，也是長輩，她倒沒多說什麼，只是關心了一下俞筱晚的身體狀況，送上備好的禮品，又笑著推薦了一下蘭淑婧，「這丫頭會一手好推拿，二少夫人若是覺得腿部酸痛，可以讓她幫妳推拿一下。妳是當表嫂的，她孝敬妳一下也是應當的。」

俞筱晚忙道：「不敢麻煩表小姐，我身邊的丫頭就有會推拿的。」說著親切地看向蘭淑婧，「表小姐在這兒住得慣不慣？若是短了什麼，只管同母妃和我說。」

蘭淑婧十分羞澀，低低地應了一聲，「府上十分周到，我不缺什麼。」

蘭少夫人瞧著她的樣子，有些恨鐵不成鋼，俞筱晚大致上就明白了，蘭家還是想讓女兒們嫁給君逸之，而蘭淑婧似乎忸怩了一點，有些上不得檯面，這才讓蘭少夫人出馬。之所以會從春暉院到春景院來，只怕也是在老祖宗那裡吃了軟釘子，想從自己這裡著手。

好在蘭淑婧性情內向，俞筱晚便乘機轉開了話題，又說起了那日的兇殺案，「逸之去請女仵作了，要給賀七小姐再驗一次。」

楚王妃立時不耐煩地蹙起眉毛道：「最好快一點，將屍體停在王府算個什麼事兒？」

俞筱晚有些無語，若是讓賀家帶回去，還怎麼查案？她不想跟蘭少夫人說話，便抓著這一點一個勁地說。蘭少夫人總不能將話題硬往侄女身上繞，急得將手中的帕子揉成了酸菜。

很快到了晌午，君逸之回了府，聽說嬌妻在春景院，便親自過來接人。蘭少夫人立即親切地拉著君逸之道：「有陣子沒見，逸之越發出眾了。」

君逸之痞痞地笑道：「表舅母是不是糊塗了，前兩日您來府中與宴的時候，我還給您請了安的。」

蘭少夫人的臉上絲毫不見尷尬，仍是笑道：「那天人多，只瞧了一眼，不像今日瞧得這麼細緻。婧兒，快來給表哥見個禮，這孩子也太內向了。」

蘭淑婧紅著臉站起來，君逸之不耐地道：「不必了，表妹現今就住在王府，低頭不見抬頭見的，用不著請安。母妃、表舅母，妳們若是沒別的事，我就帶晚兒回去了，她身子弱，禁不得餓。」

楚王妃忙道：「去吧去吧，別餓著晚兒了！」

蘭少夫人急得瞪眼，可也沒辦法。

君逸之扶著俞筱晚坐上了軟抬，興奮地道：「蔣大娘已經來了，正在給賀七驗屍，一會兒我讓人請她來夢海閣。對了，問棋的行蹤也查出來了，齊正山帶了人去抓她，應當就快真相大白了。」

俞筱晚笑著點了點頭，「還是快些讓人去請蔣大娘吧，我好久沒跟她好好說過話了。」

君逸之回頭朝從文使了個眼色，從文立即道：「小的知道了。」又笑嘻嘻地向俞筱晚道：「二少夫人讓初雲姑娘跟小的一塊兒去吧，小的跟蔣大娘不熟，怕說錯了話。」

俞筱晚覺得有道理，便吩咐初雲一塊兒跟去。

小夫妻倆才回了夢海閣換過衣裳，蔣大娘就過來了。她上下打量了俞筱晚幾眼，笑咪咪地道：「看起來氣色不錯，這身子懷得穩。」

「讓大娘笑話了，還沒確定呢！」俞筱晚不由得瞪了笑得一臉幸福得意的君逸之一眼，這個大嘴巴，哪有事兒還沒確定下來就四處亂說的！又吩咐江南進來給蔣大娘沖茶，「這丫頭的手藝不錯，大娘嘗一嘗。」

江南優雅地沖好茶，恭敬地端了一杯給君逸之，又端了一杯給蔣大娘。蔣大娘伸出三指扣住小杯，閉上眼睛，將杯子放在鼻下輕輕嗅了嗅香，方睜眼笑道：「今年的大紅袍，這好東西妳也有。」然後分三口將茶飲盡，點了點頭，「好茶！」

雖然沒有讚茶湯如何、茶色如何，但是看大娘這舉止，就知道她是會品茶的。以前蔣大娘就給俞筱晚一種錯覺，覺得她不應當是江湖上的俠客，而應當是名門貴婦，她的舉止，平日裡看著豪邁，但細節處總是優雅而高貴。

喝過了茶，俞筱晚便問起驗屍的結果，蔣大娘輕嘖道：「妳現在操心這些做什麼？這事兒讓男人去辦，他若是連個真相也查不出來，這相公妳也可以不要了！」

君逸之在一旁聽得黑了臉，若不是心裡對蔣大娘賜藥求了兄長有幾分感激，以他的脾氣，大概會將蔣大娘給趕出去。

俞筱晚瞧見逸之敢怒不敢言的樣子，不由得好笑，卻仍是拉了蔣大娘撒嬌道：「大娘您既然來了，就告訴我吧，不然我好奇，夜裡也會睡不著。」

蔣大娘這才笑道：「就是撞上了桌角，流血過多而亡的，不過她的嘴裡曾塞入過帕子之類，牙齒縫裡有絹絲，手臂上也有些瘀痕，沒有別的傷處了。人應當是巳時末至午時初左右死的。」頓了頓又補充道：「應當是初時傷了，還能救，但是兇手怕她喊叫，故而拿了帕子堵她的嘴，還用自己的身子壓住了她。看手法，不是會武功的人所為。」

蔣大娘推斷的死亡時間，比仵作們提早了一刻鐘，也就是吳嬤嬤去請俞筱晚的時辰，這麼說來，問棋的嫌疑就很大了。

俞筱晚原想留蔣大娘用膳，蔣大娘擺手道：「我不耐煩吃個飯還有一大圈人圍著，這就回去了，我媳婦準備了午飯。」說罷一刻也不留，徑直走了。

到了傍晚時分，問棋被抓了回來，君逸之和君琰之兩人親自去審了，回來告訴俞筱晚道：「問棋招了，是她推了賀七小姐一把，眼瞧著當時賀七小姐血流如注，又昏迷不醒，她就乾脆一不作二不休了。」

俞筱晚瞪大眼睛問道：「原因呢？她為何要推賀七小姐？」

君逸之的臉上露出幾絲不屑，「賀七小姐要用針扎她，她怕疼，就反抗。她說賀七小姐時常虐打她，那天賀七小姐是怪她沒有及時勸阻她去正廳，讓自己丟了臉。我讓婆子們給她驗了身，渾身上下都是針孔和瘀青，只怕是真的。」

他沒說的是，問棋當時聲淚泣下，說兩年前賀家曾為賀七小姐議了一門親，男方是賀家拐了彎的親戚，小時也時常來往的。賀七小姐對這位表哥有意，但那位表哥卻對問棋有些意思，還允諾說待她陪嫁過來，就讓賀七小姐抬她為姨娘。這事兒不知怎麼被賀七小姐知道了，當時就告到了母親那裡，東昌侯夫人立即讓人灌了問棋一碗絕子湯，說日後還要用問棋來固寵，殺不得，要留著。之後表哥不知怎麼知道了賀七小姐掌心有顆敗家痣，親事就不了了之。自那回之後，賀七小姐就恨死了問棋，覺得一定是問棋告訴給那個表哥的。

這回東昌侯夫人會讓問棋跟過來，也是因為聽說君逸之十分好色，因為問棋生得遠比賀七小姐漂亮，她指望著君逸之看中了問棋，好娶了她家的女兒。而這回賀七小姐會發怒，是因為之前看見問棋給君逸之見過禮，以為問棋越過自己攀上了君逸之，問棋勸她留下來，她覺得是別有用心，才想拿針扎花了她的臉。

這樣糟心的事，君逸之自然不會告訴俞筱晚，可俞筱晚自己也會猜，千金小姐能與一個勸說自己的丫頭有什麼深仇大恨，要用針來扎？她記得頭一回見問棋的時候就驚豔過，小丫頭生得這麼漂亮，一點也不比那些大家閨秀差，只是後來問棋總是低著頭跟在賀七的身後，老實本分，她也就沒再關注了。

俞筱晚想了一圈兒，搖了搖頭道：「我怎麼覺得不是這樣簡單？雖說這期間有一刻鐘的時間，可是也得有人發覺賀七小姐死了，然後再去通知自家的主子，再然後算計我換裙子。太后會來得這麼巧，恐怕也是事先知道的，不然從楚王府傳遞消息到宮中，一刻鐘的時間不夠吧？」

君逸之笑道：「這些我和大哥都想到了，可是只能先這樣，交出問棋去，穩住了東昌侯府的人再說。問棋那兒已經是問不出什麼了，旁的事只能慢慢查了。」頓了頓，又小聲地道：「越是跟太后有關的事兒，就越是要裝糊塗，咱們只能暗地裡查，不然……明日妳還是裝裝樣子，認下人，恐怕是認不出來了。」

俞筱晚輕嘆一聲，無緣無故一場火災，只怕證人都給燒了，若是大張旗鼓地查，恐怕死的人會更多。

君逸之見她蹙著眉頭，便親暱地親了親她的小臉，「好了，蔣大娘說得對，這些事讓我來忙就好，妳只管好好地養妳的身子，別操心這些。」眸光一轉，發現了針線簍子裡的小布料，立時蹙眉道：「針線讓丫頭們做就好了，妳別做這些，扎著哪兒怎麼好？」說著好奇地拿起一塊布來看了看，立時笑道：「原來是給寶寶做的，妳不是總不承認有喜了嗎？」

俞筱晚羞惱地一把搶過來，放進針線簍子裡，嗔道：「我是不喜歡你四處亂說，都說頭三個月寶寶要安靜，不然會長不大。」

君逸之一怔，「還有這一說？哎呀，妳又不早告訴我！」滿臉的懊惱之色，他要當爹了，心裡不知多幸福多得意，已經巴巴地去長孫羽和韓二面前顯擺了。

俞筱晚嬌瞪了他一眼，「以後別再說就成了，我連曹府外祖母那兒都沒通知呢，真是的！」

君逸之忙忝著臉賠罪，忽而斂了笑容問道：「晚兒，妳有什麼心事？」

俞筱晚不由得摸了摸自己的小臉，「我哪有什麼心事？」

「有！」君逸之篤定地道：「從今日一早醒來時起，妳就頻頻偷眼瞧著我。到底有什麼事，讓妳連我都不能說？」

俞筱晚慌得垂下長長的睫羽，她真的表現得這麼明顯嗎？她其實只是擔心君逸之也想要通房而已，她不願意，可是又不知該怎麼問他，怎麼跟他說。

君逸之看著小妻子糾結的樣子，其實為了什麼，他大抵上能猜出來，也故意沒拒絕丫頭們的親近，因為他希望晚兒能親口跟他說，哪怕是兇悍地威脅他也可以，就是不喜歡晚兒這麼遲疑猶豫的樣子，讓他覺得自己不被她信任。

俞筱晚低著頭不說話，君逸之也沒逼她，只是將她摟在懷裡，將下巴輕輕擱在她的發頂，無聲地擁抱著。

偎在逸之的懷中，周身都是暖暖的體溫，聞著他身上清淡的雪松香味，聽著他的心房強而有力緩緩跳動，似乎與她的心跳融和成了一個節奏，讓俞筱晚焦慮的心漸漸平緩了下來。

自己一直糾結著的問題，不過是因為母妃平日裡的態度和趙嬤嬤昨晚的提醒罷了，或許這在君逸之面前算不得什麼問題呢？是不是應該跟他好好談談，告訴他，她真的不希望他有別的女人，因為她的心會很疼很疼的。可是，若是母妃堅持呢？光是一個孝字就能壓得他們不得不從。

俞筱晚遲疑了許久，才緩緩抬起頭來，正要說話，門外卻通稟道：「世子爺有請二少爺，他在前院書房裡等您。」

君逸之只得放開俞筱晚，輕聲道：「我去見大哥，若是晚了，妳就先睡，別等我。有事，我們明日說。」

俞筱晚答應下來，君逸之便去前面書房與君琰之議事。

君逸之走了，俞筱晚原想做做針線，想著也怕傷了眼睛，就叫幾個丫頭進來聊天。

初雲一臉惱火的樣子，俞筱晚見她幾番欲言又止，便讓別的丫頭都退出去，就留下她和初雪。

待丫頭們退出起居間後，俞筱晚便笑道：「初雲，有什麼就說吧。」

這丫頭已經憋了一整天了，再不讓她說話，恐怕會憋出毛病來。

初雲小臉一紅，難道自己的樣子這麼明顯？可她還沒決定要不要告訴二少夫人呢。只是一想到早上嬌蕊和嬌蘭那副妖裡妖氣的樣子，她又瞬間皺起了眉頭，氣呼呼地道：「二少夫人，您可得教訓嬌蕊和嬌蘭一頓，不然的話，這兩個狐媚子就要蹬鼻子上臉了！一大早就勾引二少爺，伺候用膳的時候，腰都快扭成麻花了，現在又跟去了前書房……。」

「初雲！」初雪斥了一聲，偷眼瞟著主子，見她神色平靜，這才安下心來，然後瞪了初雲一眼。

初雲吐了吐舌頭，趙嬤嬤關照過她，這話要慢慢說，不能讓主子著急上火，更不能讓主子心緒不佳，不然會影響到主子肚子裡的小寶寶的。可她一時嘴快，就這麼劈里啪啦地給說了出來，還好主子沒受什麼影響。

俞筱晚扯了扯嘴角，算是笑了笑，其實嬌蕊今日敢當著她的面問君逸之要不要用粥，她就猜到那兩個丫頭已經動了心思。自她嫁給君逸之之後，用膳或者平日起居，都是芍藥帶著初雲和初雪服侍著，嬌蕊和嬌蘭根本就沒近過君逸之的身，而且趙嬤嬤還在背後幫她教訓過二嬌，她倆平日也不敢隨意往前湊，今日敢這樣行事，背後應當有人撐腰。

俞筱晚又想起昨晚趙嬤嬤跟自己說的話，心下大感覺煩惱，揉了揉額角，看著初雪初雲問道：「她倆為何會如此，妳們倆心裡也有數吧？我一直就沒拿妳們當外人，出嫁之前，我就跟妳們說過，日後會給妳們許個好人家，放了妳們的身契，如今……妳們倆是怎樣想的？」

初雲和初雪面面相覷，然後毫不遲疑道：「奴婢可沒這個心思，奴婢只想著此生能服侍二少夫人就成了！若是二少夫人用得著奴婢，奴婢並不在乎什麼自由身，在外面當平頭百姓，若是沒有人照應著，日子也不會怎麼好過，還不如在府裡待著呢！」

還是初雪心細一點，猜著主子在擔心什麼，又補充道：「聽說以前夫人懷二少夫人的時候，老爺不就沒有要通房嘛，奴婢一直覺得二少爺不是尋常人，想必想法也跟尋常男子不一樣。二少夫人有話，不如同二少爺直說，您有那麼多的嫁妝，怕什麼呢？若是實在覺得心裡委屈，就析產分居好了。」

俞筱晚一雙妙目瞪得老大，「析產分居？」

初雪小臉一紅，卻認真地點了點頭，初雲也跟著點頭，「就是啊，咱們過咱們的日子去唄！」

「噗！」俞筱晚忍不住笑了起來。

剛重生的那會兒，她頗有幾分心如死灰的意味，一心想著怎麼復仇，少不得要借助夫家的勢力，可是有權有勢的男子，自然是妻妾如雲，她那時就想過，待報了仇就析產分居，因此，她倒不是覺得析產分居這個提議有多麼驚世駭俗，而是覺得吃驚。這提議若是潑辣又衝動的初雲提出來的，她不會吃驚，偏偏卻是穩重內斂的初雪說出來的，真是讓她大吃一驚。這丫頭原來也是個外表溫柔，內心強悍的女子啊。想必日後她的夫君，一定會被她給管得死死的。

兩個丫頭見主子笑了，都不由得鬆了口氣，隨即又安慰道：「二少夫人也不必擔心，奴婢覺得二少爺應當不會辜負您的。」

俞筱晚邊笑邊點頭，「嗯，給妳們兩人一說，我也想通了，沒什麼好擔心的，直接跟他說好了，再怎麼也不能氣著了自己。」

的確是得想個法子將嬌蕊和嬌蘭送出去，可是要怎麼才能不惹惱了母妃呢？

俞筱晚想了許久都沒想出個所以然來，見時辰不早，便先躺下睡了，到了半夜，感覺君逸之躺在自己身邊，她就自動地拱進他的懷裡。

君逸之瞧著她舒展的小臉，不覺寵溺地一笑，隨即又蹙起了眉頭。他派出的暗衛調查到了許多資訊，方才與大哥商量過了，那名撞上晚兒的婆子，還有紫米粥，許多的證據都指向了周側妃。就連問棋會這麼大膽，傷了賀七小姐之後還敢不呼救，也與周側妃有關。自賀七住入楚王府開始，周側妃的丫頭就時常找問棋玩。問棋回想了一些對話，聽著沒有什麼，但是細細一想，就有些挑唆之嫌，尤其是對問棋這種時常被主子虐打的奴婢來說，一點點的心理暗示，就能煽動她們發狂。

而周側妃是太后指給父王的，因此太后不是直接的兇手，可也算是幕後推手，真不知道太后到底打的是什麼主意！

清脆歡快的鳥鳴聲喚起了沉睡的俞筱晚，她張開朦朧的雙眼，未及看清眼前的事物，就聽得君逸之靜謐淳厚的聲音道：「怎麼醒了，再多睡一會兒吧。」

俞筱晚仰起小臉，朝近在咫尺的俊顏露出甜美的微笑，用剛剛睡起，還略帶沙啞的嗓音問道：「今日怎麼沒出去？」

君逸之一手摟著俞筱晚，一手玩著她頰邊的碎髮，懶洋洋地道：「案子已經查完了，餘下的事就由大哥去辦，我就在家陪妳。」

俞筱晚拿小臉在他頸窩處蹭了蹭，撒嬌道：「真好……唔，昨日你跟大哥商量了些什麼，有眉目了嗎？」

君逸之想了想，將他們查到的一些情況告訴給了俞筱晚，俞筱晚蹙著眉頭問：「難道沒有賀五小姐的事兒嗎？」

君逸之奇怪地問：「妳為何這麼說？」

俞筱晚將那天賀五小姐看她的眼神告訴給逸之，「她好像是知道點什麼，只是後來稟報說賀七小姐死了的時候，她又十分震驚……唉，我也說不出來是什麼感覺，反正就是怪怪的。」

「難怪妳要將賀五小姐留下來。」君逸之沉吟了一下道：「這幾位小姐都問過話了，她們平日裡聊過什麼、做過什麼，都大致上瞭解了，並沒有什麼特別的地方。賀五小姐和賀七小姐是姊妹，自然時時在一起，平日她的丫頭與問棋也是時常在一起的。賀五小姐總不至於害自己的妹妹吧？她就算是……也不用害賀七小姐啊！」

俞筱晚拿蔥管似的手指用力戳了戳君逸之的胸口道：「你是想說，賀五小姐就算想嫁給你，也不必害自家的妹子是不是？」

君逸之只著她飽含酸意的語調，心底裡漫上一股得意，嘿嘿，原來晚兒這麼介意啊……他努力繃起俊臉，不讓笑聲漾出來，蹙起眉道：「的確是的。」

俞筱晚鬱悶死了，重重地哼一聲，「我說句實話，我可不覺得賀五小姐對你有什麼意思。」真是的，這段時間楚太妃也沒少安排，諸位嬌客與府中的兩位少爺近距離接觸，誰對誰有意，一個眼神就能看得出來，賀五小姐對君逸之和君琰之兩個人都絕對沒有意思。

君逸之想了想，輕哼一聲道：「那是她有眼不識金鑲玉，像我這樣才貌雙全又有內涵的男子，也只有晚兒妳懂得欣賞！」

俞筱晚噗哧笑了，「你少臭美了！」隨即又正色問道：「問棋已經招供了，是不是就得結案了？」

君逸之「嗯」了一聲，「昨夜已經同父王和老祖宗商量過了，這事就這麼罷了。賀七小姐的遺體送回東昌侯府，賀五小姐已經說過幾次要回府了，今日肯定會扶靈回去。」

俞筱晚睜大了眼睛問，「連周側妃那兒也不查了嗎？」

君逸之輕輕嘆了口氣，「怎麼查？她的丫頭不過是對問棋表示一下同情罷了，能算是罪過嗎？

很多話只有有心結的人，聽在耳朵裡才會翻起驚濤駭浪，對普通人來說，根本就不算是什麼。至於紫米粥，她說自己近來消化不好，所以才熬了紫米粥，還給兩位姨娘那兒送了一份，怎麼斷定不是姨娘派出的婆子呢？再者說，父王的意思是，多一事不如少一事。」

想到昨夜父王那膽顫心驚的樣子，君逸之就想大叫一聲，父王這官當得越大，膽子怎麼越發小了？換成是他，就算不能把周側妃怎麼樣，也至少可以敲打一番，讓她老實一點，嫁入楚王府就是楚王府的人了，別胳膊肘往外拐，大妹妹想在夫家挺直腰桿，還得靠楚王府的支持呢。

俞筱晚沉默了，身為臣子的確是有許多無奈，只是這事兒得記在心裡，時時小心著，誰知道太后打的到底是什麼主意，但她總覺得太后想趁機搜屋找金剛經，只是因勢利導作出的決定，並不是一開始的布局，不然的話，連心理暗示這樣隱祕又陰狠的法子都能想出來的人，不可能會弄出個汙她裙子這樣容易查明真相的局來。

君逸之低頭看了看俞筱晚微擰的眉頭，不由得心疼地親親她的小臉，安慰道：「不用擔心，我會護好妳的，反正妳現在有了身子，以後宮中的宴會，我來幫妳告罪請假。」

「嗯。」俞筱晚順勢抱住君逸之的脖子，溫柔地回吻他。

兩人的氣息交纏在一起，漸漸灸熱起來……君逸之猛地推開她，深吸了幾口氣，啞著聲音道：「不行，以後不許你親我了！」

俞筱晚敏感地察覺到身下有某物抵著自己，已經堅硬如鐵，忙老實地往後挪了挪，跟他隔開點距離。

君逸之咬著牙默念了幾遍內功心法，壓下心頭的躁意，才關心地問道：「餓了嗎？要不要用早膳？」

俞筱晚也就順著他的話道：「餓了，好餓。」

君逸之忙起身穿衣，隨即招來芍藥等人，服侍她起身梳洗，兩人一同去小廳用早膳。

芍藥帶著初雲、初雪為俞筱晚布菜，嬌蕊和嬌蘭則不顧初雪、初雲的白眼，堅定地站在君逸之的身後，要服侍二少爺用膳。君逸之也沒有拒絕的意思，指了自己想嘗的菜色，嬌蕊和嬌蘭內心一陣激動，若不是君逸之一口氣指了幾道菜，兩個丫頭只怕會打起來。

俞筱晚不動聲色地瞥了一眼，心裡好不煩躁，秀麗的眉頭也皺了起來。君逸之瞧在眼裡，只差沒得意得哼起小曲兒來，越發來勁地指使二嬌為自己服務。

俞筱晚就更加鬱悶了，乾脆君逸之想吃什麼，她也想吃什麼。兩邊的丫頭都拿銀箸往一個碟子裡夾菜的時候，初雲老實不客氣地飛速下箸，一筷子夾走一大半，也不管二少夫人吃不吃得下。

早膳用到一半，君逸之實在是忍不住，指著俞筱晚面前堆成小山的碟子，笑得前仰後合，「晚兒，妳今日是不打算用午膳晚膳了嗎？」

俞筱晚杏眼睜得溜圓，「誰說不用？這些我只挑著吃，不行嗎？」

「行行行！」君逸之笑得直抖，將象牙筷子擱了，拿那雙波光流轉的漂亮鳳目專心看著嬌妻，「我看妳怎麼挑著吃。」

俞筱晚大窘，嬌瞪了他一眼，飛快地將面前小碟裡的菜品用完，也放下筷子，抹了抹嘴道：「去給母妃請安吧。」

「不急，先回屋坐會兒，消消食再去不遲。」君逸之笑了笑，對嬌蕊道：「去煮杯果子汁來，助消化的。」

嬌蕊忙連聲應下，喜孜孜地退了出去。

君逸之拉著一肚子悶氣的俞筱晚回了屋，倒在軟榻上，將針線簍子往她的懷裡一塞，「快給寶寶做衣裳，做好了給我看。」

俞筱晚接過針線簍子，翻出昨天已經做得差不多的那套粉藍色細絹小兒衣裳，將斜襟處差的針角補上，一件小兒內衣就做好了。君逸之好奇地湊過去，見俞筱晚收了針，便將小衣裳展開，放在自己掌中，感覺那衣裳跟自己的手掌差不多寬，不禁睜大眼睛問：「怎麼這麼小？我兒子穿不穿得下呀？」

俞筱晚噗哧笑了，「當然穿得下，你以為小孩子生下來能有多大？」

君逸之仍然覺得不可思議，用兩隻手將小衣裳提起來，對著光細看，「真是太小了！晚兒的手藝真不錯，這針角跟量過似的，都是一樣長短……對了，妳打算給他繡什麼花？有花樣子嗎，我來給兒子挑！」

俞筱晚笑道：「這是內衣，不繡花的，小孩子的皮膚嫩，針角粗一點都會磨破他的皮膚，你沒瞧見我將線頭都是放在外面的嗎？」她指著外側的線頭給他看。

君逸之「哦」了一聲，又道：「那外裳還是要繡花的吧？可要讓我挑花樣子，別將兒子的衣裳繡得跟閨女似的。」

俞筱晚應了一聲，隨即又瞪了他一眼，「你一口一個我兒子我兒子的，難道生女兒你就不喜歡了嗎？」

君逸之嘿嘿地笑，「生女兒自然也喜歡的，像晚兒一樣漂亮的女兒，日後得多少人跪著求我許親！不過我是覺得先生個兒子比較好，當哥哥的可以保護妹妹嘛！」

俞筱晚啐他一口，「我才不覺得，先生女兒再生兒子，就是一個好字。」

正巧這時嬌蕊端了托盤進來，聽到一半話，一面將熱果子汁放在俞筱晚身邊的小几上，一面笑著維護二少爺道：「二少夫人這想法可就錯了，您生的小姐必定是個絕色美人，還是二少爺說得對，先生個哥哥出來保護小姐比較好。」又嬌滴滴地朝君逸之道：「這是二少爺您最愛喝的雨後龍井，奴婢用今日才取來的西山活泉水泡的，您嘗嘗看。」

俞筱晚笑著睇了嬌蕊一眼，這丫頭的膽子可真是越來越大了，連主子在這說話都敢插嘴了，還敢當著她的面向君逸之撒嬌。偏君逸之不覺得嬌蕊有什麼不妥之處，還笑著道：「就是，妳看，嬌蕊都知道這個理！」然後端起茶杯品了一口，笑道：「不錯，妳的手藝跟江南不相伯仲！」

嬌蕊得了這一讚揚，喜上眉梢，漂亮的小臉上容光煥發，看向君逸之的眼神也變得濕漉漉的了。

俞筱晚不禁氣悶，低頭不再出聲，繼續手中的活計，將小內褲翻出來補針。君逸之又湊過來看，嬌蕊也趁機進言道：「二少夫人還是不要太傷神的好，這些事兒可以交給奴婢們做，奴婢的大哥今年年初才得了個大胖小子，奴婢就幫嫂子做了不少衣服。」

君逸之一聽就來了精神，問她，你大哥的兒子幾個月了、出生的時候多重、平時都吃些什麼。嬌蕊巧笑倩兮地一一作答。俞筱晚越發氣悶，小臉上倒是平靜得看不出來任何情緒，只是捏針的指節泛起了青白，每一針都用力地戳著，用力地戳戳戳。

君逸之憋著笑將嬌蕊打發了出去，端起茶來喝了一口，清了清嗓子問：「晚兒，這褲子原來要這麼用力，才能做好的嗎？我還真是頭一回見識呢！」

俞筱晚重重地「哼」了一聲，忍不住氣，將手中小褲子放下，睜大杏眼看向君逸之，語氣嚴肅地問道：「你以前不是說不喜歡嬌蕊和嬌蘭服侍的嗎？說你不喜歡她倆嬌滴滴的樣子！」

君逸之滿臉無辜地反問道：「我這麼說過嗎？啊……好像是的，不過現在不同了嘛，妳看，妳嫁過來之後，從文他們不方便進來服侍我了，以前還有初雲和初雪服侍著，可是現在妳有了身子，日後身子重了，只怕她們幾個都不夠，我總不能什麼事都自己動手，總要有人服侍。她們倆也是一等丫頭，總不能白拿月例不幹活不是？說話是嬌了一點，忍忍也就罷了！」

俞筱晚氣呼呼地道：「二爺可莫忍得太辛苦了，妾身會擔心的呢！」

君逸之朝她眨了眨眼睛，「晚兒若是擔心我忍得辛苦，只需好好想想怎麼為我解憂就成了。」

俞筱晚立即跟踩著尾巴的貓似的，炸了毛，「我倒不知道二爺要我怎麼解憂！」

君逸之不禁指著她笑道：「現在怎麼又不說妾身了？」

俞筱晚氣死了，一把拋開兩人之間的小几，撲過去用力掐著他的俊臉往兩邊拉，「你還想讓我說妾身？是你自己說這樣說生分的！」

君逸之的嘴都被她拉成了一條線了，張也張不開，只好含糊地反駁道：「既然知道這樣說生分，那妳剛才為什麼還要這麼說？」

俞筱晚忽地就覺得委屈了，眼眶一紅，手下的力度也就小了，緩緩鬆了手。她忽然這般委屈嬌弱的樣子，倒把君逸之嚇了一跳，忙一把將俞筱晚抱在懷裡，撫著她的背問：「這又是怎麼了？若是妳不喜歡我讓嬌蕊和嬌蘭服侍，那就換良辰和豐兒好了，這又不是什麼大事，值得哭嗎？」

俞筱晚的眼淚卻止不住，用力捶著他的胸口問：「你為什麼非要她們服侍你？不要人服侍不行嗎？」

君逸之無奈地道：「穿衣沐浴這些也就罷了，總不至於連茶都要我自己沏吧？」

俞筱晚哭著道：「這些小事讓初雲和初雪她們服侍不就成了？」

君逸之「哦」了一聲，附耳小聲問：「那大事呢？」

俞筱晚從他懷裡猛地抬頭，紅著眼睛大聲怒問：「什麼大事？」

「就是整理衣物、書桌，每日搭配衣服、準備飾品這些啊。」

俞筱晚一怔，「就這些？這些叫大事？」

君逸之看著她直眨眼睛，「不然妳以為什麼叫大事？」

俞筱晚氣極，指著他道：「你剛剛說為你解憂，還要我替你想的！」

君逸之一臉無辜，「不就是這些，妳想到哪裡去了？」

俞筱晚頓時無語了，她總不能說，她一想就想到通房上去了，這樣會不會顯得太小心眼了？可是、可是……她忸怩了一下，拿手指戳著他的胸口問：「你、你老實說，若是……若是我不能替你安排通房，你待如何？」

君逸之立即做恍然大悟狀，「原來晚兒想的是這些啊！我待如何？我不知道！」隨即又看著她認真地問：「晚兒，妳真的不打算安排通房嗎？」

俞筱晚頓時又火大了，怒氣沖沖地道：「想要通房，等我死了再說！不對，應該是這樣，反正我是不給你安排通房的，如果你敢偷偷收通房，我就閹了你，再帶著你的兒子另嫁，氣死你！」

君逸之的俊臉立即黑了，「這樣不好吧？晚兒，妳烈性一點我沒意見，要是我真的做了對不起妳的事，妳打我罵我都可以，可是妳要閹了我，不怕日後沒有『性』福了嗎？而且帶著咱們的兒子另嫁這句話，麻煩妳現在就收回去！我告訴妳，妳哪怕只是有這個念頭，也得給我熄了，不然我立即就讓太醫滅了妳肚子裡這個，免得妳成天擔心來擔心去的！」

俞筱晚氣極，瞪著他道：「你——你居然要謀殺自己的孩子！」

君逸之正色道：「因為有了他，妳連我都不相信了！不就是妳有了身子不能同房嗎？我以前沒有娶妻，不也沒事，怎麼有了這個孩子，我就非得有通房不可了？若是如此，那我們這輩子就乾脆不要孩子，妳也不必擔心有誰要塞通房給我了！」

俞筱晚覺得他這個人無恥並無賴到了極致，小胸脯起伏了幾次，才恨恨地道：「有病！要是我不能生，那就不光是通房了，還不知道母妃要逼你娶多少側妃妾室回來呢！」說著眼眶就紅了，「我什麼時候說過不相信你？你倒是說得輕巧，若是老祖宗和母妃堅持，我難道能跟她們頂撞嗎？」

君逸之只得摟緊她，輕聲道：「妳就往我身上推好了，這個家裡還沒人能勉強我！唉，多大的事兒，也值得妳哭嗎？」

俞筱晚卻哭得更大聲了，哽咽道：「怎麼不是大事，若是……若是……你真的要收通房，我的心會痛死的！」

君逸之聞言卻滿足地勾起了唇角，笑了，緊緊摟著她，咬著她的耳垂小聲道：「傻瓜，妳若是心痛死了，我也會心痛死的！我就是不愛惜妳，難道還不愛惜自己嗎？」說完便無聲地摟著她，也不開口說話，只輕輕順著她的背，讓她發洩。

俞筱晚哭了一會兒，發洩之後心情平靜了許多，兼之君逸之的承諾也讓她安了心，慢慢就收了淚，卻仍是覺得沒有解氣。明明他一早就可以表明心跡的不是？明知她擔心什麼，還故意要跟嬌蕊那麼和氣地說話，非要逼她傷心難過？於是就拿起他的衣袖，將鼻涕眼淚一把抹在上面。

對於俞筱晚像小孩子賭氣似的舉動，君逸之無奈到了極點，這件事好像明明是他受了委屈吧？怎麼反倒是她的氣性更大呢？罷了罷了，誰讓她是孕婦，難怪韓二這小子說孕婦的脾氣大，叫我要小心一點。

俞筱晚發洩完了，看著君逸之衣袖上亮晶晶的水漬，不由得有些訕訕的，尤其在他似笑非笑的目光之下，更是羞窘，乾脆耍賴道：「這是為了要你記住自己說的話！」

君逸之掐了掐她的小鼻子，笑道：「是，遵命！」

俞筱晚不好意思地噗哧笑了，也不怕髒地偎進他的懷裡，撒嬌道：「那我以後就全都推給你了！」

君逸之「嗯」了一聲，哄著她問道：「晚兒，妳真的會為我心痛死？」

俞筱晚小臉一紅，啐了他一口道：「不理你了，我得將褲子做好，得去給母妃和老祖宗請安了。」

君逸之也沒再打攪她，只是一個勁兒地看著她笑，弄得俞筱晚針都拿不穩了，乾脆將針線收好，「去給母妃和老祖宗請安吧。」

君逸之笑著站起身，指著衣袖上半乾的痕跡問：「妳讓我這樣去？」

俞筱晚紅著臉白了他一眼，親自去櫃子裡挑了一身衣裳給他換上，小夫妻倆這才一同去了春暉院。

楚王妃早就已經在春暉院了，見到他倆，嘴角就不由自主地往外擴，「晚兒今日怎麼起得這麼早？看起來精神不錯啊！」

楚王妃這麼熱情，真是將俞筱晚嚇了一跳，忙恭敬地應道：「回母妃的話，這幾天睡得比較多，精神頭自然好。」

楚太妃笑著讓俞筱晚坐到自己身邊，問了她一些日常起居。楚王妃指著周側妃插話道：「大姑奶奶昨日才生了一個大胖小子，夫家今日一大早就送了紅蛋過來，晚兒一會兒拿回去吃幾個，也要給咱們生個大胖小子才好。」

俞筱晚的笑容些勉強，君逸之忙道：「孩兒還想先要個閨女呢，咱們府中的嫡長孫，還是讓未來大嫂生吧。」

楚王妃怔了怔，想駁斥他，卻又覺得這樣也挺好，於是道：「若是孫女……也行吧。」

周側妃忙在一旁湊趣道：「二少爺和二少夫人都是天仙般的人物，無論生兒生女，日後都是了不得的，若是生個女兒，必定是咱們南燕朝的第一美女不可。」

平日裡，周側妃就是個十分有禮、說話溫柔和善的人，一度俞筱晚對她的印象是極好的，可是現在看著她甜美的笑臉，心裡卻十分膈應，便只淡淡地回應道：「側妃過獎了。」

楚王妃的目的卻不是說生男還是生女，忙將話題往自己的預想方向拉，「對了，逸之，我怎麼聽說你早晨都是自己穿衣的？怎麼沒丫頭服侍？」

君逸之不在意地道：「兒子不喜歡丫頭服侍，您又不是不知道。」

楚王妃最見不得他對自己這副不冷不熱的態度，忍著氣道：「這怎麼行！你是堂堂的郡王，連日常起居都沒有人服侍，傳出去不是成了滿朝的笑柄？」又轉向晚兒道：「妳身為逸之的妻子，怎麼這種事都不替他思量好？以前逸之至少還有從文他們幾個服侍著，成了親後倒成了沒人服侍的人了，嬌蕊和嬌蘭是我指給他的貼身丫頭，本就該服侍他的，正好妳如今身子也不爽利，就將她們開了臉，服侍起來更安便些。」

君逸之立即蹙眉道：「孩兒那時就說過不要她們兩個的，是您自己說放在那兒不管就是了，孩兒才收下的，怎麼這會子又提這事？平日裡晚兒服侍孩兒服侍得極好，哪用得著她倆？若是您這麼喜歡她倆，回頭我就將人將她倆給您送春景院去。」

楚王妃當場就怒了，瞪著俞筱晚問：「是不是妳不讓她倆服侍逸之的？」

君逸之懶得再跟母妃說話，拉著俞筱晚站起身，朝老祖宗行了一禮，「老祖宗，晚兒有些不舒服，孫兒就帶她回去休息了。」

楚太妃笑了笑道：「好好，讓抬轎子的慢一點，別顛著了。」

君逸之和俞筱晚向老祖宗和母妃行了禮，便退了出去。

楚王妃兀自氣得不行，她一片好心，怕媳婦善妒，讓兒子吃虧，這才當面將事情挑開了說。兒子倒好，不幫她還幫著那個妒婦，「老祖宗，您倒是說說看，哪有這樣的事兒？媳婦懷孕了，不主動給丈夫安排通房的？我看這個俞氏就是善妒，得治一治才好。」

楚太妃有些不滿地看了兒媳婦一眼，真是分不清事情輕重緩急，大上午說些讓人悶氣的話，她淡淡地道：「叫妳來是商量世子妃的人選，妳說那些個事兒幹什麼？該怎麼辦他們夫妻兩個自有主張，我不是早說過，他倆的事兒妳少管嗎？」

楚王妃憋了一口氣，只是想到要商量世子妃的人選，似乎這事兒更大，於是強行忍下，建議道：「媳婦覺得宛婷這丫頭就不錯，出身好、長得俊，難得的是對琰之一片癡心。」

前不久還說給君逸之當側妃都行的人，能叫對琰之一片癡心嗎？楚太妃當著周側妃的面，總要給楚王妃一點面子，只是道：「可是琰之不喜歡，強扭的瓜不甜。」

楚王妃又氣得說不出話來。

楚太妃又繼續道：「府中住了這麼多位客人，也是時候請一些人回去了，人多了，難免會出這樣那樣的問題，若是再死一個，咱們楚王府就要成凶宅了。我想，將孫小姐、曹小姐和蘭小姐三人留下，其他的人都請回去，妳去安排一下吧。」

一聽留下的人裡沒有原宛婷，楚王妃立即不滿地道：「宛婷是我的侄女，就算不為了琰之娶妻，只當是親戚走動，在府中多住一住有什麼關係？」

楚太妃將杯子一撂，「砰」的一聲。楚王妃嚇了一跳，不敢再多說了。

回了春景院，楚王妃就開始發脾氣，「太不將我娘家人放在眼裡了，她自己的娘家人留下也就罷了，連那個姓曹的也留下，算什麼？那個丫頭的出身，連封個庶妃都是抬舉她了。」

郭嬤嬤也附和道：「就是啊，不管是論什麼，表小姐都是前三甲的，怎麼也不該表小姐走。」說著附耳低聲建議，「不如王妃您進宮去請個安？禧太嬪平日與太后與為親近，求太后給下道懿旨？」

「給逸之賜個側妃，老祖宗都推三阻四的呢！」楚王妃揪著帕子猶豫，「況、況且，上回下藥的事，老祖宗也知道了，恐怕是因為這個瞧不起宛婷……」

郭嬤嬤建議道：「正是因為這事兒王爺和老祖宗都知道了，宛婷小姐也不大可能立為世子妃了，不如退一步，求側妃的位子，這樣還便宜一些，而且若不是二少爺不允，太后賜個側妃，老祖宗總不至於拒絕。宛婷小姐得了太后的賜婚，日後的地位也與正妃不相上下，這樣不是挺好嗎？」

楚王妃左想右想，拿不定主意。她非常憂鬱，原家年紀相宜的姑娘，雖然有三個，但只宛婷一個是嫡出的，另外兩個庶出的，身分更低，根本拿不出手。若是宛婷只能為側室的話，那麼正妃就一定不能是出身好的，不然宛婷會壓不住，日後她的地位仍是受威脅……況且，側妃之位能不能得到，還是兩說呢。可是貿然去求旨，只怕被王爺知道了，不會饒了她。

楚王妃糾結了許久，終於決定進宮一趟，先問問禧太嬪的意思。

楚王妃才剛入宮，就被太監們請到了慈甯宮中，太后親切地接見了她，問起賀七小姐的案子，「聽說已經查到兇手了？」

楚王妃忙道：「已經查出來了，是賀七小姐的貼身丫頭問棋失手所致，人已經送到東昌侯府了，隨他們怎麼處置。」

太后點了點頭，端起茶杯來，輕輕刮著茶葉泡子，一面透過氤氳的霧氣觀察楚王妃的表情，一面思索似的緩緩問：「一個丫頭有這麼大的膽子，失手殺了主子，還敢布局誣陷二少夫人？你們王爺就不曾懷疑？」

楚王妃忙道：「可不是嘛，王爺也不是沒有懷疑，前兩日半夜裡，咱們府中還走水了，燒死了兩個婆子，其中就有撞到俞氏的那個。王爺怒極，當場要求齊總領徹查，只是後來實在是查不出什麼結果來，指向的又是周側妃和兩位妾室，都沒明證，又都是服侍了王爺幾十年的人了，再者說，她們頂多也就是幫忙掩飾一下罷了，王爺便說算了。」

太后淡淡地笑了笑，「楚王爺倒是心善，只是她們幾個都是當主子的，怎麼會幫一個丫頭掩飾？」

楚王妃也糊塗，「這個王爺也想不通，不過後來聽說她們幾個的丫頭與問棋那丫頭的關係都不錯，或許是丫頭們私下裡幫的吧，並不關她們幾個的事兒，王爺說不想再查了。」

太后點了點頭，讓她退下去了。

過得片刻，定國公從屏風後走出來，笑盈盈地道：「楚王爺總歸是個識趣的人，膽子又小，成不得什麼大事。」

太后淡淡地道：「也太識趣了一點。」

這件事這麼多的破綻，她在一旁只等著看這結果，看楚王爺到底會怎麼處置，結果，果然如同他在朝堂上的表現那樣，軟弱得一塌糊塗，稍稍涉及到自己，就不敢再查下去。可是，先帝是一個什麼樣的人，沒人比她這個共枕人更清楚了，高瞻遠矚、謀略過人，先帝既然將楚王爺定為四大輔政大臣之一，楚王爺就必定有其能獨當一面之處，可是她觀察了幾年，除了中庸老實，實在是看不出還有什麼別的長處。

定國公知道自家的太后妹妹總是懷疑楚王爺，在很早之前就開始懷疑了，可是他私下也跟楚王爺接觸過，卻覺得楚王爺就是這麼一個謹小慎微的人，大概是先帝在位之時，以雷霆手段滅了幾座王府，給嚇怕了，為了保住這個王位，才這般膽小。

太后搖了搖頭道：「會咬人的狗是不叫的。你讓她繼續盯著楚王爺，有任何風吹草動，就立即通知哀家。」

定國公應了下來，太后又問道：「知存也上朝幾個月了，覺得如何？」

說到自己得意的長孫，定國公立即笑出一臉菊花，「知存表現得不錯，他的上司還跟我誇讚他呢！」

太后笑道：「千萬別是人家看在哀家的分上誇他的才好。你告訴他，好好幹，認真當差，哀家不會虧待他。要光大咱們蘭家，就得靠他們幾兄弟了。」

這會子，被太后寄予厚望的蘭知存正在伊人閣內，與新交的朋友鮑啟智把酒言歡。鮑啟智見他喝著喝著皺起了眉頭，不由得關切地問道：「蘭公子有什麼煩心事，說出來給鮑某聽聽，只要鮑某幫得上的，一定兩肋插刀！」

蘭知存低頭端杯，眸光閃了閃，抬起臉來，又是一臉的暗暗憂傷，「說出來，怕也幫不上什麼。其實是這樣，我看中了一塊地皮，因為那兒有一處溫泉，對家父的老寒腿極有幫助，一心想買下來，誰知出了高價，那位地主卻怎麼也不願割讓。若是他自己要用倒也罷了，偏他不是，只是因為修莊子的銀子不足，就任由那塊地兒空置著。」

「這也太過分了，他用不上就給能用得上的人！」鮑啟智一臉憤慨，拍著桌子問，「蘭公子，你就直說吧，我能幫得上你嗎？」

「若是能讓其割讓那塊地，蘭某就感激不盡了。」

鮑啟智抓了抓頭髮道：「這可真是難……」

蘭知存的隨從則笑道：「鮑公子是江湖人，難道不知道江湖上的辦法嗎？」

鮑啟智遲疑地道：「蘭公子可否明示？」

那名隨從笑道：「聽說江湖中人最會嚇唬人了，若是能將那地主嚇得乖乖變賣，只要不出人命，咱們公子必定感激不盡。」

鮑啟智愕然道：「啊？這個……這個……違法之事……」

那隨從輕笑道：「鮑公子身為江湖中人，竟連這點膽識也沒有嗎？你放心，我們公子又不是讓你殺人越貨，只是嚇唬嚇唬那地主，讓他痛快轉讓便成了，銀子公子也會照付的。」說著從袖袋裡摸出兩塊金條，少說也有三十兩，推到鮑啟智的面前，「這是我們公子的一點謝意，事成之後，會再奉上另外一半。」

鮑啟智不高興了，一把將金條推開，看著蘭知存道：「在蘭公子的眼中，鮑某就是這樣不仗義的人？幫朋友一點小忙，難道是為了這些黃白之物？」

蘭知存優雅地笑了笑，又將金條推到他面前，「蘭某怎會看不起鮑兄，只是此事恐怕你一個人忙不過來。既然需要找幫手，怎麼也該我出銀子才好。而且，蘭某十分相信鮑兄，為免事急生亂，地契可先轉到鮑兄的名下，再由鮑兄轉到蘭某的名下。屆時我讓阿達與鮑兄聯繫。」

阿達就是蘭知存的隨從。

鮑啟智這才呵呵笑著，將金條收到懷裡，拍著胸口保證，「這事鮑某兩天之內就能辦成，蘭公子只需等在下的好消息便是了。」

談完了事情，蘭知存不想再久留，便讓人喚來了如煙姑娘。如煙嫋嫋婷婷地走進來，含情脈脈地向蘭知存福了一禮，嫣然笑道：「聽聞今夜公子有約，如煙特意備了一桌酒席，還請公子移步蘭亭。」

「不必了，今夜妳不用服侍我，妳好生服侍我的這位朋友。」蘭知存將如煙推到鮑啟智的面前，向著鮑啟智笑道：「這位如煙姑娘可是伊人閣的頭牌，也是這整條花街公選的花魁。今日蘭某就讓她來服侍鮑兄，度夜的銀子已經付了，蘭某就不打擾鮑兄了。」說罷便要告辭。

如煙絕豔的小臉上頓時灑落花雨無數，拉著蘭知存的衣袖，哀哀怨怨地道：「蘭公子怎能這樣對待如煙？如煙一心只想服侍公子……」

蘭知存溫柔地笑道：「如煙姑娘怎麼哭了？」裝作為她將碎髮順至耳後，無情地附耳低語：

「難道妳不是收了銀子就服侍人的妓子嗎？銀子我已經付了，妳有何損失？妳可是伊人閣的頭牌，想讓客人們知道，你們伊人閣就是這樣待客的嗎？」

如煙震驚地看著蘭知存，蘭知存笑得依舊溫柔，拍了拍她的小臉，柔聲道：「好好服侍鮑公子，讓鮑公子滿意了，日後我會賞妳。」

出了伊人閣的大門，坐上馬車之後，阿達便問自家主子：「公子，您真相信這個姓鮑的嗎？」

蘭知存不屑地笑道：「信自然是信不過的，不過江湖中人刀頭舔血，為的就是財，見到金子鮮少有不開眼的，我又不是讓他殺人越貨，他為何不願？但是仍然不可大意，你讓影子跟緊了他。」

阿達忙應道：「奴才明白，影子這會兒還在伊人閣盯著他。」

蘭知存閉目養神，不再說話，阿達繼續笑著恭維道：「方才如煙姑娘為了公子您哭了呢，公子真是魅力無邊啊！依奴才瞧，那寶郡王爺根本不能與您相比，他包了如煙一兩年，可您與如煙姑娘才不過幾夜而已，如煙姑娘就心慕公子了。」

蘭知存好笑地張開眼睛，「婊子無情，戲子無義，你不會真以為如煙對我死心塌地了吧？她不過是裝個樣子，好讓我日後還來惠顧她。」

阿達張大嘴做恍然狀，緊跟著又露出滿面欽佩之色，「公子真是能將任何事洞若觀火，即使被人恭維追捧亦能不驕不躁，警省自身，世間恐怕再無旁人如同公子這般靈台清明了。」

雖然這話也是奉承，蘭知存卻覺得自己的確是謹慎謙遜之人，這番稱讚倒也受得起，於是微微勾了勾唇角，遂又閉目養神。

回到定國公府，定國公與世子都在外書房裡候著他，見到蘭知存進來，也不讓他見禮，就急切地問：「事情辦得如何？」

蘭知存笑道：「姓鮑的說兩天之內就能搞定，一定能搶在寶郡王之前買到手的。」將自己與鮑啟智的口頭約定說了一遍。

定國公世子點了點頭道：「越快越好，那個寶郡王是出了名的歪纏，若是讓他用下作手段拿到了地契，可就不妙了。對了，你讓姓鮑的買地，他不會捲了銀子跑吧？」

定國公倒是不怕這個，「那也得他有這個膽子！知存這事兒辦得妥貼，先用姓鮑的名字買下來，再轉到咱們手中。用新契的話，就根本查不出來。」說著讚賞地看向長孫，滿臉欣慰之色，「難怪太后也常誇你聰慧過人。」

蘭知存忙謙虛地表示，這都是祖父和父親教導之功。

從曹清儒的口中知道京郊有那麼塊地之後，一開始蘭家也沒這麼上心，是後來聽說地主就是品墨齋的老闆，以及他的發家史後，才動了心思。那地主原是一個小小的普通商人，因買不起京中的宅子，才不得不買下京郊的土地，可是自買下那塊地後，生意就做得順風順水，品墨齋成了京城最大的書齋和古玩鋪子，現在還做起了宮中的生意，成了皇商。

於是蘭家暗中請了幾位風水大師去查看地皮，得知那處是難得的五行齊整、藏風聚氣的靈地，不但令生人納福納財、富貴無比，還能令後人鵬程萬里、福祿綿延。時人極信風水，這樣的寶地怎能讓旁人占去？蘭家這才打起了主意，卻因為韓世昭和君逸之二人都看中了此地，又要防著他們知曉，便想等莊園都建起之後，再行公布。

如今蘭知存想出了這麼一個妥貼的法子，蘭家人自然期待萬分。

而伊人閣裡，待蘭知存走後，如煙就開始嚶嚶地哭了起來，鮑啟智手足無措，可是如煙哭著哭著忽然收了聲，狠狠地朝地上吐了口唾沫，惡毒地罵道：「得瑟什麼！那玩意還沒我手指粗，掏耳洞都嫌細，誰稀罕他？」再抬起頭來之時，豔麗的小臉上哪裡有半滴眼淚？

想到初次見面之時，如煙帶給自己的驚豔，再聽現在這般粗俗的言辭，鮑啟智有種女神幻滅的崩潰感，張大了嘴巴，傻傻地看著她。

如煙惡聲惡氣地道：「看什麼看，再看挖出你眼珠子！」

呃……鮑啟智更加崩潰了。

君逸之大搖大擺地從窗戶慢悠悠地翻進來，嘿嘿地笑道：「你以為美人就一定文雅嗎？」

如煙瞪了君逸之一眼，輕哼一聲道：「有話就快說，我的人只能將那名暗衛引開一陣子。」

鮑啟智也就長話短說，問計道：「他一定要先轉給我，這可怎麼好？」

君逸之淡淡一笑，「這還不簡單，你到時用背書拿地契，再尋個藉口，說自己很忙，將地契背書給他就成了。實在不行也沒關係，強迫人賣地，能有多大的事？我要的不是這個罪名。不過……由此也能看出，蘭知存此人十分謹慎，你以後與他打交道時要儘量小心。」

地契的轉讓有兩種方式，一種是當著官府的面來轉讓，之後製作一份新的地契。這種轉讓的方式慢一點，但不會受騙，而且容易隱藏前主人的身分；另一種是背書轉讓，即原主人在地契的背面寫上已經將此契轉讓給某某人，然後再由新主人拿背書好的地契去官府備案。這種方式交易快，但就怕地契是假的。

若是此次連續兩次成交都是用的背書，一眼就能看出轉讓關係。若是原主人去官府告蘭家脅迫他賣地，雖然不能將蘭家怎樣，但也可以噁心噁心他們。不過這不是君逸之的目的，他的目的是要打擊太后，斷了讓她引以為傲的左膀右臂，讓蘭家的人再無顏進入官場。太后敢將手伸進他們楚王府，就得做好被人砍斷的準備，不要以為自己是一國之母，就能隨意拿捏旁人的生死！

飛速地商議完了後續的步驟，君逸之又翻窗走了。

如煙立即朝鮑啟智道：「上床。」

鮑啟智一愣，傻在原地。如煙不耐煩地將他抓起來往床上一拋，自己也跟著躍上床榻，伏在他的胸膛之上，並放下了床帳。鮑啟智的黑臉泛起了暗紅，心幾乎要跳出口腔來，正在色授魂予之際，忽地眼睛睜大如銅鈴，「妳……」

話沒說完就被如煙地瞪了回去，她伸手在鮑啟智的腰間軟肉上用力一掐，鮑啟智忍不住「啊……」地大叫了起來。鮑啟智最怕癢，受不住如煙的攻擊，連連折騰翻轉，躲避她的十指功。影子從外面轉回來，心中原還有些懊惱，他竟忘了正事，只是此時站在門外，聽得內裡傳出各種嬌喘和大叫，窺見床帳也抖動個不停，心下又安穩了，還好沒誤事。

君逸之回到府中，已經快戌時三刻了，俞筱晚正坐在東次間裡聽芍藥說著銀杏告訴她的話。聽完後，她方笑道：「我說母妃近些日子怎麼又對原小姐和顏悅色起來了，原來是郭嬤嬤的功勞。這也沒什麼，妳讓銀杏時不時提醒一下母妃那封信的事兒，母妃自己心裡會有數的。」

芍藥笑道：「其實不必您交代呢，銀杏自己也說，原小姐私底下十分刁蠻，若是她成了當家主母，日後她們這些當奴婢的，可就沒有好日子過了。」

正巧君逸之挑了簾子進來，芍藥忙福了一福，識趣地退下。

君逸之問：「這麼晚了，在說什麼？」

「說這回選世子妃的事兒。」俞筱晚上前來，一面幫君逸之解帶更衣，一面說道：「雖然老祖宗還未公布，不過客人們多數已經得了訊兒，下午我這兒就來了幾撥，哭哭啼啼地不想走。宛婷表妹倒是沒來求我，聽說郭嬤嬤幫著說了好話，母妃要留她下來。」頓了頓，又補充道：「今日下午母妃換了正裝出了府，不知去了哪裡。」

換正裝還能去哪裡？自是不告訴家裡人，就這麼悄悄入宮……君逸之傷神地搖了搖頭，拉著俞筱晚的手晃了晃，「不管母妃的事了，一會兒我告訴父王，交給父王去。妳且說說，妍表妹來過嗎？」

俞筱晚笑道：「哪能不來呢？她問我為何她要留下。」旋即又遲疑地問：「老祖宗這樣做好嗎？會不會……給你也選了一個？」

可別怪她多心，一開始這麼多嬌客住在楚王府，雖然外頭的人都知道是怎麼回事，但是人多，也就沒多大關係，誰家不想攀龍附鳳，都能理解。可是若真的只留下她們三人，這目標就太大了，若是最後還退回了哪個，恐怕以後再想議門好親事都困難。高門大戶都要臉面，讓楚王府挑剩的，就算是國公府的小姐，也難得有適合的人家會來求娶了。這樣的情形，老祖宗肯定也知道，既然留下了，那這意思就是老祖宗都要了。可是，像君琰之這樣的親王世子，同時娶一正一側的情形常見，但是同時娶三個的情形卻是沒有過的，那麼，是不是有一個是為逸之預定的？

君逸之笑了笑道：「不是，妍表妹是大哥說要留下的。她既然回了京，親事肯定就是由妳舅父和老太太說了算了，若是這回被退了回去，妳大舅父這個人，只怕還是會拿她的婚事當踏板，因此才不能將她送回去。等大哥的親事定下之後，再次她送回去，這京城裡多半沒人會上門提親了，她就能回父母身邊，跟她那個窮書生喜結良緣了。」

俞筱晚噗哧一笑，「原來是這樣啊！」

君逸之抿了抿唇，他大哥雖然嘴邊從來都是溫和的微笑，可實際上不是個多體貼的人，什麼事都只將自家人和他認定的朋友放在心上，會這麼關心曹中妍，他總覺得有些不對勁，就算是因為他和晚兒的緣故，也只需提醒他一聲就行了，犯不著親自去找老祖宗說。只是，有些事說出來，只是徒增煩惱，因而終是將話嚥回肚子裡。

楚王妃從宮中回來之後，就一直心神不寧的，因為禧太嬪勸她去向太后求懿旨，說無論如何要為原家留住楚王府這門姻親。她其實也一直有這個想法，可是一想到宛婷寫的那封信和大嫂對自己說的那些惡毒話，她就直噁心，要選也不想選宛婷，但是原家又實在是再沒有拿得出手的女兒了。

要麼已經定親已經出嫁，要麼就小得無法般配，再有幾個未定親的，卻是庶出的。一想到這個，楚王妃就越發地恨自家大嫂，不會生兒子也就算了，還不會生女兒，就生了那麼兩個，弄得忠勇公府一府的庶女！

郭嬤嬤從旁勸了幾句，楚王妃越聽越煩，直接將她打發了出去，金沙和銀杏忙進來服侍楚王妃寬衣梳洗。金沙替王妃淨了面後，銀杏拿了一個小錫盒上前來，笑盈盈地問：「王妃要不要試試這個？」說著打開了錫盒，送到王妃鼻下嗅味。

楚王妃深吸一下，微笑道：「很好聞，是紫薇花的香味。」

銀杏笑道：「什麼都瞞過不過王妃，這正是紫薇花製成的香膏，是表小姐親手製的，說能滋潤皮膚，讓肌膚細膩留香。表小姐真是孝順您呢，無論什麼事都先想到您，今日下午還來了幾趟，問您什麼時候能回府。」銀杏一面說一面用小銀勺舀了黃豆大一團香膏出來，就要往王妃的手背上抹。

楚王妃一把推開，「這個賞妳了，我還是用珍香齋出的香膏。」心裡膩味得要死，什麼關心我，明明就是想知道我有沒有幫她求到懿旨，那樣說過我之後，就想憑一點小意兒奉承一把抹過？哼，想得倒是美！

銀杏聞言眸光一閃，笑盈盈地謝了賞，另換了香膏給王妃塗抹。

楚王爺處理完了公務，回到內院，直接去了楚王妃的春景院，一進門就問：「聽說妳下午出去了？」

楚王妃心裡一哆嗦，她雖然事先沒報備，可是王爺只要一問車夫和侍衛就能知道，也不敢隱瞞，只說是進宮去給禧太嬪問安。楚王爺掃了老妻一眼，楚王妃心裡又是一哆嗦，老實交代了自己的想法。

「王爺，您說說看，妾身要怎麼做才好？宛婷這孩子真是傷透了我的心，若是日後府裡沒個可靠之人，妾身心裡真的覺得又惶恐又孤寂，真是沒個底。」

她往常這般說完，楚王爺總要好意兒地溫存安慰一番，今日王爺卻顯得十分不耐，立眉斥道：「哦？只有妳原家的人嫁進來，這府裡才有妳能依靠的人？妳將本王置於何地？妳將琰之置於何地？上回跟妳說了那麼多，妳只說已經想通了，原來還是這般冥頑不靈！既然妳這麼看不上本王，覺得本王不足以依靠，那以後凡事都不用再來找本王了，本王也不會再踏足妳這個春景院！」

楚王爺越說越怒，乾脆一拂衣袖，揚長而去。

楚王妃又慌又懼，震驚地看著楚王爺決絕的背影，待玳瑁珠簾撞擊出清越的聲響，她才回過神來，駭得邊追邊大聲呼喚：「王爺、王爺，妾身知錯了，妾身……」

待追出去，院子裡哪裡還有王爺的身影，楚王妃心裡頓時跟塌了整片天一樣，她這時才想到，女人們在家裡的地位，可不就是男人給的嗎？她怎麼本末倒置，總想著那些會讓丈夫和兒子厭煩的事情？現在她被王爺嫌棄了，可如何是好？

楚王妃頓時驚天動地地哭了起來，金沙和銀杏驚懼地站在走廊下，誰也不敢勸哭得上氣不接下氣的王妃回屋。兩人急急地用眼神交流了一下，總算拿了個主意，差了兩個小丫頭去滄海樓和夢海閣請世子和二少爺過來。

君琰之和君逸之匆匆趕來，金沙和銀杏已經將王妃扶進了內室，可是楚王妃還是哭得萬分傷心，怎麼勸也勸不住。兩兄弟責備地瞥了兩個丫頭一眼，同時坐到母妃身邊，好聲好氣溫言勸慰。

楚王妃老半天才收了聲，慌張扯著君琰之的袖子道：「琰之，你沒怪母妃吧？沒有吧？」

君琰之含笑道：「只要母妃不再強加宛婷表妹給孩兒，孩兒怎麼會怪母妃呢？」

楚王妃忙道：「不要宛婷了，這孩子心地不好，你舅舅家還有三個庶出的表妹，母妃瞧著人品還是不錯的……」

話沒說完，就被君琰之打斷道：「時辰不早了，母妃還是安置了吧。」

楚王妃眼皮一跳，小心翼翼地問：「琰之，你是不是生氣了？」

君琰之誠實地道：「是有點，只是還沒有父王那般生氣，因為兒子知道，兒子的婚事，老祖宗是不會讓您插手的。」

君逸之附和道：「就是啊，父王生氣，也是因此事罷了。若是母妃能不再插手，孩兒們還能幫著勸勸母妃，可是母妃若還是有這種想法，那孩兒們也沒辦法去勸父王了，您以後就都一個人安置了吧。若是怕黑，可以找丫頭們來陪您說說話。晚兒懷了身子，孩兒以後要多陪著她，就不來看望您了。」

楚王妃被君逸之嗆得不能出聲，王爺生氣了，她很後悔，更怕兒子也不再理她，可是又心存了僥倖，希望事情還能有回轉的餘地，她還是能弄個原家的女孩兒進府來，一方面能鞏固自己的地位，一方面能給家族帶來些好處。世家的千金們，自小就被教育著，要為家族的繁盛出力，這個觀念已經深入骨髓，不是一時半會兒就能扭轉過來的。

兩兄弟對視了一眼，都知道母妃這還是沒想通，君琰之雖然沒有直接說，但是那神情也是這個意思，若是她不想通，以後不會再來看望她，逼她想通！

當下，兩兄弟也不再勸，只吩咐了金沙銀杏仔細伺候著，不顧楚王妃的極力挽留，硬是施禮告辭了。

而且這兩兄弟還真是說到做到，之後幾日，不論楚王妃尋了什麼藉口叫他們過去，他們都只打發了下人過來，自己是怎麼也不會再出現在她面前的，就算楚王妃在老祖宗的春暉院裡待上一整天，也不可能看到兩兄弟的影子。

這一下，楚王妃終於嘗到孤立無依的滋味了，偏原宛婷還不停地來煩她，明裡暗裡表示希望楚王妃讓她多住一段時間，她不想就此離開楚王府。

可是其他的千金們都在得知無法繼續留下之後，主動找了藉口，先向楚太妃辭行，免得被人掃地出門，更加沒有臉面。由此，楚王妃愈發覺得自家這個侄女無皮無血厚顏到了極致，連帶著也煩上了為其說好話的郭嬤嬤。郭嬤嬤被楚王妃斥過一頓之後，再不敢輕易開口了。

時間一晃就到了八月十八，孟醫正說好這日再來楚王府為俞筱晚請脈的，其實前兩天俞筱晚自己已經把出了滑脈了，只是不好意思親口說出來罷了，因而這天一大早就起身，梳妝打扮好，等候孟醫正的光臨。

沒想到，來得更早的是攝政王妃，她帶來了一大堆小孩玩具，赤金白銀的平安鎖、腳鈴手鈴之類，笑盈盈地道：「我先來送禮，免得落在旁人後頭。」

俞筱晚羞澀地笑笑，「您就不怕弄錯了？」

攝政王妃笑道：「當太醫的人，沒有一定的把握，是不會說出滑脈兩個字的！妳呀，就安心當母親吧！」頓了頓又笑道：「對了，吳庶妃也有喜了，等胎兒穩了，妳們可以多走動走動，相互交流一下。」

俞筱晚一怔，不是前陣子才說，攝政王打算等王妃生下嫡子，再讓旁的妃子生孩子嗎？怎麼這麼快吳麗絹就有了身子？

攝政王妃笑著拍拍她的小手，無所謂地道：「避子湯是我的丫頭看著熬的，也是看著她喝下的，每回王爺也都過問了……我後來也問過太醫，這避子湯也不是那麼保險的。大概是天意吧，既然有了，就生下來，反正旁人生得再多，也不是嫡子。」

「是啊，反正也要叫您一聲母妃的。」俞筱晚實在不知道該說什麼，如果是偶然的，那麼這個就真是天賜的孩子了，可若是刻意為之的……她也不好說什麼，吳麗絹跟她總有幾分香火情，不論吳麗絹有什麼心思，她也不能鼓動王妃打掉那個孩子，於是只好來了這麼一句。

攝政王妃笑了笑，隨口道：「妳的確是善解人意，難怪憐香那麼喜歡找妳玩。她被我父母寵壞了，以後妳多教教她。」

俞筱晚有些不明所以地應了一聲，自她嫁入楚王府後，憐香縣主的確是來找她玩過兩回，這種程度也算不上是「那麼喜歡」吧？

沒聊多久，君逸之就帶著孟醫正過來了，果然確定為喜脈，攝政王妃笑著道喜：「希望妳一舉得男！」

俞筱晚紅著臉道謝，攝政王妃又笑著向君逸之道：「逸之，你就要當父親的人了，可不能再這樣成天混日子。你皇叔說了，給你個巡城御史當著，也不必你按時點卯，這樣總成吧？」

君逸之一個勁兒笑，似乎不是很情願。俞筱晚卻是知道，他心裡是情願的，巡城御史雖然沒有什麼實權，只是每天滿街閒逛，管管民生小事，但是卻能給他暗中的事兒帶來很多便利，便忙推了推他，裝作嗔怪地道：「皇叔皇嬸好意提點你，你可得仔細辦差，不然我和寶寶都不理你了！」

君逸之只好不情不願地應下。攝政王妃笑著看了看這小倆口，「有晚兒督促你，我就放心了。」

攝政王府裡還有許多內務要處理，王妃就不多留了，去到春暉院跟楚太妃問了個安，便擺駕回府。

君逸之喜得眉開眼笑的，摟著俞筱晚不住地親，嘴裡亂七八糟地道：「最好是兒子，當然，若是女兒我也喜歡！晚兒，妳別擔心……哎呀，我們是不是要送喜報給各府？」

蔡嬤嬤笑呵呵地道：「現在還不送，現在只要送個喜報給曹府，讓二少夫人的娘家人知道就行了。」

「那快去報吧！對了，打賞，夢海閣的丫頭婆子小廝，每人賞銀五兩，府中的下人各一兩！」

君逸之一高興就特別大方，俞筱晚不禁笑嗔道：「賞銀的事，你就交給蔡嬤嬤吧，從來打賞都是分了等級的，你這般賞下去，會讓管事們和大嬤嬤們心裡不舒服的。」

君逸之一頓，隨即笑道：「好，交給蔡嬤嬤去辦。」他也不耐煩想這些。

蔡嬤嬤喜氣洋洋地應聲退下了，俞筱晚趁機問君逸之：「你手中可有人手，能不能查一下憐香縣主這段時間的行蹤？」

君逸之奇怪地看著俞筱晚問：「妳要知道憐香的事幹什麼？」

俞筱晚將心中的懷疑說了出來，「她對睿表哥一片癡心，家裡又看不上睿表哥，我怕她被睿表哥給……引誘了。今日攝政王妃還說她特別喜歡來找我玩，她就來找過我兩次啊，別是打著這個名頭，跟睿表哥私會吧。」

君逸之隨即應道：「沒問題，這個容易查。對了，妳上回不是說妳表哥在外面藏了一嬌，還讓人將她懷的孩子給打掉了嗎？這麼狠心的男人，妳怎麼不利用一下？」

俞筱晚咬了咬唇道：「睿表哥的事，我跟憐香縣主說過幾次，她總是不聽，我就煩了。現在利用，希望不會遲吧。」說著又想起了何語芳，戳著君逸之的胸膛道：「你害得何姊姊成了再嫁婦，連婆家都不好找，怎麼也得幫她說門好親事！」

君逸之撓了撓頭髮，嘿嘿地笑道：「那時不是年紀小嗎？想事不瞻前不顧後的，還覺得自己是辦了件大好事！好吧，妳放心，皇叔也答應再幫她賜婚的，我定會將自己的錯給彌補了！」

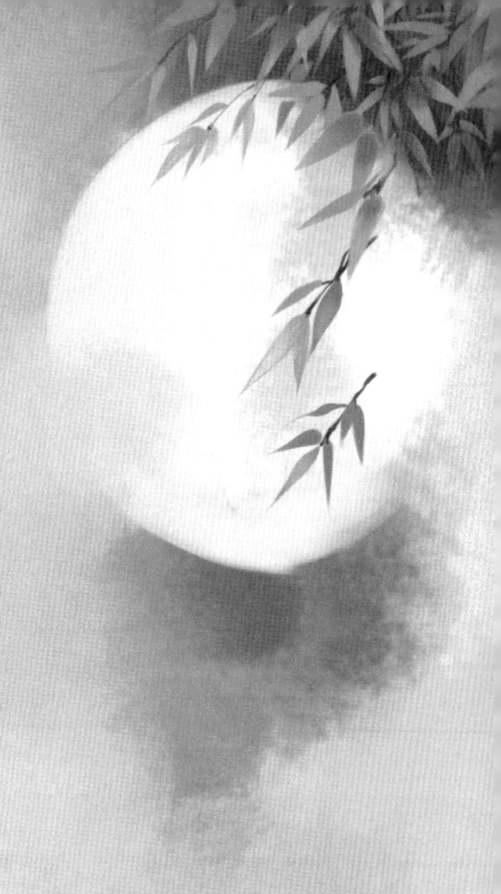

柒之章　暗處觀戲解恚怒

曹府那邊得了訊後，立即派了武氏過府來探望。那會子俞筱晚剛好歇了午起來，忙將武氏迎入了東次間。武氏仔細打量了俞筱晚的臉色，便笑道：「氣色真好，老太太還在念叨呢，說妳是個有福氣的，一定會生男孩！」

俞筱晚柔笑道：「讓老太太掛念了，不知老太太現在身子如何？上回我送去的藥，可還有餘的？若是沒了，記得讓人說一聲，製藥也要幾天功夫的，這會子中午還有些暑氣，我也不敢多製了，怕壞。」

武氏忙道：「還有呢，老太太最近身子骨好著，所以沒怎麼服用那藥，都存著了。」又細細說了些自己懷孕生產的經驗，才皺眉笑道：「其實咱們府上也有樁喜事。」

俞筱晚眨著一雙剪水明眸，好奇地看向武氏。說是喜事，怎麼卻有些憂煩的樣子？

武氏扯了扯嘴角，勉強笑了笑，「石姨娘也有喜了，四個多月了，肚子都掩不住了，才說出來。我……我自問不是那種刻薄的主母，不知她這般防著是為什麼。」

四個多月？這麼說，她幾次回曹府赴宴的時候，石姨娘就已經懷了身子了，可是她明明遣了芍藥去問的，石姨娘總推說沒有，連她也要防著嗎？

別說是武氏，就是俞筱晚心裡都不舒服了。好在石榴不是她什麼人，她也沒多做糾結，便岔開話題笑問道：「聽說敏表哥月底就要赴任了，不知與韓府的婚期定下來沒有？」

武氏蹙著眉頭嘆道：「就是沒定啊。爵爺幾次差媒人上門，韓相爺都說不急，可是……待三年之後，敏兒還不知能不能調回京城呢，若還是外任怎麼辦？別說敏兒今年二十二了，就是三年後，韓五小姐也有十八了。」

俞筱晚暗想，君逸之私下與韓二公子的交情似乎不錯，不知能不能幫忙問問韓相爺到底是個什麼意思。不過在問好之前，她不打算先告訴武氏。

武氏想了想，搖頭笑道：「兒孫自有兒孫福，我也不急了。那時大姊那麼在意兒女的婚事，可是現在睿兒的婚事沒有著落，雅兒雖然定了十一月出嫁，可是平南侯府那邊卻是淡淡的，送來的聘禮……唉，瞧也不怎麼看重她。」

俞筱晚順著改了話題，「貞表姊成親的時候，我沒去送親，燕兒表姊的婚事可不想錯過了，舅母記得差人來提醒我。」

武氏順著這話應下，又小聲地道：「敏兒要我跟妳說，這陣子張長蔚大人時常過府來找爵爺，不知在商量什麼事兒。大姊她……雖然還沒搬出家廟，但是爵爺已經多派了幾個婆子去照顧她了，裡面的被褥和一應事物都更換了新的。」

俞筱晚心中一動，向武氏笑道：「多謝敏表哥了，這個人情我會記下。」

送走了武氏，俞筱晚凝了眉深思，君逸之已經打聽出來，攝政王爺得知了舅父討好太后，將玉佩和金剛經送給太后的事，因而開始疏遠舅父，平時沒少挑他的刺。舅父急得不行，正四處找靠山呢，都求到君逸之頭上了。此時跟有心結的大舅子張長蔚又湊到了一塊兒，只怕在商量什麼大事。

武氏到底年紀大了，似乎不得寵了，石榴卻又這般防著自己……恐怕是已經完全被舅父給收服了。俞筱晚不屑地笑笑，石榴以為懷了孩子就能飛上枝頭了嗎？恐怕沒這麼容易！

想了想，俞筱晚從自己的百寶箱裡取出一個小瓷瓶，叫來芍藥，低聲吩咐她道：「明日一早去曹府給石姨娘送些禮品去，恭喜她得了喜訊，另外告訴她，吃藥懷上的孩子，恐怕會有些懷不穩，問她想不想我再給她開穩胎的方子。記得進屋之前就將這瓶子裡的藥粉撒到禮品上，只撒一點，別露了餡。」頓了頓，又笑著補充道：「妳放心，只是讓脈象看起來像要滑胎，我不會拿無辜的孩子下手。」

芍藥將瓶子收好，嚴肅地保證道：「請二少夫人放心，奴婢一定會將事情辦好！」

次日一早，芍藥就帶著趙嬤嬤準備好的禮品去了曹府，回府的時候，說石姨娘沒說什麼。俞筱晚不急，那藥粉要一兩天才能生效。石榴一開始肯定會求助於曹府請來的大夫，可是沒有她的解藥是治不好的，總有求到自己頭上的一天。

因為君逸之答應任職，攝政王很快就下了旨，任命他為巡城御史。君逸之也換上了官服，人模人樣地帶著順天府的衙役去街上閒逛。他生得俊俏，與其說他看百姓們在幹什麼，還不如說是百姓們在看他來得貼切。

自從君逸之當了官後，每天聽君逸之談起上街時的趣事，就成了俞筱晚每晚的娛樂節目。直到九月初的一天，君逸之神祕兮兮地提前跑回府，笑嘻嘻地道：「想不想出府？我帶妳去看場好戲！」

俞筱晚早在家中悶得發慌了，聞言眼睛一亮，隨即又黯淡下來，「我才跟母妃說今天肚子疼的。」

楚王妃喚不來兒子，慢慢將主意打到她這個兒媳婦身上。俞筱晚可沒法像君逸之他們那樣直接拒絕，只能藉口身子不適不過去，弄得她現在連自己的屋子都不大敢出了。

君逸之便道：「那我就是帶妳出府見智能大師，讓智能大師給妳診脈。」說著摟著俞筱晚進了內室，讓丫頭服侍她換了衣裳。

待坐進馬車出了府，俞筱晚才問道：「什麼好戲？」

君逸之嘿嘿一笑，「妳不是讓我派人盯著憐香嗎？她真的跟妳睿表哥私下來往。上回我沒說，只讓人跟著，今天嘛，妳瞧瞧這時辰，我估計妳表哥忍不住要動手了，所以就讓人通知了越國公！嘿嘿，越國公的脾氣可不大好！」

俞筱晚眨著眼睛，笑了笑，脾氣不好沒關係，反正睿表哥也是罪有應得。

到了他們私會的兩條街外，君逸之就叫停了車，他也換了一身平常的衣服，帶著俞筱晚從小巷子裡走，然後抱著她輕輕躍上一道圍牆，伏身在院內的一棵大樹上。

俞筱晚藉著傍晚的餘暉仔細往屋內瞧著，果真見到曹中睿一面說著動人的情話，一面開始動手動腳。憐香縣主卻半推半就，不多時就香肩半露了。

俞筱晚立即問道：「咱們不下去阻止嗎？」

君逸之一面玩著她的頭髮，一面懶洋洋地道：「有什麼好阻止的，妳可瞧見她有半點不願了嗎？既然是她自己願意的，也讓她受點教訓才好！」

話音剛落，就聽得砰一聲巨響，院門被人一腳踢開，只見一名氣勢威嚴的中年男子，帶著幾個護衛模樣的年輕男子撞了進來。

屋內的兩人情意綿綿，翻倒在床上，正要入港，忽然被門外的動靜嚇到，一滾就起了身，雙雙湊到窗邊查看。

這一看，當即將曹中睿的色膽給嚇破了。他是認識越國公的，也知道他的脾氣，雖然早就打算好先拿下憐香縣主，日後為了娶親，少不得也要被這位岳父大人暴打一頓，可是還沒拿下就被暴打，那就大大不妙了。

憐香縣主也被駭住了，好在女人天性堅強，立時回過神來，一面哆嗦著穿衣，一面指著後窗道：「你快從那邊走！」

曹中睿這才醒過神來，胡亂將腰帶一繫，提著不及穿好的衣裳躍窗逃走。待越國公踢開房門的時候，屋內已經只有憐香縣主一人了。

雖然沒有看到男子，但是女兒憐香衣裳不整，越國公還有什麼不明白的？恨得大吼道：「說，人藏在哪裡了？」

憐香縣主十分護著自己的心上人，咬牙道：「哪有什麼人？父親您莫亂說！」

越國公今次帶來的都是自己的心腹，不怕他們會亂說，哪裡肯放過曹中睿那小子，立即指揮人四處搜索。

俞筱晚小聲問道：「咱們怎麼告訴越國公？」

君逸之微微一笑，彈出一顆小子，直擊向屋內，越國公身邊的護衛立即將越國公團團圍住，大喝道：「什麼人？出來！」

君逸之抱著俞筱晚縱向躍向曹中睿逃跑的小院，引得一眾護衛跟蹤過去，他卻半路打轉，掩了行蹤，帶著俞筱晚尋了棵枝葉茂盛的大樹，將嬌妻安放在自己的膝上，笑嘻嘻地道：「可以看好戲了，很精彩的！」

俞筱晚好奇地看下去，小院子裡的情形一覽無遺。一名俏麗的小婦人正揪著曹中睿散亂的衣裳，哭著問道：「你、你說，你為何會如此？你又上哪兒勾引小蹄子去了？」

待俞筱晚看清那小婦人的長相，真是無語了，竟然是江蘭！曹中睿居然會將與憐香縣主私會的地點，選在藏嬌的金屋隔壁。

君逸之笑著指了指中間的圍牆，「妳這表哥手頭緊，這是一處院子中間隔開的。」

兩人說笑間，越國公已經帶著一眾護衛尋了過來，一瞧見曹中睿衣裳不整的樣子，哪裡還願多說半句，直接一揮手，讓人將曹中睿按在地下，一頓拳打腳踢。

這還不算精彩，最精彩的是，會些武功的江蘭幾次想救出曹中睿，卻無法得手，只好厲聲吼道：「你們這些賊人，憑什麼打我相公！」

此言，讓追著進來的憐香縣主頓時呆成了木雞。

憐香縣主愣了好一會兒，之後醒過神來，立即撲上前去揪著江蘭的衣襟問道：「妳——妳說誰是妳相公？」

江蘭本在怒視著越國公，忽見一名華衣貴女質問自己，再看她身上的衣裳，雖然整理過，卻能明顯看出是倉促穿上的，心中立時明瞭了，妒火瞬間熊熊燃燒，伸手就去撓憐香縣主的臉。

越國公帶來的護衛知道這個嬌滴滴的小婦人會武功，自然是時刻警戒著，一見她動手，立即撲上來阻撓，饒是這樣，還是低估了會武功的女子的嫉妒心，憐香縣主仍是被江蘭撓到了半爪子，腮邊瞬間露出浮出一道血線。

憐香縣主被越國公府的護衛們拉至身後保護了起來，江蘭猶覺不解恨，嘴裡咒罵個不停。她自小就是孤兒，被遠房的親戚收養，待她五六歲時，親戚見她生得漂亮，便賣去了青樓。待了幾年之後自己逃出來，才被文伯選中。她在青樓和市井都混過一陣子，天南地北各色葷話粗話都會說一點，辭彙量雖然遠遠算不上豐富，但她勝在口齒伶俐又語速極快，幾十個詞語排列組合了使用，問候的主體又各有不同，細聽卻也沒有怎麼重複。

一時間各種汙言穢語堵塞了諸人的耳朵，偏她又生得極美，小花仙般的柔弱樣兒，反差過於強大，院中的諸人都有些呆滯。別說憐香縣主這樣的名門閨秀沒聽過這樣的罵法，就連君逸之這個時常出入花樓酒坊的花花公子，什麼下九流都見過的，自問是見多識廣的人，都不得不承認江蘭是他今生所見第一罵戰高人。

直到江蘭開始問候起憐香縣主的父母兄弟和歷代祖宗，因為涉及到本尊，越國公這才氣得手指直抖，指著她咬牙怒道：「你們是幹什麼吃的，還不把這個小蹄子的嘴給我堵起來！」

江蘭卻也伶俐，知道自己不是這些護衛的對手，立即繞著院中的樹木，邊跑邊扯著脖子大喊：「殺人啦，千金小姐勾引我相公，還帶著父兄上門殺元配啦！」

她是習了武的，不但有輕功，還有內力，護衛一時沒抓著她，讓她將整句話都給傳得整條街都能聽見。

這裡是商人的住宅區，比之官宦之家聚集的東城和南城，這裡的地段比較便宜，而且左右鄰居都不認識曹中睿，故而曹中睿將藏嬌之地選在這兒。這兒的鄰居流動性極大，都是走南闖北的商家，又特別熱衷於權貴之家的緋聞祕事，言談之間毫無顧忌，若是被人發覺到自家栓在一條街外的馬匹和馬車，只怕明日女兒與男人私會的傳聞就會傳得整個京城都知道，再過一陣子，只怕整個南燕都會知道了。

越國公氣得腦子發暈，手下的護衛也知情況不妙，左右包抄，終於將江蘭給抓住了，堵了她的嘴，送到越國公的面前。越國公抬起手來，就想搧她一個耳光，可是又覺得自己堂堂一個國公，對一個低賤的小婦人動手有失身分，於是舉起的手就頓住了。

江蘭用力一掙，吐掉口中的布片，冷笑道：「怎麼？還想毆打良民？」

越國公氣極道：「妳無媒無憑與男人苟合，也算良民？」

江蘭伶牙俐齒地反駁道：「我再無媒無憑與男人苟合，也沒殺人越貨、私闖民宅，如何算不上良民？況且這位小姐追著我相公過來，衣裳不整，她就沒有與男人苟合嗎？」

這句話成功地引來越國公的一記響亮耳光，目露凶光道：「妳敢再提一個字，我讓妳死無葬身之地！」

越國公的幾個女兒生得嬌美可人，他本人年輕之時也是俊男一個，只是滿臉絡腮鬍子，眉毛也越長越攏，幾乎搭在了一塊兒。人到中年之後，就是一副凶相，再這樣瞪眼切齒的，一般人看了都要抖三抖。

江蘭被打得嘴唇淌出鮮血，不是不怕，可是她是自小在市井見過無數吵架扯皮的場面，深知一旦露了怯，就輸了大半，況且她是真的喜歡曹中睿，在俞文飆的培訓之下，也深諳大戶人家的規矩。若是換個情形，曹中睿帶了憐香縣主過來，讓她磕頭敬茶，她肯定會在憐香縣主面前伏低做小，但是眼下的情形，她一瞧就明白的，這個小姐的父兄並沒看上曹中睿，這個小姐對她而言，什麼都不是，她為何要露怯？

「來呀來呀，殺了我呀，拋屍荒野啊，等我父母兄弟尋來的時候，自然會到官府為我討個公道！我倒要瞧瞧，當今盛世之下，有誰敢草菅人命！」

江蘭跟潑婦似的，瞪著眼睛罵回去，雖沒敢用手指點著越國公的鼻子，可是唾沫星子卻極有準頭地飛上了越國公重重毛髮之下，露得不多的面部皮膚。

越國公被她噁心得要死，不得不後退半步。

他雖然是個躁脾氣，可還真不是草菅人命的主，剛才也不過是想嚇唬一下江蘭，讓她不要嚷嚷女兒的醜事罷了，可是眼見對方油鹽不進，不得不改變了策略，先將人都押入堂屋內，再讓人將自家夫人和曹清儒請來，讓夫人與江蘭談，自己則與曹清儒和曹中睿好好談談，威脅恐嚇一番，總之，他是不會同意這門親事的，若是曹家敢傳出任何對憐香不利的傳言，他會讓曹家無法在朝堂和京城立足。

由於表演者換了地方，君逸之也忙帶著俞筱晚換了個位置，悄無聲息地潛入了堂屋，尋了最頂端的橫梁，藏身在陰影之中繼續看戲。

越國公夫人就候在一條街外的馬車裡，很快就到了。她擅長懲治不聽話的丫頭僕婦，只是面對完全豁出去的江蘭，也有點心有餘而力不足。雖然雙方的共同點是，不願憐香縣主與曹中睿再見面，但是越國公夫人必須站在高處，勒令江蘭不得亂傳話出去。可是江蘭卻堅持要為曹中睿討個公道，要越國公向曹中睿道歉，並且賠償湯藥費，否則她死了也要向閻王打小報告。

越國公會向曹中睿道歉才是鬼附身了！只是有句老話叫做「光腳的不怕穿鞋的」，江蘭反正是不怕什麼名聲不雅的，可是憐香縣主怕啊，越國公夫人怕啊，除非她們能將江蘭還有這院子裡的幾個婆子都殺了滅口，可是姜家又不是這樣的人家。

最後，越國公夫人不得不退讓一步，背著丈夫賠了一百兩銀子給江蘭，江蘭也答應絕不將今日之事說出去。

原本這邊的事情算是圓滿解決了，哪知一直呈現呆滯狀的憐香縣主忽然回過神來，瞪著眼睛看向江蘭，怒問道：「妳不過就是個外室，憑什麼叫睿哥哥相公？」

江蘭嘲弄地道：「因為相公答應過我，等他娶了正妻之後，就會用轎子抬回我曹府當姨娘，若是我生出了兒子，就會抬我為平妻，我稱他相公有何不對？他說過，他喜歡我，妳真以為他喜歡妳嗎？他每隔兩三天就會來看我，昨天他還在我這兒歇過才回府的呢！」

憐香縣主簡直受不了這個刺激，當即甩開了看守她的丫頭，衝到了正堂裡，一把揪住曹中睿的衣襟，邊晃邊哭罵道：「你好沒良心，一面與我親親熱熱，一面與那個小賤人卿卿我我！」

曹中睿現在渾身上下都痛，臉腫得跟包子一樣，眼睛只剩下一條縫，再被憐香縣主這麼一晃，骨頭都幾乎要散架了，但他還是不忘安撫憐香縣主，滿嘴的甜言蜜語。他和憐香縣主已經有了肌膚之親，雖然沒到越過最後一步，可是親也親過，摸也摸過，按照世俗禮儀，憐香縣主已經是他的人了。當然，若是越國公堅決不答應，拿官威來壓父親，他肯定無法得償所願，因而他只有抓牢了憐香縣主，只要憐香縣主堅持，最後一定能成功。

越國公正要制止，跟進來的越國公夫人卻衝丈夫暗使了個眼色，要他讓曹中睿說，因為江蘭已經跟了進來，讓這個潑辣的丫頭來敲醒女兒，比他們夫妻兩個苦口婆心說乾口水都要強。

若現在在憐香縣主眼前的，還是平日那個京城三大美男子之一的曹中睿，光憑他俊美無雙的容顏和清雅出塵的氣質，憐香縣主都會頭暈目眩了，更別提還有這麼些甜得心都能化為糖水的甜言蜜語了，可現實卻是，眼前是一張鼻頭通紅、兩頰青紫、眼眶烏黑、雙唇腫如豬腸的豬頭臉，平日裡總是流露出脈脈溫情的明眸，現在只剩下兩條什麼也洩不出來的縫。面對一顆豬頭，憐香縣主心中實在是無法產生出幸福的泡泡，甚至還有點噁心，當然不會這麼容易再被曹中睿騙了。

憐香縣主將江蘭的話拿出來質問他，曹中睿立時喊冤道：「我哪裡會喜歡一個丫頭？是她趁我喝醉了勾引我！我原是要一心一意對妳好，因而想著，先將她安置在外面，等告訴妳之後，再讓妳來處置！平日我們相見，實在是被她威脅的，她一時一個主意，一哭二鬧三上吊的，我很煩她，可是不論怎樣，她是自由身，不是奴婢，我又不能置她於不顧！」

「你胡說！」江蘭聽得大怒，一把將擋在自己面前的婆子揮開，直衝到曹中睿的面前，大罵道：「我勾引你？明明是你勾引我！你為了偷我家小姐的嫁妝，引誘我跟你有了夫妻之實！我為你私下裡開了小姐的嫁妝箱子，你自己說，你從裡面拿了多少東西！就連這處宅子，都是你用小姐的徽墨和龍台硯換來的！我懷了孩子，你讓我打掉我就打掉了，你居然這麼編派我！」

曹中睿大急，喘著氣反駁：「少胡說八道！」

江蘭咬牙冷笑，「我胡說？我告訴你，你拿的東西我都記下來了，你當硯臺和玉佩的當鋪，我也知道是哪家，你敢背叛我，我就去告訴小姐，把你告到官府去！我爛命一條，才不怕坐牢！」

曹中睿整個人都傻了，真沒想到床上風騷床下嬌媚的蘭兒，真實的性子是這個樣子的，不但潑辣兇猛，而且還有勇有謀，難道……她從來就沒相信過自己？曹中睿頓時被自己的這個想法給噎住了，他一直以為自己魅力無邊，無論什麼女子都能被他玩弄於掌心，傻傻地等著他的寵幸，卻原來……

俞筱晚靠在君逸之的懷裡，無聲地挑了挑眉，原來表哥還拿了別的東西，看來我得讓人將箱子清一清，對對單子了。嗯，真沒想到江蘭這麼悍，難怪文伯要將她選給自己了，當初真不該將她留在曹府，不然還真是個得力的助手，後悔啊。

君逸之則聽得直搖頭，附耳小聲道：「這種人怎麼也配稱京城四大才子？憐香真是個豬腦子！」

俞筱晚不禁小臉一紅，當年她也是豬腦子……

下面的越國公府諸人都面露不屑之色，憐香縣主呆呆地問江蘭：「誰是妳家小姐？」

江蘭臉頰漲紅，總算有點羞愧之心，「我、我家小姐是寶郡王妃，她的嫁妝多得一次搬不完，就放了十幾個箱子在曹府。」

越國公此時連不屑都懶得不屑了，淡淡地問女兒：「這樣的人渣，妳還要跟著他嗎？」

憐香縣主看著曹中睿躲避著江蘭兇猛的目光，明白江蘭所說的必定都是真的，不由得神情呆滯地鬆了手。她真是瞎了眼，怎麼會看上這麼個噁心的男人？怎麼會……

曹中睿大驚，伸出手想扯憐香縣主的衣袖。江蘭哪裡會讓他再碰憐香縣主，一伸手就撂開了。

曹中睿大怒，極力瞪著她道：「滾開！妳這個賤人，別出現在我眼前！」

江蘭心中一酸，控訴道：「你、你昨夜還不是這般說的，怎麼……」

越國公沒心思聽他們兩個扯孰是孰非，喝令她住口，並讓人去街口看看曹清儒來了沒有。不多時，一名護衛疾奔進來，小聲稟報道：「公爺，陛下宣召。」

皇帝宣召，越國公再不能久留，越國公夫人則不方便與外男談判，一行人只得先行撤離了。臨走前，越國公再次狠狠地敲打了曹中睿，要他小心言行，見他目露懼意，這才放心地走了。

憐香縣主被丫頭們扶著往外去，出門前還回望一眼，目光中盡是說不出的絕望，然後不論曹中睿如何深情呼喚，她都沒再回頭。

君逸之見人都走了，便小聲地問：「咱們走吧，餓不餓？去景豐樓用晚飯好嗎？」

俞筱晚卻搖了搖頭，竊笑道：「應該還有得看！」君逸之自然知道還有得看，不過就是這兩個男女相互對罵，待曹清儒來了之後，商議如何善後了。越國公是內閣大臣，女兒又是攝政王妃，不是曹清儒能惹得起的，必定是想著怎麼賠小心罷了。至於江蘭，一個背叛過晚兒的丫頭，他才懶得管她是死是活，因而就磨著晚兒，想帶晚兒去景豐樓用飯。

小夫妻倆在橫梁上打情罵俏，地下這兩個已經開始唱大戲了。起先江蘭還想溫柔地扶起曹中睿，想趁他受傷之際，溫柔地服侍他，挽回點形象。她今天是被曹中睿刻薄又惡毒的話沖昏了頭腦，才會不管不顧地將他偷小姐物件的事兒說出來，現在心裡可害怕得很，真怕曹中睿不會再要她了。

但曹中睿怎麼會原諒江蘭？江蘭毀了他最後的機會，以後，他肯定不可能再見到憐香縣主了！他一把推開江蘭，惡毒地道：「滾！別讓我再看到妳這隻不會下蛋的雞！」

江蘭倒抽了一口涼氣，「你——你這麼說是什麼意思？」

「什麼意思？」曹中睿的腫臉做不出嘲弄的表情來，只能加強語調中的嘲諷意味，「我早就讓妳喝了絕子湯，妳這輩子也休想再用孩子來威脅我！也不看看自己是個什麼東西，下賤的丫頭也妄想憑肚子裡的肉要我娶妳為良妾？妳要跟我，也是賣身的賤妾！」

江蘭緩緩地站起身，呆呆地看著曹中睿，忽然發狠地問道：「你說的是真的？」

曹中睿一愣，但轉頭看到他買來服侍江蘭的幾個婆子已經進來了，便覺得有了底氣，冷笑道：「當然是真的！」

江蘭一言不發地轉身進了起居室，曹中睿以為她獨自傷心去了，讓婆子扶著自己坐到主位上，有氣無力地吩咐道：「去熬些清粥來，若是爵爺來了，就快迎進來。」

兩名婆子應了一聲退出去，只留下兩名婆子小心地問：「少爺要不要去請個大夫過來？」

曹中睿搖了搖頭，一會兒父親來了，他就回府，府中有府醫。

婆子們便去打了熱水進來，幫曹中睿淨面。曹中睿剛覺得略微舒服了一點，江蘭忽然手執剪刀衝了過來，嚇得曹中睿將面前的銅盆一拋，撒開腿往外跑。可惜他是個只會點花拳繡腿的貴公子，哪裡是刻苦訓練過的江蘭的對手？幾下就被江蘭給按在了堂屋的地上，幾個婆子忙過來拉扯相勸，「奶奶算了吧，您日後還要跟著少爺的！」

江蘭將手中的剪刀一揮，「滾！有多遠滾多遠，不然我一會兒將妳們全殺了！我不想活了，也不想讓他活，妳們要陪葬，我就成全妳們！」

這幾個婆子剛剛可是看到江蘭跟護衛交手的，心下都是一驚，互望了幾眼，很有默契地往外跑。

曹中睿駭得手足發軟，忙告饒道：「蘭兒，好姑娘，咱們有話好好說！」

江蘭獰笑著問：「說什麼？」

曹中睿嚥了嚥口水，「我娶妳為良妾好不好？就算妳不能生孩子，可妳是良妾，就是日後我的妻子也不能拿妳怎麼樣的！等青兒她們生了孩子，我過繼給妳好不好？」

江蘭歪著頭打量他，「妳的通房丫頭生的孩子給我？」

曹中睿用力點頭，「是的是的！」

江蘭呵呵一笑，「我不要！我只要你這輩子別想有孩子！」說罷抓起他的腰帶一抽……

俞筱晚杏眼圓睜，正看得津津有味之際，眼前忽然一黑，是君逸之用手擋住了她的視線，耳邊是他氣呼呼的聲音，「不許看別的男人的身子！」

好吧，相公吃醋了！俞筱晚只好充分利用耳朵，忽地聽到曹中睿殺豬般的嚎叫聲響起，然後就是不停翻騰的聲音……君逸之嘖嘖道：「這個江蘭，可以推薦給宮中的淨事房啊，這手法真是俐落！」

話音還未落，院門處就傳來聲響，曹清儒帶著心腹的管家和幾個小廝過來了，同來的還有去請人的越國公府護衛一名。這些人聽到曹中睿的慘叫，皆是一驚，忙快步往屋內跑。

江蘭聽到爵爺的聲音，覺得此地不宜久留，立即返身進了內室，將妝飾匣子抱在懷裡，開了後窗跑了。君逸之也忙抱著俞筱晚閃出了堂屋，藉著夜色躍出了宅子。

一出院牆，君逸之立即囑咐平安和從安，要他們盯緊了這處宅子。若是曹清儒膽敢殺人滅口，就出手阻止，並跟蹤曹氏父子回曹府，聽聽他們會談論些什麼。

吩咐完畢，小夫妻倆一同到景豐樓用過晚膳，才回了楚王府。

次日一早，俞筱晚就打發了芍藥帶上她精心準備的禮品，回曹府給老太太請安，順便打聽一下睿表哥的情況。芍藥回來後小聲地稟報道：「二表少爺病了，爵爺說要定門親事給二表少爺沖喜，聽說相中了一名豫州南陽縣縣令的女兒。」

俞筱晚睜大了眼睛，「這麼遠的人，時間又這麼短，舅父怎麼會知道的？」

芍藥道：「聽杜鵑說，昨夜裡爵爺跟老太太商議的，是以前就認識的。」

俞筱晚心中一動，舅父會動念頭給睿表哥最快定婚，她一點也不奇怪，會選這麼遠的女子，也不奇怪，因為只有這樣的女子嫁到京師之後，才不用回門，而且父母不在身邊，就算知道丈夫是個太監，也沒處訴苦去。可是舅父能這麼快就找到人選，還說是從前就認識的……這個人得去查一查，是否跟大舅父同窗過，或是共事過，否則如何能識得？她可是清楚地記得，母親嫁給父親十幾年，娘家可沒人踏進過河南省！另外，睿表哥這樣的人渣，而且還是已經廢了的人渣，可不能再讓他禍害女子了！

大舅父將人選定在南陽也好，河南按察使車大人可是她父親的莫逆之交，要阻止一門婚事，應當還是不難的。

俞筱晚說幹就幹，立即讓初雲磨墨，提筆給車大人寫了一封信。待君逸之回來，立即跟他說了這事兒，一是請他幫忙查舅父是如何認識那位南陽縣令的，二是請他立即差人送信給車大人，一定要趕在大舅父的求親媒人到南陽之前，阻止這場婚事。

君逸之二話沒說便應下了。

沒兩天，就聽說越國公府與秦國公府定了鴛盟，憐香縣主被許給了秦國公的嫡幼子。君逸之嗤笑道：「秦國公到底是什麼意思？」

俞筱晚好奇地問道：「怎麼了？」

「他的女兒才許給了定國公府的蘭知存，算是跟太后成了姻親，兒子又要迎娶皇叔的姨妹，也不知到底是想攀上哪邊，還是想腳踩幾條船？」

太后的胞兄昨日上表陳情，請求讓爵於嫡長子，並封嫡長孫蘭知存為世子。內閣極快地通過了他的奏摺，原定國公成了老國公，世子成了現任定國公，蘭知存就自然地被封為世子。

君逸之告訴俞筱晚，「這是太后在為蘭知存加重籌碼，國公府是沒有世孫的，他若有了世子的身分，日後在官場上升遷也快。」

俞筱晚問道：「這個蘭知存的能力如何？」

君逸之想了想，很中肯地道：「很不錯，不過他一家子都緊貼著太后……」說著無奈地搖頭嘆道：「本來也是陛下的親戚，外戚也不是沒有當大官掌大權的，但本人必須得心術正，能看清自己的立場，可是他們要的不是一般的權勢，陛下日後親政了，恐怕也不會願意給，況且，能人異士也不是只有蘭知存一個。」

俞筱晚恍然，又遲疑道：「可是，這回怎麼還是讓蘭世子入朝為官了？聽說官職還不錯。」

君逸之點了點頭道：「是，大理寺寺丞，是個有實權的位子。」又笑道：「不單是他，蘭家這一輩的五個子弟都有了官職，他還有一個親弟弟叫蘭知儀，陛下安排他在宗人府任職，而且是跟著少卿辦事，雖然沒有多少實權，但是接觸的都是皇親國戚，只怕日後的作為比蘭知存還大。」

俞筱晚有些不明所以地看向君逸之，君逸之笑著解釋道：「只有親王和郡王的爵位，律法中規定了由嫡長子繼承爵位，其餘的爵位是沒有規定的，只是世人喜歡參照皇室的標準而已。」

俞筱晚立即明白了，別的爵位都是有能者居之，否則當年張氏也不會那麼忌憚敏表哥了。而陛下暗中抬舉蘭知儀，恐怕也是存了讓他日後與蘭知存相爭的心思，畢竟一個人的慾望是會隨著自己的地位的提高而提高的。現在蘭知儀可能對爵位沒有想法，可是與皇親國戚們接觸得多了，官道開闊了之後就很難說了。

君逸之掐了掐小妻子的臉蛋，笑盈盈地道：「兄弟鬩牆應當是幾年後的事了，可是我有些等不及，想先讓蘭知存吃個虧！」

俞筱晚終於想起君逸之似乎提過幾次，遂問道：「你到底想要怎樣啊？蘭家買下了那塊地又能如何？有了塊風水寶地，蘭家總不至於就開始做什麼非分的夢吧？」

君逸之神祕地笑道：「這個嘛，其實還要妳配合一下！」

他摟緊了晚兒小聲地道：「蘭家的銀子並沒多少，買地就花了五萬多銀，建個山莊更是要幾十萬兩，他們家人口又多，平日裡人情往來，還要孝敬太后，雖然宮中每年都會有賞賜，可是除了衣料和吃食，那些古玩玉器是不能拿到外面去賣的，換不成銀子，但是賣賞賜物品的這種事，別人不敢幹，蘭家卻是敢的。」

俞筱晚看著君逸之，「你怎麼知道？查到了？」

君逸之搖了搖頭，笑道：「現在他家封地上的產出還夠嚼用，只是要建山莊就不足了。我打算雙管齊下，一面讓蘭知存升點小職，誘他相信風水之說，在地皮上早建山莊，一面讓他察覺到銀子的好處。」

俞筱晚笑問道：「然後讓他想盡辦法貪銀子？可是我能做什麼？」

君逸之笑道：「妳會賺銀子蘭夫人是知道的，經營田莊店鋪，多半是內宅女人的事，她少不得會來向妳問計，妳且這般這般。」

俞筱晚含笑聽了，然後吐了吐舌頭，「你真是壞。」

君逸之嘿嘿直笑，「我這叫周全！若是蘭知存那邊沒有多的證據，少不得要從蘭夫人這邊拿些證據，反正是她們蘭家的事！」

俞筱晚掐著他高挺的鼻子道：「你要弄清楚，老祖宗也是蘭家的人！」

君逸之嘆了口氣道：「我知道，可是我這也是幫蘭家。貪點銀子只是早些離開朝堂，有太后在，並不會丟掉性命和爵位，只要他們老實一點，富貴的日子盡有的，陛下並非不念親情之人。若不是太后現在越來越喜歡掌控陛下，陛下也不會默許我這麼做。」

俞筱晚想了想，覺得也是這麼個理，便一口應下，「蘭夫人那邊包在我身上了！」

君逸之笑了笑，正色道：「此事不必急。」

「我知道，賺銀子的方法誰都不會願意說出去，若是輕易告訴蘭夫人，她還不一定會相信。」

君逸之親著俞筱晚的小臉道：「晚兒真是聰明！」

俞筱晚故意膩著聲音說話，「妾身為二爺辦事，二爺就只管放心好了，只是二爺答應妾身的事，可要緊著辦才好。」

君逸之抽了抽嘴角，才回答道：「妳放心，江蘭的行蹤在我的掌控之中，我只是想待妳大舅父對她下手了，我再帶她來見妳。不然以那個小婦人的心計，還不一定會坦言相告。」

俞筱晚忙細聲道：「知道了，多謝二爺想得這麼周到。」

君逸之這下連眉毛都抖起來了，「妳幹麼這樣說話？跟如煙一個調調！」

俞筱晚心裡冒出幾個醋酸泡泡，嬌嗔了君逸之一眼，兩手捏著他的袖子揉了揉，小聲地問道：「聽你說了那麼多事後，我覺得那、那位如煙姑娘定然是……女中豪傑吧？」

一點點的小醋慢慢積累，今天終於還是問了出來，其實她最想說的是「哪天讓我見見她吧」，不過這話酸味兒太重，俞筱晚沒好意思開口。

君逸之起初聽得一怔，隨即見到俞筱晚謹慎又介意的目光，便明白她吃醋了，心裡萬分得意，笑得見牙不見眼。俞筱晚氣惱地掐住他的臉問：「你笑什麼？」

「沒什麼！」君逸之仍是笑了好一陣子，才慢慢斂了笑容，正色道：「我敢賭她不是女中豪傑！若是妳不信，我可以帶妳去見她！」

俞筱晚眼睛一亮，小心地問道：「真的可以帶我去見她？」

君逸之寵溺地笑了笑道：「當然。她身分不方便進府，我不帶妳出去，妳怎麼見她啊？」

俞筱晚立即來了精神，「那擇日不如撞日，就今天吧，好不好？」

君逸之想了想道：「也好，今天休沐，不然又得等十天。」

俞筱晚一聽他應了，立即從榻上跳下地，駭得君逸之大叫：「小心肚子！」

俞筱晚一面喚人進來服侍自己梳洗更衣，一面回頭安慰他：「你放心，我自己的身子我心裡有數，我對付幾個小混混都沒問題，懷得穩著呢！」

君逸之瞪著她，磨了半晌牙齒，才恨恨地道：「還是得小心一點！」

俞筱晚心情好，一疊聲地應了。初雪和初雲進來服侍她梳洗過，喚了江楓進來梳頭。俞筱晚提出要求，「要漂亮一點、優雅一點，但是不要太繁雜的髮式。」

江楓想了想，「不如在墜月式上加一點反綰？」

俞筱晚道：「妳看著辦。」

江楓梳頭的手藝很好，速度也快，將髮髻綰好，初雲和初雪就讚道：「這個髮式別緻，旁人也沒用過。」

俞筱晚十分滿意，親自從匣子裡挑了一支赤金鑲多寶嬰兒戲蓮釵、一朵花色新穎別緻堆紗宮花、一支玉簪、兩支赤金鑲玉扁簪。江楓巧手為她簪上，初雪為她撲了些口脂，再沒別的妝飾，又在丫頭們的服侍下，換上了新製的蜜合色半臂衫，配了一條海棠色的百子裙。

玻璃鏡中的絕色佳人眉目如畫，妝容淡雅精緻，華美又不張揚，俞筱晚很滿意。

君逸之一直含笑看著晚兒精心打扮，心裡頭得意得恨不能飄起來，待她轉過身，滿懷期待地看向自己，他才輕咳了一聲，笑讚道：「很漂亮！」遂又低低聲音地道：「幸虧有我欣賞，不然俏眼要做給瞎子看了！」

俞筱晚啐了他一口，「什麼亂七八糟的！」

兩人攜手出了上了馬車，俞筱晚才想到，「哎呀，我得穿男裝才好進伊人閣呀！」她光想著跟如煙比美了……

君逸之笑道：「沒事，有別的門進伊人閣。」

所謂的別的門，就是後門。如煙的房間在一個非常特殊的角落，後院有一條專用的通道能進到她的房間。

君逸之一面牽著俞筱晚的手，一面解釋道：「這條道從外面是看不出來的，只有走到這裡面了才能發覺。我已經讓從文來通知她了，這會兒她應當在屋內等我們。」

一想到很快就能見到這名風塵俠女，俞筱晚的心情又是雀躍又是期待。當房門一打開，俞筱晚就不由得驚豔了一下，雖然她是女子，可也被眼前的女子驚豔到了。真是美啊！美得風情萬種，豔麗無雙！

可是君逸之的反應卻十分古怪，上上下下地打量了如煙好幾眼，忽而瞪在眼睛怒道：「怎麼是妳？」

如煙掐起蘭花指，用力戳了君逸之的胸膛一下，膩聲問道：「寶郡王爺好沒意思，這是如煙的房間，您還想在這兒見到誰？」說著眼中媚波流轉，看向俞筱晚道：「這位絕色佳人一定就是寶郡王妃了吧？您……這是來與如煙比美的嗎？」

俞筱晚被她說中心思，有片刻的臉熱，不過很快就鎮定了，笑盈盈地道：「如煙姑娘有如煙姑娘的美，我有我的美，不用比。只是，咱們要站著說話嗎？」

如煙掩唇笑道：「是如煙失禮了，寶郡王妃快請坐。」

君逸之也顧不得指責如煙了，忙扶著俞筱晚坐到臨窗的那張榻上，「妳坐這兒，這榻是我專用的。」

如煙掩唇笑道：「是啊，寶郡王爺最喜歡躺在那張榻上，一面吃如煙剝的葡萄，一面與如煙談話了。」

君逸之抽了抽嘴角，回頭瞪她，「妳少胡扯！」

如煙大大的眼睛瞬間蓄滿了淚水，「如煙哪裡有亂說話？」

俞筱晚坐在榻上，張大眼睛看看這個，再看看那個，噗哧一聲笑了，做了個請的手勢，「如煙姑娘坐吧，妳是開玩笑還是吃醋，這點我還是分得出來。」

如煙也笑了，在俞筱晚的身邊坐下，屁股才挨著榻墊，就被君逸之一把扯起來，甩到一邊，

「坐那邊去！」然後自己大刀金馬地往嬌妻身邊一坐，瞪著她問，「妳哥哥呢，也放心妳一人在這裡？」

俞筱晚覺得奇怪，拉了拉逸之的衣袖問：「如煙姑娘的哥哥是哪位？」

君逸之道：「是隻死兔子，妳見到他就知道了！」

「我呸！」南牆一副畫卷的後面傳出一個低柔的男聲，跟著畫卷一拋，長孫羽氣呼呼地走了出來，「再說我兔子，我真生氣了！」

君逸之兩眼翻得只剩眼白，「這話你說過多少次了？真沒禮貌，快來拜見你大嫂！」

長孫羽瞪了君逸之一眼，這才笑嘻嘻地給俞筱晚一揖到地，「拜見大嫂。」

筱晚忙側身避過，君逸之指著長孫羽道：「平時他才是如煙，這是他妹妹長孫芬，你們也見過的。」

長孫芬咯咯笑道：「我都覺得我扮得挺像的了，你怎麼認出來的？」

君逸之嘿嘿地笑道：「妳可沒妳哥哥騷！」

長孫羽聽了這話就要發作，忽而一笑，「逸之寶貝，你少得意，父親今日跟我說，太后有意將惟芳指給我呢。本來我是不想尚公主的，不過現在嘛，為了當你的姑父，我決定允了。」

長孫羽的話讓君逸之立即怔住了，而俞筱晚是早就怔住了。

只是兩人的震驚完全不是一回事。俞筱晚早就知道長孫羽會娶惟芳長公主，這一點她半分不驚訝，她驚訝的是，如煙大美人竟然是個大男人。可是，她明明聽說這位花魁雖挑剔了一點、高傲了一點，可卻是實實在在掛牌接客的呀！不是說好多名門公子一擲千金，就為與她良宵一度？難道……那種時候，上的都是長孫芬？這也太驚世駭俗了吧！

天，長孫太保真是太……忠君了！

深受打擊啊！長孫羽得意地瞇起狐狸眼媚笑，非常欣賞君逸之一臉受到嚴重打擊的表情。要不是知道自己的武功不及這傢伙，他必定是要翹起二郎腿，吹吹口哨，調戲一句：「來，叫聲姑父給爺聽聽！」

君逸之咬牙切齒地笑道：「挺有出息的嘛，你等著，我會仔細看著你怎麼被小姑姑整得站不直！嘿嘿，別誤會，小姑姑只是喜歡讓人跪著頂痰盂而已！」

長孫羽邪魅的俊臉，立即變幻了無數色彩……

長孫芬掩唇輕笑了一下，拉了拉俞筱晚的手問：「幫我卸了這妝好嗎？」

俞筱晚醒過神來，立時笑應道：「好。」

跟著長孫芬一同進了內室，俞筱晚在一旁幫忙，兩人費了點力氣，才將長孫芬臉上的人皮面具給卸下來。

俞筱晚篤定地問：「妳不常用吧？」這手法也太不嫻熟了。

長孫芬摸著臉上微微的紅腫，低聲笑道：「今天是第一次，聽說寶郡王爺要帶妳來，我和哥哥臨時想著換的。不過我以前常見哥哥弄，一直就想試一試，還以為很容易，哪知道這麼疼！」

俞筱晚這才收了之前驚訝的心思，她還以為長孫太保這麼豪邁，讓女兒到花樓裡來坐鎮。不過這個疑問解了，另一個疑團就更大了，長孫羽一個大男人，要怎麼接客啊？

只是這個問題，俞筱晚真不好意思問長孫芬，哪知長孫芬竟自動地提及了這個，「妳是不是想知道我大哥他怎麼……嗯，來了客人怎麼辦？嗯？」

俞筱晚兩眼亮亮地看著她，長孫芬見勾起了俞筱晚的興趣，於是神祕地一笑，吊足胃口之後，才老實交代：「我也不知道，我問過，還被我大哥教訓了一頓。」

俞筱晚默然了，不教訓才有鬼，哪有未出閣的少女問這種事的？

長孫芬嘿嘿一笑，挽住俞筱晚的手臂道：「俞姊姊，妳問問寶郡王吧，他一定會告訴妳的。」

俞筱晚斜睨著她道：「然後我再告訴妳是嗎？」

長孫芬用力點頭，又在俞筱晚無言的目光之下，不好意思地笑笑，為了能滿足自己的好奇心，開始大拍俞筱晚的馬屁，強調自己有多麼多麼的想與俞筱晚結識，可恨君逸之就是不願帶她來與大家認識。

大家？俞筱晚聽到這個詞兒，眼睛眨了眨，「還有些什麼人？」

長孫芬笑道：「韓世昭啊，還有我大哥啊，朴公子啊，啊，妳不知道吧，他是前前科的探花郎，還有一個妳肯定想不到的，就是北王世子啦。」

還有北王世子，俞筱晚真是震驚了，不過一轉念又明白了，君逸之不也是個花名在外的嗎？

俞筱晚見長孫芬卸完了妝，也不急著出去，想必長孫羽和君逸之有事要談，便坐在內室與長孫芬閒聊，「這裡安全嗎？」

「當然安全，這伊人閣的幕後老闆和品墨齋是同一人，也是為皇上辦事的。這樓裡上上下下，大半是自己人。」

俞筱晚點了點頭，又問道：「他們平日裡聚會都談些什麼，全是政事嗎？妳會在一旁聽嗎？」

長孫芬笑道：「一開始我是不知道的，可是我也是個坐不住的，在府中就喜歡四處亂逛，有一回發現哥哥並沒老實在院子裡養病，我就留了個心眼，悄悄跟著，這才得知的。一般的政務他們不會避著我，重要的事情當然不行啦！」其實她並未幫皇帝辦差，正事她知道得不多，不過一些小趣聞倒是知道的，也不吝相瞞。

外間裡的長孫羽和君逸之談完了正事，長孫羽這傢伙就憋不住了，詭笑地看向君逸之，「今天終於捨得帶你家夫人出來了？」

君逸之白他一眼，「我有什麼捨不得的？只是以前一直沒機會，她也沒提過想來看看罷了。」

長孫羽指著君逸之笑道：「不老實！明明是聽說我妹妹和韓二那傢伙定親了，才捨得帶你夫人出來的！」

這話正好戳中了君逸之的心思，他之前不願意將晚兒介紹給這幾個過命的朋友，就是因為韓世昭。

咳咳，說起來，這還是好幾年前的事了。那時候他初傾心，俞筱晚對他的觀感極為不佳，可是對韓世昭卻……怎麼說呢，要說多有情有義也談不上，可是只要有韓世昭在，君逸之就明顯地感覺晚兒會「裝」一些，偶爾與韓世昭對上了視線，也會羞澀地先調開目光，可是那會兒看到他，不是橫一鼻子就是豎一眼睛，弄得他心裡非常沒底，對韓世昭也非常介意。就算晚兒嫁給他了，他也還是介意。

沒過多久，韓世昭和北王世子幾人便過來了，一番正式的介紹之後，男人坐在一處聊天，俞筱晚仍舊與長孫芬坐到靠牆的軟榻上閒話家常，只是時不時會回頭望向他們幾眼。幾個男人邊談正事，邊天南地北閒扯，或者相互挖苦、諷刺幾句，卻顯得格外親暱。

說實話，俞筱晚有些羨慕，男人們的友誼比女人更純粹、更堅實，也更率性，而女人們的友誼，幼年時可以是手帕交，成親了之後，來往只會越來越少，更有可能因為各自的丈夫翻臉成仇……

她和長孫芬是幸運的，至少得到了丈夫的信任，還能時常跟大夥兒一塊玩，像北王世子那幾個，婚事都是家中定下的，只怕還瞞著妻子，相敬如賓吧？

因為俞筱晚有了身子，君逸之並沒像往常那樣多留，而是用過晚膳就早早地告辭了。

坐到馬車上，俞筱晚就開始蹭君逸之，撒嬌問他長孫羽是怎麼接客的。

君逸之捏了捏她的小鼻子，笑著道：「要我告訴妳可以，但要交換。」

俞筱晚睜大漂亮的杏眼，「交換什麼？」

君逸之嚴肅地道：「一人一個問題，要說實話。」

俞筱晚難得看到他一本正經的樣子，有些驚訝地答應下來。

君逸之這才展顏一笑，不太正經地道：「還能怎麼樣，那傢伙裝女人，渾身上下都裝了假貨，自然是先欲拒還迎，然後再用攝魂香換個人囉！」

俞筱晚大吃一驚，「攝魂香？他怎麼會有配方？」這種香她在一本醫書孤本上看到過，說配方已經失傳了，能讓人神情迷幻，黃粱一夢，以為自己做了自己最想做的事。

君逸之搖了搖頭道：「他沒有，是陛下有。」

俞筱晚就洩了氣，看來陛下是不會把這香料的配方讓外人知曉的了，不過她知道用薄荷和香樟樹的樹葉一同熬出油來，能避受這種香的影響。當然，這她也不會說出去，免得被陛下猜忌。

她的問題回答完了，輪到君逸之提問時，他卻忽然有了一絲忸怩，彆扭了一會兒才問道：「妳……妳以前是不是喜歡過韓世昭？」

俞筱晚連眨了幾下眼睛，「沒有啊，你怎麼會這麼問？」

君逸之心頭一鬆，繼而控訴道：「可是妳以前看見他，總是很害羞的樣子。」

啊，這個……她那時是以為這輩子仍然會被老太太許給韓世昭，見了面自然會有些彆扭，可真不是害羞啊！

君逸之故作輕鬆隨意狀地靠著車壁，其實摟著俞筱晚纖腰的手，緊得都讓她有些喘不過氣了。這傢伙醋性真大！俞筱晚知道不解了他心裡的疑惑，他肯定會一直吃醋下去，於是半側了小臉，目光佯裝有些閃躲地道：「那是因為，那時老太太暗示過我，覺得韓二公子人品不錯，是為良配，我……以為他家已經問過了，自然有些不好意思，可不是對他有情。」

君逸之嘴角一抿，俞筱晚又忙安撫他道：「只是之後才知道，人家並沒任何表示，後來老太太就作罷了。」

君逸之哼了一聲，「他敢有意思，我敲斷他的腿！」心情卻輕鬆了起來，笑意盈盈地問：「那妳對我呢？」

俞筱晚很認真地想了想，「一開始印象是不大好的，可是現在嘛……」

「現在怎麼樣？」

「當然是非常非常好啦！」

俞筱晚媚笑著摟住他的脖子，主動送上熱吻，幫他將醋變成糖水。

回到夢海閣時，初雲遠遠地就迎到了外院。

俞筱晚直覺就是有事發生，忙問道：「怎麼了？」

初雲朝他們福了福，迅速地看了君逸之一眼，小聲稟道：「王妃來了，已經在屋裡坐了一會子了。」

君逸之和俞筱晚無奈地相視一笑，母妃這是尋上門來了。

君逸之鬆開環著晚兒纖腰的手，指了指大門道：「我去大哥那兒，妳去應付母妃吧。」

俞筱晚點了點頭，這樣也好，公爹還沒原諒母妃呢，母妃這是已經走投無路了，若是君逸之回去，怕會讓母妃拉著哭上一晚、訴上一晚的苦，還不如躲開去，反正她一個當兒媳婦的，又懷了身子，沒得去找父王幫母妃拉線的道理。

楚王妃在屋內等了許久，才見俞筱晚扶著丫頭的手，緩緩走了進來。她忙親切地招手笑道：「快過來坐。」

俞筱晚仍是見過禮，才在楚王妃下手處坐下。楚王妃張望了一會兒外面，才笑問道：「怎麼？逸之沒跟妳一塊兒回來？」

俞筱晚猜著，楚王妃應當早就安排了人守在府門處的，因此實話實說道：「才剛送媳婦回夢海閣就去了大哥那兒了，大哥請二爺幫忙帶了一樣東西，要去送給大哥。」

楚王妃立即露出失望的神色，她現在若是趕到滄海樓去，必定也會撲個空，這兩兄弟就是不願見她了！她自然是有些生氣的，怎麼說她也是他倆的生身母親，怎麼能這樣對待她，這是不孝！

可是現在已經如此了，她也不可能去告自己兒子的狀，為了以後跟兒子貼心一點，少不得要與兒媳婦搞好關係，於是楚王妃只得強打起精神，露出親切和藹的笑容，「聽說你們去潭柘寺請智能大師扶脈去了？怎麼樣，大師怎麼說？」

俞筱晚含笑回道：「大師說還好，就是要靜養，不能吵鬧，要早睡早起。」所以您也別在這裡待久了。

郭嬤嬤站在楚王妃的身後，關心又緊張地問道：「哎呀，聽這意思，二少夫人您的脈象不是很穩啊，那今日乘馬車去城外，會不會有什麼影響？方才王妃就在念叨著您呢，還說要問一問二少爺，怎麼不請太醫上門，要去潭柘寺的。」

這話聽著就有挑唆的嫌疑，俞筱晚似笑非笑地睇了郭嬤嬤一眼。郭嬤嬤心中一凜，忙垂下眼眸，這目光看著並不凌厲，怎麼就是有種讓她心裡發悚的感覺？

楚王妃隨即跟著說道：「是啊，我就覺得逸之真是辦事不牢靠，明明知道妳腹疼，就算智能大師的醫術超群，怎麼也該請智能大師到府中來為妳診脈才是，咱們多奉一點香油錢就是了。」

俞筱晚笑著解釋道：「其實之前二爺就去求過智能大師的，只是大師現在是百姓心中的活菩薩，每日到潭柘寺求醫問藥的百姓不知有多少，大師實在是走不開。二爺又怕不診脈開出的方子不妥貼，因此才帶晚兒去的。一路上十分小心，晚兒並沒有受什麼顛簸，還請母妃不要再怪罪二爺了。」

楚王妃一時不知該說什麼才好，只得笑著道：「沒事就好，沒事就好。」

郭嬤嬤也適時地露出歡欣之色，「只要二少夫人您和小少爺安好，王妃就安心了。若是智能大師給二少夫人開了方子，那奴婢這就幫您去藥房揀藥去。」

俞筱晚忽然有一種感覺，今晚母妃會突然來夢海閣是被郭嬤嬤說動的。以母妃高傲的性子，縱然是心裡苦得掉汁了，對外也會要端出高高在上的王妃風範來，不會輕易到兒子面前露出淒容才對，而郭嬤嬤又總是提及今日外出之事，現在還要拿藥方，莫非她是在懷疑我們今日的去向？

俞筱晚心生警覺，小臉上卻是笑得雲淡風輕般的，毫不在意地道：「沒有藥方，智慧大師說，是藥三分毒，要我多多靜養就是了。」說著半側了身子，佯裝悄悄地按了按額角。

楚王妃見狀，以為她頭疼了，就不好再留，拍拍她的肩道：「累了一天，妳早些安置吧。我先回去了，以後再來看妳。」

俞筱晚忙起身恭送，嘴裡應道：「母妃真是羞煞晚兒了，應當是晚兒去給您問安才對。」又安排蔡嬤嬤親自送母妃回了春景院，再回來稟報。

楚王妃也沒多說，只讓她不要遠送，回屋好生歇息，然後扶著郭嬤嬤的手，徑直走了。

俞筱晚瞇眼看著那排燈籠漸漸遠去，思忖著，真的要想個法子打發了這郭嬤嬤才好，只不過，這事還得與逸之商量，問問他的意思。

隨後君逸之回來，俞筱晚就將自己的猜測說了出來，君逸之擰著眉頭道：「自打我派了平安他們盯著她後，她倒是老實了，卻沒想到……打發她的事暫且不急，若是將她打發了，就不知她背後是什麼人了。」

俞筱晚聽著也有道理，便暫且放下了這個心思。

君逸之他們的情報系統很發達，南陽離京城雖有千里之遙，但也不過就是七八天的時間，就將南陽縣令的生平資料全數收集齊全，並送回了京城。

只是拿到資料，草草閱覽了一遍之後，君逸之的神情卻變得凝重起來，並沒先找俞筱晚，而是去了伊人閣，與長孫羽和韓世昭等人一直商議到深夜才回府。

俞筱晚禁不住倦意，早就安置了，次日醒來，君逸之才將那份資料拿給她看，「現在的南陽縣令姓朱，以前是妳父親的幕僚。妳父親墜馬的那次狩獵，他是跟著去了的。後來我們去調查時，他換到開封知府當幕僚。因為這種以幕客為生的人，換主子也是常事，何況妳父親已經過世了，當時我只是派了人跟了他半年左右，沒發覺有什麼疑點，就撤了他的嫌疑。」

俞筱晚仔細看了看那份資料，若不是因為舅父要與他的女兒定親，當看這資料，她是不會懷疑的，於是揚起小臉問道：「你是覺得，他現在極有可疑了是嗎？」

君逸之知道她不懂朝中的派系，也不知道吏部任命的細枝末節，便指著朱縣令的引薦人道：「他是洛陽知府，是太后的人。當時南陽縣令丁憂，姓朱的還在開封知府那兒當幕僚，卻是由另外一位知府引薦至吏部，補了南陽縣令的缺。疑點有二，一是舉薦人，同為知府，若是隔了開封知府來引薦他，就不怕與開封知府撕破臉嗎？二是吏部每年不知收到多少封舉薦信，況且每年從國子監結業的監生、每科進士、舉人，未能補缺的不知有多少，為何他卻能補缺？」

俞筱晚點了點頭，順著這話道：「除非——他是早就得了某人的賞識！」

君逸之肯定地道：「正是如此，只是為何不是皇叔呢？」

俞筱晚也深有同感，大舅父是一直是跟隨攝政王的，若是說最近因為攝政王對他有了不滿，他想找靠山，巴結上了太后，倒是能理解，可是四年前，在父親還未過世的時候，他就已經跟太后的人來往密切了嗎？

其實這也是君逸之他們感到疑惑的地方，畢竟一開始陛下最警戒的人就是攝政王，對於太后，不過是因為她喜歡為娘家爭權勢，陛下怕外戚當權，覺得有些煩罷了。但若是四年之前的事太后就已經插手了，而且沒有告訴陛下一星半點，這說明太后心裡還有別的打算。

俞筱晚問：「那咱們要怎麼辦？」

君逸之道：「北王世子會親自去一趟南陽，套問他當年到底是怎麼回事。只是，要不驚動太后，可能時間會需要長一點。」

俞筱晚的神情黯了黯，隨即又笑道：「我知道了，我會等北王世子的好消息。」

因為當年的事有了新的線索，而且牽扯到了太后，君逸之他們又忙碌了起來。俞筱晚整日只在夢海閣中活動，除了正常飲食起居之外，她最愛到院子裡散步。練功已經不敢了，怕對腹中的胎兒造成傷害，完全不練練身子，又怕生產時會承受不住。

這天俞筱晚正在院子裡走動著，從文急匆匆地跑進來，遠遠站定施禮請安道：「二少夫人，二少爺讓小的帶一個人給您。」

俞筱晚好奇地問道：「什麼人？」

一頂小轎從垂花門外抬了進來，從文將轎簾一掀，江蘭怯生生地抱著一個小包袱走了出來。見到俞筱晚就麻溜地跪倒磕頭，「給郡王妃請安。」

俞筱晚仔細端詳了她幾眼，只梳了一個簡單的麻花辮，衣擺處有些破損，更多的是褶皺和灰塵，想是經過一番打鬥的。就知道大舅父不會放過她！

俞筱晚也沒叫起，只問從文道：「二爺怎麼讓你帶她來見我？她的身契我已經賞給她了，她現在是自由身，不是我的奴婢。」

從文還不及回答，江蘭就搶著往俞筱晚的腳下撲，江楓等丫頭忙擋在主子面前，斥道：「江蘭，妳仔細些，二少夫人如今有了身子，若有個損傷，可不是妳擔待得起的！」

江蘭駭得忙縮回手，小聲地道：「還請郡王妃收留奴婢，奴婢實在是無處可去了。」

俞筱晚這才道：「怎麼會無處可去呢？罷了，江柳，妳和豐兒帶她下去梳洗一番，換身衣裳，一會到東次間來回話。」說罷使了個眼色，江柳和豐兒會意地點了點頭。

江蘭忙磕頭道了謝，才站起身來，跟在江柳和豐兒的身後，去了給丫頭僕婦們住的後罩房。

俞筱晚回身進屋，從文忙跟上前，站在屏風後回話：「二少爺一直囑咐小的跟著江蘭，她倒也有些本事，次日就結識了南城珍味坊的少東家，自稱遠道來京投親，誰知親人都不在了。那少東家收留了她，還有意納為妾室。不過今日被曹清儒大人找到了，稱她是曹府的逃婢，珍味坊不敢再留她，交了人出去。她半道上想逃，還被曹家的護院教訓了一通，後來小的才出手將她救出來。」

原來是知道自己不是官家的對手，這才求到了自己的頭上！俞筱晚無聊地撇撇嘴，她憑什麼以為自己會收留她呢？

江蘭梳洗過後，跟著江柳進了東次間，一進門就跪下磕頭，「求郡王妃收留奴婢，奴婢願再賣身！」

俞筱晚淡淡地道：「這王府裡，每個主子用多少下人、每處院子用多少下人都是有定例的，妳來了，我就得趕人走，況且，當初妳說妳家中親人來接妳，我才放妳走的，現在怎麼弄成了這個樣子，成了曹府的逃奴，妳要我怎麼收留妳？」

江蘭聽出她話裡的意思，狠狠心，咬牙將自己與曹中睿私通，偷取她的嫁妝，又被曹中睿拋棄的事都說了，並且將她抄的那份單子捧了出來，痛哭流涕道：「奴婢都是被那惡人所騙，才會背叛郡王妃，求郡王妃饒了奴婢一次，奴婢願意今生做牛做馬為郡王妃賣命。」

俞筱晚示意初雪將單子拿過來，仔細看了一番之後，淡淡一笑。雖說這份單子拿到官府去，不一定算得上的鐵證，不過拿去給老太太看一看，讓大舅父和睿表哥難堪一下，卻是極為容易的。

這麼一想，俞筱晚的心情便好了許多，對江蘭道：「換成是妳，會不會讓一個曾經背叛過妳的人再來服侍妳？原本妳的所做所為，交到官府，少不得要判妳個充軍發配，只是看在妳也受了處罰，又給了我這份單子，我這裡就免了妳的罰，但是妳也休想我再庇護妳。一會兒我讓從文送妳出京城，日後妳是生是死，都與我不相干。」

江蘭聽了這話，知道自己再沒希望留下了，便忙忙地道：「能否請郡王妃現在就安排人送奴婢出城？」她想趁天色尚早，多走些路程，免得被曹府的人追上。

俞筱晚輕輕一笑，「可以。」

打發走了江蘭，俞筱晚就尋思著怎麼才能回曹府一趟。燕兒表姊的婚期還在下個月，她實在有些等不及。

芍藥打了簾子進來，笑盈盈地低聲道：「二少夫人，剛剛有人尋了奴婢去西角門說話，您猜猜看，是誰找奴婢？」

俞筱晚眼睛一亮，「不會是石榴吧？」

芍藥輕笑道：「正是石榴，她來求您給開個安胎的方子呢！」

俞筱晚笑了笑，正覺得想瞌睡，就有人送上枕頭了，「好吧，妳拿我的名帖去門房，讓她進來。」

兩刻鐘後，石榴跟在芍藥的身後進了屋子，一路上早被王府建築的氣勢給懾住，低了頭不敢隨意打量四周，進了屋便跪下。俞筱晚待她行完了大禮，才淡笑道：「起來吧，天兒涼了，別傷了胎兒。」

石榴謝了恩才站起來，在初雲拿過來的繡墩上側著身子坐下，陪著笑臉道：「表姑奶奶看起來氣色真好！」

俞筱晚使了個眼色，芍藥立即將小丫頭們支了出去，拿了把碎米逗廊下掛著的畫眉鳥，其實是防止旁人靠近東次間。屋內只餘了初雲和初雪服侍著，石榴見這架勢有些不對，神情不由得有些慌張。

俞筱晚卻跟沒事人似的，回應她的話道：「吃得好睡得好，自然氣色好了。怎麼石姨娘倒似有些憔悴，難道大舅父不喜歡妳懷的孩子嗎？」

石榴忙搖頭笑道：「哪能呢！最初知道的時候，爵爺高興萬分，老太太也是，還賞了婢妾許多好東西，只是近來夜間總是少覺，睡一個時辰不到就會醒……」拉拉雜雜地說了一大串自己的病況，然後抱著希望地看向俞筱晚，希望她能像以前那樣熱心地為自己診脈。

俞筱晚卻只做關懷狀問道：「那可有請大夫看看？」

「請了，只是一直沒瞧好。婢妾想……想……請郡王妃開恩，為婢妾開張方子如何？」

初雲不待俞筱晚回答，就重哼一聲道：「石姨娘這話好沒道理，我們二少夫人是何等身分且不提了，就是她如今的身子，也勞累不得，哪能還給妳診脈開方的？二少夫人自己的脈象都是請太醫來看的！」

石榴的臉憋得通紅，她是個有心計的丫頭，一開始有些不舒服的時候，還沒懷疑什麼，可是這麼久了，藥都不知喝了多少副，大夫怎麼瞧都瞧不好，她就難免懷疑上誰了。細細一想，發覺自己是從芍藥來看望自己，並且送了禮品之後才開始生病的，但是又不是當天就病了，實在是沒有證據。如今俞筱晚跟變了個人似的，完全沒打算理會她，她心裡就更加確定了，細想了一番，才抬眼陪著笑道：「是婢妾的不是，婢妾逾矩了，還請郡王妃莫怪。」

俞筱晚目光清亮地看著她道：「這有什麼好責怪的？妳擔心自己的孩子也是人之常情，畢竟女人這一生最重要的是什麼，妳是曹府的家生子，應當看得比當家的小姐們還透徹才對。」

石榴哪會不知，要說女人這一生什麼最重要，排下來就是兒子、丈夫、父母。她的丈夫是個爵爺，可是她卻是個賤妾，是當家主母隨時可以買賣出去的賤妾。因而對於她來說，生出一個孩子猶為重要。有孩子的妾，若沒有犯錯，是不能隨意賣的。

爵爺已經四十餘歲了，若是這個孩子保不住，以後還會不會再有都難說，因而她必須保住肚子裡的這個兒子。人人都說，看腹部就知道是個兒子，只有將兒子養大了，有了出息，她晚年才能有好日子過。

石榴咬了咬牙，抬起頭來，真誠坦然地回望住俞筱晚，笑問道：「郡王妃好些日子沒回曹府了，婢妾記得郡王妃最是孝順的，想必也極想知道府中老太太和爵爺、武夫人他們的近況吧。不知您最想聽誰的，婢妾為您解說一二？」

俞筱晚笑睇著她道：「先說說老太太，再說說舅父、和大舅母的近況吧。」

大舅母，指的自然不是舅父的平妻武氏，而是嫡妻張氏！

果然如此！石榴心裡咯噔了一下，但為了腹中的胎兒，沒別的法子，只能出賣爵爺了。

她先說了說老太太的身體狀況，道一切都好，然後說起爵爺，「公事繁忙，已經有一個來月沒有進過內宅了，每日都在外書房裡安置，夜裡三更天才睡，聽說還時常驚醒。大夫人在家廟裡為老太太祈福，去年得了場大病，今年好多了，舅老爺幾次過來探望，爵爺也說，若是全好了，還是搬出家廟好了，家廟裡太清苦了，不利養生。」

張氏與歐陽辰的事，石榴是知情的，聲音清脆地說完了這些場面話，便站起身來，附到俞筱晚的耳邊，將音量壓得低低的道：「聽說舅老爺家的七小姐，庶出的那個，嫁給了城北指揮使為填房，還很受寵。給了舅老爺一項差事，舅老爺想讓爵爺辦，爵爺為此愁得不行，可是又不敢拒絕。」

俞筱晚挑了挑眉問道：「什麼事？」

石榴頓了頓，有些遲疑地道：「婢妾真的不是很清楚了，只是那日送煲湯給爵爺時，聽到他們在說什麼『黴米』，又說什麼『這樣王爺必定人心盡失』這樣的話。」

俞筱晚心中一震，卻不流露半分，只點了點頭，示意她繼續。

「還有就是，舅老爺想救出君瑤小姐，說要以此來彈劾攝政王，他還跟爵爺說，他的女婿已經答應了。」

石榴將知道的都說完了，俞筱晚沒再為難，寫了張方子，又送了她一盒糕點，笑著囑咐道：「先將糕點吃完了再喝藥湯。」

石榴忙謝了恩，抱稀世珍寶似的抱著那盒糕點走了。

晚上君逸之回來，俞筱晚便將石榴的話都告訴了他，「她必定是買通了大舅父身邊的隨從，她的話可信。」

家生子有一種讓人無法忽視的力量，那就是不論是誰身邊伺候的下人，都是從小一塊兒長大的，私底下的交情只怕比表面上看起來的深得多。因而曹清儒在前院不回內宅，武氏等人束手無策，可是丫頭出身的石榴卻能隨時掌握第一手訊息。

只是俞筱晚有些不明白，黴米和王爺的名聲有什麼關係。

君逸之凝神想了一想，騰地一下坐直身子，訝異道：「難道說北城指揮使是太后的人？」

他扭頭看向俞筱晚，晚兒還是一臉的迷惑，他便解釋道：「朝廷不是從外地調來了許多大米，準備發放給今夏受旱災的百姓過冬，並明年留種嗎？若是被人換成了黴米，以前感激皇叔的百姓，自然會覺得他表裡不一，說不定還會有人彈劾皇叔中飽私囊，發國難財。妳大舅父雖是吏部侍郎，但是他的大女婿，可是戶部的，聽說正好管著此事，而且糧倉就在北城。若是他說服了大女婿換米，北城指揮使就能讓手下繞開那處糧倉巡行，給他便利。」

俞筱晚蹙著眉頭道：「大表姊夫沒這麼大的膽子吧？這可是跟攝政王作對呢！」

君逸之告訴她，「不一定要他知情，只要妳大舅父能想辦法將鑰匙和腰牌借來一用，甚至是用偷的，事就成了。事後，想必他沒膽子將此事說出去，因為妳舅父可以反咬一口，說是他來找自己辦的。」

君逸之蹙眉想了想，「不行，我得馬上出去一趟，這事如果鬧出來，雖然不一定能將皇叔彈劾掉，但一定會令他的聲譽受損，以後在朝堂之中也就沒有什麼影響力，那太后的勢頭就會更旺。陛下現在還無法親政，只能坐視外戚強大。」

他說完就親了親俞筱晚，匆匆披了衣下床。

「等等！」俞筱晚在被子裡拱了拱，小聲地道：「先不必去找陛下，這個人情一定要想法子賣給攝政王，一來讓他承你的情，二來可以讓皇叔跟太后直接對上，這樣對陛下來說不是更為有利？至於我們怎麼知道的嘛，我明日回曹府一趟，就當我是在曹府發覺的。」

「坐山觀虎鬥嗎？」君逸之聽得眼睛一亮，又除了衣裳躺下，狠狠親了親俞筱晚的小臉，「妳真是個壞東西！明天我陪妳去曹府，免得石姨娘回頭又告訴了妳舅父！」

俞筱晚倒是不擔心，「她哪有那個膽子？」

君逸之笑道：「既然已經決定對付妳舅父了，就先去打擊他一下，這讓我來吧。」

第二天一早，君逸之就去向老祖宗稟明，曹老太太有事相請，他帶俞筱晚回去省親。

楚太妃應下了，兩人才收拾停當，乘轎去了曹府。

曹清儒下了朝回府，才聽說寶郡王和郡王妃回門了，忙進內宅，去到延年堂給寶郡王見禮。

君逸之不甚客氣地道：「免禮，說起來你也算我的長輩，坐吧。」

我本來就是你的長輩！曹清儒忍著氣，陪著笑坐下，瞧著俞筱晚笑道：「晚兒怎麼忽然想回來看望老太太？妳現在有了雙身子，可千萬不能大意了。」

俞筱晚笑道：「其實是有一事來請舅父釋疑的。」說著拿出江蘭給的那張單子，遞給曹清儒，「這上面所列物品都是睿表哥從我的箱籠裡拿的，雖說我也不缺銀子使，只是沒告知我一聲就取，是為偷。我還是希望睿表哥能還回給我，尤其是那五塊玉佩。」

聞言，曹清儒臉色大變。

曹清儒不及回答，曹老太太就焦急地問：「晚兒，這是怎麼回事？」

俞筱晚眸中閃過一絲慚愧，她真不想讓老太太擔驚受怕的，可是若不透露給老太太，怕舅父事發的時候，老太太會更受不住，老人家受了刺激，很有可能會中風癱瘓，甚至……

她微垂下眼眸，細聲細氣地將事兒說了，半分沒誇張，但也沒提曹中睿最後的下場，因為這事他們應當是「不知道」的。

曹老太太氣得雙手直抖，看著俞筱晚道：「難怪妳今天一回來就說要將箱子都拿走……是我曹家的不是，短少了什麼，我給妳補上！」

俞筱晚封箱之前，是請了武氏和老太太過去的，並讓武氏按著清單點了裡面的東西，免得日後一個說失竊，一個說沒有拿，無法對證。現在俞筱晚既然說少了物件，那就肯定是少了。

曹清儒忙道：「母親切莫生氣，此事待孩兒先問問清楚，因為孩兒從未聽睿兒提過。」說著轉向俞筱晚道：「晚兒，妳說的這些，是這個叫江蘭的丫頭告訴妳的嗎？能不能讓她進來，我有話要問她，也可以讓她去跟睿兒對質。若是確有其事，妳的損失曹府自當賠償。」

俞筱晚淡笑道：「江蘭四個月之前說家中有親戚找到了她，要贖她回去，我已經將身契還給她了，她是自由人。只是昨日來給我磕了個頭，送上這份單子就走了，人不在我這裡。」

曹清儒心裡惱怒，又有些輕鬆，原來證人不在，於是蹙眉做深思狀，「既然她人不在，那就不好對質了，不過，我先讓管家去問一問睿兒，諒他不敢對我說謊。」他當然不會說，這丫頭是妳的人，又不在這裡，說的話不足採信，但是讓管家去問曹中睿，能問出個什麼來？

曹清儒雖然被「玉佩」幾個字驚到了，不過內心深處還是心存僥倖，因為他當時特意讓睿兒拿了玉佩交換，來混淆視聽。只要俞筱晚的箱子裡有玉佩，誰能證明這塊不是她的？

俞筱晚也沒攔著曹清儒裝腔作勢，曹管家去了許久，才折回來稟報：「二少爺說他從未做過此等下作之事，若有做過，讓他此生斷嗣。」

俞筱晚聽得差點沒憋住噴笑出來，好在手中正好端了茶杯，忙低頭吹著熱氣，藉以掩飾。君逸之的眸光也閃爍個不停，一臉的似笑非笑，要不是拇指指甲掐入了掌心，還真看不出來他忍得有多辛苦。

對一個男人來說，這樣的誓言算是非常兇猛的了，曹清儒怎敢告訴母親睿兒被人斷了根？只說是被人打劫，受了傷，因而曹老太太立即就相信了，忙出來做和事佬，「晚兒，妳且先讓妳的丫頭清點一下箱籠，或許沒少。若真個少了，會不會妳的那個丫頭監守自盜？妳離開曹府之後，墨玉居一直就只有幾個粗使婆子負責灑掃，她若是有心配個鑰匙，開了箱籠偷些東西，也不是不可能的。」

俞筱晚笑著道：「外祖母，您說的情形應當不會發生。若是我早些發覺物品不見了，找這個丫頭的麻煩，她這般說謊倒也說得過去，可是這個丫頭是在我還了她身契，放她自由三個月之後，特意上王府來稟報我此事的，還說什麼她性命有憂，似乎是睿表哥要殺她，好在她自小習過武功，才逃了出來。」

曹老太太心中一突，難道睿兒的傷是這麼來的？她立時看向曹清儒。

曹清儒自然不會承認，反正那個丫頭不在，他和睿兒若是要抵死否認，晚兒又能如何？

俞筱晚也不著急，因為江蘭說得很清楚，曹中睿拿了她的東西，還拿到當鋪裡變賣。她一早兒來曹府之前，已經讓君逸之安排人去當鋪拿抵當的借據了，上面會有曹中睿的簽字，不怕他們不認。

這會子已近晌午，曹清儒想緩和氣氛，便朝俞筱晚和君逸之道：「寶郡王爺和郡王妃就用過午飯再走吧。」

君逸之要笑不笑地道：「曹大人客氣了，您不留飯，我們也得等拿到玉佩再走，因為現在皇叔喜歡收集蓮紋的玉佩，晚兒又說她的箱子裡正好有幾個，偏偏又被睿賢弟給拿走了，我們必須要拿回來，好奉給皇叔。」

他這話半真半假，反正曹清儒沒膽子去問攝政王是不是真找他要過蓮紋玉佩，而且曹清儒拿到手中的玉佩分呈給了太后和攝政王，現在攝政王只是猜測，沒有實據，若是被攝政王知道了俞筱晚箱籠裡少的玉佩數目，只怕曹清儒會吃不了兜著走。

曹清儒心裡果然就緊張了起來，表面上還是力持鎮定，淡淡一笑，伴裝自若，「如此，就等晚兒的丫頭們清點完箱籠再說吧。」

君逸之不再說話，他不說話了，旁人就不好大聲言笑，都靜靜地坐著。

不多時，芍藥帶著江楓等幾個二等丫頭走了進來，朝老太太和爵爺屈了屈膝，才向俞筱晚稟道：「回二少夫人的話，奴婢們將所有箱籠都清點了，的確是少了不少物件。奴婢這裡將單子列了出來，與之前的單子對照過，大多都是一樣的，不過那幾個蓮紋玉佩倒是還在。」

君逸之將眉梢一挑，笑咪咪地道：「只要玉佩在就好。」

曹清儒總算是鬆了口氣，幸好睿兒記得用仿製品換下了玉佩，但隨即又惱火，這個眼皮子淺的東西，居然偷晚兒的嫁妝！這傳出去……他羞愧地道：「晚兒，這是舅父我管教不嚴，……雖不一定是睿兒拿的，可是妳的箱籠放在曹府，是因為相信舅父，誰知竟會出這種事，舅父真是……唉，不必提了，這些東西價值多少，舅父來賠。」

他口口聲聲以「舅父」自稱，就是想提醒俞筱晚，他們是親戚，是一家人，娘親舅大，妳也在曹府住了幾年，這種事傳出去了，妳的名聲也不好聽。而且玉佩還在，能拿去糊弄攝政王爺就成了，至於俞筱晚，他以為頂多是捨不得錢財，賠償一下就成了，玉佩的真實用途這種隱密的事情，她應當不可能知道。

俞筱晚細看了一下手中的單子，淡笑道：「原來都是些墨和硯臺，想必是睿表哥喜歡，若真個如此，也不必賠了，就當是晚兒送給表哥的吧。」

她越是說得大方，曹家就越是不能收下，不然以後哪裡還有臉面見寶郡王，見楚王爺嗎？

曹清儒和曹老太太立即表示，若東西還在曹府，一定會歸還，若不在了，也一定會請人估算個價出來，賠償銀子。

「可、可是……」就在基本要達成調解協定的時候，江楓遲疑地開口道：「二少夫人，這幾塊玉佩是奴婢放進箱籠裡的，奴婢記得，花形似乎不是那個樣子的，奴婢懷疑被人換過了，用劣質的玉料換下了您的好佩。」

俞筱晚故作生氣地道：「江楓，妳能清楚記得每塊玉佩的樣子嗎？沒有把握的話不許胡說！」

江楓嚇得撲通一聲跪下，哆嗦著道：「回、回二少夫人的話，是奴婢的錯，其實奴婢在裝箱的時候，不小心將一塊玉佩摔裂了一條縫，極小極小的，奴婢怕您怪罪，沒敢吱聲，而且那塊玉佩奴婢仔細打量過，記得它的花型，今天見到的玉佩，沒有一塊是那個，故而奴婢猜想，玉佩被人換過。」

曹老太太的臉色很難看，嘆著氣看向俞筱晚道：「晚兒，這……」黃金有價玉無價，還真是不好說賠償的事。

君逸之不大高興地「唔」了一聲，「真是麻煩！算了，我原還想挑塊好的，乾脆直接將這些玉佩都送給皇叔，由著皇叔挑吧，我告訴他好的不知被誰給換了就成！」

曹清儒的冷汗又濕了一遍後背，眸光閃爍個不停，急著想說句話出來圓場，可是卻怎麼也找不到合適的詞來。君逸之卻已經將手肘一曲，擱在曹清儒的肩上，慵懶地道：「晌午了，還是快些擺飯吧！」

俞筱晚和君逸之的目光在空中交會，兩人會心一笑。

捌之章　朝堂深水說分明

俞筱晚看著曹清儒，心裡有淡淡的喜悅。經過幾次鬆勁又緊張，現下又確認君逸之會將這事嚷大地說出去，舅父必定會堅定了按張長蔚的計謀辦事的決心，然後她只需看攝政王怎麼處置他就成了。敢背叛的人，她相信攝政王不會手軟。這就叫成也蕭何敗蕭何。舅父的爵位就是靠跟著攝政王得來了，然後再從攝政王的手中拿回去，剛剛好。

曹清儒尚未知曉俞筱晚的打算，只是聽著君逸之的吩咐，忙讓下人們將午宴擺到花廳。

用過午飯後，俞筱晚稱累，便與君逸之一同回墨玉居小憩。醒來之後，發現君逸之已經不在身邊了，俞筱晚忙喚道：「誰在外面？」

芍藥輕手輕腳地進來：「少夫人要起身嗎？」

俞筱晚點了點頭，芍藥立即將初雲和初雪喚了進來，一同服侍著她梳洗著裝。聽她問起寶郡王爺，芍藥忙稟道：「老太太親自去見了表二少爺，表二少爺一開始還不承認，剛巧從安帶著當鋪的借據過來了，表二少爺不承認也不行。這會子，舅老爺請了寶郡王爺去前書房，說要賠禮，商量怎麼處置表二少爺。」

俞筱晚笑了笑，什麼賠禮，就是想請君逸之不要將玉佩之事告訴攝政王罷了。

左右無事，俞筱晚便道：「妳跟婆子們說一聲，我去家廟裡看望一下大舅母。」

芍藥忙出去叫抬軟轎的婆子，俞筱晚不讓驚動老太太，靜悄悄地過去了。

張氏與幾個月前完全不同了，顯得容光煥發，兩頰也有了些圓潤和水色，這不單是生活品質得到改善的結果，還是她重新有了希望的原因。

俞筱晚倒沒為難她，待她行了正禮，便叫免禮，還拉著張氏的手坐下，笑意盈然地道：「看到舅母身子骨大好了，我心裡也就安了。」

兩人之間在張氏被關入家廟之前，就已經勢同水火了，俞筱晚現在說親切話，張氏自然不會相信，但她到底忌憚俞筱晚的身分，語氣倒很恭謹，「有勞寶郡王妃記掛了。」

俞筱晚親切地笑道：「舅母怎的與晚兒這麼生分了？聽說舅母身子大安，不日就能回雅年堂了，日後還要多到王府來走動一下才好。」

說到這個，張氏的笑容就真誠許多，也燦爛了許多，「蒙郡王妃不棄，張氏以後會多去王府叨擾的。」

俞筱晚眼波流轉，這麼說，石榴打聽到的消息是真實的了。她倒不是懷疑石榴敢騙她，而是覺得有些不可思議。張氏會被關進家廟，可不是因為幫助張君瑤算計攝政王妃和吳庶妃，而是因為張氏與歐陽辰的醜事被舅父知曉了。

是什麼讓舅父連頭頂的綠帽子都不顧？

這事昨夜她與君逸之討論了許久，覺得應當是這樣的，曹清儒一入仕，就是得攝政王的提拔，曹清儒也一直忠於攝政王，或許那時是因為攝政王是先帝最年長的皇子，曹清儒以為體弱的先帝會傳位與攝政王。後來攝政王被先帝封為監國攝政王，就等於說，明面上攝政王是再不可能當皇帝了。

若是攝政王執政期間有任何不妥，小皇帝親政之後對攝政王下手，也不是不可能的。鍾愛權勢的曹清儒就轉而想到巴結太后，可是身為攝政王的人，想親近太后不是件容易的事，除非是有人從中做保，而這個人必定是張氏的兄長張長蔚。現在曹清儒正被攝政王猜忌，在朝中備受打擊，又因上回獻經書一事沒能討好太后，急於向太后表示忠心，就更加要借助張長蔚，因此，為了自己的小命，不得不對張氏網開一面，搞好與大舅子一家的關係。

說到張長蔚，張家世代官宦，但與之前的曹家是一樣的，並不顯赫，在朝中沒有多少門路。張長蔚雖有能力，但沒有人幫襯的話，應當無法升遷得如此迅速。六部尚書之中，只有他不到四十就被任命為尚書，對於一個沒有顯赫家世的官員來說，上位者之中，應該有人照應著才對。這一點，小皇帝和君逸之他們都曾懷疑過，可是張長蔚的升遷表現上看不出任何問題，他不但每年的考績都是優，而且運氣特別好，上司不是丁憂了，就是告老了，讓他長得無比順暢。

現在想來，這應當都是太后的安排了。

一想到太后身在後宮，朝中並無蘭家的兄弟支持，都能將朝中的事情安排得這般密不透風，半點不露痕跡，君逸之當時都大吃了一驚。

俞筱晚一面轉著心思，一面與張氏客套寒暄，表面功夫做得差不多了，便起身告辭，並不著痕跡地告訴張氏，聽說曹中睿受了傷，很重的傷，只是礙於男女有別，她不好過去探望，請張氏日後代為轉達她的問候之意。

張氏一生最看重的就是她所生的那雙兒女，聽得此話，當即變了臉色，勉強笑著應下後，立即打發服侍她的嬤嬤去探望二少爺，問一問傷情。到底是怎麼回事，睿兒受傷這麼大的事，居然都沒有人告訴她！

看著張氏的表情，俞筱晚就知道張氏起了疑心，她猜舅父心裡到底膈應著張氏，人是會放出來，但肯定不會那麼痛快地放出來，或許會找各種藉口，讓張長蔚給他一些保證之後，再將張氏給放出來，到那時，曹中睿的傷已經好了。身為男子，就算是面對自己母親，應當也不會願意說出自己已經廢了的事實，那樣就達不到她的目的了。

她希望張氏能與曹清儒鬥一鬥，就拿曹中睿這事來說，曹清儒怕越國公的權勢，可是張氏肯定更關心自己的兒子，不會顧慮越國公的威脅。若是當時被張氏知道了話，她必定會豁出臉面，跑到越國公府去，要求越國公讓憐香縣主下嫁。為了女兒的名聲，以及越國公府內所有小姐們的名聲，越國公最後只怕也只能讓張氏如願，將女兒嫁過來守活寡。可是曹清儒卻選擇了息事寧人，兒子被人給廢了，也不敢出聲。雖然兒子不是越國公廢的，可是張氏必定會覺得，若沒有越國公帶人打傷了兒子，兒子就不會被一個丫頭給按倒，心裡必定會恨上曹清儒，怨上曹清儒。然後曹府之中，必定每天會上演各種鬧劇。張氏真個不依不饒起來，曹清儒也頭疼，最好是能吵得曹清儒在外一頭包，回家也是一包，還要天天看見張氏，時刻提醒他頭上還有一頂油綠油綠的帽子……

俞筱晚光只想一想這情形，心裡頭就萬分期待，真希望能搬回曹府來住，好每日欣賞大戲。

芍藥跟在軟轎邊，忽聽得轎內傳出清越的笑聲，不由得也彎了眉笑問道：「少夫人在笑什麼？」

俞筱晚頓了頓，掀起轎簾道：「去西院吧，我去三舅舅家坐一坐。」

三舅父曹清淮有了正式的官職，就不好屈身於一個小院落，只是曹老太太尚在，他們兄弟也不能分家，便由曹老太太作主，將整個西跨院都撥給了曹清淮，與曹府正院這邊的院門，只派了婆子看守，曹清儒府上的人出入要事先知會，並將臨街的院牆打通，重新製了一扇側門，方便曹清淮有事時外出。

曹清淮家的人口也比較簡單，一個三進三出的大院子，對於他家人來說，有些空曠了。俞筱晚過去的時候，只在院門處被人攔了一下，聽到訊兒的曹清淮和秦氏立即帶著曹中慈出來迎接。

俞筱晚讓人挑起轎簾，笑盈盈地朝三舅父一家抬了抬手，「一家人不必見外，天兒冷，咱們進去說話吧。」

進了屋，曹中慈立即讓人去準備兩個手爐，恭敬地笑道：「記得晚兒妹妹怕冷，每年到九月末，就一定要生火盆的。」

俞筱晚也沒攔著她表示熱情，順著這話道：「是啊，八月時中午還有些暑氣呢，入了九月就冷得這般快。」

曹清淮又一疊聲地吩咐下人們擺上各色乾果和時鮮，恭恭敬敬地請俞筱晚多用些，「都是您舅母準備的，對胎兒好的。今日您回門，她便讓人備著，就希望您能來一趟。」他順利留京任職，因為是夫人秦氏求了俞筱晚之後，就立即得到了職位，心裡一直很是感激俞筱晚。

俞筱晚幾次三番的讓三舅父省了敬語，曹清淮都只是道：「禮不可廢。」

是個守規矩的，雖是有些功利心，但是誰沒一點缺點？在官場上的人，誰又不想升職，而要升職，除了能力，哪個還能少了關係？俞筱晚垂下眼眸，揭起杯蓋兒撥了撥花果汁的沫子，心中略一遲疑，便拿定了主意，再怎麼樣，目前到手中的證據，三舅父是母親的親哥哥，並且沒有得罪過她，沒有害過她，她總得為曹家留點血脈，不然也對不起老太太的恩情。若是三舅父也參與其中了，她自然也有辦法處置。

俞筱晚抬起眼來笑問道：「聽說舅父的公務很忙？真是辛苦了。」

曹清淮看了女兒曹中慈一眼，知道必定是女兒說給俞筱晚聽的，心裡十分滿意女兒的貼心，就是不知道這些話，俞筱晚能不能幫著傳到楚王爺的耳朵裡。因為楚王爺為人中庸，能力不強，所以靈活的不敢讓他管，管著的都是工部的這些實誠的事務，算得上是曹清淮最頂頭的上司。

曹清淮隨即謙虛地道：「目前京郊有幾處工程，自然是忙一點，為朝廷出力是應當的，當不得辛苦二字。」

俞筱晚又問道：「說起來，朝廷難道沒有給舅父賜宅子嗎？」

京官的宅子一般都是賜的，什麼等級、住多大的宅子都有定例，而且職務時常會變動。京城就那麼巴掌大，不能讓人占著地兒不放，你放了外任，京城裡的宅子就得騰給別人，否則後面入京任職的官員就無處安身了。

曹清淮忙表示道：「朝廷原是要賜的，是我給推了。聽說此番朝廷擴了幾個職位，這邊又不是沒地方，實在沒必要多占一處宅子。」

此舉還得了上司的賞識呢！

因為曹家的人口簡單，這處伯爵府的確已經很空了，可是若曹清淮還與曹清儒住在一處，以後若是曹清儒有什麼事，必定會受到牽連，最好的辦法就是立即遷出去。

俞筱晚就一字一頓地道：「按說朝中大事我是不懂的，不過我在王府倒是聽人說過，多大的官兒住多大的地兒，規矩萬萬亂不得。三舅父，您是沒有爵位的，住在這伯爵府中，就不知旁人會怎麼看待您了。」笑了笑，又道：「我也是看在慈兒表姊與我親厚，才多嘴說一句，您聽了若覺得沒道理，就當我沒便是。」說完也沒再久留，乘上轎子回墨玉居。

曹清淮在俞筱晚走之後，疑惑地問夫人道：「妳覺不覺得晚兒就是特意來說這事的？」

到底沒分家，曹中慈和秦氏天天在內宅之中走動，多少聽到了一些關於曹中睿的流言，就悄悄跟曹清淮道：「聽說是睿兒得罪了越國公……」

曹清淮心頭一緊，越國公可是先帝任命監政的內閣大臣，原本大哥就已經被攝政王爺給厭棄了，若還得罪了越國公……他想了想道：「楚王爺也是內閣的，寶郡王爺雖然不理事，但只怕多少也聽到了些風聲，晚兒這才特意來告訴我，我明天就去吏部問一問宅子還有沒有。」

秦氏還有些遲疑，「可是，慈兒要出嫁了，若是搬了出去，那公中的那份嫁妝……大嫂還會不會願意給？」

曹清淮不滿地睨了妻子一眼，「沒見識！咱們家缺銀子嗎？況且現在府中是母親當家，母親怎麼說也是慈兒的親祖母，會短了慈兒的嫁妝嗎？」

秦氏喏喏地應了，心裡卻還是不服氣：你是不知道，張氏馬上就要出來了，婆婆的精神一日不如一日，現在府中的事務都交給武氏了。武氏一介商女，哪裡敢同張氏爭中饋之權？公中的銀子到了張氏手裡，會給慈兒出份什麼樣的嫁妝可就難說了！

她打定了主意，在搬出去住之前，一定要整天賴在那邊討好曹老夫人，非要讓曹老夫人先將慈兒的嫁妝給備下才行。

世事就是這麼難料，就因為秦氏天天守在曹老夫人身邊，倒是無意間得知了一樁大祕密，這是後話了。

再說俞筱晚，回到墨玉居時，君逸之還沒回來，想必正在嚇唬大舅父，她不覺好笑，想著這個時辰外祖母應當起來了，便對芍藥道：「去延年堂吧，我跟外祖母說說話兒，就要回府了。」

到了延年堂，曹老夫人一臉愁容，只不過一個多時辰不見，就似乎老了好幾歲，精氣神兒也差了許多。俞筱晚嚇了一跳，忙挨著她坐下，關心地問：「外祖母，您這是怎麼了？」

看著眼前絕麗的小臉，跟年輕時的清蓮幾乎是一模一樣的，曹老夫人混濁的眼睛裡瞬間盈滿了淚水，喃喃地道：「報應啊……晚兒，外祖母……外祖母是想妳母親了。」

無緣無故怎麼會想起母親，外祖母這是知道了些什麼？俞筱晚的心一沉，試圖從她的嘴裡套些話出來，可是曹老夫人只是哭了那麼一小會兒就恢復了鎮定，擦著眼淚說人老了，就是喜歡回憶從前，俞筱晚便不好再追問。

回府的時候，君逸之小聲地道：「從文說，咱們去墨玉居歇下後，老太太就去看了曹中睿，還大罵了妳大舅父，後來變成了爭吵。」說著說著露出一臉為難之色。

俞筱晚睜大眼睛看向君逸之，「從文既然跟去了，應當聽到他們在吵什麼了？」

君逸之略一遲疑，便實言相告，「其實妳舅父在妳父親過世之前就去了一趟汝陽，而且老太太是知情的。今日老太太就是追問當年的事，因為妳舅父一回京，報喪的信就到了京城，算起來，信發出的時間幾乎與妳舅父回程的時間是一樣的，可是妳舅父回京後卻沒同老太太說過此事。老太太今日就是追問妳舅父，到底是不是他害死了妳父親，不過，他否認了。」

俞筱晚用力掐著自己的手指，外祖母竟是知情的？至少，她是能猜出來的，卻一個字也沒對自己透露過！沒提過大舅父在汝陽是不是去拜會過父親，也沒提過父親有可能是冤死的！

報喪的馬匹總快得過馬車，外祖母只要想一想就能明白，舅父肯定是知道父親的死訊，可是回京後卻裝作不知道，難道就沒有一點可疑？或許對外祖母來說，已經失去了一個女兒，就不想再失去兒子吧？

回想自己入京之後，外祖母無微不至的關懷與疼愛，就連古洪興那樣對睿表哥的前途有極大幫助的下人也給了她，算不算是一種補償？前一世，外祖母曾想過將她嫁給睿表哥，之後忽然改了主意，許給了韓二公子，是不是知道大舅父不會容下她，才想給她找一個能靠得住的夫家？否則外祖母總是說「門第不重要，幸福才是最重要的」，又為何非要將她嫁入相府？就不怕韓二公子日後妻妾成群，她得不到幸福嗎？

到今天她回府追問玉佩的下落，外祖母才想著問大舅父，那麼，外祖母是不是原本打算揣著明白裝糊塗，至死也不問原由？

俞筱晚有些接受不了，若是外祖母後面才發覺舅父不對勁，她不會覺得有什麼，可是外祖母卻是一開始就知道的……

君逸之摟緊了俞筱晚，無聲地安撫她，因為他也不知道該說些什麼才好。作為一個男人，他自小被教育著，首先要以家族為重，因而可以理解曹老夫人的作法，沒得為了女婿讓兒子償命的道理，這樣的話，曹家就毀了。只是，偏偏天網恢恢，就算不涉及到旁人，曹家好不容易謀來的爵位肯定是沒了。

不過站在俞筱晚的立場，他又極為心疼，到底是唯一無條件對她好的親人了，可是這裡面居然有補償愧疚的成分，叫晚兒情何以堪。

俞筱晚情緒低落了許久，直過了好幾天才緩過勁來。君逸之說最好等曹清儒開始行動的時候再通知攝政王，俞筱晚也沒有異議。

「妳舅父已經開始行動了。」君逸之收到消息後，立即第一時間通知了俞筱晚，「我已經通知了皇叔，皇叔的人現在也在盯著他。」

他同意讓從文等人密切注意著曹府和攝政王府的動向，隨時掌握一手資訊。

去給攝政王報訊的事已經做完了，暫時只需隔岸觀火了。

曹清儒最近十分緊張，緊張得夜裡都睡不好。他知道自己這是孤注一擲了，可是他沒有別的選擇，當初若是不曾動過腳踏兩條船的心思，他現在也不用這般提心吊膽了。只是，世上沒有後悔藥買。

曹清儒將長女和長女婿都請回曹府，藉口是老太太身子不適，並要求女婿一定要到，當然，老太太自那日之後，精神就差了許多，的確是病歪歪的。

曹中貞其實與曹老夫人的感情並不深，但為了不讓人說自己不孝，不讓人覺得自己不受寵，還是強烈地請求丈夫跟自己一同回門。

曹中貞夫婦回曹府，受到了熱情的款待，曹清儒親自接待了女婿，明裡暗裡示意他有個升官發財的機會，就看他有沒有膽子了。可惜長女婿只是一個七品小京官，在京城裡就跟螞蟻差不多，膽子小得可憐，明明聽懂了，卻裝作沒聽懂。曹清儒只得換了一個方法，就像君逸之猜測的那樣，灌醉了女婿，鑰匙和印章這種重要的東西，果然女婿是隨身帶著的。曹清儒偷偷印了他的鑰匙，就是用印麻煩一點，有兩個小印章，曹清儒不知道應該用哪個。

最後，他印了三份空白引條，一個印章一張，還有一張空白引條上印了兩個章。

曹清儒拿著鑰匙的印泥模子，讓曹管家到外面請人打造成鑰匙，然後他十分狡猾地逼張長蔚偽造一份文書，稱由他來檢查糧倉的防火情形。曹清儒是這麼跟張長蔚說的：「只要咱們能將那些徽米送進糧倉，就能以此彈劾攝政王了。」

張長蔚氣得直跳，「放屁！上頭要的是他的名聲，要把他的名聲毀了，知道嗎？所以米糧一定要發放到農民的手中才行！」

曹清儒心中大恨，表面上卻只得謙虛地問計：「那依您說，可要怎麼辦才好？難道我就這麼帶著幾大車米進去？沒有人巡街，可是糧倉裡還是有看守的，他們又不是傻子！」

張長蔚恨得直咬牙，「所以才要你說服你女婿，讓他出面，怎麼換都沒問題，就說是將倉庫裡的米相互調動一下。他在那裡待了這麼久，總應當收買了一些人，晚上就安排那些人值夜就成了。」

曹清儒沒有辦法，只好又去找女婿，威逼利誘的，又畫下了無數空餅，女婿苦著臉應下了。

到了商量好的那一日夜間戌時三刻，城中已經宵禁了，大街上黑漆漆的，只有糧倉的大門處，幾盞氣死風燈亮著昏黃的光線。

為了不驚動太多人，曹清儒早就將徽米慢慢移到了離糧倉不遠的一處民房內。此時，曹清儒帶著曹管家及幾個心腹小廝先探頭出來，仔細看了看空無一人的街道，過了一會兒，一名武官緩步走了過來，正是張長蔚的新女婿，北城指揮使榮光。

榮光朝曹清儒打了個手勢，示意他可以開始行動了，要快。

曹清儒忙穿過街道，來到糧倉門外，他的長女婿正縮成一團守望在大門處，見到岳父，忙跟過來，伸頭岳父身後瞧了一眼，「怎麼……」

曹清儒十分謹慎，小聲地問：「裡面都是你的人嗎？」

他女婿小聲道：「只有最外面的這處倉庫，您將米全數放在這個庫裡就成。就快月底了，我可以趁盤點的時候將幾個庫的米搬動一下，這樣就能將這些黴米慢慢換到各種倉庫裡去，所有的百姓就都能分到黴米了。」

米糧這種東西就是這樣，一旦旁邊有黴了的、長蟲的，這一個倉庫的米就會慢慢黴了蟲了去。

曹清儒很清楚這個理，也對女婿的辦法很欣賞，這樣速度就快得多了，應當不會被人發覺。

他忙朝後一揮手，曹管家立即帶著小廝們，推著幾輛綁滿了米袋的板車過來了，女婿立即進去開了庫門。

曹清儒等不及他們的慢速度，親自上陣，揮開胳膊幫著扛米，一面將黴米扛進去，一面還要將好米換出來，不然一個倉庫裡忽然多了這麼多米，也會惹人懷疑。

曹清儒正扛了一袋黴米進了倉庫，忽然覺得眼前的視野明亮了許多，他心中一驚，立即喝問道：「誰打這麼多火把？快滅了！」

「滅什麼？是本王讓人打的火把，若不然，還看不到這般熱火朝天的景象。」

攝政王淳厚而威嚴的聲音淡淡地響起，他背雙手，從倉庫的一處米堆後走出來，身後還跟著四名佩刀侍衛。

曹清儒嚇得手一鬆，那袋黴米瞬間落地，激起灰塵無數。曹清儒一面咳一面想著怎麼圓這謊話，還拚命用眼神示意女婿，千萬不可說實話，至少要想辦法拖上一拖。

哪知他的女婿撲通一聲朝攝政王跪下，磕了個頭稟道：「請王爺安，曹大人果然要用黴米換好米，屬下幸不辱命，這裡正是曹大人犯案之現場。」

曹清儒想要狡辯，可是攝政王怎麼會給他機會，此時已經是半夜，明日他還要早朝呢，哪有閒功夫聽曹清儒耍嘴皮子？

攝政王威嚴地一揮手，一隊侍衛不知從哪裡冒了出來，將曹家的管家小廝及幾車還沒來得及運到倉庫內的黴米全數包圍了起來。

此時，糧倉外響起了車輪聲和馬蹄聲，數輛馬車趕到糧倉門口停下，裡面下來幾位大臣，有大理寺卿陳智均、吏部尚書張長蔚等幾部尚書，一見到糧倉裡的這陣勢，心中都是一驚，忙垂手進去給攝政王行禮。他們都是被攝政王的侍衛從被窩裡「請」出來的，乘坐的也是攝政王派出的馬車。

「去查一查，裡面裝的是什麼。」

幾人聽到攝政王的吩咐，忙親自劃開板車上和曹清儒面前的米袋，仔細查看了一番，得出結論道：「稟王爺，此乃陳年黴米，吃了會令人中毒的。嚴重者，有可能會腹瀉而死。」

「這樣的黴米怎麼會運到糧倉來？」

「是啊，到底是為何，還請王爺明示。」

張長蔚一直聽著眾人的議論，他微蹙著眉頭，面上如旁的大人一般，有些氣憤、有些震驚、有些凌厲，實則手心裡全都是汗水，心更是緊張懼怕得怦怦直跳。他非常想回頭暗示妹夫不要說出自己的名字，不要牽扯上自己。你已經被抓住了，外面總要有人幫你周旋，幫你減罪。你就說你是一時貪心，想用黴米換好米就是了，這個罪名不大，頂多就是免官削爵，人不會有什麼事，若是將我也給扯了進去，咱們就無法解釋原由了，勢必會讓王爺察覺出太后來。到那時，才真的是死無葬身之地了。

可惜，攝政王的目光一直似有若無地掃向諸位大臣，而張長蔚心裡發虛，自然覺得王爺似乎格外注意他一些，哪裡還敢亂動，簡直就是脖子都不敢扭一下。

而此時的曹清儒，尚無時間來理會大舅兄，他的注意力全都集中在女婿的身上。這個背信棄義的小人，虧他還將女兒嫁給了他！

若是目光能殺人的話，恐怕曹清儒已經將女婿給千刀萬剮了，可惜他除了瞪裂一雙眼睛，什麼事也幹不了，脖子上還架著兩柄大刀呢。

「這些都是曹卿運過來的，有什麼話，曹卿明日跟大理寺正卿陳大人聊吧。待大理寺審訊過後，再提交吏部、刑部商議。」

攝政王淡淡地說完，就背雙手慢慢走了出去。

他的侍衛立即上前來，將曹清儒雙手反剪，押到囚車之上，與曹管家和幾名小廝一起，直接送往大理寺。那幾車罪證則推入倉庫之內，讓侍衛看管了起來，免得放到大理寺，被人換了去。

請來作證的官員，被侍衛們請上了之前乘來的馬車，張長蔚終於逮到機會，回頭看了曹清儒一眼，似萬分失望地道：「妹夫，你怎麼能做出這種事來，實在是……讓為兄失望！」

曹清儒冷冷地看了張長蔚一眼，心底裡怨恨無比，可是他也知道不能供出張長蔚來。不供出來，張長蔚為了自身的官位，總還得給他和曹家一個交代，若是供出來了，無非是一同流放或是入獄罷了，甚至會……更糟。

他淡淡地道：「舅兄不是我，不知道我的難處。」

曹清儒身後的侍衛推了他一把，「上去，少囉嗦！」

曹清儒警告般的盯了張長蔚一眼，張長蔚回了他一記「心知肚明」的眼神，曹清儒才安心上了囚車。

實則，曹清儒並沒有直接被送到大理寺，而是中途轉到了攝政王府的前院正廳裡。

面對高高在上的攝政王，曹清儒恭敬地撲通一聲跪下，痛哭流涕道：「王爺，是下官想左了，下官起了貪念。下官、下官的女兒即將下嫁給平南侯府了，可是下官、下官教子無方，竟與人鬥毆，被人打傷了，一時花費不少銀錢買了數根百年山參才得以續命。下官、下官手頭有些緊，又想讓女兒風光出嫁，這才……這才……打起了糧倉裡的米糧的主意，想著入冬後可以高價拋售。是下官貪婪，下官有罪啊！」同時在心裡慶幸，幸虧沒告訴女婿實情，否則自己真的無法圓場。

攝政王喝了一口茶，忽地將手中茶杯往桌上一放，杯碟撞擊桌面，發出清越的聲響。不重，與平日裡應當是一樣的，只是在這寂靜的半夜裡，就顯得格外的磣人。

曹清儒心中一抖，哭聲頓了一頓，才又接上。他邊抹著眼淚邊偷眼看著攝政王爺。攝政王溫和中帶著些威嚴和冷峻的俊臉，此時鬆泛地舒展著，唇角竟還微微向上彎起，看向他的目光也沒有凌厲和厭棄。

曹清儒有些弄不清王爺的想法了，莫非王爺一點也沒有猜出來？

曹清儒的心裡慢慢升起了一絲絲的希望，只是貪點銀子換好米的話，不算是多重的罪……

攝政王又等了等，待他不再緊張，才緩緩一笑，「曹卿不必多說那些有的沒的，你今晚為何要去糧倉、是為何人辦事，你我心知肚明。本王只給你一次機會，你願不願指證幕後主使？若是願意，本王保你家宅平安，若是不願，那本王立即讓人將你帶回大理寺去。」

曹清儒心中一凜，這才明白，王爺還是如同往常一樣的英明睿智，自己的一點小心思別想瞞著他，可是……王爺真能確保曹家一門的平安嗎？

說實話嗎？說嗎？曹清儒十分遲疑。

不得不說，攝政王爺非常懂得人的心理，亦非常會把握時機。若是一開始就向曹清儒發問，曹清儒肯定會想也不想地說謊。曹清儒是當朝二品大臣，刑不上大夫，攝政王也不能對他動用私刑，可若是不用刑，只怕曹清儒永遠也不會說實話。但攝政王故意顯出相信曹清儒的樣子來，讓曹清儒的心中慢慢升起些微希望，求生存、求免罪的慾望開始漸漸占了上風，此時再發問，曹清儒雖不會立時坦白，卻會猶豫彷徨，而最終，攝政王相信，曹清儒一定會說出是誰的。

曹清儒低著頭糾結個不停，攝政王淡淡的聲音在他的頭頂上方響起：「不必擔心，不是明日就讓你上朝與她對質，只是你必須記住你今日的供詞，日後本王有讓你出來作證的時刻。若你應允了，本王可以網開一面，保留你一門的身家性命。」

曹清儒的防線至此一潰千里，立即淚流滿面地道：「王爺，是下官……下官對不住王爺的信任，下官亦是……亦是被大舅兄他威逼的啊！」

攝政王沒再問，只坐回了原位，端起茶杯，一面品茗，一面靜靜地聽。曹清儒將張長蔚如何用妻子的醜事威逼他，他如何被逼無奈應允此事一一細說，最後還老實交代，「張長蔚說，太后一定會保全下官的，下官猜測，張長蔚應當投靠了太后。」

這番話說完，原以為攝政王會說上幾句什麼，哪知王爺只是「唔」了一聲。

曹清儒一愣，難道王爺不應該先敲打自己幾句，然後再安撫幾句，答應他，只要他日後好好聽話，就不再追究他此事嗎？

正想得入神，眼前忽然多出一張寫滿黑字的白紙，王府的書記官皮笑肉不笑地道：「這是剛才曹大人的供詞，還請曹大人確認之後，簽字畫押吧。」

曹清儒心中一凜，再抬頭時，攝政王已經不見了蹤影。他環顧了一下四周的侍衛，無奈地苦笑，只得提筆簽了名，然後按上手印。

書記官將按上手印的供詞拿到偏廳，呈給王爺。攝政王拿在手中又仔細看了一番，這才揮手示意書記官退下休息，自己則回了內宅，直接進了王妃住的正院。

攝政王妃仍舊歪在軟榻上，一手捧著手爐，一手翻著一本遊記，聽到門外的動靜，忙趿了鞋下榻，到廳裡迎接。

攝政王挑眉笑道：「怎麼還沒睡？」

攝政王妃道：「你沒回來，不知道事情到底怎麼了，自然睡不安穩。」

攝政王笑道：「既然提前知曉了，自然是人贓俱獲。」頓了頓又道：「這一回，逸之媳婦倒是幫了大忙，明日妳若有空，就去看看他媳婦吧，聽說已經懷了身子了？」

王妃笑道：「是啊，兩個多月吧，還沒坐穩胎，沒報喜訊。」

攝政王的眸光微微閃了閃，淡淡地道：「楚太妃的眼光的確好，選的這個孫兒媳婦是個聰明靈秀的，不過，母后是不大喜歡太聰明的女子的。」

慈寧宮裡，太后被殿外的聲響驚醒，不由得揚聲問道：「什麼事？」

魏公公躬著腰進來，低頭就拜，「奴才該死，吵著太后您歇息了！」

太后搖了搖頭，撐著手臂坐起來，魏公公忙站起來，上前打起床簾，扶著太后坐好，先為她披上一件棉袍，然後安放好引枕，這才回道：「方才是張長蔚大人差人送訊兒入宮，說是攝政王爺不知怎的，今晚去了北城的糧倉，將曹大人和北城指揮使都給抓起來了。」

太后聞言並沒有顯出多震驚的神色來，只是緊抓著被褥的手背上，青筋都爆了出來。

這麼點小事都辦不好，一群蠢貨！

太后並不在乎損失一個曹清儒，她在意的是北城指揮使！

五城兵馬司是多麼難以安插人手的地方，所有的指揮使都必須由內閣的大臣們全數通過才能上任。她花了無數的心力，才慢慢將北城指揮使收歸到自己的陣營裡來，卻被張長蔚這個蠢貨給賣了出去！

太后努力平了平氣息，淡淡地吩咐道：「立即讓張長蔚入宮。」

魏公公領了命退下，不多時就帶著張長蔚進來。張長蔚知道這次事情敗露，太后必定是會要見他的，故而一直就在宮門外候著。

太后問過事情的全部經歷之後，冷冷地發作道：「哀家將事情交代給你，你為何推給你妹夫，自己躲在幕後？你難道不知道，哀家看中的是你那個側室的兄長就是糧倉的守衛總領嗎？」

張長蔚聽得冷汗直冒，這位側室是他前幾年才納入後宅的，寵得不行，他的正妻因夥同女兒謀害攝政王的子嗣，他早就將她拘在家廟裡，只等京城裡來上一陣時疫，他就報個暴病身亡，好將側室扶正。他怎麼捨得讓側室的兄長，他心裡認定的大舅兄冒險呢？

他知道曹清儒的女婿是管糧倉的戶部小官，於是自作主張將曹清儒拉進事情之中，原以為暗中讓大舅兄照看著，自己和大舅兄都不露面也能將事情辦好，誰知道曹清儒的女婿竟是個胳膊肘往外扭的。

見張長蔚久久回不上話來，太后冷冷一笑，「張長蔚，你的榮華富貴是哀家給的，哀家看中的也是你的能力，可你若是膽小怕事，不能為哀家所用，哀家就得考慮讓旁人來接替你的位置了！這些年在吏部，你收了多少賄賂，你自己心裡應當有數吧？」

張長蔚撲通跪下，哆嗦成一團，「太、太后饒命……下官只是、只是想抬舉一下大舅兄曹清儒，才、才想著拉他辦事，……他、他拍著胸口允諾下官，說是一定能辦好的……下官只是識人不清，太后……請太后明鑑……」

太后冷冷地俯視著張長蔚，她知道事已至此，再指責張長蔚已經沒有用了，培養一個吏部尚書不容易，現在她還得用著張長蔚，不能隨意處置，再處置，也得等蘭知存在朝中的資歷熬足了之後。

默了默，太后才嚴厲地道：「這次的罪過就先記下，你且先去善後，務必要讓曹清儒將事情全都擔在身上。」

張長蔚忙伏地表示，他早已經告訴了曹清儒，一定不會讓他將太后您供出來。

太后冷笑道：「哀家坐在這後宮之中，一個月沒有踏出一步，他想說是哀家指使的，也得有人相信！」

「是是是！」張長蔚連忙附和。

「曹清儒的女婿若真個不想同謀，必定一開始就不會同意，這般先答允後出賣，或許是早有人洩露了出去，應當是有人指使了他女婿……必定是攝政王！應當是攝政王早就知曉了！」太后緩緩地分析著，想了想，又吩咐道：「除了曹清儒的女婿，還會有誰知道這件事？你回去後，好好查一查曹府這些日子的訪客，就連下人的親戚入府也要查清楚。」

說完她不想再見張長蔚，揮手讓張長蔚退了出去。

第二日一早就開始下雨了，深秋的雨水特別涼，俞筱晚睡得有些發冷，不由得將被子裹緊，捲過來的被子帶著寒意，一下子就將她給驚醒了，她這才發覺已經是辰時初刻了，君逸之早就去了衙門，難怪她會越來越冷。

初雪就守望在床外，見床簾微動，忙掀起一角床簾，將頭伸進去，看見俞筱晚已經睜開了眼睛，忙笑問道：「二少夫人要起身嗎？」

俞筱晚點了點頭，笑盈盈地問：「早膳有些什麼？我覺得餓了。」

楚太妃令人在夢海閣修了一間小廚房，平時自己可以熬個粥啊什麼的，若要做菜也可以，只需到大廚房裡調食材就成了。當初俞文飆培訓那些孤兒時，女孩子們除了習武，還刻意依照各人的長處，強化訓練了某項技能。江南會泡茶，江柳會按摩，江楓會女紅，而江梅則擅長烹飪，燒出的菜很合俞筱晚的胃口，現在俞筱晚幾乎都不用大廚房的菜了，都是讓江梅燒。

初雪聽到主子的問話，忙笑著回道：「有玉米粥、黑米粥、銀耳燕窩粥，菜品是花炊鵪子、蘋果白腰子、萌芽腰肚、燉鵝掌、鵪子羹、沙魚燴、小點潤雞，還有您喜歡的炙炊餅和鑾骨甩餅。」

俞筱晚一面讓丫頭們服侍著穿衣，一面大流口水。初雲笑嘻嘻地道：「二少夫人若是想吃，可真個得快一點，一早兒的，攝政王妃就使人遞了帖子進來，說是辰時正會來看望您呢。」

俞筱晚一聽，忙讓丫頭們快一點。梳洗過後，就先將早膳擺進來，她用過早膳，再來梳頭。剛剛用過早膳，打扮齊整，攝政王妃的儀仗就到了，俞筱晚忙到二門處迎接。

因為下著雨，丫頭一個接一個地撐開雨傘站成一排，從攝政王妃的馬車處一直連到二門處的迴廊，地下也鋪上了厚厚的草墊。攝政王妃下了馬車，笑盈盈地拉起俞筱晚道：「咱們兩個道這些虛禮做什麼?快進馬車，天兒冷。」

兩個人順著雨傘撐起的小道，上了馬車，攝政王妃這才說明來意，「是王爺特意讓我來給妳道聲謝的，若不是妳聰慧，又能大義滅親，王爺的名聲可真是會毀於一旦。王爺的意思是想賞妳個什麼，妳先說說，妳想要什麼賞賜？」

俞筱晚也沒推辭，想了想道：「不知此事會否牽連到曹府內宅，若是王爺能饒了外祖母和燕兒表姊，晚兒會感激不盡。」

「哦？」攝政王妃饒有興味地看著俞筱晚問道：「既然已經求了兩個人，為何妳不求王爺饒恕妳兩位舅母和雅兒表妹？」

這話裡有試探的意味，不過俞筱晚早就已經做好了準備，就是攝政王不說給她賞賜，她也要求到王爺面前去的，因而極快地回話道：「夫妻本是同體，舅父犯了罪，兩位舅母自然是要跟從的，而雅兒表妹，她已經是平南侯府靜晟世子的未婚妻，若是靜晟世子都不能護得她的周全，晚兒又能有什麼辦法？」

攝政王妃噗就笑了，明明是跟曹中雅的關係不好，卻還能說得理直氣壯，難怪逸之這個古靈精怪的傢伙會這麼喜歡她！

攝政王妃笑完了，才應聲道：「這事我只能跟王爺說，不能先答應了妳。」

俞筱晚點了點頭表示理解，攝政王妃便轉了話題道：「唉，不說這個了，妳身子如何了？我今日來，還想沾沾妳的好運氣。」

俞筱晚歪著頭想了想，極認真地道：「能吃能睡，應當還不錯。」

攝政王妃又被她給逗笑了，掐著她的小臉道：「真真是個頑皮的，以前怎麼沒看出來！」

馬車很快到了春暉院，幾位管事嬤嬤都帶佇列在院門口，朝著攝政王妃齊齊蹲身福禮，「攝政王妃安，二少夫人安。」

攝政王妃抬了抬手，「起吧，太妃呢？」

吳嬤嬤親自上前為攝政王妃撐傘，提示攝政王妃小心腳下，並回話道：「太妃在廳裡等著您呢，早就吩咐下了一桌酒席，還約上了歷王妃和晉王妃、晉王世子妃。太妃說了，今兒無論如何要摸一把牌，讓您上回贏的銀子全數吐回來。」

攝政王妃掩唇嬌笑，「太妃這麼說？可別又送我銀子才好！」

俞筱晚在一旁只是笑，由丫頭嬤嬤攙扶著，進了春暉院的正廳。

楚太妃精神矍鑠地端坐在鋪了靛青色薄棉墊子的楠木大椅上，手扶著雕花扶手，一見攝政王妃就瞪她道：「別以為妳在外面說的話我沒聽見，今天定要將妳殺個片甲不留！」說完，自己先繃不住笑了。

攝政王妃笑盈盈地朝楚太妃福了一福，「您牌藝高超，我一向是很欽佩的，不過，我若是輸了，定要從晚兒那裡討回來，下次約她去攝政王府打牌去。」

楚太妃笑得岔了氣，手指親暱地戳著攝政王妃的額頭道：「真是個吃不得虧的！妳放心，只要妳約了晚兒，老太婆我就立即跟去！」

攝政王妃拉著俞筱晚坐在下面的客椅上，拍著她的小手道：「太妃可是真心疼妳的，晚兒妳真是好福氣！」

俞筱晚總覺得攝政王妃這話似是意有所指，心裡沒想得太明白，嘴裡還要笑著應和：「可不是嗎？人人都說老祖宗是全京城最好的太婆婆！」

這馬屁拍得楚太妃無比舒暢，一時間正廳裡歡聲笑語不絕於耳。

不多時，請來的幾位王妃都到了，都不是獨自來的，各自帶了幾位晚輩的小姐，正巧靜雯郡主和憐香縣主在晉王府做客，也隨著晉王妃婆媳兩個一同來到楚王府給楚太妃請安。

靜家的一位姑祖母嫁到了蘭家，因此靜雯郡主是管楚太妃和晉王妃叫堂姑祖母的。靜雯郡主如今已經有了四個多月的身孕，穿著厚厚的夾棉秋衣，仍舊顯了懷，小腹微微隆起。她坐下來之後，就一直盯著俞筱晚，眼睛在俞筱晚的肚子上掃來掃去。

因為俞筱晚的胎兒還沒過三個月的危險期，楚王府沒向親戚家中報喜的，靜雯郡主隱約聽人說過她有了身子，可是心裡卻希望她沒有，因此想看出點端倪來。

而俞筱晚則主要關注憐香縣主，才不過大半個月沒見，憐香縣主就瘦得如同竹竿，眼睛下有明顯的黑圈及眼袋，用了厚厚的香粉也不能掩飾住，雙唇也是慘澹如同白紙，最主要的還是精神頭差了，整個人看起來沒了靈魂似的，目光呆滯。

俞筱晚唯有輕嘆，情之一字竟如此害人。越國公已經為憐香縣主做了最好的安排，可若是她自己不惜福，只會讓夫家的人厭棄了她，就算身後有強大的娘家依仗，不得丈夫喜愛的女子，也難以在後宅裡生存得滋潤愜意。

兩處王府的小姐們都是極有規矩的，坐在小繡墩上，腰背挺得筆直，雙膝併攏，纖手極為自然地擱在膝頭，一瞧就是有教養的，只不過她們與歷王妃和晉王世子妃交流之時，神態上恭敬居多，俞筱晚猜想，應當多半是庶出的小姐……竟然都沒有帶郡主出來？

楚太妃見人都來齊了，便含笑道：「很多府上都已經開始菊宴了，雖然我們府上還沒有做這打算，不過今日既然請來了諸位親戚，就一起到陶然亭裡去賞賞菊吧。」

陶然亭就在楚王府後花園一座小山上的最高處，每年的九九重陽日，王府的主人們不便像普通百姓那般到京郊的山上登高望遠，便在後花園裡人工壘了座小山。山不高，大約是五六層樓房的高度，為了美觀，還建了一高一矮兩座山峰，低處山頂的亭子叫怡心亭。

從山腳到半山腰，路邊一盆一盆的全是各色珍品菊花，鵝卵石鋪成的小徑環繞山體，一圈一圈往上升。諸人相互攙著手，慢慢往山上走，很快就走到了山頂。

陶然亭是楚王府的主子們九九重陽聚會之所，因此建得十分寬闊，至少能擺下六桌席面。亭子是一子一母兩座亭子連接而成，中間有道不長的曲廊。

王府裡的僕婦們早將陶然亭收拾妥當，三面圍了氈毯做成的幔子，阻擋寒風，賞花則要去曲廊上。

楚太妃招呼大家坐下，沒多大會兒就有嬤嬤來稟報，說世子爺、二少爺和勉世孫、北王世子一同回府了，聽說諸位王妃在此，要過來請安。

楚太妃忙道：「快讓他們過來。」

不多時，四名俊秀的少年一同而至，齊齊給諸位王妃請了安。楚太妃笑著讓坐，又問君琰之道：「你們怎麼會湊到一塊兒的？」

君琰之忙解釋道：「我知道今日老祖宗要宴客，便去街上尋上逸之，讓他早些回府來陪著老祖宗，正好遇上了勉堂弟和鳴堂弟，就一塊兒邀上了。」

晉王妃和晉王世子妃都在這兒，君之勉來得十分合情合理，北王世子忙表示道：「侄孫這廂打擾了。」

楚太妃笑道：「一筆寫不出兩個君字，都是血脈親戚，來堂祖母這兒說什麼打擾？」

北王世子立即陪笑道：「對對對，是侄孫不會說話！」

靜雯郡主是一見君之勉就格外激動的人，可是現在亭子裡這麼多人，她又是已婚婦人，那點子拐著彎的親戚關係，實在是不方便主動上前搭訕，只得拿了帕子掩住小嘴，裝作嗓子不適，輕咳了幾聲。

她身後服侍的楚王府丫頭立即傾身上前，恭敬地問：「郡主可要喝些清咳的川貝枇杷茶？太醫說，孕婦也可以喝的。」

靜雯郡主看了君之勉一眼，他正在回答楚太妃問的話，心底裡不由得十分失望，抱怨楚太妃太不懂看人臉色，人家的正經的祖母還在這裡呢，差事如何用得著妳來問嗎？

正聊著天，忽見兩名麗色少女緩緩走來，可不正是曹中妍和孫琪嗎？孫琪一手提裙，走得快些，曹中妍跟在她身後，追得有些踉蹌，但兩人的神色間有著幾分焦急。兩位少女轉眼就到了陶然亭，乍然見到這麼多人，其中還有幾名外男，不由得怔住了。

楚太妃也沒想到她倆會來，眸光微微一閃。攝政王妃瞧見這兩位漂亮小姑娘，立即含笑著招呼道：「太妃，她們是誰啊，我竟是沒見過的，您何時多出了兩位這麼出色的孫女，竟不告訴我們！」

靜雯郡主瞥見君之勉含笑打量孫琪和曹中妍，心中的酸意頓時蓋過了理解，揚起笑臉介紹道：

「攝政王妃，那位穿石青色褙子的小姐是我家姨娘的姨侄女，姓孫的。」卻也不說是親戚，然後又指著曹中妍道：「這位似乎是寶郡王妃庶舅的嫡女。」最後還越俎代庖地問道：「兩位小姐要一同來玩嗎？」

其實孫琪的父親是翰林院學士，官職雖然不高，但極是清貴，而且非翰林不得入內閣，日後孫琪的父親升遷的機會很大。他娶的是嫡女，給平南侯作妾的是庶出的姨妹，並不相干的，但被靜雯郡主這麼模糊地一介紹，旁人自然就低看了孫琪幾分。

楚王府裡住著幾位小姐，這已經是公開的祕密了，只是歷王妃和晉王妃、晉王世子妃都沒有想到，楚太妃最後留下的三位小姐竟然都是這種出身。幾位君小姐雖是笑著，目光卻不熱切，有些藏不住心思的，甚至帶了幾分鄙夷……她們雖然也是庶出的，但卻自覺著比一般官宦之家的千金嬌貴得多，哪裡看得上一個侯府姨娘家的親戚和一個庶支嫡女？

曹中妍十分敏感，登時便有些手足無措了。

孫琪卻斂了之前臉上的焦急之色，從從容容地朝靜雯郡主福了福，又向楚太妃和幾位王妃行了大禮，才笑著向攝政王妃道：「王妃謬讚了，孫琪不敢當王妃的贊。」

攝政王妃見她從容恬靜，絲毫不被靜雯郡主的言語所影響，心裡便有些對她刮目相看，含笑道：「各花入各眼，我覺得妳出色，沒什麼當不起的。」

楚太妃也顯然滿意孫琪的從容鎮定，眸光瞥了君琰之一眼，見他只掃了一眼孫琪身旁的曹中妍，便又垂眸望著手中的杯盞，楚太妃不由得暗暗輕嘆一聲，再看曹中妍，因有孫琪珠玉在前，這會子已經恢復了鎮定，只是小臉上因之前的緊張無措而飛升的紅暈仍沒散去，不過卻更襯得她膚白如玉，頗若朝霞了。

俞筱晚知道她倆不會無緣無故跑到小山上來，忙打圓場笑道：「老祖宗，是我叫她們來的，我原以為沒有年紀相仿的姊妹，因此想叫她們來陪陪我。」

孫琪何等機敏，忙順著這話道：「原來二少夫人已經有人陪了，我就先回屋吧。」說罷向眾人行了一禮，打算告辭。

俞筱晚忙攔著道：「來都來了，走什麼？」

君逸之笑睇了她一眼道：「有我在，還怕沒人陪妳嗎？」

俞筱晚頓時滿面飛紅，又羞又窘地瞪了君逸之一眼。

眾人都笑了起來，楚太妃也笑道：「他們倆個就是這麼黏乎，讓你們見笑了！」又朝孫琪和曹中妍道：「快快坐下，這天兒還下著小雨，來來去去的一腳泥。」

孫琪和曹中妍這才坐下。

用過午膳，俞筱晚是一定要歇午的，君逸之便向老祖宗和諸位客人告了罪，先帶她回夢海閣休息了。

俞筱晚拉著君逸之的手道：「今日攝政王妃說是特意來賞我的，卻沒與我多親近，來了之後，也沒說過要來夢海閣，倒是先通知了老祖宗，還約了人來打牌。」

君逸之向她解釋道：「這是防著太后將昨夜的事想到妳頭上，太后肯定會查的，妳這段日子千萬不能進宮。」

俞筱晚點了點頭，忽地想到，「靜雯郡主今日正巧去了晉王府，也不知是巧合還是必然。」

君逸之想了想道：「晉王妃與太后一向走得近，可能是有些必然在裡面，不過妳不必擔心，蘭家那邊的餌已經拋下去了，這回皇上特意點了蘭知存辦了件好差事，太后想升蘭知存的職，內閣那邊多數會通過的。蘭家人必定會認為是買下那塊地的緣故，就算蘭知存將信將疑，老國公卻肯定是信的，因此，太后那兒，妳不必躲多久。」

年紀越大的人越是信命，這一點俞筱晚也知道，她又想到了孫琪和曹中妍忽然露面的事，還沒定下最終的人選，楚太妃多半不會讓她們參加這種全是親戚的宴會，到底是誰引她們去的，目的又是什麼？

回到夢海閣，俞筱晚就吩咐初雲讓豐兒去廚房打聽。

俞筱晚差遣了丫頭，便往後一倒，君逸之立即伸手接住，讓她靠在自己胸膛上。

俞筱晚將自己的小手塞入他的大掌，笑問道：「下午不去巡街嗎？」

君逸之笑著吻了吻她的髮鬢道：「不去了，我陪著妳。對了，妳是覺得妍兒和孫小姐去陶然亭有問題嗎？」

其實他是不覺得有什麼問題的啦，來了這麼多的王妃和皇室千金，她兩人無意間聽到了，想去結識一番也是常事。

若不是俞筱晚正巧看到了孫琪眼中一閃而逝的詫異，和妍表妹小臉上明顯的局促，她也只會懷疑，還不是肯定。

俞筱晚握住君逸之亂摸的手，含笑問道：「她們是客人，沒有主人的召喚，如何敢私自見客？就算是想多認識些親戚，為何蘭小姐不來？她們三人現在住在一處，難道獨獨蘭小姐沒有聽說府中來了客人嗎？況且，方才靜雯郡主那般嘲諷孫小姐和妍兒，告訴眾人她們的出身很低，難道你們不覺得奇怪嗎？明知老祖宗留她們三人的目的是什麼，她們三人中日後必須有一位楚王世子妃，她還敢這般出言汙辱，她就不怕得罪了未來的世子妃？而且，靜雯郡主她不是這麼衝動愚蠢的人……」

俞筱晚想到幾年前的春日賽馬會上，靜雯郡主想害她從馬上摔下來的那一次，那麼縝密的安排，自己完全隱藏在旁人身後，她一點也沒發覺，若不是君逸之發覺到不妥的話，或許她早摔瘸了一條腿了。有這樣心計的女子，怎麼會跟個無知的愚婦一般，當眾與楚王府未來的世子妃撕破臉？

除非是有人許了靜雯郡主非常大的好處，而且這個人還有能力幫助到她，有了這個人的支持，她可以不惜與所有人決裂。

「靜雯郡主時常入宮，應該很熟悉太后和老祖宗的脾氣，這種事老祖宗是會記下的，雖然不至於當場撕破臉，但日後明顯地疏遠她還是做得出來的。她現在只是一名低品軍官的夫人，若是日後被楚太妃和楚王世子妃嫌棄疏遠，還怎麼在貴婦圈裡交際？因此，我想她的目的應當是抬高蘭小姐，而且即使得罪了楚王府，也不會對她的日後造成任何影響。」

君逸之聞言，細細一想，的確像是這麼回事，雖然太后不在這兒，無法影響到大嫂人選的選定，可是卻可以通過別的方式，左右老祖宗的選擇，比如說讓親戚們都知道孫小姐和妍兒出身不高，老祖宗覺得沒有面子，那麼蘭淑蓉似乎就成為了最好的人選——因為據說這位蘭淑蓉很快就會過繼到定國公夫人的名下，成為嫡系的嫡小姐。

君逸之勾唇輕笑，「可惜她們都打錯了主意，老祖宗早就同大哥說過了，世子妃的人選，首選是品行、才華、氣度，然後才是門第。門第太低的人家，也極難培養出端莊大方，鎮得住王府後宅下人僕婦的當家主母來，若非如此，老祖宗會往低門小戶裡選世子妃。老祖宗說，楚王府已經足夠尊榮，不必再與名門望族結親了。」

俞筱晚覺得老祖宗的顧慮極有道理，楚王爺已經是內閣重臣，位極人臣，又是皇室血統，若是所有的兒女都結上名門望族，指不定皇帝會怎麼想呢。與其因一時的臉面娶出身高貴、才貌雙全的世子妃，還不如挑精明幹練，出身普通，娘家清貴且不結交黨朋，又能幫大哥管理好內宅的當家主母。

只是，好的人選不一定就會是大哥喜歡的人。

君逸之笑了笑道：「大哥說，他相信老祖宗的眼光，就算現在不喜歡也沒關係，一輩子這麼長，好好相處，必定能日久生情，當初我不也是……」聲音徒然消失。

俞筱晚立即回頭瞪他，嘟著小嘴道：「你不也是什麼？怎麼不繼續說下去？」

君逸之嘿嘿乾笑兩聲，忙低頭用力吻住俞筱晚的唇，妄圖將話題給岔開去。俞筱晚也就沒有繼續揪著一個不小心滑出嘴的錯句不依不饒，兩人認識之初是個什麼情形，她心裡也明白，不外就是年少氣盛的君二少不滿老祖宗早早為他挑好妻子的人選，要不然怎麼第一次見面就嗆她呢？

不多時，豐兒折返回來，進到起居間，向俞筱晚和君逸之小聲稟道：「婢子去廚房打聽了一番，似乎就是金沙姊姊去取王妃的燕窩粥時，遇上了孫小姐的丫頭品菊，金沙姊姊就問了一句『妳怎麼還在這裡，沒陪妳們小姐去陶然亭嗎？方才春暉院的管事嬤嬤四處找妳們小姐和曹小姐，聽說是有急事呢』，後來品菊就匆匆跑回去了。別的沒什麼事了，哦，還有一個……」

豐兒的眼睛亮亮的，全是八卦之光，神情卻有些忸怩，偷偷瞥了君逸之一眼，不知當說不當說。

若只有俞筱晚在屋內，豐兒肯定不會如此，君逸之便不滿地蹙眉問：「怎麼，還有什麼事是我聽不得的？」

俞筱晚安撫地拍了拍君逸之的手，示意豐兒說下去。

豐兒悄悄吐了吐舌頭，這才道：「婢子聽說金沙姊姊心裡頭有人。」

俞筱晚明顯感覺君逸之的胸膛一僵，他肯定想不到會是這種雞毛蒜皮的小事，心裡就有些好笑，在廚房跟廚娘們談論的，難道還會是國家大事？

俞筱晚雖不感興趣，不過母妃身邊的丫頭，她一向是本著能幫就幫的原則，多多交好的，因而便問道：「那廚娘們可知金沙看中的是誰？」

「聽說就是郭嬤嬤的小兒子，今年虛歲十六了，說是生得很俊呢，咱們府裡的男僕中，他算是數一數二的。」

俞筱晚的眸光一亮，忙盯著問道：「下人們可都知道嗎？可說了大概是何時的事情？」

這個……豐兒遲疑了一下，想了想才道：「也就是張嬸這麼說，她說自己家跟郭嬤嬤家住得不遠，曾見過金沙姊姊往郭嬤嬤家送年禮，包袱不小心掉到地上了，那天張嬸子剛好出門，見裡面滾出了幾雙男人的鞋子，看式樣，是自己做的，看花色，有老有少的，所以張嬸才這麼猜。」

君逸之聽得直撇嘴，「妳們這些人也太嘴碎了，就幾雙送禮用的鞋子，妳們就能搗鼓出個郎情妾意來。」

男主子訓斥，豐兒自然是不敢回嘴的，低了頭垂手聽著。

俞筱晚白了他一眼，一本正經地道：「你可別小看了這些猜測，除非是他們故意要抹黑誰，不然的話，多半是正確的。你想想，張嬸住得離郭嬤嬤家近，平日裡必定還看到過一些別的事情，只是若有若無的，張嬸可能就已經有些疑心了，只是不能拿著當證據，可是有了那幾雙金沙親手做的鞋子，再將事情一串，當然就能猜出幾分來。你問問豐兒、芍藥，她們一般過年往管事嬤嬤家裡送什麼。」

管事嬤嬤的權力比丫頭們大得多，豐兒只是個二等丫頭，心不太大的話，要送禮就是往芍藥這兒送了，送不到管事嬤嬤跟前去。以前芍藥在曹府時，倒是常討好延年堂的管事嬤嬤，便立即笑著回話道：「咱們當奴婢的都是窮人，送禮最實惠的就是銀子，當然，為了表表自己的孝敬之心，一兩件自己親手做的衣裳鞋襪也不可少，不過只會送給管事嬤嬤和女兒們，不會管嬤嬤家男人的事，除非嬤嬤家的兒子才一丁點兒大，否則是一定要避嫌的。金沙既然親手做了幾雙男人的鞋子送去，必定是有想送的人，只是怕太過明顯，才給郭嬤嬤家的每一個人，一人都做了一雙。這麼殷勤，所有的人都有的話，那麼送給郭嬤嬤的丈夫、兒子，就不算扎眼了。」

俞筱晚繼續解釋給君逸之聽：「若是金沙喜歡郭嬤嬤的兒子，自己年紀又大上一兩歲，自然就會十分聽郭嬤嬤的話。」

這些女兒家心裡的彎彎繞繞，君逸之多半是不懂的，自他懂事起，就被美人們環繞著，人人都看著他的臉色，他哪知道女兒家為了謀一門好親事得花多少心力。

因有豐兒和芍藥在屋裡，俞筱晚話就只說到這個點上了，君逸之卻聽得明白，他派了平安他們盯著郭嬤嬤，可是盯了兩三個月了，郭嬤嬤表現都很老實，原來是已經找到了幫手。畢竟春景院是王妃的居處，平安他們不可能潛進去，更別說一天十二個時辰都盯著郭嬤嬤——這相當於是在監視王妃了，可算是大逆不道——因而他們多半是蹲守在院子裡的大樹上，看郭嬤嬤出了屋子都跟誰接觸，可是那些話若是在屋子裡頭跟金沙說的呢？

俞筱晚打發走了豐兒，瞧了眼自鳴鐘道：「咱們得去陶然亭了，客人都還沒有走呢！」

這會子的陶然亭裡已經開了一桌馬吊，攝政王妃今日手風真是不順，可是楚太妃也沒贏錢，贏的反倒是晉王妃，一家殺三方，晉王妃直樂得臉色紅潤，眉梢飛揚。

攝政王妃抛了一張一筒，晉王世子妃就噗哧笑了，「承惠承惠，原來王妃您知道我婆婆要這張一筒做十三么啊！」

攝政王妃一聽，臉就綠了，「又是十三么？」

晉王妃今年已經六十四歲高齡了，自然不會像兒媳婦那般朝攝政王妃得瑟，卻也喜氣洋洋地將牌一倒，嘴裡打趣道：「妳自己瞧吧，別說我詐胡！」

攝政王妃自然只能佯裝氣呼呼地付銀子，又調侃道：「皇伯母，您這般春風得意，府上是要有喜事了吧！」眼睛卻是看向坐在祖母身邊的君之勉。

晉王妃呵呵直笑，話還未及說，君之勉就起了身，頭也不回地往外走。晉王妃笑著瞥了一眼孫兒的背影，才接著話道：「可不是，剛定下與西南侯家大小姐的親事，親家太太就過世了，所以西南侯打發了人送信來，希望出了七七，趁著熱孝讓他們成親。人都已經在上京的路上了，算起來就是下個月中旬了。」

攝政王妃忙笑道：「紅白喜事、紅白喜事，總歸是喜事，幸虧今日早問了您，不然來不及準備賀儀！比不上送逸之的，您又會埋汰我偏心！」

晉王妃故作嗤了一聲，撿起一枚牌子兒就往攝政王妃的身上丟，「妳這個小潑皮，我是這般小心眼的人嗎？」

晉王世子妃卻朝攝政王妃伸出了一隻手，另一隻手招呼旁邊的眾人，「唉唉唉，妳們都聽到了的啊，攝政王妃可是說了的，送給咱們之勉的賀儀可不會比逸之的差，日後妳們可得幫我做個見證！」

楚太妃也笑得眉眼彎彎，湊趣道：「大姊要看姒兒送的禮單嗎？」

晉王妃噗哧就笑了，指著楚太妃道：「原來妳是個偏心的，向著姒兒呢！我今個兒若是看了禮單，日後旁人會怎麼說我？臨老了眼睛就只有一點黃白之物，連臉皮都不要了！」

亭子裡哄笑聲一片，繼續圍著晉王府的喜事說笑。

（未完待續）

漾小說 79

君心向晚❹

國家圖書館出版品預行編目資料

君心向晚/ 菡笑著. -- 初版. -- 臺北市：
麥田, 城邦文化出版：家庭傳媒城邦分公司發行,
2013.01
冊； 公分. --（漾小說；79）
ISBN 978-986-173-862-8（第4冊：平裝）

857.7 101026576

作者 菡笑
封面繪圖 若若秋
責任編輯 施雅棠
副總編輯 林秀梅
編輯總監 劉麗真
總經理 陳逸瑛
發行人 涂玉雲
出版 麥田出版
城邦文化事業股份有限公司
104台北市中山區民生東路二段141號5樓
電話：（886）2-25007696 傳真：（886）2-25001966
發行 英屬蓋曼群島商家庭傳媒股份有限公司城邦分公司
104台北市中山區民生東路二段141號2樓
客服服務專線：（886）2-25007718；25007719
24小時傳真專線：（886）2-25001990；25001991
服務時間：週一至週五上午09:00~12:00；下午13:00~17:00
劃撥帳號：19863813；戶名：書虫股份有限公司
讀者服務信箱：service@readingclub.com.tw
麥田部落格 http://blog.pixnet.net/ryefield
香港發行所 城邦（香港）出版集團有限公司
香港灣仔駱克道193號東超商業中心1樓
電話：852-25086231 傳真：852-25789337
E-mail：hkcite@biznetvigator.com
馬新發行所 城邦（馬新）出版集團【Cite (M) Sdn Bhd】
41, Jalan Radin Anum, Bandar Baru Sri Petaling,
57000 Kuala Lumpur, Malaysia.
電話：(603) 90578822 傳真：(603) 90576622
Email：cite@cite.com.my
美術設計 洸譜創意設計股份有限公司
印刷 鴻霖印刷傳媒股份有限公司
初版一刷 2013年1月29日
定價 250元
ISBN 978-986-173-862-8